恐懼境界

STATE OF TERROR

希拉蕊・柯林頓 & 露意絲・佩妮

著

宋瑛堂　譯

Hillary Rodham Clinton

&

Louise Penny

白宮是一個國中之國，有專屬的行為定律，

有自己的重心引力和稀薄的大氣層，有著不斷變動的國界和疆土。

謹獻給捍衛世人、掃除恐懼的英勇男女，

感謝各位無畏強敵，勇於對抗各方暴力、仇恨和極端主義。

日日激發吾人更勇敢上進的是諸位。

今生最令我嘖嘖稱奇的不是登陸月球成功，也不是臉書每月活躍用戶達二十八億，而是長崎原爆事件至今七十五年七個月又十三天，世上不曾發生核子彈爆炸事件。

——商業管理專家湯姆．彼得斯（Tom Peters）

目錄

第一章

「國務卿女士，」查爾斯·博因頓（Charles Boynton）走在桃花心木走廊（Mahogany Row）上邊走邊喊著。國務卿正快步走向國務院辦公室，幕僚長博因頓緊跟在她身旁。「八分鐘內，妳不進國會不行。」

「國會離這裡要走十分鐘，」國務卿艾倫·亞當斯（Ellen Adams）說著說著就邊跑了起來，「而且我還沒洗澡換衣服。除非……」她停下腳步轉身面向博因頓，「我這樣就可以亮相？」

艾倫攤開雙臂，示意要他看個清楚。她的眼神無疑散發著懇求意味，語氣也帶著焦慮，外表更像整個人剛被生鏽的農機拖著犁過田似的。

他淺笑著，臉肉扭曲，彷彿一笑就痛。

年近六旬的艾倫·亞當斯，身高中等，體態苗條，風姿優雅。她懂得搭配服飾，更深諳Spanx塑身衣的妙用，以此對外隱瞞她嗜食閃電泡芙的內情。淡妝能烘托她那雙高學識的藍眼，也不至於掩飾歲數。她沒裝嫩的必要，但也不想顯老。

美髮師為她精心調配染髮劑，稱呼這色是「顯赫金」。

「恕我不敬，國務卿女士，妳看起來像個遊民。」幕僚長博因頓說。

「講這樣還算尊敬妳咧。」貝琪·詹姆森（Betsy Jameson）低聲對她說。貝琪是艾倫的閨密兼顧問。

昨日，國務卿艾倫·亞當斯奔走了二十二小時，先是在美國駐南韓大使館主持外交早餐會，隨後與高層共商區域安全大計，進而設法挽回不期然破局的重大貿易協定，最後去參觀江原道（Gangwon）一間肥料工廠，以這幌子去旋風式走訪非軍事區。

行程結束，艾倫・亞當斯拖著腳步上飛機，打道回府。座機一升空，她馬上剝除塑身衣，給自己倒一大杯夏多內白葡萄酒。

接下來幾小時，她忙著回報部屬和總統，閱讀著陸續接到的公文。她拼命想讀，但讀到冰島大使館人員配置報告約莫一半，就趴在桌面睡著了。

女助理摸摸她肩膀，她才陡然驚醒。

「國務卿，我們快降落了。」

「降落哪裡？」

「華盛頓。」

「華盛頓州？」她坐直身子，雙手插進頭髮往上拉，彷彿剛被嚇一跳，或剛想到一個妙極了的點子。她正希望座機降落在華盛頓州西雅圖，加加油，或補充糧食，或者說不定突發什麼高空緊急事件。她明白，緊急事件有是有，只不過既非機械故障，也不是突發。

緊急事件是她睡著了，而且還沒洗澡，另外也——

「華盛頓特區。」

「哇，天啊，吉妮（Ginny），怎麼不早點叫醒我？」

「我叫了啊，可是妳只嘟噥一句，又趴下去繼續睡。」

艾倫隱約有印象，但她以為自己在做夢。「那還是謝謝妳。我來得及刷個牙嗎？」

「叮」一聲，機長啟動安全帶燈。

「恐怕來不及了。」

艾倫望著窗外，她搭乘的是政府專機，被她戲稱為「空軍三號」。她看見國會大廈的圓頂。不久後，她將走進大廈就座。

她看見自己的倒影。頭髮歪歪斜斜，睫毛膏糊了，服裝邋遢，眼珠子佈滿血絲，隱形眼鏡戴到灼痛，憂慮和壓力在她臉上多留了幾條細紋。才一個月前，在就職大典上，她的臉上仍未出現這幾條。就職典禮那天晴朗耀目，世界一片新氣象，彷彿天下無難事。

她摯愛這個國家，這一座輝煌而殘破的人間燈塔。

數十年來，她潛心營造自己的國際媒體帝國，如今旗下有數家電視網和一條新聞頻道，網站和報社也有幾家，事業有成後，放手給下一代，交由女兒凱瑟琳承續經營。

過去四年，她看著心愛的國家大亂到近乎滅亡，如今身居要職，她盼能協助國家療傷。

自從丈夫昆恩（Quinn）過世後，艾倫覺得人生頓時空虛，更覺得自己失落如雛鳥。時光非但無法沖淡這感覺，反而更與日俱增，心靈裂痕也逐漸加寬。她愈來愈迫切想多做一點事、想多幫一些忙，不是報導國家的傷痛，而是設法加以紓解，好好回饋國家。

機會來了，卻來自最不可能的一方：總統當選人道格拉斯．威廉斯（Douglas Williams）。人生轉變何其快。急轉直下，沒錯，但也愈變愈好。

現在，艾倫．亞當斯坐在空軍三號上，她是新總統任命的國務卿。上一屆政府顢頇無能，行徑近乎犯罪，現在她肩負重新拉攏盟邦的重責。她能修補關鍵的外交關係，能向某些國家示警——圖謀不軌、有能力實踐詭計的不友善國家是她示警的對象。擔任國務卿一職，艾倫．亞當斯不再空談革新；現在要落實改革，要化敵國為友邦，要制約亂局和恐怖主義。

然而……

艙窗裡的倒影卻霸氣不再。她看到的是個陌生人——一個困頓、模樣狼狽、心力交瘁的女子，比實際年齡老好幾歲。或許也比實際年齡多幾分智慧，又或者更憤世嫉俗吧？但願不是如此。怎麼自己突然分辨不出睿智和憤世了？她感到納悶。

她抽出一張面紙拭清暈開的妝容，抹淨睫毛膏。撫平頭髮後，她對著自己的倒影微笑。這張臉掛在她門邊，外出時戴著見人，是外界熟知的招牌容顏。媒體、同事、外國領袖見到的就是這臉孔，充滿自信、風度翩翩、從容不迫的國務卿，背後是地球第一強國。

可惜這張臉只是表象。從自己這張鬼臉上，艾倫．亞當斯看透了自己極力隱藏的驚懼——連她自己也不願面對的慘劇，不敵倦意，她任憑心魔突破心防。

她見到恐懼。也見到恐懼的近親：疑慮。

是真的還是假的疑慮？敵人湊近她耳根，嫌她實力不夠看，不稱職，奚落她遲早會弄巧成拙，危及數千條、甚至數百萬條人命。

她明白，自我猜忌於事無補，所以甩掉這念頭。但在這念頭淡出之際，她又隱隱聽見，不理會並不表示妳能否認事實。

座機降落在安德魯斯（Andrews）空軍基地，隨即，艾倫被趕進防彈車，在車上再翻閱剛才沒讀完的公文、報告、電郵。座車行經華盛頓特區，她看不見外面。

車子駛進磐石般的杜魯門大樓（Harry S. Truman Building），這區域俗稱霧谷（Foggy Bottom），特區的老將仍以區名稱呼這大樓，有些人或許甚至認為這是暱稱。車子停進地下車庫後，一大群人圍過來，帶她進電梯，儘快上七樓，進她的私人辦公室。

幕僚長查爾斯．博因頓在電梯門口迎接她。國務卿幕僚長一職由白宮幕僚長指定任命。博因頓身材高瘦如竹竿，精瘦的體格與其說他注重飲食或常運動，倒不如說是因為他神經質，好動。他的髮質和肌張力似乎在爭相叛逃。

打滾政治圈二十六年，博因頓步步高升，總算搶到總統候選人首席策略顧問的位子，為道格拉斯．威廉斯打下一場勝戰。這一役的戰況比多數大選更慘烈。

查爾斯．博因頓終於打進政界大內，決心賴著不走。聽命行事這麼久了，這位子是他的獎賞。選對了候選人也算他走運。

博因頓忙著自訂規範，管理不聽話的閣員。依他見解，閣員任職是曇花一現，全用來妝點他構築的大局。

在幕僚長博因頓陪同下，艾倫衝進俗稱桃花心木巷的木板裝潢走廊，奔向國務卿辦公室，助理、特助、外交安全局隨扈（譯註：後以外交護衛隊簡稱）尾隨在後。

「別擔心啦，」急著跟上步伐的貝琪說，「他們會等妳到場才開始國情咨文演說。放心啦。」

「不對不對，」查爾斯．博因頓嗓音提高八度說。「放什麼心？總統都快氣炸了。而且，我順帶解釋一下好了，就官方而言，這次演說不算SOTU（國情咨文）。」

「唉，拜託，查爾斯，儘量不要賣弄頭文字，行不行。」艾倫驟然停腳，差點造成連環追撞。她脫掉泥濘結成塊的高跟鞋，穿著襪子在長毛地毯上狂奔，快馬加鞭。

「何況，總統不是常恥笑氣炸鍋嗎？」貝琪對著他們的背影吼。「喔，你指的是動肝火？哼，他老是對艾倫動肝火。」

博因頓賞她白眼，算是警告。

他不喜歡小名貝琪的這個伊莉莎白．詹姆森。貝琪是個圈外人，只因和國務卿從小是手帕交，才有幸躋身政壇。國務卿有權欽定一名親信擔任顧問，博因頓很明白，但他不高興。多一個圈外人，再小的狀況都會變幻莫測。

而他也不喜歡貝琪。私底下，他謔稱貝琪為柯里福（Cleaver）太太，因為她長相酷似飾演柯里福夫人的演員芭芭拉．畢凌斯利（Babara Billingsley）。柯里福太太是一九五六〇年代美國喜劇影集《天才小麻煩》（Leave it to Beaver）主角小畢（Beaver）的母親，也是當時典型家庭主婦。

安全，穩當，百依百順。

只可惜，這位不是黑白電視劇裡走出來的柯里福太太，倒比較像被貝蒂．米德勒（Bette Midler）

附身。橫跨影歌壇的貝蒂．米德勒素有搞笑「毒舌舔死人不償命」之名。儘管博因頓是毒舌仙姬的粉絲，但仙姬適合當國務卿顧問嗎？他認為值得商榷。

話說回來，博因頓不得不承認，貝琪剛說的是實話。威廉斯總統看國務卿不順眼，而說國務卿也看總統不順眼還算輕描淡寫。

威廉斯爭取黨內提名時，艾倫曾出動豐富的媒體資源，哄抬他的對手。國務卿位高權重（譯註：總統第四順位繼任者，職務相當於多數國家的外交部長。），總統當選人居然欽點這位政壇仇敵擔任，令各界大呼意外。

更出人意表的是，艾倫．亞當斯為了出任國務卿，竟把媒體帝國交棒給已成年的女兒凱瑟琳。消息一出，政客、名嘴議論紛紛，吐出一連串八卦，讓政治脫口秀熱炒了好幾個星期不休。

在華盛頓特區晚宴，艾倫．亞當斯獲任命一事成了熱門話題。海亞當斯（Hay-Adams）飯店地下室有間酒吧名叫「私下講」（Off the Record），酒客之間沒別的好聊，只討論國務卿人選。

她為何接受任命呢？

比這更大、更耐人尋味的疑問是，總統當選人為何把最敢直言、砲火最猛烈的仇人延攬進內閣？而且居然找她擔任國務卿？

最普及的理論是，威廉斯總統想效法林肯組成一支仇敵軍，但更可能的是他向孫子學兵法，拉攏好友，把仇敵拉得更近。

只不過事後證明，這兩派理論都錯。

以幕僚長查爾斯．博因頓本人而言，他的直屬長官是國務卿，他對長官的關心僅止於唯恐長官出錯害他丟臉，更不想在國務卿中箭落馬時跟著倒下。

南韓行程結束後，國務卿和幕僚長兩人的運勢大逆轉，現在更因遲到，害他媽的非國情咨文無法開講。

「快點快點，快一點。」查爾斯．博因頓說。他沒有小名，朋友都直呼他查爾斯。

「夠了。」艾倫緊急剎車。「休想欺負我，也休想把我當成牛一樣趕。要是我非這樣上場不可，那我也認了。」

「不行啊，」博因頓說，恐慌到眼睛瞪得圓滾滾。「妳這模樣——」

「對，你已經嫌過了。」她轉向老友。「貝琪？」

現場無聲一陣，只聽見博因頓用鼻子出氣表達不滿。

「妳這模樣還好啦，」貝琪輕聲說。「塗點口紅就行了吧。」她從包包掏出一管口紅給艾倫，附上梳子和粉盒。

「快點快點！」博因頓的嗓子簡直逼近海豚音。

貝琪直盯艾倫的血絲眼，沉聲說：「矛盾修辭法走進酒吧……」

艾倫想一下，然後笑著玩歇後語：「裡面靜得震耳欲聾。」

貝琪燦笑以對，「太棒了。」

她看著老友深吸一口氣，把巨大的行李包交給助理，轉向博因頓。

「可以了吧？」

儘管亞當斯國務卿顯得沉著，心臟其實正在砰砰跳。她兩手各拎著一支蘚鞋，穿著襪子走向桃花心木巷的電梯，然後下樓去。

⅄

「快一點，快一點。」阿米爾（Amir）對妻子比手勢，「他們找上門來了。」

這對夫妻聽見背後傳來敲門聲，幾個男人在門外吆喝吼叫，腔調很濃但含義明顯：「布喀里（Bukhari）博士，快給我出來。」

「妳快走。」阿米爾把納思琳（Nasrin）推進巷子裡。「快跑啊。」

「你呢？」她問。斜揹手提包（satchel）被她緊抱在胸前。

這裡是巴基斯坦首都近郊的卡胡塔（Kahuta）市，木製的家門被轟破，木屑應聲滿天飛。

「他們想抓的人是妳，不是我。我可以分散他們注意力。妳快走啊。」

她才一轉身，手臂就被丈夫握住，整個身體被滿懷抱。「我愛妳。我以妳為榮。」

他狠狠吻一口，力道猛到兩人牙齒互撞，致嘴唇破皮，她嚐到血腥味，但她仍同樣抱緊著丈夫，丈夫也一樣。叫囂聲步步進逼之下，夫妻倆才放手。

丈夫原想要她安抵目的地後通知一聲。但他知道，脫身後的她無法聯絡他。

他也和她一樣明白，今晚是他人生最後一夜。

第二章

國會副警衛官（Deputy Sergeant at Arms）宣佈國務卿進場，全場嚅嚅聲四起。九點過十分了，內閣成員早已各就各位，只差國務卿。

據猜測，艾倫．亞當斯缺席是因為總統指定她為緊急繼任者，不能和總統進出同一場合；但多數人相信，威廉斯總統寧可指定自己的臭襪子繼任，也不願指定她。

艾倫走進國會議事廳，迎面而來的是震耳欲聾的死寂，她顯得置若罔聞。

（矛盾修辭法走進酒吧……）

她昂首跟著隨從入場，沿途向走道兩旁的眾議員微笑，裝得好像若無其事。

她在第一排位子入座，鄰座國防部長以氣音說：「妳遲到了。」她的另一旁是國家情報總監（Director of National Intelligence）。國防部長繼續說，「為了等妳，所以拖到現在還不開講。總統快氣瘋了。他以為妳是故意遲到，好讓電視網把焦點從總統轉移到妳身上。」

「總統多心了，」國家情報總監說。「妳才不會做那種事。」

「謝謝你，提姆。」艾倫說。情報總監提姆．畢詮（Tim Beecham）是威廉斯總統的死忠派，鮮少以言行支持她。

「妳南韓之行敗得一塌糊塗，我難以想像妳還想招風。」畢詮繼續說。

「搞什麼鬼？怎麼穿這樣？」國防部長問，「難不成妳去玩泥漿摔角了？」

他扮個鬼臉，臉鼻皺成一團。

「不是，部長先生，我只是去辦個分內的正事。有時候，辦正事難免弄得一身髒。」她上下打量國防部長。「你外表倒是潔淨如常。」

另一旁的情報總監畢詮笑了出來。這時，警衛官正喊著「議長先生，美利堅合眾國總統。」全場起立恭迎。

⅄

納思琳．布喀里博士在熟悉的巷弄裡狂奔，隨地是箱子、罐子，不慎踹到就洩漏行蹤，因此她蛇行前進。

她片刻不停歇，也不回頭看；槍聲響起，她照樣頭也不回。

她猜想，結褵二十八年的丈夫一定躲過追兵，死裡逃生了。追兵想抓的人是她，丈夫一定沒死。

比死更可怕的下場是被俘虜，被刑求逼供。

槍火停息了，她認為這表示阿米爾已逃脫成功。現在她非平安脫身不可。

一切都要看她能否脫身。

公車站近在半個街廓之外，納思琳放慢腳步，喘幾口氣，以沉緩的步伐走向候車隊伍排隊。她心跳如鼓，面色卻閒適無波。

在國務院南亞暨中亞事務局（Bureau of South and Central Asian Affairs）裡，青年外交官安娜依妲·達希爾（Anahita Dahir）坐在個人辦公桌前。（譯註：美國國務院相當於外交部。）

她放下手邊工作，走向辦公室的另一邊，打開牆壁上的電視機，收看總統演說。

這時是九點十五分。演說時間延宕，新聞解說員說是國務卿遲不見人影的關係。國務卿是安娜依妲的新主管。

鏡頭跟隨新任總統進入華麗的國會，支持者報以熱烈掌聲，在野黨仍心有未甘，只拍幾下意思意思。威廉斯總統才進白宮幾星期，不太可能明確掌握國情，也不太可能坦承國事運作還未上軌道。名嘴一致認為，這場演說一方面要批判前任政府留下爛攤子（不能罵得太露骨），另一方面要放送新希望（不能吹得太樂觀），更要在兩者之間力求均衡。

換言之，講詞既要收回幾張選前亂開的支票，同時也要撇清責任歸屬。

威廉斯總統出席國會是一場類似歌舞伎的政治劇，表面工夫勝過言語。而道格拉斯·威廉斯最懂得對著鏡頭擺出總統相。

安娜依妲看著他進場，不分敵我，虛情假意微笑打著招呼，但畫面卻頻頻切換至座位上的國務卿。

這才是這齣政治劇的焦點，今日重頭好戲。

名嘴喜孜孜臆測起來：總統和國務卿面對面，會爆出什麼火花？艾倫・亞當斯剛下飛機，第一次出任務就在南韓敗得灰頭土臉，不但惹得盟邦反感，更讓原本脆弱的區域情勢更形動盪不安。國內兩巨頭在國會打照面的這一刻，全球數億人眾目睽睽。

議事廳裡，期待的心沸騰著。

名嘴的臉湊向前，迫切想解讀總統可能傳遞的訊息。

安娜依妲獨自坐在局裡，局長在他的角落辦公室。她走近電視螢幕，想看新總統和她的新長官如何過招，專注到沒聽見叮一聲，一則訊息進來了。

威廉斯總統逐步往前走，不時駐足聊幾句、揮揮手，政治名嘴利用這空檔討論艾倫・亞當斯的髮型、化妝和服裝。她外表邋遢，好像沾染了什麼髒東西——名嘴們希望那只是泥濘。

「看她那副德行，好像剛玩了一場牛仔競技。」

「然後去參觀屠宰場。」

眾人再度嘿嘿笑一陣。

而後，有一位名嘴說，亞當斯國務卿可能不是故意髒兮兮亮相，而是表示她辦事多麼賣力。

「她剛從南韓回國，剛下飛機啊，」他提醒其他解說員。

「去南韓嘛，據我們所知，協商破局了。」

「是啊，」他承認，「我剛只說她很賣力，沒稱讚她效率一流。」

接著，解說團隊改以沉重的語調，討論南韓之行吃癟的後果將有多慘重——對國務卿本人而言，對新政府而言，對亞太關係而言。

外交官安娜依姮知道，這也是政治劇一場。開一次會，結果事與願違，哪會導致無法彌補的傷害？但她看著畫面上的國務卿，心知傷害已經鑄成。

雖然安娜依姮還算菜鳥，但她腦子夠精明，深知人在華府，表面通常遠比事實更猛，甚至猛到能另創事實。

鏡頭逗留在亞當斯國務卿身上，一旁的解說員繼續無情批判她。

在安娜依姮眼裡，艾倫．亞當斯是一位年齡和自己母親相若的女士，站姿挺拔，腰桿筆直，抬頭挺胸，神情專注且莊重，她轉向即將前來的總統。平心靜氣等待著。

在安娜依姮看來，這副狼狽的樣貌似乎只為她的尊嚴加分。

直到這一刻前，無論螢幕裡的解說員怎麼說，無論局裡同事如何議論分析，外交官安娜依姮都聽進耳裡。大家都說，艾倫．亞當斯之所以當上國務卿，全是總統懷恨在心的算計之舉。

但現在，她看著威廉斯總統走向亞當斯國務卿，見國務卿嚴陣以待，安娜依姮不禁納悶起來——

她按下電視的靜音鍵。多聽無益。

她走回辦公桌，注意到一則新訊息，打開看，發現寄件人姓名全是無意義的字母群，訊息本身不含文字，只有一連串數字和符號。

看著總統走來，艾倫．亞當斯以為總統會假裝沒看見她。

「總統先生。」她說。

總統停下來，望向她身後，視線穿身而過，對著她兩旁的人點頭微笑。接著，總統伸手擦過她身邊，和她後方的人握手，手肘險些撞上她的臉。手握完，他才慢吞吞，慢吞吞把視線移向她，敵意沖沖，嚇得國防部長和國家情報總監後退一步。

「氣炸」不足以形容總統的心情，這兩位可不想被砲火波及。

在鏡頭前，在百萬觀眾眼中，總統的俊臉帶有苛責的意味，失望多於憤怒，近似難過的家長看著善良卻任性的小孩。

「國務卿夫人。」（妳這無能的爛貨。）

「總統先生。」（你這傲慢的混帳。）

「今早能麻煩妳來橢圓辦公室一趟嗎？在內閣會議之前。」

「樂意之至，總統先生。」

她以熱忱的眼神跟隨他的背影。一名忠心耿耿的閣員。

她坐下，聽總統開講，畢恭畢敬聽。但在演說進行期間，艾倫不由得深受吸引。她並非對講稿感興趣，而是察覺到比文字更深遠的一番意境。

吸引她的是氣氛的莊嚴，是這場面的歷史與傳統。令她傾倒的是這份威嚴感，這份肅穆的氣勢與場面的典雅；吸引她的是象徵意味，實際內容倒其次。

總統正傳達一份重大訊息給敵國和友邦，訴說著傳承、毅力、堅決意志與企圖心，並且昭告天下，他將彌補上任政府造成的傷害，美國要重返國際舞台了。

艾倫．亞當斯一時激動，對威廉斯的嫌惡之情淡化了，猜忌心也暫時擱一旁，只覺得光榮。也覺得驚奇。因緣際會之中，命運竟帶她踏上這條路，讓她有為國服務的機會。

就算外表像遊民，渾身是糞肥味，她依然是美國的國務卿。她愛這個國家，願傾全力捍衛祖國。

ん

納思琳．布喀里博士搭上公車，坐在最後一排座位，她強迫自己直視前方，不能看窗外、不能看大腿上的包包。她緊握著包包，用力到指關節發白。

不能看車上的乘客，視線千萬不能和他人接觸。

她強迫自己臉上無表情，一副悶得發慌的模樣。

公車繼續上路，蹦蹦跳跳，朝邊境前進。照事先的規劃，她應該搭飛機出國，但她改變主意了，沒告訴任何人，連阿米爾也瞞著。追兵會預料她想儘快逃出國，所以提前在機場部署，有必要的話更會派人登機，每一班機都不放過。為了防止她抵達目的地，他們會無所不用其極。

假如阿米爾被抓走被逼供，她的原定計畫會被他吐露，所以計畫非改不可。

納思琳．布喀里深愛祖國，她傾全力捍衛國家。

換言之，她必須放下她深愛的一切，遠走高飛。

安娜依妲·達希爾凝視著電腦螢幕，眉宇深鎖，幾秒立判這是訊息垃圾。這情況比一般人想像來得更常見。

話雖如此，她還是想確定一下。她去敲局長的門，探頭進去，發現他邊收看總統演說邊搖頭。

「什麼事？」

「一則訊息。我認為是垃圾。」

「給我看看。」

她出示給局長看。

「敢肯定不是線民發的嗎？」

「絕對不是，局長。」

「好，那就刪除吧。」

遵命。但在刪除之前，安娜依妲·達希爾抄下內容。以防萬一。

一九／〇七一七，三八／一五三六，一一九／一八四八

第三章

「總統先生，恭喜你。演講很成功。」芭芭拉．史登浩澤（Barbara Stenhauser）說。

道格．威廉斯呵呵一笑。「非常成功，比我預期的更好。」

他鬆開領結，大腳搭上桌面。

演講結束，白宮幕僚長芭芭拉和總統回橢圓辦公室。酒保已擺好了各式酪酒，工作人員也備妥小點心，以款待親朋好友和金主，慶祝總統國會演說首航。

但威廉斯想和幕僚長靜一靜，以紓解演說的壓力。這場演說盡到他要求的極致，甚至更多。然而，令他幾乎樂陶陶的原因不是這一個。

他雙手在後腦勺交握，前後搖呀搖，侍從奉上一杯蘇格蘭威士忌和一小盤美食：培根包扇貝肉加炸鮮蝦。

他示意芭芭拉一起享用，同時向侍從道謝，令侍從退下。

芭芭拉．史登浩澤坐下，深飲一口紅酒。

「她能挺過這一關嗎？」他問。

「八成不能。我們可以先放媒體去對付她。從演說前的情況來看，媒體早就開始咬她了。她今天還沒踏進家門，就會死得很難看。為保險起見，我已經在參議院安排幾個自己人，開始針對她是否適任，放話表達審慎關切，批判她在南韓出洋相。」

「好。下次派她去哪一國？」

「我排定她去加拿大。」

「天啊。不到一個禮拜，美加保證爆發戰爭。」

「希望如此。我老早就想在魁北克置產了。」芭芭拉哈哈大笑。「評論總統演說的新聞出來了，最先幾則給你極度好評，稱讚你語氣有品級，有意跟在野黨談和。不過，總統先生，輿論也有些雜音，批評你任命艾倫．亞當斯膽量大，卻失策，在南韓吃癟後更顯示你挑錯人選。」

「難免會出現反彈，這我早料到了。只要罵人的口水多半噴到她就好。更何況，任命失策可以轉移輿論的標靶，以利我們專心辦正事。」

白宮幕僚長芭芭拉淺笑著。她鮮少見識到如此高桿的政治人物——勇於承受皮肉之傷，只盼對手一蹶不振。

但芭芭拉心知，總統即將承受的絕不僅止於皮肉傷害。

道格拉斯．威廉斯令她渾身雞皮疙瘩是事實，她可以漠視，只盼能落實她衷心倡議的治國大計，再令她心驚膽顫也無妨。

她彎腰向桌面，呈遞一張紙給總統。「我擬好了簡短幾句，聲明你支持亞當斯國務卿。」

總統閱後丟還給她。「好極了。有品級，卻又不置可否。」

「讚美得若有似無。」

他呵呵一笑，然後鬆一口氣。「開電視吧，看看輿論怎麼講。」

畫面出現在大螢幕時，他駝背向前，手肘撐桌面。他本想向幕僚長吹擂自己腦筋其實多靈光，但他不敢。

⁂

「喝吧。」

凱瑟琳．亞當斯斟滿兩大杯夏多內，一杯給母親艾倫，另一杯給教母貝琪，然後握住瓶頸，端著自己那杯走向大沙發，坐在她們之間。三雙穿拖鞋的腳搭在咖啡桌上。

凱瑟琳伸手拿遙控器。

「別急，」母親說著，一手落在女兒手腕上。「我們先再自欺一下子，假裝輿論正在稱讚我從南韓凱旋而歸。」

「還恭賀妳的新髮型和服飾品味出眾。」貝琪說。

「也讚美妳的香水。」凱瑟琳說。

艾倫被逗笑了。

艾倫一進家門，馬上去沖個澡，換穿運動衣褲。現在，老少三個女人並肩坐在舒適的書房裡，滿牆是書架，也擺著加框的相片，刻畫著艾倫和子女以及先夫的往昔。

這裡是私人空間，是保留給親人和至交的一片淨土。

艾倫戴起眼鏡，抽出一份檔案夾，邊看邊搖頭。

「怎麼了？」貝琪問。

「南韓會談。不應該談判破裂才對。因為超前部署的團隊打好基礎了。」她舉起檔案夾裡的文書。「我們做好準備了，南韓也做好準備了，我事先還跟南韓外交部長對話過。照理說，會談只是表面形式而已。」

「既然這樣，到底發生了什麼事？」凱瑟琳問。

艾倫嘆一口氣。「不知道。我一直想理出一個頭緒。現在幾點了？」

「十一點三十五，」凱瑟琳說。

「首爾時間下午十二點三十五，」艾倫說。「我忍不住想打電話過去——不要好了，我想再蒐集一點資訊。」她向貝琪瞄一眼，見貝琪正在瀏覽訊息。「有嗎？」

「很多，全是親朋好友幫妳打氣的電郵和簡訊，」貝琪說。

艾倫繼續看她，但她搖搖頭，知道艾倫含在嘴裡問不出口的是什麼。

「我可以發電郵給他。」凱瑟琳提議。

「不用。出了什麼事他知道。要是他想聯絡，他會主動聯絡。」

「媽，他很忙，妳是知道的。」

艾倫指向遙控器。「乾脆開電視看新聞好了。長痛不如短痛。」

貝琪和凱瑟琳都明白，電視畫面有解消心煩的作用，能把艾倫的心思拖走，讓她不再巴望著手機裡該來而不來的簡訊。

艾倫・亞當斯繼續讀報告，盡力抽絲剝繭，想揪出首爾會談破局的癥結。電視上所謂的專家嘰嘰呱呱著，她半聽不聽。

她知道專家在講什麼。連她旗下的國際加盟新聞頻道、報社、網站，都趁機炮轟老東家一下。事實上，為表公正無私，這些媒體會率先撲擊她，以疊羅漢攻勢壓制她。艾倫不用看，也能嗅到社論的煙硝味。

當初應允出任國務卿一職後，艾倫出脫個人持股，轉給女兒凱瑟琳，還以書面明確指示女兒不得私心干預有關威廉斯政府的報導，特別不能偏袒亞當斯國務卿。女兒覺得這命令不難遵守。畢竟，在這家子裡，她不屬於新聞人。她的學歷、專業、興趣全在商業——這方面，她得自母親真傳。

貝琪碰一碰艾倫手臂，以下巴指向電視機。

埋首報告中的艾倫抬起頭，看了一下，然後坐直上身。

⸙

「媽的，」道格・威廉斯說。「開老子玩笑嗎？」

他怒視著白宮幕僚長，彷彿期望她想想辦法。

芭芭拉幕僚長想到的辦法是轉台。接著再轉台。再換另一頻道。然而，不知怎麼著，在威廉斯總統國情咨文演說和他第二杯蘇格蘭威士忌之間，輿論風向轉變了。

凱瑟琳突然大笑起來，兩眼炯亮。

「我的天啊，每個頻道都在報。」所有頻道，所有名嘴和政治無賴們，恭喜亞當斯國務卿辛勞有成，稱許她不惜披頭散髮進國會露臉，執行任務時沾染的泥巴還在身上也不顧。

南韓之行協商意外破局沒錯，但更重大的訊息是，艾倫．亞當斯以及她代表的美國態度都是不屈不饒，願意挽起袖子打拚，願意挺身而出，就算無法彌補過去四年政治歪風吹來的禍害，至少也有心加以扳正。

名嘴把南韓之行的挫敗歸咎於無能的前總統和前任國務卿留下的爛攤子。

看到這裡，凱瑟琳歡呼一聲。「看一看這個。」她把手機伸向母親和貝琪。

社交媒體正瘋傳一個迷因圖。

宣佈國務卿進場時，即將聽總統演說的艾倫走向座位，攝影機湊巧拍到一位在野黨參議員看著她走過身邊，臉上不掩對她的鄙夷，還嘟噥著：

「髒女人。」

「搞什麼鬼啊！」道格．威廉斯氣得用力把一隻炸蝦甩回盤子，炸蝦卻彈到堅毅桌（Resolute

desk）上，旋即跳船，躺到地毯上。「可惡。」

安娜依妲・達希爾躺在床上，一個想法油然而生。

發那則怪信的人，該不會是吉爾（Gil）吧？

對。不排除是吉爾。他想再跟她聯絡，維繫肌膚感情。

她隱隱感受到他的觸感。在巴基斯坦首都伊斯蘭馬巴德，燠熱汗濕黏膩的午後，她曾和吉爾蹺班，回她住的小房間。他是外電記者，她是大使館外交官，她的公寓位於兩人辦公室之間，幾乎等距。

安娜剛入行，資歷淺到蹺班也沒人發現。吉爾・巴赫爾（Bahar）是重量級新聞工作人員，失聯一陣子也不會有人過問，大家會以為，他又去追新聞了。

伊斯蘭馬巴德的外交圈很封閉，小之又小，不分日夜都在進行密商。一方是特務，另一方是探員。一方是線民，另一方是資訊掮客。一方是賣家，另一方是使用者，交手的是毒品、武器、生死。

一方是大使館人員，另一方是記者。

在伊斯蘭馬巴德這地方，再不可能的事，隨時都可能爆發。這裡有青年記者，有青年救援工作團，有醫師和護理人員，有大使館人員和線民，雙方在地下酒吧、小公寓、宴會場合見面交流，彼此衝撞、彼此互相摩擦。

他們周遭的世界既寶貴也危機四伏。而他們能永生不死。

在華盛頓特區，她躺在床上，身體蠕動著，感受厚實的男體和她相依偎，堅實的陽具進入她——

幾分鐘後，安娜依妲坐起來。發簡訊給他，算自尋苦惱嗎？不管了，她還是伸手去拿手機。

「你昨天是不是想發簡訊給我？」

夜裡，她醒來好多次，查看手機。無回音。

「白痴。」她暗罵自己，鼻子卻再次嗅到他的體味，感受他赤裸的白皮膚磨蹭她濕潤的黑皮膚，兩人在午後艷陽下通體透光。

她能感受到吉爾壓身的重量，沉沉趴在她心上。

⸙

納思琳·布喀里坐在候機室裡。

剛才通關時，海關人員檢查她的護照，沒發現護照是假的。也許海關人員根本懶得管。

他低頭看護照一眼，然後正視她眼睛，見到一名疲態畢露的中年婦人包著傳統頭巾，布料褪色了，臉皮細紋遍佈，頭巾周圍有多處脫線。

肯定不是危險人物。下一位。繼續過濾下一個急著出國、想脫離險境、想追尋微弱希望的旅客。

納思琳·布喀里博士知道，這份希望在她的斜背包裡。凶兆在她腦袋中。

她趕來機場，再等三小時，班機才起飛。這時她瞭解到，空檔或許有點太長了。

以這坐姿，納思琳·布喀里能以眼角餘光監看一個男人。男人守在大廳另一邊，斜倚著牆壁。她剛在安檢時也見到他。她幾乎敢確定，男子一路跟蹤她來到候機室。

她以為對方會派個巴基斯坦人跟蹤她。不然派印度人或伊朗人來抓她。她從沒料到對方會派一個白人。目標太白了，反而能用來偽裝，簡直是天才。但納思琳．布喀里博士才不願讚賞敵手。

會不會是想像力在作祟？不無可能。沒睡飽，進食太少，恐懼太深，都為她孳生疑心病。她覺得心中的理性正一滴滴流失。睡眠不足令她頭重腳輕，有時感覺似乎靈魂出竅了。

身為知識份子，身為科學人，納思琳．布喀里博士認為，沒有什麼比這場面更能嚇破膽了。她再也無法信任自己的理智，也信不過情緒。

迷航了。

不會。她更正自己的想法。不會。她有個明確的去向，終點站很明確，只要自己能設法抵達。

髒亂的候機室牆上有個破舊的老時鐘，納思琳．布喀里抬頭看。再看一次，再過兩小時又五十三分鐘，她的法蘭克福班機才起飛。

她眼角瞄到男子掏出手機來。

凌晨一點三十，簡訊來了。

「不是我法的，但很高興妳聯絡。希望妳邦我一個忙，調科學家資料。」

安娜關機。他發簡訊之前，連錯字也懶得檢查。

當初遇上他，安娜渾然不覺踏進他這一台推進器。就算不知自己只是他的情報來源，也至少懷疑過——別無其他用途——搞不好，從一認識就是。對他而言，她的價值是能提供大使館內部消息，現在則是他在國務院裡的暗樁，為他提供南亞暨中亞事務局的情資。

安娜依妲不禁納悶，自己對吉爾．巴赫爾的認識究竟有多深。他是備受尊重的路透社記者。只不過，有人對他的底細竊竊私議，也有一些謠傳。

話說回來，伊斯蘭馬巴德就建築在私議和謠傳上。就連沙場老將也無法分辨虛實，分不出現實和猜忌的界線。在伊斯蘭馬巴德的大熔爐中，虛與實被融成一體，無從辨識。

安娜確實知道，幾年前在阿富汗，吉爾．巴赫爾曾遭恐怖份子綁架，八個月後才脫身。俘虜他的恐怖份子號稱「帕坦家族」（Pathan family），在巴基斯坦、阿富汗部落區域屬於最極端、最兇殘的恐怖主義集團，和蓋達組織合作無間，連塔利班都怕他們。

落入他們手中，記者一個個遭凌虐處決，斬首，吉爾．巴赫爾卻能毫髮無傷重獲自由。

怎麼逃出來的？不少人沉聲質疑。他怎麼逃得出帕坦家族的魔掌？

無論影射多麼難聽，安娜依妲．達希爾都不予理會。但現在，她躺在床上，准許自己前進影射區。

上一次吉爾聯絡她，是在她剛從巴基斯坦調職回國，進入華府工作。他打她的私人門號，寒暄兩三句，就直接打探情資。

安娜依妲當然不給，但事隔三天，刺殺案就發生了。死者正是吉爾問的人，問他的動向。

如今，他又來打聽消息了，打聽某個科學家。

第四章

「喂？」熟睡中的艾倫頓時驚醒。「什麼事？」

接聽的同時，她看了一下時間，凌晨兩點三十五。

「國務卿，」查爾斯．博因頓說，嗓音低沉凝重。「發生爆炸案了。」

她坐起身子，伸手拿眼鏡。「在哪裡？」

「倫敦。」

如釋重負的浪潮襲上心頭，還好，不在美國境內。但爆炸案終究是爆炸案。她挪雙腳下床，開燈。

「說吧。」

不到四十五分鐘，亞當斯國務卿坐進白宮戰情室。

為避免混淆，為消除不必要的雜訊，這次開會成員僅限國家安全會議（National Security Council）的核心委員，會議桌上坐著正副總統、國防部長、國土安全（Homeland Security）部長、國家情報總監，以及全美最高階軍職參謀長聯席會議主席（Chairman of the Joint Chiefs of Staff）。

白宮幕僚長和幾名助理靠牆坐。

眾人臉色陰沉，但不至於恐慌。聯席會主席遇過這狀況，但總統和閣員沒遇過。媒體才剛開始報導，報導即時現況。

倫敦地圖投射在戰情室最遠的一邊，佔滿整面牆。酷似血滴的一顆紅點顯示爆炸發生的確切方位。

皮卡迪利大街（Piccadilly）。艾倫憑個人對倫敦的印象，推斷地點就在福南梅森（Fortnum & Mason）百貨外面，麗思大飯店（Ritz）就在同一條街不遠處。倫敦歷史最悠久的哈徹茲書局（Hatchards）消失在紅點下。

「確定是炸彈無誤嗎？」威廉斯總統問。

「確定是，總統先生，」國家情報總監提姆．畢詮說。「我們正持續跟英國軍情五處和軍情六處聯繫。他們正緊急瞭解狀況中，不過照現場情形研判，炸彈是唯一可能。」

「繼續講。」威廉斯總統傾身向前說。

「看來是，公車被人放置炸彈了，」陸軍將軍艾伯特．懷海德（Albert Whitehead）說。他是參謀長聯席會議主席，姓「白頭」，小名「伯特」（Bert），制服釦子扣錯排，匆忙之中，領帶僅隨便的在脖子繞一圈——沒套緊的絞索。

然而，懷海德的嗓音強而有力，目光炯亮，神情專注無旁騖。

「看來是？」威廉斯問。

「災情太慘重了，暫時無法確切判讀。有可能是汽車或卡車載著炸藥，在公車經過時引爆，如大家所見，炸得碎片到處都是。」

懷海德將軍敲一下他的加密筆電，一張相片立刻取代倫敦地圖。這張是衛星空拍圖，影像卻出奇清晰。

大家全傾著身湊過來看。

知名的倫敦大街中間被炸出一個隕石坑，周圍是凌亂扭曲的金屬，煙從路上的車輛升起，懸浮半空中，世紀古樓的門面挺過納粹閃電轟炸，如今消失無蹤。

但艾倫留意到，現場不見屍體。她懷疑全被炸得粉碎，一眼無法辨認人屍。

幸好有路旁的樓房阻擋，否則爆炸能炸多遠難以想像。

「我的天啊，」國防部長低聲說。「被什麼東西炸成這樣？」

「總統先生，」白宮幕僚長芭芭拉．史登浩澤說，「我們剛收到影片。」

總統點一下頭，她開始播放。倫敦各地廣設監視錄影機幾萬台，這鏡頭是其中之一。

畫面右下角顯示著時間。

七：一七：〇四

「炸彈什麼時候爆炸？」威廉斯總統問。

「格林威治時間七點十七分四十三秒，總統先生，」懷海德將軍說。

艾倫．亞當斯一手捂口看著。上班尖峰期剛開始，太陽正努力突破灰沉沉的三月晨空。

七：一七：二〇

男男女女在人行道上川流不息。轎車、貨車、黑色計程車，停紅綠燈。

時間一秒秒過去。一秒秒倒數著。

七：一七：三二

「逃命啊，快逃命，」艾倫聽見鄰座國土安全部長低聲說。「快跑！」

畫面裡的人當然沒有。

一輛紅色雙層巴士靠邊停下。

七：一七：三九

一名妙齡女子讓給長者先上車，他轉身向女子道謝。

七：一七：四三

⅄

監視影片陸續傳來。各種角度的畫面，全投射到白宮戰情室大螢幕上，供所有人反覆細察。

第二支影片裡的巴士畫質較佳，進站時的人臉清晰可辨，一個小女孩坐在上層的第一排——最棒的座位——全世界的孩童們都搶著坐，連艾倫自己的子女也不例外。

定睛看著小女孩，艾倫怎麼也無法移開視線。（逃命啊。快逃命。）

可惜無論角度怎麼變，每一支影片裡的同一個小女孩繼續坐著。隨即，不見了。

英國來訊證實禍首「顯然」是一枚炸彈，措辭著重陳述現況，線索付之闕如。炸彈被放置在巴士裡，算準了殺傷力最強的時機，在最不巧的地點——

交通尖峰期，在倫敦核心地段。

「有人出面承認了嗎？」威廉斯總統問。

「還沒有。」國家情報總監畢詮說著，再三翻閱著報告。

大批資訊湧進來。他們全知道，最要緊的是設法處理這些資訊，以免自己不勝負荷。

「也沒攔截到情資？」威廉斯總統問。

長方形的會議桌淨亮到反光，圍坐的人都在搖頭，總統環視每一個，視線停在艾倫臉上。

「沒有。」她證實。但總統仍盯著她，好像缺乏情資是她的錯，全怪她不好。

在這情況下，艾倫豁然領悟到一件事實——他信不過我。

新官上任的她忙著進入狀況，沒空推敲，否則早該想通這一點才對。

受總統欽點，艾倫膨風以為總統認定她能勝任外交工作，所以才選她擔任國務卿。但現在她發現，總統不僅看她不順眼，而且還不信任她。

既然信不過她，總統為何指派她接下位高權重的要職？

原因之一很明顯，在這場合，在這時刻找得到。

因為總統沒料到，他和國務卿位子還沒坐熱，國際危機就降臨他們頭上。總統始料未及自己非信任她不可。

既然如此，他原本打著什麼如意算盤？

這些想法在艾倫腦中一閃而逝，她無暇深思，當前有更緊急更重大的顧慮。

威廉斯總統抽離自己的眼光，從她臉上轉向情報總監。他問提姆·畢詮：「情資攔截不到，不是很不尋常嗎？」

「這很難講，」畢詮說。「說不定是單人犯案，說不定歹徒是想跟炸彈同歸於盡的獨行俠。」

「不過，就算是這樣，」艾倫看著全桌人說，「這一類通常不是想公佈給全世界知道嗎？不是會在社交媒體發表宣言、公佈影片嗎？」

「沒人承認的原因有一……」懷海德將軍還沒講完，白宮幕僚長插嘴了。

「總統先生，英國首相在線上。」芭芭拉·史登浩澤說。

一如在場所有人，芭芭拉的衣服也是倉促混搭，薄妝難掩凝重的神情。只不過，塗再厚的粉也無法掩飾。

畫面上的慘劇不見，換成貝靈頓（Bellington）首相的兇臉。他的頭髮是老樣子，歪歪斜斜。

「首相先生，美國民眾——」道格拉斯·威廉斯起個話頭就被打斷。

「對啦對啦，閒話少說。你想問清楚發什麼了什麼事。我也想知道。老實告訴你好了，我沒啥好奉告的。」

他狠狠瞪著鏡頭外，大概是不滿英國軍情五處和六處的情治人員。

「有特定目標嗎？」威廉斯問。

「還不清楚。我們剛剛只確認炸彈被放進巴士。目前還不知道乘客有誰，也不知道附近有什麼人，乘客和路人都被炸成碎片了。我可以傳影片過去。」

「不用了，」威廉斯說。「我們看過了。」

貝靈頓首相挑挑眉毛，是佩服或惱怒，不得而知，只知道他決定不計較。

首相上任三年，深受黨內右翼同志支持，廣獲保守派選民擁戴，原因是他誓言保衛國家安全，政策不受外國左右。這場爆炸案對他競選連任有害無益。

「確認身分會拖很久，」貝靈頓說。「我們正在過濾錄影帶，看看臉部辨識系統能不能查出什麼人，恐怖份子也好，攻擊目標也好。你們能提供協助的話，我們感激不盡。」

「歹徒的目標會不會是某棟建築，而不是人？例如九一一恐攻事件？」情報總監問。

「不排除，」首相承認。「不過在倫敦，比福南梅森百貨更顯著的標靶多的是。」

「也有可能有民眾反對下午茶索價一百英鎊，」國防部長說，左看右看是否有人微笑表示贊同。

沒人笑得出來。

「不過，那裡也有皇家藝術學院（Royal Academy of Arts）。」艾倫說。

「找藝術下手嗎，國務卿？」貝靈頓首相轉向她。「妳以為誰會為了干擾藝術展而鬧得腥風血雨？」

首相語氣輕蔑，艾倫儘量隱忍著，不過她也承認，她覺得英國腔都隱含瞧不起人的調子，每聽老英開口，她總聽見對方暗批「妳這個白痴」。

這時她聽見首相有同樣的暗示。然而，正承受壓力的首相，只是朝她的方向紓一紓壓罷了，她能體諒這一點——暫時可以。

而且，持平而論，多年來，貝靈頓首相一直是她旗下媒體最愛抨擊的標靶，把他刻劃得極不適任，批他是個繡花枕、是個上流白丁，就算小有膽識，也全被自我優越意識和動不動賣弄的拉丁成語淹沒了。

被他瞧不起，艾倫不感到意外。說實在話，艾倫承認，他今天展現出驚人的自制力。

「首相先生，不只藝術，」她說。「地質學會也在那裡。」

「有道理。」首相的目光這時化為探針，「妳對倫敦所知不淺嘛。」

「比倫敦更得我心的城市不多。這事件令人太痛心了。」

的確是。然而，爆炸案不僅慟失人命，更摧毀了那地段的豐富歷史，蘊意極可能更加深遠。

「地質學會？」國防部長說。「一個研究石頭的機構，有誰會想去炸爛它？」

艾倫．亞當斯不回應。她只看著畫面，和沉思中的首相四目交接。

「地質學豈止研究石頭，」首相說。「重點是石油。煤礦，金礦，鑽石……」

貝靈頓歇口，盯著艾倫．亞當斯，請她代勞。

「鈾礦。」她說。

首相點點頭。「可以開採來製造核子彈。Factum fieri infectum non potest.」貝靈頓自行翻譯：「覆水難收」。接著又說：「不過，也許我們能防止下一場攻擊。」

「你認為會再發生一次，首相先生？」威廉斯總統問。

「是的，總統先生。」

「會發生在哪裡呢？」情報總監喃喃說。

⸸

會議結束後，艾倫刻意和懷海德將軍一起離席。

「你剛沒講完。你想說的是，基於什麼因素，歹徒可能不出面承認，對不對？」

懷海德點頭。

身為參謀長聯席會議主席，他外型不像戰士，反而比較接近圖書館長。有意思的是，國會圖書館長的外型像戰士。

懷海德將軍長得慈眉善目，嗓音柔緩，戴著貓頭鷹似的圓框眼鏡。他看著艾倫。艾倫知道他的背景，知道他擔任過突擊隊員，曾在前線帶過兵，從基層幹起，一路上獲得的不只敬意，也累積不少男女部屬對他的忠誠和信任。

懷海德將軍停下腳步，讓其他人先走，審視著艾倫，目光有所探尋卻不劍拔弩張。

「歹徒不出面的原因是什麼，將軍？」

「國務卿女士，不承認是因為沒必要承認。歹徒的目的根本不在恐怖攻擊，而是另有更重要的目標。」

艾倫覺得血色從臉上流失，蓄積在胸腔，在心裡。

「有什麼更重要？」她問，幸好聽見自己的語音比心情來得鎮定。

「也許是想刺殺誰吧。也可能有針對性（surgical），想對單獨一個人或一個團體放話，用不著宣佈。歹徒可能也知道，不出面承認反而會導致我方資源捉襟見肘，比坦承犯案來得更有效率。」

「倫敦爆炸案那麼慘重，怎麼能用『針對性』形容？」

「對。我指的是歹徒的目的很明確，範圍狹小。我們看見幾百人沒命了，他們可能只看見一個。我們看見殘破的慘狀，他們只見到一棟建築物被轟爛。認知不同。」他伸手摸摸領帶，好像赫然發現領帶未結。「亞當斯國務卿，我可以這麼說，依我經驗判斷，風聲越靜，目標越遠大。」

「這麼說，你贊同首相的看法？歹徒還會再攻擊一次？」

「我不清楚。」他扣住艾倫眼神，張嘴卻又閉嘴。

「告訴我吧，沒關係，將軍。」

懷海德淡淡微笑一下。「我只知道，從戰略的角度來看，這次風聲靜得很。」

話還沒講完，他已收起笑臉，表情變得陰鬱。

猛獸出籠了。行蹤不明。躲藏在瀚邈的寂靜中。

⅃

上午將近十點，艾倫．亞當斯回到國務院辦公室。

裡面忙成一團。她前腳才踏出電梯門，新聞助理就蜂擁而上，問她能拿什麼好料來餵食媒體。出電梯後，她被急忙推擠進辦公室，走廊裡男男女女奔走著，辦公室衝進衝出，信不過簡訊，連打電話也省了。有人大聲發問，有人高聲要求著，眾助理追蹤每一條可能的線索。

「我們正在向線民們打聽中，」國務卿幕僚長博因頓說，快步走在她身旁。「國際情報單位都在追。我們也聯絡了幾家反恐智庫和策略研究部門。」

「有結果嗎？」

「還沒有。不過總有人知道內情。」

一進辦公室，艾倫翻找著自己的電話簿。「我可以介紹幾個人給你。他們是我出差時認識的。有些是記者。有些是話不多卻眼觀四面的牛虻。」她連續傳幾份名片給博因頓。「向對方報我姓名。跟對方道歉後再解釋。」

「好的。我們該去加密視訊會議室了。他們正在等。」

進會議室後，螢幕上映著幾張臉。

「歡迎妳，國務卿。」

「五眼會議」正式展開。

⸙

安娜依妲．達希爾坐在國務院自己的辦公桌前。

全球所有外交官都接到指示，一有可靠情報立即提報給長官。國務院這時忙得人仰馬翻，訊息不停接發、加密解碼。

安娜依妲閱讀著昨晚進來的訊息，同時監看電視新聞。

她愈來愈覺得，新聞工作者佈下的情報網比中情局或國家安全局更廣，甚至勝過國務院。

她不由得想起吉爾，再次手癢想再聯絡他，打探他是否聽見什麼耳語。但她也懷疑，這想法與其說源於大腦，倒不如說是來自下半身。而且，現在不是遐想的時候。

她在國務院是新進外交官，負責巴基斯坦事務，高階通訊不由她經手。她處理的是較瑣碎的情報，消息來源較無關緊要，內容偏向某某部長約誰去哪裡吃午餐。

然而，就算這一類訊息也都必須審慎解讀。

⅄

「五眼」由英、美、加、澳、紐五國情報機構組成，全是英語系國家。擔任國務卿之前，艾倫不曾耳聞過這聯盟。

基於這五國的戰略位置，五眼基本上可綜觀全地球。可惜，這次連五眼也撲空，事前沒截獲耳語，案發數小時後也沒攔截到耀武揚威的勝利宣言。

視訊會議中，亞當斯國務卿和四國外交部長及情報首長集思廣益，五國火速概述目前網獲的情資。簡言之是一無所獲。

「一無所獲？」英國外交部長質問。「怎麼可能呢？死了幾百個人啊。受傷的更多。倫敦中區簡直像遇到閃電空襲。爆炸的是一顆他媽的大炸彈啊，又不是放鞭炮。」

「爵士部長，」澳洲外長說，畫蛇添足強調爵位。「沒有就沒有。我們甚至回頭過濾俄國、中東、亞洲來的情資，也會繼續挖，不過目前為止完全沒收穫。」

艾倫憶起懷海德將軍說的「靜得很」。

「絕對是單一歹徒，學有專精而且心懷怨恨，幹下這種瘋狂案子。」紐西蘭外交部長說。

「同意，」中情局長說。他是「美國眼」，「如果歹徒屬於外國恐怖組織（ＦＴＯ），例如蓋達組織或伊斯蘭國——」

「青年黨（譯註：Al-Shabaab，索馬利亞激進組織）」紐西蘭眼說。

「帕坦家族——」澳大利亞眼說。

「打算全部列出來嗎？」英國外長問。「我們可沒這種閒工夫。」

「重點在於——」澳大利亞眼說著。

「重點是什麼？」英國外長質問。

「好了好了，」加拿大眼充當和事佬。「別鬧了，自己人不能窩裡反。我們都知道重點是什麼。已知的恐怖組織有好幾百個，假如炸彈是其中一個放的，老早就出面承認了。」

「未知的組織呢？」美國眼問。「假設有個組織剛崛起呢？」

「哼，不會說崛起就崛起吧？」紐西蘭眼說。她轉向對等的澳洲眼，尋求支持。

「有能力犯下這案子的新組織，」澳洲眼說，「再籍籍無名的日子不多了。他們會爬上屋頂對全世界宣佈。」

「會不會有一種可能……」亞當斯國務卿說，「沒人出面，會不會因為根本沒承認的必要？」

五國情報首長和所有眼珠轉向她，彷彿一張空椅子剛學會講人話。英國外長煩躁哼一聲，意思是，美國新任國務卿自以為言之有物，開口浪費大家時間。

美國中情局長面露尷尬狀。

艾倫勇往直前，闡述懷海德將軍昨天的感想。由於這想法的主人官拜將軍，而且是參謀長聯席會議主席，可信度遠超過代為傳達的她。艾倫不在乎。他們不支持不尊重也無妨，她只要他們聆聽。

「國務卿女士，」英國外交部長說，「恐怖份子的中心思想在於散佈恐怖。悶著不吭聲不是他們的標準作業程序。」

「是的，謝謝你。」艾倫說。

「說不定，他們是希區考克的電影迷，」加拿大眼說。

「對，對，」英國外長說。「也說不定是喜劇團體蒙提・派森（Monty Python）迷。言歸正傳——」

「什麼意思？」艾倫問加拿大情報首長。

「意思是，希區考克懂人心，門關著比門開著更嚇人。回想一下自己小時候，半夜猛盯著衣櫃門看，胡思亂想裡面躲著什麼鬼。看不到，就用想像力去填充。而我們幾乎從來不會朝好的方向去想像，不會以為衣櫃裡躲著善良仙女抱著小狗狗，拿著布丁請你吃。」說到這裡，她停一下，艾倫覺得她直直看著她。「有心犯滔天大罪的歹徒，絕不會讓我們伸手去開門，要等他們準備好了，門裡的惡魔才會被放出來。國務卿女士，貴國的將軍說得對。未知的東西才真正恐怖。真心嚇人的東西會在寂靜中滋長。」

艾倫變得一動不動，完全不出聲。接著，靜謐被敲碎了。椅子上的艾倫嚇一大跳，因為所有人的加密電話同聲鈴響。

英國螢幕上有位助理，湊近外交部長耳邊講話。

「老天啊，」他沉聲說，隨即轉向鏡頭，一臉震驚。同一時刻，博因頓幕僚長彎腰向艾倫。

「國務卿，巴黎發生爆炸案了。」

第五章

班機延誤十分鐘，降落法蘭克福機場，幸好仍有充裕時間搭上接駁巴士。

飛機滑行至登機口之際，納思琳．布喀里看手錶，調整至德國時區下午四點零三分。她不敢帶著手機，連長輩機也不敢帶。這險冒不得。

丈夫在學校當老師，納思琳．布喀里常對他說，核子物理學者本性非常不愛冒險，老公聽了笑說，天下沒有哪一行比她這一行風險更高。

她目前的行動也遠遠超脫舒適圈範圍，簡直跟登陸外星差不多。法蘭克福等於是外星。

在班機上，前後左右乘客紛紛開手機，頓時傳來喃喃自語聲、哼唉聲、慘叫。出事了。

納思琳．布喀里博士不敢和人交談，只默默下飛機，等到進入候機大廳，才走向顯示幕，見人群圍觀著電視，她擠不進去，隔太遠，就算懂德文也聽不清楚。

但她看得見畫面。也讀到螢幕底的走馬燈。

倫敦。巴黎。殘破的場面近乎世界末日，她看得目瞪口呆。阿米爾若在身邊該有多好。不是看他能教她怎麼辦，而是要他牽她的手，排解落單的寂寥。

她明瞭，這只是巧合。跟她沒關聯。不可能有關聯。

儘管如此，在她後退轉身之際，跟她一起下飛機的同一個年輕人就站在幾步之外，被她瞥見。

男子不是在看電視，不是看著重大死傷事件的轉播，而是看著她。從男子的眼神看來，她敢確定男子熟悉她的長相。他一臉輕蔑。

⅄

「坐下，」威廉斯總統命令。他埋首讀筆記，抬頭看一眼，繼續再讀。

這裡是橢圓辦公室。艾倫．亞當斯在辦公桌對面坐下，椅子上仍有國家情報總監離席後留下的臀部餘溫。

在她背後，電視牆播放著不同頻道，畫面不是某人對著鏡頭講話，就是爆炸案的慘狀。

前來白宮途中，外交護衛隊（Diplomatic Security escort）鳴放警笛，一路哇哇呼嘯而過，艾倫則在車上閱讀國際情報單位傳來的簡訊。訊息精簡到不盡人情，泰半要求著、乞求著最新情資，本身無情資可報。

「二十分鐘之後召開內閣全會，」總統說著摘下眼鏡凝視她。「不過，我想先掌握最新狀況，瞭解一下我國有無危險。有嗎？」

「我不知道，總統先生。」

威廉斯總統的嘴唇抿成一條細線，艾倫隔著堅毅桌仍聽得見他吸氣聲拖得很長。艾倫猜他正努力靠吸氣來沖銷怒火。

可惜怒火實在太旺了，壓抑不住，冷不防脫口而出，火花混著唾沫撲向她的臉。

「他媽——的什麼意思？」

帶髒字的這句話從他口中噴發。同一個髒字，艾倫聽過無數次，卻從來沒被人如此震怒謾罵過。罵得也不公道。

但這一天不能計較公道問題。

總統罵人是恐懼心使然，艾倫很清楚。她極力忍住，才不至於伸手抹去臉上的口水。

她自己也心懷恐懼。然而，總統加倍恐懼是因為他深信，假使對策不夠謹慎、不夠明快、不夠明智的話，新聞快報的下一個現場即將轉移到紐約或華府。芝加哥或洛杉磯。

上任短短幾週，威廉斯總統在白宮常迷路，想回保齡球館仍不得其門而入，現在竟然發生這件大事。更不巧的是，他手下是清一色新官，雖然各個頭腦靈光，可惜欠缺對付這狀況的真本事。比不巧還不幸的是，上一任政府留給他的一群無能之士，令他有志難伸。

他不僅僅害怕。堂堂美國總統被摜進將近永無休止的恐怖境界。不只他一人如此。

「總統先生，我可以向你報告我們掌握到的訊息。我可以報告事實，不提揣測。」

他怒視著國務卿艾倫——他算計最深的一個任命案。因此，艾倫是弱雞團隊當中最弱的一環。

她大腿上擺著一份檔案。她打開來，調整眼鏡，朗讀著：「巴黎爆炸案發生在當地時間三點三十六分，地點在公車上，行駛於聖但尼市郊路（Faubourg Saint-Denis），在第十……」

「對，我全知道了。全世界都知道了。」他指向電視牆。「報告一些我不知道的東西，有營養的東西。」

第二起爆炸案發生至今不到二十分鐘。時間太趕，情資還沒進來，總統也瞭解這一點。她索性摘掉眼鏡，揉揉眼，望著總統。

「我沒東西好報告了。」

總統的怒火燒得空氣劈啪響。

「沒東西可報？」他嘶聲說。

「不然你要我鬼扯嗎？」

「我要妳辦事能力比零多一點點。」

艾倫深吸一口氣，想找一句不會火上加油的話對應，也不至於浪費寶貴時間。

「情報聯盟的成員都在過濾貼文和訊息，深入暗網，檢索主流搜尋引擎找不到的網站。我們也在檢查錄影帶，看能不能辨識歹徒或目標。以倫敦案而言，目前為止，我們辨識出一個可能的目標。」

「什麼目標？」

「地質學會。」艾倫回話時，公車裡的小女孩臉蛋映入她腦海。小女孩坐在上層最前排，看著前方的皮卡迪利大街，望著她無福擁有的未來。

威廉斯總統張開嘴巴。艾倫算準他想再提無用論，但他卻改閉嘴思考。然後點點頭。

「巴黎呢？」

「巴黎很耐人尋味。我們以為，攻擊對象會是知名的地點，例如羅浮宮、聖母院、總統官邸……」

威廉斯傾身向前。他聽出興味了。

「可是，三十八路公車爆炸的地點附近沒有景點，只不過是一條大馬路而已，周遭也沒有人潮，而且不是交通尖峰期，令人想不透理由。結果還是爆炸了。」

「會不會是歹徒失手？」他問。「太早或太晚引爆？」

「是有可能，不過，我們正循另一條理論推演下去。三十八路公車行經幾座火車站。爆炸之前的下一站是巴黎北站（Gare du Nord）。」

「北站。倫敦來的歐洲之星列車，都停靠北站。」威廉斯說。

道格拉斯．威廉斯的腦筋比艾倫印象來得靈光。最起碼旅遊見聞也比她料想來得多。

「沒錯。」

「妳推斷，那班公車上有乘客想去倫敦？」

「是有這可能性。我們調閱了公車每一站的監視影帶，可惜巴黎監視攝影機覆蓋率比不上倫敦。」

「二〇一五年發生恐攻事件後，巴黎怎麼不……」威廉斯說。「倫敦呢？還有其他消息嗎？」

「還沒有。查無刺殺對象。很遺憾的是，公車上幾乎人人都帶著背包或提著東西，裡面都可能藏著炸藥。除了尋常的管道之外，我也向新聞媒體的老同事打聽，請他們透露記者和線民得知的風聲。」

總統開口之前停頓一下。趁這空檔，坐在沙發上的白宮幕僚長芭芭拉望他一眼。芭芭拉聆聽著兩巨頭對話，吸收著大批資訊。

「記者。包括妳兒子在內？」威廉斯說。「如果我沒記錯，他人脈挺亨通的。」

總統和國務卿之間的空氣瞬間凍結了。兩人本來已達成一敲即破的默契，此言一出，默契出現裂痕，進而粉碎一地。

「總統先生，我勸你不要把我兒子扯進來。」

「國務卿，我也勸妳不宜規避總司令的正面質疑。」

「他不是我旗下媒體的員工。」

「答非所問，重點也不在這裡。」威廉斯的語調帶有些許寒意。「他是妳兒子。他有人脈。既然幾年前他遭遇過那件事，他可能知道一點東西。」

「總統先生，那件事我記得。」若說總統的口吻像一道寒流，她的口氣絕對是冷若冰河，「用不著別人提醒。」

兩人彼此互瞪著。

芭芭拉自知或許應該打圓場，讓對話氣氛回歸溫文，重拾實用和有建設性的主題。但她沒有行動，她好奇想知道對峙下去會怎樣，要是談不出有建設性的東西，至少她能從旁瞭解雙方的心結何在。

「如果他知道爆炸案線索，他一定會告訴我的。」

「會嗎？」

傷口被撕裂成血盆了。雙方在盆邊搖搖欲墜，似乎就快一頭栽下去。

芭芭拉幕僚長本以為，總統討厭艾倫是因為黨內提名之前，她仗著旗下的強勢媒體，力挺威廉斯的對手，一逮到機會就羞辱威廉斯，矮化他，把他抹黑成無能、奸詐小人，不適任。

懦夫一個。

艾倫甚至舉辦了一場文字遊戲，徵求讀者拆開Doug Williams的姓名，重組成新句。

結果由「黑路易斯亮起來」（Aglow Dim Luis）勝出——他在愛荷華初選落敗時，被調侃是「愛荷華滑鐵盧鬱卒」（Glum Iowa Slid）。

當上總統後，文字遊戲照樣如影隨形，政壇敵手仍常以旁人聽得見的低語譏諷他。艾倫．亞當斯也常做這種事。擔任國務卿後，她似乎也改不掉老毛病。

「艾爾大灌泥漿湯」（Al Go Mud Swill）。

這時候，白宮幕僚長芭芭拉恍然，都怪自己太專注在總統身上，竟然沒思考過艾倫為什麼也那麼討厭他。

看著兩人互嗆的場面，芭芭拉明瞭自己低估了這一對的心情。他們不只是合不來。充斥在橢圓辦公室裡的甚至不是怒火，而是仇恨——恨意強烈到窗戶被轟爆了，也不足為奇。

現在她納悶著，他們在談哪一件往事？幾年前發生過什麼事？

「去聯絡他，」威廉斯總統只差沒咆哮。「快去。不然等著被開除。」

「我不知道他的行蹤。」艾倫一承認，臉頰跟著發燙。「我和他沒有保持聯繫。」

「那就去聯繫啊。」

外交護衛隊長守在門外。艾倫向他討回手機，發簡訊給貝琪，請貝琪代她聯絡她兒子，問他有沒有爆炸案的情資，什麼都行。

不一會兒，對方回應了。

「給我看看，」威廉斯伸出一手說。

艾倫猶豫一下，然後交出手機。威廉斯看著回應，眉毛擠成一條線。

「這什麼意思？」

換她伸手要手機了。「是顧問和我常用的暗號。從小用到現在，用來確認發信人的身分。」

手機顯示著簡訊「牛頭不對馬嘴走進酒吧」

總統交還手機給她，嘟噥著：「知識份子的狗屁。」

艾倫暗罵他「無知的驢蛋」，手指同時敲出歇後語：「風很大，所以火雞都能飛。」發完簡訊，她把手機擺在桌上。「可能要等一陣子。我不清楚他人在哪裡。天涯海角都有可能。」

「他可能在巴黎。」威廉斯說。

「你是在暗示……」

「總統先生，」白宮幕僚長芭芭拉說，「內閣會議時間到了。」

⅄

在開放式的大辦公室裡，安娜依妲．達希爾偶爾瞄牆上的電視一眼，看看畫面，其實視線多半放在螢幕最下方的走馬燈，她想看記者掌握的訊息會不會比她多——記者消息比她靈通是日常。

倫敦爆炸案發生在凌晨兩點十七分。隨後爆炸案發生在巴黎，至今不到一小時，時間停在九點三十六分。

新聞不斷重播驚爆瞬間的景象，安娜依姮看著看著，發現不太對勁。倫敦現場是大白天，時間怎麼會在半夜？巴黎現場也不像上班尖峰期。

有了，她搖搖頭，嘟噥著自己搞錯了。原來，時間被美國新聞網換算成美東時間，還原成西歐時區應該是……

她心算一下，美東時間多加幾個鐘頭，等於——坐辦公桌前的她愣住了，瞪視著前方。

她隨即想通一件事。一開始就很明顯。她嚇到了。

安娜依姮動手把桌上文件掃進懷裡。

「妳在幹什麼？」鄰桌的外交官問。「出了什麼事嗎？」

安娜依姮充耳不聞，喃喃自語著：「拜託，拜託，拜託啊。」

有了。

她握緊一張紙，手抖得太厲害，紙壓在桌面，字才看得清楚。

是她昨夜收到的神秘數字群。她抓起這張紙，衝向局長辦公室。他不在。

「開會中。」他的助理說。

「在哪裡？我非見他不可。緊急事件。」

助理知道安娜依姮是菜鳥外交官，不太相信事態有多麼緊急。女助理豎一指，指向天堂。她指的是七樓桃花心木巷的辦公室。「欸，妳懂狀況吧。他正在跟幕僚長開會，我才不想去打擾他。」

「非去不可。事關昨夜進來的一條訊息。拜託。」

助理遲疑一陣，見安娜依妲表情近乎恐慌，於是撥電話過去。「對不起，局長，安娜依妲．達希爾想見你。對，她是巴基斯坦科的新進外交官。她說她昨夜收到一則訊息。」助理耳朵聽著局長講話，眼睛看著安娜依妲，「是不是妳呈給他看過的同一則？」

「對，對。」

「是的，局長。」她聽著，點點頭，掛電話。「他叫妳等他回辦公室再談。」

「什麼時候？」

「誰曉得。」

「不行。不行不行不行。他非馬上看不可。」

「那就交給我好了。等他一回來，我拿給他看。」

安娜依妲拿著紙貼身。「不行。我拿給他看。」

她回辦公桌，再低頭看一次。

一九／〇七一七，三八／一五三六

爆炸案公車號碼，以及確切時間。

不是密碼，是警告。

接下來還有一場。

一一九／一八四八

一一九路公車，即將在今晚六點四十八分引爆。地點若在美國的話，時間就在八小時後。

如果是在歐洲……她看時鐘牆上不同時區的時間。

歐洲大部分地區已經四點半了。只剩兩小時又幾分。

自幼，父母教導安娜依妲要聽話，做個黎巴嫩裔乖女孩，要守規矩。從小到大，她都很聽話，這不是打罵教育的成果，而是她與生俱來的本能。

她猶豫一下。叫我等，我就等吧，要聽命令。只不過，這事不能耽擱，何況，上級不知道她解出什麼謎。不明究理下的命令缺乏正當性。不是嗎？

她對三組號碼拍照，然後呆坐著，凝視片刻。再呆坐片刻。再呆坐。牆上全球各時區的時鐘秒針滴滴答答。地球倒數計時中。

滴滴答答。

彷彿忿忿訓斥著她不夠果決。

這時安娜依妲．達希爾陡然起立，震倒了椅子。大辦公室裡慌忙亂成一團，唯有鄰桌的外交官留意到她。

「安娜，妳還好吧？」

安娜依妲已把這句話甩在背後，朝門口走去。

第六章

納思琳·布喀里看著六十一號巴士駛來。這班車從機場出發，終點在法蘭克福鬧區。

這時她看得出，男子正在跟蹤她，但她束手無策。她知道自己無法擺脫他，她只盼自己到站後，接應者知道怎麼辦。

目的地近在眼前了。她排除萬難，總算來到這裡。她多想和阿米爾通話，聽聽他的聲音，向他報平安，聽他報平安。

上車後，她找個位子坐下，允許自己回頭望一眼。果然，隔了幾排椅子，男子就坐在她後面。由於看慣了這個跟屁蟲，她居然沒留意到跟班另有一個。

⅄

安娜依妲在電梯區等電梯，只有一台直通桃花心木巷。高層主管辦公區通稱「桃花心木巷」，未必以桃花心木裝潢，但這裡的材料卻是如假包話的桃花心木，進出只能用專屬鑰匙。

上去桃花心木巷別無其他管道，而且安娜依妲沒有鑰匙，機密等級更不夠高。但是，她幾乎敢篤定，正在等電梯的這女人能進出桃花心木巷。安娜依妲看著她駝背在手機上打字，一副身受高壓的模樣。上至高官，下至警衛，人人都在緊張。

安娜依妲把識別證翻面，以免姓名曝光。她踩著果決的步伐，匆匆走向電梯區，停下來，看著閉鎖的電梯門，歎一口氣表示不耐煩，嘟噥自言自語。

接著，她掏出自己的手機，專心看著，儘量表現得心無旁鶩。頭低低的。旁若無人。

「抱歉——」等電梯的女子顯然想問這位陌生人是誰，為什麼也想上七樓。

安娜依姮抬頭看她，舉起一手，彷彿在說「等我一下下」，接著再埋首打著看似重大的簡訊。

為求逼真，她鍵入「你在哪裡？聽見新聞沒？」

電梯來了，繼續滑手機的女子走進去，安娜依姮跟進。

電梯門關上，她接著再打字「這裡大家都慌了。你有什麼想法？」

電梯載她們直升七樓。

簡訊進來，吉爾．巴赫爾的手機震動了一下。

座位上的他挪一挪坐姿，讀簡訊，不回應，心煩之餘乾脆關機。他沒空瞎打混。

過了幾分鐘，公車駛出站，他不必再盯緊目標，於是再開機，簡潔回應。

「在法蘭克福巴士上。再聊。」

貝琪把回信轉傳給艾倫，不附評語，這時艾倫正好走進內閣會議。

讀完，她將手機交給門口的特勤人員（Secret Service）保管，和其他手機一同收進小格子裡。

亞當斯國務卿進入會議室時，幾位閣員看著她說「髒女人」。

她微笑表示聽懂了揶揄意思。她知道，其中幾位和她一樣覺得好笑，也不乏幾位其實是在嘲弄她。

「髒女人」瘋傳一陣後，迅速被女權團體收編活用，變成口號，用來撻伐大男人的惡毒意識。

艾倫環視會議室裡的同僚，哪一個特別惡毒？大概沒有。

這裡集結了全國智能菁英於一堂，各人專業不同，金融界、教育圈、醫療、國家安全，所幸沒有一個沾染到過去四年的荒唐。

反過來說，也沒有一個實際在政府高層運作過。這些人頭腦靈光，有些甚至聰明絕頂。做事盡心盡力，出發點良善，賣命工作，可惜知識少了深度，也欠缺制度內的傳承，人脈和關鍵關係都尚未奠定，新政府與這四堵牆外的世界仍未搭起信任的橋樑。

拜託，連各部會之間的橋樑都還沒建立呢。

前任政府一有高官批評政策，立刻被清算，唱反調的人會被懲處，批評者全被消音，包括參議員和眾議員在內，從部長和幕僚長到工友都一樣。

敦恩（Dunn）總統要求部屬對他忠貞不渝，對他的決策照單全收，無論決策再怎麼自大、無知、高風險，都要奉行不悖。在愈來愈瘋癲的政府裡，能力不重要，能盲目效忠才可平步青雲。

艾倫．亞當斯當上國務卿沒多久，立刻發現沒有「潛政府」這檔子事。政府內部沒有潛不潛的。

完全沒有地下運作。職員和官員在走廊上來來去去，坐進會議廳開會，洗手間共用，自助餐廳裡的餐桌也是。

有一種士兵被槍砲震傻，戰後變得目光呆滯，敦恩政府留下的朝臣也有類似的神態，意味著他們總算脫離了自己製造出的險境。

如今，新政府開跑才滿月，就爆發了這場危機。

「艾倫，」威廉斯總統轉向左邊的國務卿，「妳能報告什麼？」

總統此言宛如一顆手榴彈，對準著她發射，滿臉的沾沾自喜，艾倫看在眼裡，內心明瞭——並非所有惡意都來自反對黨。

並非人人都想療癒舊傷。

⅄

安娜依妲伸出一手，讓另一位女子先下電梯，語帶謙遜加自信的說：「請。」

拜託，拜託。腦海不斷反覆默念。

出電梯後稍事停留，佯裝又收到重大簡訊——其實是等對方進辦公室。

然後，她望著漫長的走廊。

滴滴答答。

名聞遐邇的桃花心木巷。感覺像誤闖紐約或倫敦哪一家紳士俱樂部。走廊寬闊，以深色木板裝漬，牆上掛著卸任部長玉照。安娜依妲幾乎嗅得到雪茄味。

鑽進她鼻孔的其實是花香。在走廊走幾步有一張亮晶晶的牆邊桌，上面擺著一束華麗的插花，以香水百合為主，氣味略嫌甜膩。

桃花心木巷顯得好壯麗。用意正是彰顯壯麗，讓國內外訪客驚艷，以傳達權力和耐久的涵義。

在走廊居中的地方有一道高大的雙扉門，左右各有一名外交護衛隊員鎮守。安娜依妲猜這間是國務卿辦公室。

她想進的不是這一間。她想去會議室。可是，會議室是哪一間？總不能每間都開開看吧。守衛正要轉頭看她。

安娜依妲下定決心了。現在不是當個乖女兒的時候，現在應該脫胎換骨。

她決定化身為她最崇拜的琳達・瑪塔爾（譯註：Linda Matar，黎巴嫩女權健將）。

她關掉手機，交給護衛隊員，毅然決然踏進走廊，直接走向守衛。

「我是巴基斯坦科的外交官，我接到指示，必須親交一份訊息給局長。請問會議室怎麼去？」

「女士，妳的識別證呢？」

女士？

她把識別證翻過來，亮給他看。

「妳不應該上這一樓的。」

「對，我知道。不過我接到的指示是親交訊息。你想搜身也可以。不然帶我去，都無所謂，總之我非親交訊息不可。現在就要。」

滴滴答答。

兩名守衛交換眼色，較資深的一位點點頭，由女守衛隨便搜身一下，然後陪同她走幾步，來到一道沒號碼也沒牌子的門口。

安娜依妲敲門，敲一聲，再敲一聲。大聲一點，再用力一點。

琳達．瑪塔爾，深呼吸；琳達．瑪塔爾，深呼吸。

門倏然打開。開門的是一名身材精瘦的年輕人，雪貂臉。「什麼事？」

「我想找丹尼爾．侯登（Daniel Holden）。我是安娜依妲．達希爾。他是我們局長。我有一份訊息要傳達給他。」

「我們正在開會。他不希望被打——」

琳達．瑪塔爾。

安娜依妲推開他。

「喂！」他喊。

會議桌所有人轉頭看。安娜依妲立定，舉起雙手，表示她不含惡意。她掃視在場每一張臉孔，尋找——

「妳跑來這裡想搞什麼鬼？」丹尼爾．侯登站起來瞪她。

「傳達訊息。」

守衛靠向她，這時局長說，「我認識她。沒事。」接著他面向安娜依妲，「妳認定這訊息很重要，我瞭解。今天每一件事都很重要，尤其是我們正在討論的事。妳現在給我走。有事待會兒再談。」

局長的語調鎮靜卻堅定。

琳達．瑪塔爾拒絕被哄。

可惜安娜依妲．達希爾終究不是琳達．瑪塔爾本人。她點點頭，紅著臉，向後退，「對不起，局長。」

說著，安娜依妲甩開爸媽的叮嚀，擺脫急欲討好別人的願望，一轉身，抓起局長的手，硬把皺皺的紙條塞進他手中。

「讀裡面寫什麼。看在老天的份上，一定要讀。又要發生攻擊事件了。」

他看著安娜依妲衝出門，忍不住想叫她回來。然後，他瞄紙條，只見一串數字和符號，沒提到下一場爆炸案。局長心想，這外交官太年輕，被大場面嚇壞了，想自抬身價。局長現在沒空哄她。

他把紙條放進西裝口袋，打算待會兒再看。他回座位，為剛才離席致歉。

滴滴答答。

離開後，守衛護送安娜依妲從走廊走到電梯，目送她下樓。

安娜依妲回到辦公桌，自知心血全白費了。

她從局長的神態可見，局長才不會讀那張紙條。就算讀了也緩不濟急。

唉，算了。盡全力了。

她看著電視，看著巴黎和倫敦現場，看著被炸傷的男男女女，看著他們渾身是塵土、灰燼、鮮血，看著好心的路人為流血不止的傷口止血，看著跪坐路面的路人握住垂死受害者的手，抬頭東張西望，尋求救援。

殘破的場景，血腥的畫面。監視錄影帶週而復始，宛如希臘神話裡反覆被折磨的普魯米修斯（Prometheus），民眾一而再、再而三遇難。

假使那組號碼真的是預警，再過兩小時又幾分鐘，下一場慘案即將爆發。

還有一條路可走，安娜依妲知道。她百般不情願走那條路卻別無選擇。

她上臉書，搜尋到一位老同窗，向他打聽到另一位女同學，從女同學那裡再打聽到另一人。

耗掉寶貴的二十分鐘之後，她終於問到了她想聯絡的人——一個她百般不情願聯絡的老同學。

ↄ

亞當斯國務卿提前離開內閣會議，由隨扈從白宮載回霧谷。自從凌晨兩點三十五分被吵醒後，她在同一段路上似乎往返了不下百次。

一回到國務院，她直奔國務卿專用會議室，找幕僚長博因頓和助理進來。

打電話給聯絡簿上的人，打給各國外交部，打給安全分析師。

面對資訊真空的窘境，內閣集思廣益的決策是不會再發生爆炸案了，就算有，也不太可能發生在美國本土。

因此，儘管慘絕人寰，這兩樁爆炸案無關美國安危。友邦有難，美國必定義不容辭伸出援手，但當前美國應傳達給國民的是信心，應該安安民眾的心。

方才，在艾倫追問下，情報研究局（Bureau of Intelligence and Research）局長表示，沒有證據顯示爆炸案會不會再起，然而，由於至今無人出面承認犯案，因此似乎可合理假設這兩起爆炸案的歹徒是聯手犯案的獨行俠。

「這怎麼可能？」艾倫問。「既然『獨行』，怎麼會『聯手』呢？」

「不排除是少數獨行俠集體行動。」

「啊——」艾倫決定不要浪費時間鬥嘴。

現在，艾倫坐在專用會議室裡，聽著毫無新發現的報告，心裡思忖著，剛才決定離開內閣會議，會不會是一大失策？

艾倫心知，在政府高層做事，你如果不和層峰同桌，就被層峰列入菜單中——隨他們去惡搞吧——她心想，我該坐的是這一桌。

「撥給國家情報總監，」她說。「我有幾個問題想問他。」

第七章

第一起爆炸案事發至今只幾小時，但在凱瑟琳．亞當斯旗下的國際媒體公司（International Media Corp）辦公室裡，幾名會計已經坐進來警告她，公司大難臨頭了。

「國外分社伸手要錢，我們怎麼能隨隨便便就匯錢給他們？」會計主任解釋著。「名目要講清楚才行吧。照這種匯錢的方式，今天中午不到，公司就會流失一百萬美元。」

「隨隨便便？」新聞主任質問。「你是眼睛黏到狗屎嗎？難道沒注意到……」他揮手指向靜音的電視牆，集團旗下的國內外多家電視台正播放著慘不忍睹的景象。「這名目還不夠大嗎？我的記者群需要奧援，現在最急著用的是錢。現在！」

「如果我們能取得收據……」一名會計只講到一半。

「可以。用鮮血寫的收據，你們收不收？」他怒吼。

雙方轉頭看凱瑟琳，神情氣急敗壞。

凱瑟琳．亞當斯擔任執行長才兩個月，今天是她遇到的頭一場試煉。幸好，出身媒體世家，自幼旁觀母親力斬新聞工作和政治問題的亂麻，既要兼顧公平性，也要平衡各人的自尊和個性。在新聞圈和政壇，自大心都是一大問題，大到往往能遮蔽天日，蒙蔽理性。

從小，在家吃晚飯時，她不斷聽父母討論這些事。小凱瑟琳是這份工作的學徒，從小到大學習，全年無休。

凱瑟琳有一個同母異父的哥哥，從事新聞工作；她自己則向母親看齊，以經營管理為業。儘管從小學到大，她卻沒學通這方面的管理學。在家，她只學會表現得自信，心裡卻淨想鑽進辦公桌底下躲避唇舌戰，讓別人去做決策。

「我們要保持理性才好，」會計主任對凱瑟琳訴求，「如果被查帳，我們拿不出匯錢的證據，那……」

「那又怎樣？」新聞主任質問。「你會被轟爛嗎？你好像沒搞懂吧，在前線衝鋒陷陣的是記者。發生這種爆炸案，記者挖線索的手法比情報單位更快。用什麼樣的手法？畢恭畢敬訪問嗎？要不要先說請，然後謝謝你？要不要先送對方一桶鮮奶，然後——」

「我懂了，不過，你總該對你的記者耳提面命一下，這錢不是他們的錢，一定要以成年人的——」

他看著執行長凱瑟琳．亞當斯。

凱瑟琳暗忖，「講句話吧。要有擔當。看在老天的份上，講句話吧。」

「成年人？記者怎麼跑戰爭新聞，怎麼採訪叛軍，你有沒有概念？」新聞主任說。「人脈要花好幾年灌溉，才能直擊恐怖組織，情報單位的人脈更難栽培，也更加嚇人。要素有兩個，勇氣和金錢。勇氣由記者出，因為你出不起；現在你最起碼也要出錢。馬上給！」

無奈之下，他轉向凱瑟琳。「換妳解釋。我告辭了。」

新聞主管重重摔上門，震撼整間辦公室。會計們全轉向凱瑟琳，等著她開口。等著。

「匯就匯吧，」她說。

「匯錢像失血啊，凱瑟琳。」

凱瑟琳回頭望著電視牆。看著倫敦和巴黎的慘象。接著，她的焦點轉回會計主任。他是亞當斯家的長年老友。

「匯吧。」

會計主任收拾好文件，帶領部屬離去後，凱瑟琳閱讀母親寄來的電郵。這則電郵發給新聞主任和凱瑟琳兩人，請求旗下記者一挖到可用的情資立刻轉交國務院。

在報導之前。

凱瑟琳剛才沒問新聞主任願不願意和國務院合作，主任也沒主動告知意願。最好不要被視為老闆想左右新聞報導，或者老闆被左右。

顯而易見的是，凱瑟琳的母親正在撒大網捕捉訊息，愈多愈好。集團旗下的新聞頻道甚至報導一份傳言：亞當斯國務卿已經向前任政府請益，盼能洞悉事理。

輿論抓住這一點，做出兩種解讀，一是國務卿願放下身段，不計兩黨嫌隙，以國是為重，是大膽主動出擊。另一種解讀是，此舉是白費時間的愚行，可見國務卿無能，沒資歷卻想做大官，現在走投無路了。

凱瑟琳辦公室外有人敲門。門一開，執行長助理進來，氣氛頓時慌亂。「麻煩執行長看一下，這電郵剛寄到妳以前的郵箱。」她把手機交給執行長凱瑟琳。「她好像和妳讀同一所高中。」

「我哪有閒工夫——」

「現在她在國務院上班。」

「太好了，謝了。」

助理離開後，凱瑟琳瞄一下電郵。內容短短幾句話。態度甚至簡慢。

我們是高中同學。我有件事非告訴妳不可。署名安娜依妲．達希爾，國務院南亞暨中亞事務局外交官。

座位上的凱瑟琳往後挪。她記得有個高中同學名叫安娜，姓達布什麼的，個性怯生生的，常向老師告狀有同學抽菸呼麻、有同學遲到溜進教室、有同學考試作弊。

總之她最愛拍老師馬屁，連老師都鄙視她。

打籃球的時候，同學不傳球給她，反而拿球砸她；踢足球時讓她吃拐子；打草地曲棍球時拿球棍砍她小腿。

不是霸凌。是以牙還之。高中生凱瑟琳知道，這是自嘗苦果，姓達布什麼的安娜是自作孽。

然而，事隔十五年，如今凱瑟琳．亞當斯另有一番體會。當年實在太殘酷了。

（安娜今天找上我，到底想幹什麼？為什麼偏偏挑這一天？）

凱瑟琳回信向她要電話號碼，她幾秒就回信。凱瑟琳打給她，她立刻接聽。

「安娜？」

「凱蒂？」

「是這樣的，安娜，我有好一陣子一直想跟妳聯絡。很不好意思——」

「妳先聽我講就好，」安娜說。凱瑟琳睜大眼睛。印象中的安娜個性不是這樣。「我想和妳母親對話。」

「什麼？妳在哪裡？妳在上廁所嗎？」

是的。

安娜依妲一接到凱瑟琳回信，趕緊離開座位進女廁，進去隔間，藉著沖水來淹沒講電話的聲音。

「求求妳。妳能帶我去見妳母親嗎？」

「為什麼？妳有什麼事？跟爆炸案有關嗎？」

安娜依妲知道凱蒂會問。現在不能再稱呼小名了，應該改叫她凱瑟琳。安娜知道凱瑟琳母親把棒子交給她，讓她主導規模宏大、能呼風喚雨的新聞集團。

安娜最不希望線索走漏成焦點新聞。

「我不能告訴妳。」

「不講怎麼行，」凱瑟琳說。「連我自己能不能去見她都有問題了。憑什麼叫我帶妳去見她？」

「因為妳虧欠我。」

「什麼？我欠妳一個道歉，而我老早就想了。是的，我對不起妳。可是，在公事上，我什麼也不欠妳。」

「拜託拜託。我有個東西非讓她看不可。」

「什麼東西？」

「我不能——嘩嘩嘩（沖水聲）——告訴妳。」

嘩嘩嘩（沖水聲）。

「好了啦，再沖水，整條波多馬克（Potomac）河都被妳沖走了。我們就約在國務院外面見。二十一街的入口，在東北角。」

「動作要快。」

「好啦，聽了那麼多水聲，我非得上個廁所不可。」

⅄

滴滴答答。

安娜依妲看著手機。她剛設定鬧鈴為中午十二點四十八分，歐洲時間是下午六點四十八。炸彈爆發時間。

手機顯示正午十二點〇一分，還剩四十七分鐘。

「安娜？」

安娜依妲轉身，看見一名跑步過馬路而來的女子，長相依稀眼熟。女子身穿時尚粗呢外套，鞋子看似馬靴，栗褐色頭髮飄逸，眼珠深棕。

上次見到她是在高中最後一天，見到她背對著她一去不回。現在凱蒂長大了。

凱瑟琳看到的女孩幾乎和十五年前一模一樣。當年的安娜在最後一天還在拍校長馬屁。不為什麼，就愛拍馬屁。

和凱瑟琳印象相形之下，現在的安娜漂亮多了，長髮黑亮，皮膚黃褐剔透，褐眼珠和高中時代同樣認真，現在多了一份自信，多了一份前所未見的堅決。

「凱蒂？」安娜依妲說。「謝謝妳出來見我。」

「妳掌握到什麼？」

安娜依妲猶豫著。「我不能告訴妳。但妳必須信任我。」

「不是說帶妳進去就進得去的。我母親正在忙什麼，妳也曉得。怎麼能去干擾她……」

「我完全知道亞當斯國務卿正在忙什麼。甚至比她更清楚。告訴妳，我掌握到資訊。」凱瑟琳的表情不僅露出狐疑，更擔憂自己遇到了瘋女或更可怕的人，這時安娜依妲說，「我的為人妳應該很清楚。我一向是個老實人。有時候就嫌太老實了。我從來不說謊，從來不作弊，從來不犯規。我把這資訊呈給我們局長，可惜我覺得他不太重視。拜託妳——」

凱瑟琳看著眼前這張臉，看出對方真正在害怕。凱瑟琳深吸一口，吐氣，掏出手機發一則簡訊。

不多久，手機叮一聲。

「來吧。我們至少能上七樓，不過我不能保證母親願不願意見妳。」

安娜依妲急忙跟上。凱瑟琳的長腿邁一步，安娜依妲要跨兩步才跟得上。

滴滴答答。

大廳裡有一位年長的女士接見她們。深夜失眠時，安娜依妲常看重播影集，這女士長得像一九五六〇年代《天才小痲煩》裡的柯里福太太。

「這位是我母親的知己，現在擔任她的顧問，」凱瑟琳說。「貝琪・詹姆森，安娜・達布——呃——」

「達希爾。」

「通行證給妳們。」貝琪遞給她倆。「到底有什麼事？妳們真會挑時間來找她呢。」

安娜依妲挑起眉毛——柯里福太太的台詞好像被改了。

「我也不知道，」凱瑟琳坦承。木板裝潢的電梯在大廳等著，她們跟隨貝琪上電梯。「她不肯告訴我。」

電梯門一合上，想溜走也來不及時，安娜依妲才記起樓上有兩個守衛。她暗暗祈禱他們換班了。

她看看手機。

剩下四十一分鐘。

⅄

吉爾在公車候車處排隊，不再躲躲藏藏，而且還希望被她看見，被她知道，要她感受追兵對著她後腦勺吐熱氣。

到了這階段，女子絕對知道他正在跟蹤她。但吉爾也算準了，她不能變動計畫。他自己也不行。

兩班公車來了又走，納思琳·布喀里不上車。第三班過來停靠，她總算走進去了。她緊抱阿米爾的舊斜背包在胸口，聞著餘留的他的體味。

她現在能面對了，皮製的這包包幾乎篤定是丈夫阿米爾的遺物。為了救這包包、為了救她，夫妻倆冒盡了所有風險。

她已經一無所有。阿米爾可能連命都沒了。

想到這裡，她心湖倏然一片安寧，海闊天空。最壞的狀況已經結束了。她再也不害怕。

納思琳·布喀里在最後一排靠邊坐下。至少，這一次她能觀察跟蹤者，不會再被他盯。

吉爾上車，在她前兩排的另一邊坐下。

她沒留意到的另一人坐在她正前方。

接著，一一九號公車出發了。

「站住！」

安娜依妲停下來。

「搞什麼鬼啊？」貝琪質問。「她是我的客人，讓她進去。」

「妳認識這位女士嗎？」女守衛質問，一手放在佩槍上。

「當然認識，」柯里福太太撒謊。「妳呢？認識她嗎？」貝琪指向凱瑟琳。

兩名警衛點頭。

「那就好。讓我們進去。」

安娜依妲心臟跳得好厲害，深怕連厚重的冬衣都遮不住，被守衛看穿。

女守衛瞪她一眼，然後點點頭，下巴朝門的方向堅定甩一下。

「謝謝妳。」安娜依妲說。女守衛聽了卻好像更火大。

三人走進接待室。這裡的景象和安娜依妲的想像完全不符。她本以為國務卿辦公室同樣是深色木板裝潢，擺著皮面大椅子，有著看起來很名貴的長毛地毯，仔細一看才知端倪。

在政府機關上班，安娜依妲每天都學到新東西，一切都很壯觀——只要你不近看。但是，亞當斯國務卿的接待室完全不是同一回事。用不著近看。

接待室裡有鷹架。鋪著防水布。地板暴露出補丁斑斑的破舊木板，被石膏粉塵覆蓋——簡直是工地。亞當斯國務卿正在改造國務卿辦公室，裡裡外外都換新。

「在這裡等一下，」貝琪說。「妳，」指著凱瑟琳，「跟我來。」

「拜託，快一點！」安娜依妲說。

貝琪止步轉身，安娜依妲以為自己要挨罵了，沒想到貝琪面帶倦意和煩惱，也顯得同情。

「我們會的。妳成功了，可以放心了，妳進來了。亞當斯國務卿待會兒就見妳。」

安娜依妲看著貝琪和凱瑟琳進辦公室。

她放不下心。柯里福太太的出發點是好的，但她不明白安娜依妲知道的事。

安娜依妲看手機。

剩下三十八分鐘。

⅄

公車蹦蹦跳跳駛向法蘭克福市區另一邊，停車讓男女老幼下車。

男女老幼上車。

第八章

艾倫‧亞當斯走出來，幕僚長博因頓緊跟在後。

不由自主，安娜依妲的眼睛瞪得好圓，除了看電視以外，她只遠遠見過國務卿。國務卿比安娜依妲想像來得高，神態如她想像中熱切。

「妳掌握到訊息嗎？」亞當斯國務卿說著走向她。

「在這裡。」

安娜依妲把手機遞過去，國務卿接下，看一眼，然後傳給博因頓。

「這是什麼？」艾倫質問。

「昨晚我的工作站收到一則簡訊，這是我拍的照片。我是外交官，負責……」

「巴基斯坦事務，知道了。這是什麼意思？」

「別浪費時間了，國務卿，」博因頓舉起手機說。「她是個新進外交官。會議室裡有高級情報人員等著我們。她（博因頓指著安娜依妲）不可能知道我們情報單位掌握不到的資訊。」

艾倫轉身看他。「就我目前所知，他們掌握到的資訊是零。不看白不看。」她轉回安娜依妲：「快解釋。」

安娜依妲從博因頓手裡搶回手機，站到國務卿身旁，挨過去，肩膀碰上國務卿肩膀。

「看看這數字，國務卿。」

「看到了——」艾倫才講一半就縮口。相片裡的數字散開來，重新組合成令人心寒的數字。衣櫃裡的妖怪，床底下的鬼，暗巷深處再怎麼高歌也趕不走的幻影。無法想像的恐懼全集合起來，幻化為這一串數字。

「前兩組是兩次爆炸案的公車號碼和時間，」艾倫說。「另外還有一組。」她的嗓音一沉，靜到差不多相當於耳語，彷彿音量太大會引爆手機。「這是妳昨晚收到的？」

「是的。」

「什麼東西嘛？」博因頓質問，上前一步看。

貝琪和凱瑟琳也擠過去看。

隨即，博因頓、貝琪和凱瑟琳不約而同開口，但艾倫舉雙手要他們閉嘴。

「會發生在什麼地方？」她問。

「我不知道。」

「是誰發給妳的？」

「我不知道。」

「這下可好了，」博因頓說。沒人在聽他說話。表面上是沒人在聽，但亞當斯國務卿聽進去了，暗記一筆，和他的其餘言行一併歸檔備查。

「如果要我猜的話，我敢說，下一個目標也在歐洲，」安娜依妲說。

艾倫匆匆點頭一下，態度果決。「同意。既然非縮小範圍不可，侷限在歐洲似乎說得通。如果是這樣的話——」她看時間，心算一下，「天啊！」她看著貝琪，「只剩二十四分鐘。」

貝琪啞然無語，臉色翻白。

「跟我來。」艾倫說。

一夥人跟她進專屬會議室。座無虛席，全場的眼珠一致轉向來人。

亞當斯國務卿簡潔說明三組數字代表的意義和即將發生的事。

「這組數字趕緊傳給友邦的情報單位。給我彙整出歐洲哪個首都有一一九號公車。倫敦和巴黎可以略過。限你們五分鐘。」

大家先是愣了一愣，彷彿全場騰空而起，旋即，所有人動了起來。

「撥電話給歐盟情報總監，」艾倫告訴博因頓，快步走回專用辦公室，在辦公桌前站定，正要坐下。她看著幕僚長博因頓。

博因頓站在門口。

「什麼事？」她說。

他回頭看背後，看看會議室和熱鬧如蜂窩的裡面，然後步入辦公室，帶上門。

「妳怎麼沒問她為什麼？」

「什麼意思？」

「那個小外交官。對方為什麼不向別人通風報信？為什麼接到密報的人是她？」

艾倫正要回嘴「誰收到並不重要」，卻適時頓悟「很可能是關鍵」。

「打給歐盟情報總監，然後去查明安娜依妲・達希爾的背景。」
她坐下，取出手機，發簡訊給兒子：請聯絡我。
她的手指停留在❤上，隨即作罷，改按「傳送」。
然後開始等——等——。
滴滴答答。
無回應。

⚓

「有了。」國務院資深情報分析師衝進艾倫辦公室說。
艾倫剛和歐盟情報總監通完電話，告知美方取得的線索。
國務院分析師呈一張清單給她，其他人在他背後一字排開，靜候她閱讀。她一眼就看完了。這清單短得出奇。
倫敦和巴黎被排除在外。可能受攻擊的大城僅有羅馬、馬德里和法蘭克福。
「哪個城市的機率比較高？」她質問。
剩下六分鐘。
「國務卿夫人，我們無從判斷。我們已經派人通知這三城市的交通單位，不過當地時間已經過了六點，全都下班了。」

眾人瞪大眼睛看著她。艾倫轉向博因頓。「通知國際刑警，叫他們警告這三個大城的警察局。凱瑟琳！」

「什麼事？」女兒喊著，出現在門口，手機貼耳朵。

「羅馬、馬德里、法蘭克福。把消息傳出去。」

「瞭解。」

⚓

「怎麼一回事？」安娜依妲問，她見到一群資深分析師衝出去，湧向國務卿辦公室。

「他們查到哪些大城有一一九號公車。」助理說。

「有哪幾個？」

助理把清單推給她。

安娜依妲一讀，眉宇立刻蹙緊，陷入沉思，眉頭隨即鬆開，睜大眼睛。

「天啊，法蘭克福，」她喃喃說，掏出手機。

剩四分鐘半。

她抖著手，滑手機，找錯了簡訊，再滑幾下，找出吉爾今晨發的那一則。

「正要去法蘭克福。」

她打字「你在法蘭克福？在公車上？」接著按「緊急」圖像。

吉爾回應：「對」。在座位上的他放鬆心情下來。這二十六小時太難熬了，幸好也快結束了。

安娜依妲再問：「為什麼？」

「追新聞。」

「什麼信文。」安娜依妲手抖得太厲害，沒留意打錯字就送出去了，正要更正的當兒又收到回應。

「不能講。」

「你在法蘭克福哪裡？」

她等著。注視著螢幕。拜託。拜託。

剩三分鐘又二十秒……

「公車上。」

「幾號公車？」

重要嗎？

「！！！！」

「一一九號」

吉爾收手機進口袋，背靠向椅背，看著前面座位上的小孩彼此亂推亂戳，走道另一邊有一位老婦人正在看他們，無疑是暗暗慶幸這幾個不是她的子孫。

公車上擠滿了乘客，吉爾正考慮是否該讓座，卻顧及自己應該盯緊納思琳・布喀里博士，以留意她在哪一站下車，以對照線民所言是否屬實。

「快下車！有炸彈！」

遲遲沒回應。

安娜依妲注視著螢幕。（快呀，快呀！）

無反應。

她打電話試試。

無人接聽。

她切斷電話，衝向國務卿辦公室，被警衛擋架，但她又不顧一切衝進去。

「有一個朋友，」她吶喊著。「法蘭克福一一九號公車上有個朋友。他正在追新聞。我通知他公車上有炸彈，可是他沒回應。」

「追新聞？」貝琪說。「他是記者？」

「對。」

貝琪倏然轉身，盯著艾倫看。

艾倫掏手機出來，貝琪把頭轉回到安娜依妲。「妳朋友叫什麼名字？」

艾倫看著她收到的最近一則簡訊。對方是她的兒子。

「在法蘭克福公車上。再聊。」

「他名叫吉爾，」安娜依妲說。「吉爾．巴赫爾。」她的視線從貝琪震驚的臉，轉向國務卿震驚的臉。艾倫嘴巴合不攏，眼睛瞪大。

艾倫顫抖著，按電話圖像，目光扣住貝琪眼睛。

「怎麼了？」安娜依妲質問。

「吉爾．巴赫爾是她兒子。」查爾斯．博因頓說。

辦公室裡的空氣霎時流失殆盡。

剩三分鐘零五秒。

所有人凝視著艾倫。

凱瑟琳進門來，陡然站住。「發生什麼事了？」

貝琪走向她。「吉爾在法蘭克福一一九號公車上。妳母親正要打給他。」

「天啊——」凱瑟琳只擠得出這兩字。

⅄

公車靠站，吉爾前座的小孩發現到站了，驚叫一聲跳起來，衝下車。就在同一時間，納思琳·布喀里前座位的男子也下車。

但他留下東西沒帶走。

幾個大人帶小孩上車。幾個青少年和一對老夫妻也上來。

吉爾的手機震動著，顯示有人來電，但他置之不理。每到一站，他都要專心盯納思琳·布喀里博士，以免她在關門的前一秒溜走。

公車再上路後，他掏手機出來。

「幹。」他邊罵邊按紅色拒接鍵。

⅄

「被他拒接。」艾倫說。

「用我的手機再打。」凱瑟琳說著撥號，遞給母親。

倒數一分十秒。

⅄

手機又震動了。

吉爾掏出來，以為會看見母親的圖像。

不料，他竟看見同母異父的妹妹凱瑟琳。

「嗨，凱蒂——」

ㄟ

「仔細聽我說，」發聲的人是母親，語氣嚴峻、鎮靜。

「可惡。」吉爾說，正要按「結束通話」。

「有炸彈！」艾倫提高嗓門說。

「什麼？」

「你搭的公車上有炸彈！」鎮靜的語氣瓦解了。艾倫的語調激增到近乎吶喊。「你只剩一分多鐘。快逃啊！」

愣一剎那，他才會意過來，聽出對方口氣中的恐慌。

他站起來嚷嚷，「快停車！有炸彈！」

同車乘客看著他，隨即畏縮，怕被這個美國瘋子掃到。

吉爾上前，攫住納思琳．布喀里手臂，「站起來！下車去！」

納思琳．布喀里推開他，拿阿米爾的斜背包甩他，猛捶他，高喊救命。

她心想他計畫用這招逼我下車，她的思緒奔騰，腎上腺素激增。

吉爾鬆手，跑向公車前半部，對著司機吼。

「停車！叫所有人下車。」

他轉身，順著走道望去，見大小眼珠子瞪著他看。男人、女人、兒童，各個一臉驚恐。怕的不是炸彈，而是他。

「拜託！」他乞求著。

滴滴答答。

⅄

壯麗的國務卿辦公室裡，大家看著時鐘牆進行倒數。電話線另一端傳來吉爾的叫嚷聲，乞求聲。

十九秒。

十八秒。

「吉爾！」母親喊著，「下車啊！」

⅄

終於，公車剎車停下。

車門敞開，司機離開駕駛座。

「謝──」吉爾才講一個字，外套就被司機兩手揪住。整個人被司機甩下車。

⅄

十秒。

九秒。

眾人睜大眼睛。呼吸暫停。

「八秒」，安娜依姐小聲說。

⅄

他重重摔在人行道上，一時無法呼吸，身上多了幾處瘀青，抬頭一看，公車走了。他踉踉蹌蹌起身，想追公車，隨即想到自己怎麼跑也追不上，只好轉向路上的行人。

⅄

三秒。

兩秒。

⅄

「站住，快趴下。有——」

！

滴滴答答。

！

安娜依姐的鬧鈴響起之際，艾倫的臉色倏地變白。

第九章

手機從艾倫手裡滑落，掉在地板上。

頭暈的她一手伸向背後，想穩住重心，想站直。

相框、紀念品、檯燈轟然落地。

接著，她恐慌之下，彎腰撿拾手機。

「吉爾？」她對著手機喊，「吉爾！」

通話中斷。

「吉爾？」她對著猙獰的寂靜低聲說。

「媽？」凱瑟琳走向她說。

「爆炸了……」她喃喃說著，眼睛睜得很大，凝視著女兒，然後凝視貝琪。

隨即，全辦公室陷入大亂，所有人動起來，大聲發號施令。

「停！」

大家停下，全轉身看著亞當斯國務卿。這時候，貝琪在她一旁，凱瑟琳在另一旁。

爆炸已過十秒鐘。

「知不知道公車確切地點？」艾倫質問。

「知道。可以用手機連線追查，」幕僚長博因頓說。他抓起手機按幾鍵，點點頭，「查到了。」

「傳給德國，」亞當斯國務卿命令。「也通知法蘭克福急救中心。快！」

「是的，國務卿女士。」

博因頓吩咐助理去通知所有情報單位，聯絡美國駐法蘭克福領事館並派員趕過去。

「也叫他們找吉爾，」艾倫對著助理的背影喊。「吉－爾－巴－赫－爾。」她逐字母拼音告知，尾音跟隨著助理飄進走廊。

凱瑟琳正打給吉爾，艾倫轉向她，見她搖著頭。她們轉頭看安娜依妲，見她也在打電話。

安娜依妲眼睛圓鼓鼓，手機貼耳。沒人接聽。

「我改撥給集團駐法蘭克福分社。他們就近趕過去比較快，」凱瑟琳說，指頭猛戳著手機。

「妳，」她對安娜依妲說，「繼續打給我哥。」

安娜點頭。

電話聲四起，夾雜著簡訊鈴和警示。

貝琪轉向電視牆，看著菲爾醫師（Dr. Phil）脫口秀專訪到一名女子，女子的丈夫即將變性，妻子卻不得不透露她自己即將變性為男人。

轉台。

電視法官茱蒂（Judge Judy）正在裁決一民眾曬的茶巾屢次被鄰居偷走的怪案。

轉台。轉台。

快報還沒來。案發剛過一分鐘。

轉台。

「國務卿，我已經通知德國總理，也把爆炸案座標傳給情報單位和救護中心，」博因頓報告著。

「要不要也通知總統？」

「總統？」艾倫問。

「美國總統。」

「喔，天啊，好。交給我。」

艾倫沉沉坐下，只差沒一屁股跌進椅子。她雙手抱頭，指頭抓住頭皮。頭抬起來時，她紅了眼睛，但除此之外看不出她剛得知兒子遭不測。

「請撥給威廉斯總統。」

助理群把消息傳出去的同時，來自各方的報告也迅速蜂擁而至。

「總統先生，又發生爆炸案了。」

⸙

「等我一下。」

道格．威廉斯向白宮幕僚長芭芭拉使眼色，要她結束這一場接見活動。橢圓辦公室裡有一群中小企業署代表。

閒人退下之後，威廉斯轉身望著窗外的草坪。

「發生在哪裡？」

「法蘭克福。又是公車。」

「可惡。」（幸好不在美國，他忍不住慶幸。）

他坐回辦公桌，通話改擴音功能，轉向筆電，在加密搜尋引擎裡快速鍵入字串，「網上還沒消息。」

幕僚長芭芭拉．史登浩澤回來了，以肢體語言質疑著，但她只見總統隨便打個手勢，猜測總統叫她自己在電視牆切換幾台看看。她猜對了。

「又發生爆炸案了，」他對著橢圓辦公室另一邊的芭芭拉喊。「法蘭克福。」

「可惡。」芭芭拉把頻道固定在CNN，抓起手機。

「什麼時候的事？」他問艾倫。

艾倫看時鐘，赫然發現事發才過一分半。「九十秒之前。」

感覺像過了幾世紀。

「我們剛通知德國政府和國際情報界，」亞當斯國務卿說。「已經透過加密管道通報出去。」

「咦。妳通知德國？怎麼不是德國通知妳？妳的消息怎麼這麼靈通？」

艾倫猶豫著，不想告訴他。但她知道非講清楚不可。

「我兒子在公車上。」

無言。

「很遺憾。」總統說，語氣幾近真心。

「他也有可能下車了，」她說。「聽起來，」她強打起精神，「……他可能下車了。」

「妳正好跟他通電話？這麼湊巧？」

「總統先生，我可以當面解釋事發經過嗎？」

「妳能過來最好。」

來到白宮，艾倫緊抓著手機，不願交給特勤，以免漏接吉爾的回電。這時候，橢圓辦公室裡已有國家情報總監、中情局長、以及參謀長聯席會議主席懷海德將軍。

「國土安全部長和國防部長就快到了，」威廉斯總統說，「不過我們不等了。」

他不提吉爾，令艾倫鬆一口氣。只不過，艾倫猜他並非怕她心痛，較有可能的是，威廉斯是個情緒懦夫，不然就是忘了。

艾倫速簡交代案發過程。到這階段，這起爆炸案的快報已傳遍全世界。新聞轉播著現場慘狀；主播接近歇斯底里，原因是焦慮或亢奮不得而知。記者趕到現場，近到不該接近的範圍；素有高效率美名的德國警察不太管得動全場；救護車和消防車鑽不太進去。

「妳是說，接到警告的是一個資淺外交官？」情報總監提姆．畢詮質問。「我國的情報網這麼先進，情報員經驗這麼老到，全世界偏偏只有她接到？」

「是的。」艾倫說。畢詮只是原原本本覆誦她的解釋。

「可是，警告是誰傳給她的？」總統問。

「我們不清楚。訊息被她刪除了。」

「刪除？」

「照規定要。本來她以為是垃圾訊息。」

「對方該不會是自稱奈及利亞王子的詐騙集團吧？」剛到的國土安全部長問。好冷，沒人笑。

「為什麼寄給她？」總統問。「她叫安娜……」

「安娜依妲．達希爾。我不知道——」

「安娜依妲．達希爾……」中情局長喃喃說，看著國家情報總監畢詮。

「我來不及問，」亞當斯國務卿說著。「我只慶幸她懂得反應。」

「太遲了，」國防部長說。「三顆炸彈全炸完了。」

艾倫說不出話。畢竟是事實。

國家情報總監畢詮告退，一分鐘之後就回來了。

懷海德將軍看在眼裡，頭微微歪一歪，偷偷向國務卿眉目傳訊，對她淡淡一笑，想安她的心卻適得其反。

這時，連她也審視著提姆．畢詮。

「一切沒問題吧？」道格．威廉斯問。

「還好，總統先生，」畢詮說。「我只是去通知部屬一下。」

畢詮才出去一小陣子，將軍為何如此擔心，艾倫．亞當斯納悶著；隨即自以為想通了。

想通知部下，情報總監畢詮其實當場撥電話即可，告退的原因只有一個，就是不希望通話內容被其他人知道。

問題是，究竟是為什麼？

艾倫再瞄懷海德將軍一眼，但他的注意焦點已經轉回總統。

亞當斯國務卿在場有問必答，吉爾的母親心思卻飄回電視牆。不敢看。以免……

終於關心她的人是懷海德將軍。

「妳的兒子？」

「沒消息。」她的語氣冷硬乾脆。她以眼神懇求不要再問。

他倉促點一下頭，不再開口。

「依然沒有人出面承認嗎？」總統問。

「沒有。這顯然已超出獨行俠行徑了，總統先生，」國防部長說。「這是一整團獨行軍。」

「給我答案，不要再給老掉牙的形容詞。」威廉斯總統看著全場，只見高官各個面無表情。

久久無人反應。

「沒答案？」他簡直用吼的。「沒答案？媽的，開老子玩笑嗎？我們是全球最偉大的國家！我們有最尖端的監控器材，有最精密的情報網，你們卻只端得出狗屁？」

「恕我不敬，總統先生——」中情局長說著。

「屁話少說。快講。」總統怒視他。

中情局長環視全場，尋求支持，視線落在國務卿上。艾倫嘆一口氣。

由於艾倫早跟總統有心結，她最無後顧之憂。何況，艾倫．亞當斯也不把權謀角力看在眼裡。

「道格，你的心態停留在四年前。」

艾倫不慎直呼他的小名。

「什麼意思？」

「你最清楚，」她發飆說，轉頭望向白宮幕僚長芭芭拉，「妳也是。沒空跟你們打馬虎眼了，我就講重點。上一任政府是破壞王，碰到井水，井水變毒水，也把國際關係搞砸。美國號稱全球自由國家龍頭，只是空有名號而已。你洋洋自得以為情報網多有效率，其實早已成為空殼子。現在，友邦信不過美國。有意對我們下毒手的壞人正盤旋在我們上空，我們卻任憑他們為所欲為，放他們進來。俄國、中共、北韓狂人，回頭看我們自己，政府內部裡的高官呢？甚至低階小職員呢？我們真能信任他們績效一等一嗎？」

「潛政府。」國家情報總監畢詮說。

艾倫轉向他。「我們該擔憂的不是潛不潛，而是問題有多麼廣泛。問題到處都有。上一任四年下來，聘用、提拔、獎賞的全是聽命討好總統的貨色，全在逢迎一個腦神經錯亂的總統，結果導致美國弱點百出。」她看看手機，仍無音訊。「不是每一個都無能，無能的官大概也沒有惡意，不會掏空國家，不過他們在治國方面提不出實在的想法。至於我本人，我來自民間，看得出哪些人主動、哪些人有主見，我們承繼到的幾千個工作人員，他們四年來生活在恐懼中，不想出風頭，這也包括我的部門在內。廣義也牽連到（她望著芭芭拉．史登浩澤）白宮。」

「也包括我嗎？」懷海德將軍問。「我是前一任政府的官。」

「據我所知，你多數扮演救火的角色，」艾倫說。「上一任政府在軍事和策略上如果妄下決策，你會儘量制止或至少減輕政策帶來的衝擊。」

「不是每次都很理想，」參謀長聯席會議主席懷海德將軍坦承。「我求總統和支持者不要鼓勵進一步研發核武，結果他怎麼說？」

艾倫不敢問，沉默以對。

「他說『要是核武不准用，研發出來又有什麼好處？』」懷海德說著，臉色發青，「要是我態度能再強勢一點……」

「起碼你盡力過了。」艾倫說。

懷海德微微哼一聲。「這句可以刻進我墓碑，『起碼他盡力過了』……」

「你盡的力夠份量，」艾倫說。「多數人盡再多力也不夠看。對不起，總統先生，我該回國務院了。其實，我最應該趕去德國。這裡還有其他事非我在場不可嗎？」

「沒有了，艾倫。」威廉斯總統猶豫一下。「去德國這一趟。是私人行程嗎？」

她注視著總統，以為聽錯了。

懷海德將軍上前一步。「安德魯斯基地有表定的軍事運輸機飛德國，我可以幫妳安排，一個小時之內出發。」

「不用，」威廉斯總統說。「沒關係。即使不是官方行程，妳還是可以搭政府專機去。這次事出突然，我相信德國總理能諒解，不會認為有失國際禮儀。」

「德國女總理是人。」艾倫狠狠瞪威廉斯。「你也應該諒解看看。」

第十章

「沒消息嗎？」艾倫衝進辦公室問。

她知道，果真有吉爾的音訊，早該有人通知她了。但她還是問了。

「沒有。」國務卿幕僚長博因頓說。

貝琪和凱瑟琳已經回去準備法蘭克福之行的行李。艾倫大步走進會議室。她回答完各國外交部長的疑問，現在坐下來，凝視著幕僚長、高級助理和國安分析師。

「報告吧。」

「德國說，三起爆炸案的歹徒顯然是同一個組織，」一名高級助理說。「不過，他們還沒查出是哪個組織。」

「可能是蓋達組織，」一名國安分析師說。「伊斯蘭國（ＩＳＩＳ）。」

「伊黎伊斯蘭國（ＩＳＩＬ）才對。」

「好了。」艾倫舉起一手。「三起爆炸案相隔幾個鐘頭。如果是恐攻，歹徒應該會集中在同一時間引爆才對。像九一一事件。」她看著全會議桌的智囊團。「各位認為呢？」

有幾人聳聳肩，全場肅靜。

「國務卿，事實是，」資深分析師說，「我們查不到前三個案子目的是什麼。」

「前三個？還有後續？」她說。

歇斯底里的情緒在她心裡漸漸壯大，她忽然想哈哈大笑起來，差點壓抑不住。多想奪門而出，揮舞著雙手，衝進走廊，邊跑邊驚叫，衝出國務院大門，跑進大馬路中間，片刻不停留，衝上飛機才停。

會議室裡面面相覷，彷彿彼此挑釁著，看誰膽敢開口。

「快講啊。」她說。

同樣無人發言。艾倫仍未能看穿這些人心思。這些人身經百戰，練就了一身掩飾真情的功夫，真正的想法絕對深埋心底。之所以如此，一方面基於外交界、情報界的訓練，另一方面是四年來吐實的人被罰怕了，高談真理的下場更慘。

「我們認為，歹徒有更遠大的目的，」一名女子說。她似乎抽到發言籤。「這些爆炸案只在釋放預警。」

她瞇起眼睛，頭微微偏開，硬起脖子，等著因為報告壞消息而遭致砲轟。

亞當斯國務卿卻聽進去了，點點頭。

「謝謝妳。」國務卿再看其他人。「預警什麼？」

「歹徒計畫犯下更大的案子。這只是給我們一點顏色瞧瞧，表示他們有更大的能耐。」國安分析師之一說。他見長官反應而受到鼓舞。

「表示他們辦得到，能為所欲為，」另一人說。「隨時隨地都辦得到。」

「表示他們敢濫殺無辜男女和兒童，不分世界各地。」另一人說。

「表示他們很專業，」另一人說。聽到這裡，艾倫後悔了，不該鼓勵大鳴大放才對。「不是內褲炸彈客。不是鞋子炸彈客。不是背包裡裝著鐵釘炸彈。無論這案子的歹徒是誰，和以前的炸彈客不屬於同一層次。」

「國務卿女士，無論歹徒選擇怎麼犯案都一定成功。」另一人贊同說。

「你們講夠了沒？」艾倫問。

大家又面面相覷，看著一位長嘆一聲的同事，看他一吐多年來的苦悶，同時也發洩一長串的擔憂。

「從達希爾小姐收到的訊息，我們知道多少？」艾倫問。

「我們在伺服器裡找到了，」一名情報官說。「查不到ＩＰ位址，無法顯示發信地點。我們正在研究中。」

「好。達希爾小姐去哪裡了？」亞當斯國務卿問。「再過三十五分鐘，我就要去德國了，走之前想找她談談。」

大家你看我，我看你，彷彿指望安娜依妲現身。

「怎樣？」艾倫問。

「我好一會兒沒見到她了，」博因頓說。「她八成回辦公桌了。我這就叫她上樓來。」

一分鐘後，博因頓報告說，她不在辦公室。

一縷寒意從艾倫的頭蓋骨流向脊椎。「去找她。」

她是自願消失的嗎？或者是被消失了？

這兩種可能都不妙。

剛才中情局長和情報總監互看時，曾低聲講「安娜依妲・達希爾」，艾倫聽見了，也見到兩人互使眼色。

她懂那眼色。名字不是珍、黛比、比爾、泰德，異族名，非主流，才會被那種眼色看待。當時她看得很生氣，結果現在卻自己也有同樣的想法。

安娜依妲・達希爾。她是哪裡人？她的背景是什麼？

她效忠哪一國？（她去哪裡了？）

剛才那句單純就事論事言猶在耳。儘管有心人提前發出警報，三枚炸彈仍先後爆炸。因為安娜依妲・達希爾通報太遲。

艾倫的手機響起。私人電話。來電者是女兒凱瑟琳。

「他活著。」凱瑟琳的語音興高采烈，從電話另一端傳來。

「天啊——」艾倫哀嚎一聲，垂下頭，貼在會議桌上。

「什麼？」博因頓問，睜大眼睛表達關切。「妳兒子嗎？」

艾倫抬起頭，接觸到的目光不同於總統，是真心關懷的目光。而在此時此刻，她覺得自己真的好愛查爾斯・博因頓。

她好愛所有人。

「他活著。」她對著手機說，接著問凱瑟琳，「他狀況怎樣？人在哪裡？」

「他受傷了，幸好情況不緊急。醫生說他能康復。他的醫院是……聖……」

「沒關係，」艾倫說。「反正我們很快就能到德國。去安德魯斯基地跟我會合。」

結束通話後，吉爾的母親閉上雙眼，深吸一口氣。然後，亞當斯國務卿睜開眼睛，看著眉開眼笑的助理群。

「他沒事。他能康復。我這就趕過去。你跟我一起走，」她對幕僚長博因頓說。「另外還分析出什麼線索嗎？」大家搖搖頭。「還有什麼疑點嗎？」

「國務卿，這三起爆炸案絕對是事先規劃過的恐怖攻擊。」資深情報分析師說。「至於歹徒是誰，我們還不知道。如同我們剛才所言，從極端極右派份子，到伊斯蘭國裡新興基地，都有可能。所幸，如果外交官接獲的訊息值得一信，這案子可能是最後一次。」

「以後可就不一定了。」一名助理說。「我搞不懂的是，對方為什麼發訊息警告我們。何苦呢？」

「不是歹徒寄的。」分析師說。「無論炸彈是誰放的，歹徒一定想讓炸彈引爆。」

「這麼說來，警告信是誰發的？」艾倫問。見眾口啞然，艾倫再說，「臆測一下。」

「和歹徒打對台的團體？」資深情報分析師說。「可能是在組織裡臥底的人。寄信者不認同他們的意識形態，想阻止爆炸案發生。我們沒線索，只好瞎猜。」

「你們的看法全是平常的視角。」艾倫說。「運用想像力一下，能湊齊這種人手和專業知識的團體一定不多，去蒐集名單給我。」她起身，「我們要查明這案子是誰出的主意，要趕快扼殺。」

「選那三班公車的用意是什麼，我們都還查不出來嗎？」博因頓問。「為什麼選那三個城市？是隨機挑選的嗎？」

所有人的頭再次宛如儀表板上的玩具狗，搖來搖去。

見艾倫起身，其他人也站起來。「在出國以前，我想找達希爾小姐談談。去找她。」

走到門口，她停下腳步。她想起中情局長和情報總監之間的眼色。

「幫我撥給國家情報總監。」她對博因頓說。

她一回到辦公桌，電話已經在等她。

「提姆。」

「國務卿女士。」

「我的外交官在你手中嗎？」

「為什麼在我手中？」

「少敷衍我。就算你有情資報告，所有的大使館都歸我管。」

「嚴格說來——」

「快講。」

「是的，國務卿女士。她在我們這裡。」

在這文明國家會遇到這下場，安娜依妲做夢也沒想到。

這裡是她的國家。怎麼會？

她坐在金屬桌前，對面坐著兩個制服男——身上不見徽章或名牌——軍事情報人員。另有兩個更高壯的男人守在門口，以防她逃脫。

只不過，縱使她能突破那堵堅實的人肉圍牆，她又能跑哪裡去？

他們會懷疑，她會跑回老家躲起來。一開始，她就知道他們對她有偏見。好像她的故鄉不是俄亥俄州克里夫蘭似的。

從他們重複她名字的調調，她也聽得出來。安娜依妲。

聽他們口氣，好像這名字隱含什麼醜事似的。恐怖份子？非法移民？敵人？危險人物？

他們冷笑著說，安娜依妲，安娜依妲・達希爾。

「我出生在克里夫蘭，」她解釋。「不信，你們可以去查。」

「查過了，」較年輕的一個情報官說。「不過，資料總可以造假吧。」

「可以嗎？」講得如此天真，她不是故意的。她怕這麼一來，更加深對方的疑心。依他們的經驗，沒人會這麼天真。或這麼清白。

有安娜依妲・達希爾這種姓名的人，絕對不可能。

「達希爾」源於阿拉伯文dabir，意思是「家教」、「老師」。

而「安娜依妲」是波斯名，意思是「治療者」、意思是「智慧」。

但是，告訴他們也沒用。一聽到「波斯」，他們再也聽不進去了。

「波斯」被解讀為「伊朗」，而伊朗是敵國。

對，噤口為上策。只不過在心底，安娜依妲．達希爾納悶他們的觀念或許是正確的，他們和她不站在同一邊。跟這種人屬於同一陣線，太難想像了。

「妳的族裔背景是什麼？」較年輕的情報官質問。

「我父母是黎巴嫩人，本來定居貝魯特，後來爆發內戰，他們成了難民，逃到美國來。我是移民第二代。」

「信穆斯林嗎？」

「基督教。」

「妳父母呢？」

「我父親信穆斯林。我母親是基督徒。逃離黎巴嫩的主因之一就是基督徒被鎖定。」

「那組神秘數字是誰發給妳的？」

「我不知道。」

「快說。」

「真的。說實話，我不知道。那訊息一進來，我馬上就拿給局長看。不信可以去問他。」

「我們的工作用不著妳來教。只回答問題就好。」
「我是想……」
「訊息的含義是什麼，妳有沒有報告給局長？」
「沒有，我不——」
「為什麼沒有？」
「因為我不——」
「妳等到兩個炸彈被引爆才採取行動，結果第三個也來不及制止。」
「不對不對！」她覺得自己的思緒愈來愈糊塗，所以奮力恢復鎮定。
「然後訊息被妳刪除。」
「我以為是垃圾訊息。」
「垃圾？」較年長的情報官問，聲調較具理性，也加倍嚇人。「請解釋清楚。」
「我們有時會接到垃圾訊息。假帳號一個換一個，隨機亂發垃圾訊息，多數被國務院防火牆擋掉，不過有些照樣偷溜進來——」「偷溜」一出口，她立即後悔，但她堅持講下去。「差不多一個禮拜一次。」她正想補充「不信你可以隨便找一個外交官問」，但想想又作罷。她慢慢學到教訓了。
「沒被防火牆攔下的訊息有些顯得不知所云。就像這一則。我看不懂會問別人。」
「妳現在是在怪罪局長嗎？」較年輕的情報官質問。
「哪有？當然不是。我只是回答你問話而已。」她動怒說。

怒火現在比恐懼心更旺了。她轉向資深情報官。「被我們判定是垃圾的訊息，我們可以刪除，也可以呈給局長，徵求意見，然後刪掉。我就是這樣做。」

資深情報官不語，然後傾身向前。

「妳做的不只那樣。妳還把數字抄下來。為什麼？」

安娜依妲講不出話來，也不敢動。

該怎麼解釋呢？

「只覺得怪怪的。」

在擠了三人的小房間裡，這句話激起陣陣回音。較年輕的情報官搖搖頭，背靠向椅背，資深情報官則繼續觀察她。

「這樣解釋等於沒解釋，我知道。不過事實就事實，」她說，這次針對資深情報官。「我不太確定原因。」

這句的效應對她更不利。她看得出來，因為資深情報官絲毫無反應。安娜依妲甚至看不出他還在呼吸。

就在這當兒，門口出現一陣騷動。

即使如此，資深情報官依舊無反應。他信任守衛能盡他們的職責，讓他好好盡自己的本分。而他當前的本分是盯著她看。

「讓開。」

這時候，資深情報官轉頭看門口，安娜依妲也看。她認得這嗓音。頃刻之後，查爾斯．博因頓進來，背後是國務卿。

所有人連忙起立，只不過，資深情報官的動作最慢。

「國務卿女士。」資深情報官說。安娜依妲也想對艾倫開口時被他瞪一眼，因此閉嘴。

「我的外交官在你們手裡，」艾倫說著匆匆看安娜依妲一眼，以確定她平安。

安娜依妲神態焦慮，幸好沒受傷。

「是的。我們想請教她幾個問題。」

「我也想。請報上姓名。」

他猶豫了半拍，「傑弗瑞．羅森（Jeffrey Rosen）上校，國防情報局（Defense Intelligence Agency）。」

艾倫向他伸出一手，「我是艾倫．亞當斯，美利堅合眾國國務卿。」

羅森上校和她握握手，面帶微乎其微的笑容。

「方便談一下嗎，上校？私底下可以嗎？」

他向資淺情報官點點頭，請他帶安娜依妲離開。安娜依妲臨走前問：「國務卿女士，吉爾怎麼樣了？他……」

「住院中。他會康復的。」

安娜依妲對她微微點頭，肩膀往下塌，釋出累積數小時的煩惱，「妳知道我沒……我沒有涉案。」

艾倫不理會，點頭請閒雜人等離開，讓她和上校私下談。唯有幕僚長博因頓留下來，站在門邊。

「她對你說了些什麼？」

「只說了妳大概已經知道的東西。」他回溯事發過程，從外交官收到訊息，到第三枚炸彈爆炸。

「我們不清楚的是——」

「她為什麼把數字抄下來。」艾倫說。

情報官挑起眉頭，艾倫儘量不要把這訝異的反應視為羞辱。被人看扁，艾倫．亞當斯早就習慣了——事業有成的中年婦女常被小心眼的男人輕視，只不過，艾倫不認為這個羅森上校心眼小。

假如懷海德將軍的推理和她一樣快，羅森應該也會同等訝異。

「怎樣？」她問。

「她提不出一個說法。」

「上校，假如她真的是外國間諜，假如她真的涉案，你一問她，她應該早就打好草稿了吧，你不認為嗎？」

這話令他措手不及，他思考著。「她表現得很無辜。」

「所以她一定做錯事？如果現代還審判巫婆，你的績效保證一把罩。」艾倫走向門口。「我急著去德國。」

羅森跟進。「國務卿女士，我希望妳能問出一個說法。聽說妳兒子平安了，我心裡放下一個重擔。他是個勇士。」

艾倫半路停下來。她轉身，看著這位軍事情報單位的上校，懷疑羅森知不知道她兒子有多英勇，不只在爆炸案當天，也包括在阿富汗那些不堪回首的日子。羅森的表情莫測高深。

「我們會從這裡努力追查。安娜依妲．達希爾知道內情。」

「如果她知道，我希望我能在飛德國的專機上問清楚。」

羅森又一臉驚訝的神色。艾倫自知不該竊喜卻很得意。

「帶她走是失策。」這次省略了「國務卿女士」的尊稱，只是一句毫不掩飾的逆耳之言。「達希爾小姐一定涉案。這案子和她有什麼關聯，我不清楚，總之一定有。即便妳也應該看得出來。」

「即便我？」艾倫的目光和語調同樣冷硬。「我是你的國務卿。你可以和我持不同意見。顯然你是。不過，你非尊重國務院不可。」

「對不起。」他停頓一下，但他不肯退卻。「我認為妳這決定是失策，國務卿女士。」

艾倫審視他，久久不移開視線。他發表個人意見，說出個人認定的真理。過去四年，政府高層怕事，人人自危，羅森算是敢言的少數。

「國務卿女士，我再告訴妳一件事。不能輕信安娜依妲．達希爾。」

「對，你已經講得很白了，上校。相信我，我很認真看待你的意見。不過，我照樣要帶走達希爾小姐。」

上校沒機會看見的是，小外交官得知第三起攻擊事件即將爆發，極力想勸說亞當斯國務卿，當時小外交官的神態多麼恐慌。

徹底恐慌，拼死拼活想制止爆炸案發生。

艾倫也知道，假如安娜依妲不採取行動，她自己的兒子早就沒命了。安娜依妲是救命恩人。可是，信得過安娜依妲嗎？

不能盡信。當初安娜依妲懇求要她相信，要她想想辦法，那副神態不無可能是在演戲，不無可能是意圖藉此混進大內，目的是操縱高官，以利有心人士依計畫實行一場更嚴重的攻擊事件。

艾倫知道，羅森上校認定她在裝無辜。在無法辨別敵我的當前，艾倫覺得那也無大礙。

更何況，假使安娜依妲．達希爾果真涉案，艾倫想先拉攏她，盯緊她，也許能鬆懈她的心防，等她走錯一步棋。

艾倫帶頭走向前往安德魯斯空軍基地的禮車，不禁想著，走錯棋子的一方，該不會是我自己吧？

⅄

在座機上，安娜依妲想去見亞當斯國務卿，想謝謝她出手相救，想謝謝她信任她、帶她去德國，讓她能見見吉爾。

她想解釋她不知情，也沒有隱情。

但話說回來，如此解釋算是撒謊。

第十一章

接近破曉時分，吉爾．巴赫爾逐漸恢復意識，覺得四肢沉甸甸，彷彿被束縛，被綁死了。

這感覺勾起幾許朦朧的往事。

接著，他內心激起一陣恐慌，往事不再朦朧了，也不再是往事。他覺得手腕和腳踝被髒臭的繩索勒進皮肉，嗅到屎尿、腐食、血肉臭味。

臉朝下趴在地上，吸著地板上的泥土。

渴，渴死了，內心惶恐。

就在這時候，他顫抖了一下，醒過來，意識迅速浮上水面，掙扎著想爬起來坐。突然爆發的恐慌令他難以招架。

「沒事了，」熟悉的嗓音飄送著，隨之而來的是熟悉的香味，聞起來既有寬心作用，也令他心神不寧。「你平安了。」

他掙扎一陣，意識終於能聚焦。「媽？」

「妳怎麼在這裡？難道妳也被綁架了？」

「不要緊了，」她柔聲說。她的臉湊得很近，但也不太近。「這裡是醫院。醫生說你休養幾天就沒事。」

他終於回想起來了。受傷的頭腦動起來。蹦跳著，跌跌撞撞；回溯，回溯。法蘭克福；人群，路上的行人；公車；一張張人臉，乘客凝視著他；車上的兒童。

抱著包包的女子。她叫什麼名字？她的名字。

有人用德語問他姓名。

強光照進他的瞳孔。一隻手掌落在他頭上，壓住他，不讓他動，眼瞼被撐開。

「什麼？」吉爾說著，開始扭身。

問話的女人後退一步。她是醫師。女醫改講英文：「抱歉。你的姓名。請問你貴姓大名？」

他想一下才回答出：「吉爾。」

「是吉爾柏特（Gilbert）的縮寫，對吧？」

他只想了幾分之一秒就點頭。視線無法和母親相接。

「姓呢？」女醫的嗓音輕柔但堅定，有濃濃的德文腔。

這次想得比較久。為什麼記不起來呢？

「布喀里，」他脫口而出。「納思琳·布喀里。」

女醫師看著他，然後轉向他母親。兩個女人都滿臉憂慮。

「不對不對，」他說著想坐起來。「我姓名是吉爾·巴赫爾。她名叫納思琳·布喀里博士。」

「我是蓋哈德（Gerhardt）醫師。」

「我指的不是妳。是公車上的那女人。」他視線轉向女醫背後的母親。「我在跟蹤她。」

艾倫站在醫師左後方。剛才她請其他人在病房外面等，她想先探望吉爾。見吉爾動了幾下，她按鈴請醫師過來。

這時候，她上前一步。「讓醫生先檢查你，然後我們再聊。」

她扣住吉爾的目光，默默告訴他，在閒人面前，話愈少愈好。

他同意。何況藉這空檔，他能釐清腦中的亂麻，從中抽取特定思緒。一想到納思琳·布喀里這姓名，為什麼起雞皮疙瘩？

她是什麼人？

蓋哈德醫師檢查完畢，似乎滿意了。告訴吉爾說，他有腦震盪，肋骨有幾處骨折，還有幾處瘀傷，「你的大腿有一道很深的傷口。算你運氣好，幸好有路人趕緊為你按壓止血，否則你生命垂危。傷口已經縫好了，不過你需要多休息幾天。」

女醫師離開時，吉爾已經解開心中的疑問。

嚇壞他的人並非納思琳·布喀里博士，而是躲在她背影裡的一人。

艾倫看著醫師離去，關上厚重的病房門。她轉向兒子。她伸手想摸摸他，他卻縮手不給碰。動作無嗆意，是本能使然。

所以才更難堪。

「抱歉，」艾倫才開口就被他打斷。他比手勢要母親彎腰過來。艾倫一時以為他說不定想親臉頰，結果他是想講悄悄話。

「巴胥爾·沙赫（Bashir Shah）。」

她正眼凝視兒子。艾倫・亞當斯好幾年沒聽到這姓名了。

巴胥爾・沙赫是巴基斯坦籍軍火販子。多年前，她旗下的電視台曾調查採訪他的行徑，製作成紀錄片，公司的法務組卻開會苦勸她不要播出。為了挖內幕，旗下一名男記者耗掉一年多的時間，對方還揚言對記者家屬不利。記者的消息來源當中也有多人後來下落不明。

事態鬧得如此嚴重，紀錄片豈有壓著不播的道理。

沙赫博士不承認軍火交易的指控，鮮少發表言論的他卻公開譴責媒體不該攻訐光明正大的巴基斯坦公民。沙赫指稱，在他之前，巴基斯坦核子物理學界出了不少智商膽識皆過人的前輩和恩師，為後進披荊斬棘，也曾遭受媒體這類型的不實指控。AQ可汗（譯註：Abdul Qadeer Khan, 1936-2021，原籍印度的巴基斯坦核子之父。）就是一例。

沙赫博士解釋，巴基斯坦是西方國家反恐戰爭的盟友。

紀錄片的重心在於，沙赫本身就是恐怖主義的根源。的確，在他意興闌珊的否認底下另有一番深邃的事實。

巴胥爾・沙赫想讓全世界知道，他做的是死亡生意。

紀錄片榮獲奧斯卡獎。播出後，艾倫・亞當斯赫然發現，她竟在無意間為沙赫免費打廣告，還賠上幾條人命，因為該片等於是為恐怖份子指點迷津，教他們從哪裡取得生化武器、氯氣、沙林神經毒氣、小型武器、火箭筒。

也能取得更險惡的東西。

「他也在公車上嗎？」艾倫問，不敢置信。

「沒有。不過他是幕後主使者。」

「炸彈嗎？」

吉爾搖搖頭。「不是公車炸彈。是別的東西。我不知道炸彈是誰放的。」

「你說你當時在追蹤一個女人。納思琳……」艾倫記不起她姓什麼。

「布喀里，」吉爾說。「有線民告訴我，沙赫募集到三名巴基斯坦核子物理學家。其中一個是布喀里博士。我想查她要去哪裡，想查沙赫在打什麼鬼主意，至少查清他的所在地也好。」

「我們知道他在哪裡呀，」艾倫說。「他一直在伊斯蘭馬巴德，被軟禁好幾年了。」

為防範未然，巴基斯坦當局也查禁沙赫博士上網。有異於一般軍火販子的是，巴胥爾．沙赫既懂得做生意，也執著於意識形態。他出生在伊斯蘭馬巴德，卻在英國長大。現年五十多歲的他曾進劍橋大學攻讀物理學，期間被極端份子吸收，進而深受聖戰網站薰陶。

儘管他景仰上一代巴基斯坦核子物理學家，後來他認為前輩的步伐不夠遠大，他期許自己再向前邁進——對巴胥爾．沙赫而言，再大的禁忌他也願意觸犯。

「去年，巴基斯坦政府釋放他了。」吉爾說。

「不會吧，」艾倫提高嗓門，見兒子以表情警告，才又壓低聲音。「巴基斯坦政府不能放人，」她低聲說，近乎氣音。「放人應該會先知會美國。他們不會瞞著美國亂來。率先找到他的是美國情報員。」

「他們沒有瞞美國。是上一任政府同意的。」

艾倫退後一步，眼睛注視著兒子，腦筋一時轉不過來。講悄悄話的理由何在，她現在總算想通了。如果吉爾所言屬實……

她的視線在單人病房裡兜一圈，好像預見沙赫就站在角落，正冷眼旁觀他們。

她的思想迅速沸騰了起來，把幾件不相干的事湊在一起，填補空隙。

艾倫．亞當斯讀過國務院簡報，得知世上有許多壞份子逍遙法外，有男有女，遂行私慾，手段不計，不把別人看在眼裡。

敘利亞的阿薩德（Assad）、伊斯蘭國的哈希米（Al-Qurashi）、北韓的金正恩。礙於國務卿的身分，她不便公開直言，但以老百姓的身分，她會在黑名單補上俄國總統伊凡諾夫（Ivanov）。

然而，沒有人能和巴胥爾．沙赫相提並論。他不只是個壞人，或套一句她的祖母常用的評語「有邪性」而已，巴胥爾．沙赫是人魔，他一心一意，想在人間開創地獄。

「沙赫和核子專家的情報，你是怎麼取得的，吉爾？」

「我不能告訴妳。」

「你非告訴我不可。」

「是線民說的。我不能透露。」他遲疑一下，不理母親眼中的怒火。「多少人？」

艾倫知道他指的是什麼。「確切數字還沒證實，不過據估計公車上總共有二十三人死亡，公車外還有五死。」

吉爾想起他們的面容，深色的眼珠頓時被淚水淹沒。他心想，當時自己還能再盡多少力。起碼也該把那孩子從母親懷裡搶走……

「你盡力了。」母親說。

但他懷疑，盡力就夠嗎？以「盡力」自我安慰，會不會引領自己踏上前往地獄的路？

在吉爾的病床邊，凱瑟琳取代母親的座位，陪伴同母異父的哥哥，看著他睡醒再睡。安娜依妲也進病房，對吉爾打一聲招呼。吉爾對她微笑，伸出手。

「聽說妳救了我一命。」

「要是能救更多人就好了。」

她握握吉爾的手，感覺好熟悉。這隻手對她身體的認識或許比她自己更深。

兩人聊了一會兒，她見吉爾眼皮愈來愈沉重，於是告辭，走前差點彎腰親他臉頰，幸好沒有。不只因為凱瑟琳在場，也因為這舉動不合宜。

因為他們兩人不再是「一對」。

她一離開病房，幕僚長博因頓就對她比手勢：「妳跟我們一起走。」

她隨者博因頓、安娜依妲和貝琪上車，亞當斯國務卿對外交護衛隊（Diplomatic Security）司機說，「麻煩你載我們去爆炸案現場。然後去美國領事館。」

一輛載著助理和顧問的車子跟在後面，前後左右全被德國警車包圍。

「我已經告訴領事館，妳一個鐘頭以內會到，」博因頓說。「他和部屬正儘可能蒐集案發資訊。妳先跟他開會，然後接見美國駐德國的情報官和國安人員，接著和各國外交部長進行電話會議。與會名單在這裡，名單由法國外交部長建議。」

艾倫看著各國外交部長姓名，刪掉幾位，添加一位。她想讓圈子小一點。

她把名單交還給博因頓，問他，「這輛車安不安全？」

「安全？」

「有沒有安檢過？」

「安檢？」博因頓問。

「拜託，回答就是了，不要一直反問。」

「是的，很安全，國務卿。」史帝夫．寇沃斯基（Steve Kowalski）說。他是外交護衛隊長，坐在副駕駛座。

博因頓仔細看她表情。「為什麼？」

「你對巴胥爾．沙赫瞭解多少？」儘管隊長保證安全，她還是壓低嗓子。

「沙赫？」貝琪問。

艾倫的媒體帝國壯大到超乎所有期望之後，她請貝琪辭去教職，和她一同合作。在雄性激素充斥的媒體圈，艾倫需要一位親密戰友兼閨密。貝琪的另一項優點是個性辛辣，腦袋機靈，忠心不二。

沙赫紀錄片的一大推手就是貝琪。

「這案子的幕後主使者不是沙赫吧？」貝琪問。「快告訴我，他不是藏鏡人。」

艾倫看得出，貝琪不僅僅詫異，還顯得不敢置信。法蘭克福街景掠過車窗外之際，貝琪的表情由懷疑轉為擔憂，接著凝結成近乎驚恐的神態。

「什麼人？」查爾斯・博因頓問。

「巴胥爾・沙赫，」艾倫再說一遍。「你對他有多少認識？」

「完全不認識。我從沒聽過這人。」

他的目光從亞當斯國務卿臉上轉移到貝琪，然後回到國務卿，懶得看安娜依妲一眼。但艾倫看著她，見到近似貝琪臉上的神色。

近似，卻不盡然相同。安娜依妲一聽到巴胥爾・沙赫，不只是顯得害怕，更是被嚇破膽了。

博因頓見到上司看著他，滿臉盛怒。他從沒看過艾倫氣成這樣。只不過，他也只認識艾倫一個月而已。

「你騙人。」

「什麼？」他說。他不敢相信自己的耳朵。

「你一定知道沙赫，」貝琪氣呼呼說。「他是——」

艾倫一手擺在她腿上，要她停嘴。「好了。不要再多說。」

「太扯了吧，」他也氣呼呼說，隨即連忙接著說，「國務卿女士。我是真的不知道妳在講什麼。在國務院我也是新官。」

這是實話。在總統許可下，白宮幕僚長芭芭拉·史登浩澤敲定艾倫的幕僚長由博因頓擔任，令雙方都感到意外。幕僚長本可讓艾倫自選，總統甚至可找一個國務院官員轉任幕僚長，沒想到竟然從競選團隊挑一個最高級助理，在國務院擔任顯赫的管理職。

艾倫原本懷疑，威廉斯總統意在挖她牆腳。但現在，她反而心想，總統該不會另有更陰險的居心吧？博因頓真有這麼無知嗎？怎可能沒聽過巴胥爾·沙赫？沙赫常在幕後低調行事沒錯，但官員的任務不正是看破黑幕嗎？

「到了，國務卿女士。」寇沃斯基隊長從副駕駛座說。

爆炸現場聚集了數百民眾，在木製拒馬外圍觀，見她下車，視線全轉向她。現場異常幽靜，只聽見座車門輕輕合上的聲響。

上前迎接她的一人是負責處理現場的德國警官，另一人是駐德資深情報官史考特·卡季爾（Scott Cargill），頭銜是中情局分站主任（Station Chief）。

「我們不能靠太近。」主任解釋。

爆炸案發生將近十二小時，三月旭日即將東昇，看來又是濕冷陰沉的一天。淒涼，拒人於千里外；工業大城法蘭克福最不上相的季節。在最風光的時節，法蘭克福也明媚不到哪裡去。

法蘭克福市中心的老街，在大戰期間泰半被炸毀。雖然被公認為「國際級一線大城市」，法蘭克福其實只是經濟重鎮。比它矮一級的城市有迷人之處，它沒有；柏林好玩，有青春活力，它也付之闕如。

艾倫回頭望，看著拒馬外默默圍觀的群眾。

「多數是家屬。」德國警官解釋。地上已鋪滿鮮花、玩具熊、氣球。彷彿能安撫亡魂的確能，就艾倫所知。

她前後左右看著殘局。扭曲的金屬，磚頭和碎玻璃，覆蓋地面的紅布，幾乎平坦。

她知道媒體正在觀察她，記錄著她。

儘管如此，她凝望著遼闊的滿地紅布，有些紅布角落被輕風微微掀起——幾乎美觀，幾乎恬靜。

「國務卿女士？」中情局卡季爾主任開口，但艾倫凝視不語。

幸好其中一塊布不是蓋著吉爾。

每一塊布都蓋著某一個家庭的孩子、母親、父親、丈夫、妻子，或朋友。

場面好靜，幾乎毫無聲響，唯有耳朵早已適應的相機快門聲。鏡頭對準她。

她憶起一首戰爭詩：

「吾人乃亡魂，
近日仍在世，晨昏日暮有感於心。
仍能愛，仍被愛……」

（譯註：摘自加拿大中校詩人約翰．麥克雷（John McCrae）第一次世界大戰紀念詩《法蘭德斯戰場上》（In Flanders Fields））

艾倫．亞當斯回望背後，看見死者家屬正看著她。她把視線轉回到遍地的布，感覺像遍地開滿血紅色的國殤罌粟花。

「艾倫？」貝琪低聲說著，站到她和記者之間，想為老友擋鏡頭，哪怕是只擋幾分鐘也好。

艾倫看見她眼神，點點頭。亞當斯國務卿嚥下胃酸，壓制驚恐的心，將反胃感化為堅忍不拔。

「你能告訴我多少資訊？」她問德國警官。

「非常少，夫人。爆炸威力很強，妳也看得出來。歹徒的用意在於確定炸彈能達成目的。」

「什麼樣的目的？」

警官搖搖頭。想必他已連續操勞了將近二十四小時，但與其說他累了，倒不如說他心力交瘁。

「目的和前兩次一樣吧，我猜。跟倫敦、巴黎一樣。」他四下望一望，視線轉回來。「如果妳有什麼高見，請妳告訴我。」

他諦視著國務卿，見她不語，於是繼續說：「就我們所知，不會有哪個組織會認為這地點是什麼戰略重地。」

艾倫深吸一口氣，謝謝他們。

她非問目的不可，只不過部分答案她已瞭然於胸。但她不能透露納思琳．布喀里博士的事。身為巴基斯坦核子專家的她也在這輛公車上。透露的時機未到。等進一步瞭解案情再說吧。

此外，她也想暫時保留巴胥爾·沙赫這線索，至少等她和各國外長開會後再說。

回車上之前，艾倫再回望看著現場。犧牲這麼多人，真的只為了謀殺一個？

德國警官說得簡明扼要，歹徒的目的幾乎可認定和倫敦、巴黎相同。意思是……

「我們該去領事館了。」她對博因頓說。

話雖如此，艾倫在拒馬前駐足片刻，慰問苦主。看看他們手裡的遺照，有的是兒子、女兒；有的是母親、父親；有的是丈夫、妻子。

「若你背叛逝者，吾人將永難安息……」

艾倫·亞當斯無意背叛。然而，當她坐進座車後，車子行駛在清晨的法蘭克福市街之際，她看著博因頓和安娜依妲，不禁懷疑自己是否已不慎背叛了。

第十二章

外長會議召開之前，各國已掌握到解答了。

艾倫在螢幕上看見幾位外交部長，以及情報首長和助理。

「國務卿女士，妳的情報正確。」英國外交部長說。輕視人的語氣淡了許多。「從倫敦公車乘客名單，我們查到阿密德・伊卡巴爾（Ahmed Iqbal）博士。他是巴基斯坦籍，定居劍橋市，在劍橋大學物理系卡文迪許實驗室（Cavendish Lab）教書。」

「他是核子物理學者嗎？」德國外長海恩立・馮拜爾（Heinrich Von Baier）問。

「是的。」

「普鳩（Peugeot）先生？」艾倫改問螢幕右上角的法國外長。

艾倫總覺得，視訊會議像《好萊塢井字遊戲》（Hollywood Squares），只差這不是益智節目。

「是的，目前的調查結果很初步，要再多方查證才行，不過照情況看，巴黎公車上的死者之一是艾度華・孟培提（Édouard Monpetit）博士，享年」，他查看了一下筆記，「三十七。已婚，有一個小孩。」

「不是巴基斯坦人？」加拿大外長喬瑟琳・塔蒂夫（Jocelyn Tardiff）問。

「母親是巴基斯坦人，父親是法裔阿爾及利亞人，」普鳩解釋。「他住巴基斯坦的拉合爾（Lahore），前兩天來到巴黎。」

「然後呢？」艾倫問。「他本來打算去哪裡？」

「我們還沒查清楚，」法國外長說到。「我們已經派員去跟家屬瞭解中。」

「據我所知，你們是用臉部辨識程式查到他們的。」德國外長說。

「對，」英國回覆。「伊卡巴爾博士在騎士橋（Knightsbridge）地鐵站搭公車時，被監視攝影機拍到。」

「你們不是一開始就過濾嫌犯和目標受害者嗎？為什麼沒有查到？」德國問。

艾倫湊近螢幕。問得好。

「這嘛……」英國說，「一開始，我們的情報算式沒把他分類為目標受害者。」

「巴黎也一樣，」法國說。「第一次過濾的時候，我們的臉部辨識程式排除掉孟培提博士。」

「為什麼？」義大利問。「核子專家理所當然是目標啊，不然至少也會列入縮小範圍。」

「資料顯示，孟培提博士是個資歷平平的物理學者，」法國解釋。「他在巴基斯坦核子計畫上班，但是位階很低，責任不重，多半處理包裝工作。」

「運送嗎？」德國問。

「沒有，只負責外殼。」

「那伊克巴爾博士呢？」義大利問。

「就我們目前所知，伊克巴爾博士和巴基斯坦核子計畫無關，也和其他地區的核子計畫無關。」英國說。

「可是，他明明是『核子』物理學者啊！」加拿大女外長發言，並強調著關鍵字。

她的衣裝品味可說是低俗破表，但更可能的推測是，她穿的是件法蘭絨睡袍，上面印著駝鹿和熊群的圖樣。

頭髮灰白往後紮，未施脂粉。

畢竟渥太華時間才凌晨兩點，推判她是在熟睡中被吵醒的。

儘管她未經打扮，神態卻有明顯反差，顯得警覺、鎮定、專注，但也一臉陰鬱。

「伊克巴爾博士屬於學術界，」英國說。「走理論路線。連做學問都不是十分出色。再強調一次，這些全是初步調查結果，不過略為檢索一下只查到……」他轉向助理，助理拿一份文件給他看，「他只發表過十幾份論文。沒有一份是他主筆。」

英國外交部長摘眼鏡，助理又湊過來想報告什麼。他氣著說，「對，對，我曉得。」他轉回鏡頭說，「我們派人去他在劍橋的住處，正在搜索，也會約談他的上司。我們還沒聯繫巴基斯坦政府。」

「我們也沒有，」法國說。「最好還是等一陣子。」

英國外長略顯惱怒，不喜歡法國對他下命令。他不喜歡德國，不喜歡義大利，也不喜歡加拿大，也不喜歡助理對他下命令。艾倫心想，他八成也不喜歡聽媽媽的話。

艾倫心裡想著，這群友邦缺乏向心力，隨時可能說散就散。這一夥人團結的原因並非彼此互敬互重，而是彼此互相需要。

比較不像《好萊塢井字遊戲》，倒比較近似一艘救生筏。在同舟的情況下，乘客絕對不想招惹別人，以免釀成全筏傾覆的惡果。

「有沒有查到納思琳．布喀里的底細？」加拿大問。

「據我們目前所知，她在喀拉蚩（Karachi）核子發電廠任職過一段時日，不知道最近還有沒有上班，」德國說。「蓋那座發電廠時，加拿大幫過忙，不是嗎？」

這次換德國大動猜忌心。

「都幾十年前的事了，」加拿大語氣僵硬。「而且，我們一發現巴基斯坦的真正居心，就退場不再支援他們了。」

「退得有點太遲吧——」德國說。

加拿大外長張嘴，詞窮，於是閉嘴。艾倫歪頭想著，這女人好有自制力啊，改天約她喝一杯夏多內吧。

加拿大外交部長只說：「在喀拉蚩建的廠房是能源設施，跟巴基斯坦的軍武計畫搭不上邊。」

「呃……，」德國說，「我們是這麼認為，是這麼希望啦。不過，既然布喀里博士被鎖定，這可能暗示其中另有蹊蹺。」

「可惡！」法國外長飆法文髒話。

「待查的東西還很多，」英國說，「其中當然包括這三人遇害的原因。該查一查他們的意圖，以及他們成了誰的眼中釘。」

「以色列。」眾人異口同聲。每次爆發暗殺事件，以色列總成為最直接的聯想。

「威廉斯總統約了以色列總理通話。」艾倫說。「很快就會有結果，不過，儘管這三個核子專家有可能被以色列秘密情報單位摩薩德（Mossad）鎖定，我倒不認為以色列狠到讓全公車上的乘客陪葬。」

「有道理。」英國承認。

「這也算好消息吧，」義大利說。「這三人沒命了，他們的原定計劃大概也玩不下去了吧？不是嗎？」

「我們不知道這三人在計畫什麼，」法國說。「也許他們偶然發現什麼機密，正想通報給我們知道。」

「三個人一塊來嗎？」加拿大問。「也在同一個時間？好像有點太巧合了。」

艾倫挪一挪坐姿。她還沒向大家透露巴胥爾．沙赫——三位核子專家都是沙赫延攬的人才。

「我不認為他們是想提出警訊。」她說。

德國外長注視她。「艾倫，妳掌握到什麼嗎？到目前為止，都是我們在貢獻知識，妳卻什麼也不講。妳通報我國總理，說法蘭克福會發生爆炸案，甚至連公車幾號和確切時間都清楚。怎麼會呢？」

「而且，」法國說，「妳是怎麼查到納思琳．布喀里的？怎麼知道也要查一查另外兩輛公車上有沒有巴基斯坦籍核子物理學者的？妳欠我們一個說法吧。」

這番言語傳進艾倫耳裡，莫名飄散著一股淡淡的指控異味。有什麼好指控的？

她想著，不對。不是針對她本人。而是針對美國。亞當斯國務卿想到了，在事態緊急的情況下，儘管這群外交部長傾向於信任美國，儘管他們想信任美國，或許甚至拼命想相信美國，他們其實都信不過美國。

再也不信了。因為過去四年的烏煙瘴氣。

艾倫也領悟到，身為國務卿的一大職責是讓友邦再信任美國。艾倫記得自己幼稚園第一天，媽媽在校門口彎腰叮嚀她，「艾倫，如果妳想交到朋友，妳要先表現友善。」

那一天，她認識了貝琪。貝琪雖然才五歲，長相就已和柯里福太太差不多，差別只在於小貝琪常口不擇言。

半世紀後的今天，艾倫．亞當斯貴為美國國務卿，巴不得多交幾個朋友。

她看著螢幕上的同儕，看著一張張憂愁的臉，她知道該怎麼辦。最好據實以告，說出小外交官收到的那則怪訊息，說出吉爾的病房告白，提到巴胥爾．沙赫。

他們有權利知道。

只不過，也許現在還不是時候。

ᔑ

她提前二十分鐘抵達美國駐法蘭克福領事館，馬上走進一間加密室，聯絡遠在華府的參謀長聯席會議主席懷海德。

電話才響一聲，懷海德將軍就接聽。「喂？」

「我是艾倫．亞當斯。你睡了吧？」

她聽見將軍妻在一旁惺忪地問誰在半夜兩點來電。

「是亞當斯國務卿，」他說。他的語音像是蒙一層紗，想必是用手摀住話筒。「沒關係，國務卿女士。」他的聲音睡意未消，但語調的活力逐字俱增。「妳兒子情況怎樣？」

他帶過兵，慟失過太多男女青年部屬，所以懂得問候。

「康復中，謝謝你關心。我想問你一個問題。事關機密。」

「這條電話線很安全。」他顯然已經離開臥房，進到一間私人辦公室。「講吧。」

領事館窗戶玻璃厚實，強化處理過。季森納街（Gießener Straße）對面有一座公園。藉清晨微光，艾倫發現對面其實不是公園，只是像公園。

同理，領事館是美國外交人員的家，其實也不是家，倒比較像德國戰俘營。

面子和裡子是兩回事。

窗外的景色才不是公園。國務院不知出了哪個天才，居然把美國領事館建在一座大墓園對面。

「你對巴哥爾．沙赫瞭解多深，說來聽聽。」

⁂

伯特．懷海德將軍啪一聲坐下，凝望著住家辦公室另一邊，看著牆上的相片。

他明瞭，這次將是他的最後一役。他已經無意再戰，更沒有再戰的胃口。

巴胥爾．沙赫，國務卿問的真的是這個人嗎？

「國務卿女士，依我看，妳對他的所知和我一樣多。」

「懷海德將軍，依我看，」遠在法蘭克福的她嗓音出奇清晰，「不見得吧。」

「妳的記者專題報導沙赫博士，拍成紀錄片，我看過。」

「幾年前的事了。」

「對。國會審核妳的任職令那段期間，情治單位調查妳的身家背景，整理出一份檔案，我也讀過。所以我知道那幾封信的事。」

艾倫淡淡笑一聲，不覺得有趣。「你當然知道。」

「一收到信，妳立刻報警，很明智。」

懷海德指的信是什麼？沙赫紀錄片播出不久，神秘人物開始寄信到艾倫住家。艾倫每年收到一張賀卡，寄件人不署名，只祝她生日快樂，英文、烏爾都文（譯註：巴基斯坦國語）雙語併陳，也預祝她長壽。

收到第一封，艾倫交給ＦＢＩ處理，事後就淡忘了。結果，吉爾生日那天，又來了一張賀卡。凱瑟琳生日時也有。

艾倫的第二任丈夫昆恩，也就是凱瑟琳的生父，後來心臟病發暴斃，才過幾小時，就收到一張慰問卡——在病逝的消息公開之前。雙語併陳。

這一封由神秘客遞送。

她直覺知道寄件人是誰，但無從證明，而ＦＢＩ也查不出結果。慰問卡在手，忍著喪夫之慟，她猜到寄件人是誰，手指頭頓時涼掉了。

巴胥爾．沙赫。

驗屍報告化驗不出毒物，只能判定昆恩的死因是自然因素。可悲但自然。

艾倫想要相信，沙赫只是見喪夫的良機不可失，藉慰問卡來埋下猜疑心的種籽。在傷口上再捅一刀。以貓自居，把她當成小老鼠來耍弄。

但艾倫．亞當斯才不是瑟瑟發抖的小老鼠。她正視現實。

巴胥爾．沙赫是殺夫兇手。動機和紀錄片有關。紀錄片播出後，報社爭相報導，美國政府進而對巴基斯坦施壓，幾個月後，巴國政府逮捕沙赫，進行審判。

如今，她的準星再度瞄準沙赫。但這次她需要資訊，很多資訊。

「就當作我什麼也不知道吧。」她對懷海德將軍說。

「妳為什麼想瞭解沙赫博士？方便透露嗎？」

「拜託，你告訴我就是了。我本來想打給提姆．畢詮，卻決定還是先打給你。」

懷海德再度遲疑片刻。「依我看，國務卿女士，妳這決定是對的。」

從這句話，艾倫．亞當斯聽出她想要的答案。好久好久以前，在橢圓辦公室那天，情報總監畢詮告退出去打一通電話，懷海德見狀皺眉頭表示憂慮，艾倫終於懂他的含義了。

「沙赫博士是巴基斯坦核子物理學家，」懷海德將軍以這話作為開場白，緩緩開啟衣櫃門，顯露裡面的暗鬼。「他是巴國核子計畫的後浪，接續上一代的成果。不過，他研發的武器威力更強幾倍，也更加精密。他的腦筋精明，無疑是天賦異稟。他自己成立一個機構，命名為『巴基斯坦研究實驗室』，作為幌子，暗地裡為巴基斯坦推動核武計畫，想跟印度較量。」

「計畫推動得很成功。」艾倫說。

「對。我們知道巴基斯坦現在仍在擴充軍事實力。據我們估計，他們目前有一百六十顆核子彈頭。」

「耶穌要哭了。」

「不掉淚也快哭了。我們的線民通報，到二〇二五年，巴基斯坦的核子彈頭會增加到兩百五十顆。」

「天啊。」艾倫嘆氣。

「那區域本來就不穩定，如此一來會變得格外危險，而他們決心維持這樣的現狀。」

「以色列不也有核武嗎？」艾倫說完，聽見對方嘿嘿一笑。

「國務卿女士，要是妳能逼他們承認，洋基隊會挖角妳去當主投，因為妳顯然有創造奇蹟的能耐。」

「我是海盜隊球迷。」

「啊，對。我忘了妳是匹茲堡人。」

「將軍，告訴我，以色列真的有核子彈頭，對吧？我會保密的。」

「對，國務卿女士。他們樂意說溜嘴的機密唯獨這一個。不過，這讓巴基斯坦更有藉口研發核武。巴基斯坦堅稱，增加庫存量跟以色列的做法沒兩樣。巴基斯坦為的是嗆印度，以恐制恐，以達到所謂的均勢。」

「這下可好了。」

艾倫．亞當斯熟悉恐怖平衡的概念。美蘇冷戰期間，兩國都唯恐對方報復，都怕導致人類滅絕，所以都不想按核武按鈕。

如此一來，核武反而讓雙方規矩一點。理論上是這樣。

但事實上，核武競賽產生的不是恐怖平衡，而是永無休止的恐懼境界。

「伊朗的核武計畫呢？」她問。

她幾乎聽得見懷海德在搖頭。「我們懷疑過，但無法證實。不過呢，國務卿女士，我認為我們應該假設伊朗擁有核武，如果不是現在有，不久的將來也會。」

「你講的全是眾所週知的東西，」艾倫說。「沙赫博士不公開的交易呢？你能透露什麼嗎？他後來自己創業了。」

「對。他開始走私武器等級的鈾和鈽。但還不只這樣。其他人也進核武原料市場插花，尤其是俄國黑幫。不過，沙赫之所以特別險惡，是因為他成了一次購足的商店，類似Walmart（沃爾瑪），只不過他專賣武器。沙赫不只賣原料，也賣科技、器材、專業知識，與遞送機制。」

「也賣人才。」

「對。客戶找上他，只要進行一次交易，就能買足所有條件，帶回家去開發自己的核子彈。可以說是全套一把罩。」

「客戶。你指的是外國？」艾倫問。

「有些是。我們認為，北韓核武計畫的成份是他提供的。」

「巴基斯坦政府知道沙赫在開店嗎？」

「知道。不然他不會逍遙到現在。就算不是官方核可，至少官方也睜一眼閉一眼，容忍他的交易。為什麼？因為他的目的跟巴基斯坦政府一致。」

「什麼樣的目的？」

「讓印巴區域繼續動盪，更勝印度一籌，挖西方國家牆腳。看誰出價最高，沙赫什麼東西都肯賣，賺了好幾十億。他不只賣核子科技，也賣重型軍武、生化製劑這些傳統的武器。妳剛問他的客戶是不是外國，危機不在於東西賣到國外去。如果買家是外國政府，那我們至少有點控制，但真正的威脅在於核武掉進歹徒和恐怖組織手裡。講句老實話，這些壞蟲還沒買到核武，實在令大家跌破眼鏡。」

艾倫沉思片刻，腦海澎湃著。「沙赫賣的原料和武器是誰提供的？他又不是製造商。」

「對，他是中間商。供應商有很多種，不過他主要的供應商之一似乎是俄國黑社會。」

「巴基斯坦政府也縱容？」艾倫不想在這方面有絲毫誤解。「巴國是友邦啊。」

「巴基斯坦政府玩的是危險遊戲。我們駐軍阿富汗那麼久，期間他們允許美國在北部設軍事基地，不過，巴基斯坦政府也提供避風港給賓拉登、蓋達組織、帕坦家族、塔利班。巴國和阿富汗的邊界漏洞百出。阿富汗境內極端份子和恐怖份子橫行，受政府支持保護。」

「更有沙赫供應物資。」

「對，只不過，當面和沙赫本人相處的話，他看起來就像自己的親兄弟，像要好的朋友、像學者，很慈祥，怎麼看都不會懷疑他的為人。」

「不過，面子和裡子是兩回事。」

「表裡如一的情形很罕見，」懷海德將軍說。「我和巴基斯坦軍方開過會。不過，我也進過他們的洞穴，見過他們藏在洞裡的武器，賣家是沙赫。如果壞份子真的買到核子彈的話——」

「他都已經賣了幾十年，壞份子為什麼還沒買到？」

「原因有兩個，」伯特．懷海德說。「這些集團多數自相殘殺，彼此打仗，稱不上組織，沒有傳承。想製造一顆核子彈，不長年努力不行，情勢環境也要穩定。何況，山腳下的洞裡開工廠，想生也生不出核子彈。另一個原因是，壞份子常被西方情報單位破獲。蘇聯垮台後，我們的情報網和警網已經偵破幾十件買賣核武原料和廢料的交易。而且妳要知道，想打造一顆污彈（譯註：dirty bomb，一種假想炸彈，目前仍無爆炸實例），一點少少的核廢料就行。」

亞當斯國務卿不需他點醒。這事實始終在她腦海裡縈繞。

將軍繼續說，「妳也知道，上上任美國政府曾經對巴基斯坦施壓，要他們逮捕沙赫。功勞一部分要算在妳那支紀錄片上。巴基斯坦政府承受到輿論的壓力。我們本來希望他會被判坐牢，可惜他只得到軟禁處分。話雖這麼說，軟禁總比開釋好吧。他的影響力受到限制。」

「直到現在——」艾倫說。

「什麼意思？」

「你沒聽說嗎？他自由了。巴基斯坦政府去年釋放他了。」

「我的天呀——國務卿女士，抱歉。」懷海德嘆氣。「巴胥爾．沙赫自由了——這下麻煩大了。」

「我們？」

「比你想像得更大。據說是我們應允的。」

「上一任政府。」

「不可能。誰會蠢到……唉，算了。」

正是前總統艾瑞克．敦恩。連他最親密的戰友，尤其是最親密的戰友，都罵他「大鈍蛋艾瑞克」（Eric the Dumb），然而，釋放沙赫的決策已超出蠢的境界，簡直是精神失常。

「是大選後不久的事，」亞當斯國務卿說。

「大選後？在他落選之後？」懷海德將軍問。「怪了，有什麼用意呢？」他喃喃自語著。「妳怎麼知道的？」

「我兒子告訴我的。沙赫聘請一位名叫納思琳．布喀里的核子專家，我兒子跟蹤過她。」

艾倫解釋她得知的資訊。懷海德默默聆聽每一個字，推敲其中的含義。

最後他說，「可是，沙赫為何殺害自己的手下？」

「他不會。」

「不然是誰下的毒手？」

「我還希望你能告訴我咧。」

然而，國務卿只聽見莫大的沉默。

第十三章

「以色列總理否認以國涉及公車爆炸案。」博因頓對著艾倫耳朵悄悄說。多國外交部長視訊會議已經開了半小時，在場另有各國情報首長與助理。

「謝謝你。」她說，然後轉向鏡頭，告訴大家。

博因頓的打擾來得正是時候，讓她不必透露為何知道引爆時間、目標和城市，為她爭取一點思考回應的餘裕。

「以色列總理的說法能信嗎？」法國問。

「以色列騙過我們嗎？」義大利問。

眾人哈哈大笑。

但大家也知道，儘管以色列的說法不能盡信，總理也不可能對美國總統撒謊。以色列想保有美國這位盟友。總統才上任就被騙，不利對兩國培養交情。

「何況，」英國外長說，「就算以色列情治單位殺害巴基斯坦核子專家，下手也不會這麼狠毒、不會鬧得這麼大，他們的秘密情報單位以手段精巧自豪——乾乾淨淨，炸掉公車一點也不乾淨。」

艾倫早幾分鐘就說過一模一樣的話，他似乎忘記了。

「國務卿女士，」加拿大女外長說，「妳還沒回答我們的疑問。妳怎麼預知法蘭克福攻擊事件，又怎麼查到布喀里博士？」

艾倫暗忖，加拿大外長這朋友不交也罷。

「也查到另兩輛公車上的目標很可能是巴基斯坦專家？」義大利問。

「如大家所知，我兒子在法蘭克福那班公車上。他是記者。一位線民告訴他，有個陰謀牽扯到幾位巴基斯坦核子專家。線民給的一位專家姓名是納思琳・布喀里。我兒子去跟蹤她。由此推理並不難。」

「他的線民是誰？」加拿大問。

艾倫暗想，唉，睡衣上印著駝鹿和熊的這女人越來越煩了。

「他不肯告訴我。」

「妳是他母親吧？」德國問。

「國務卿。」她的語氣令眾人不敢進一步過問母子關係。

「什麼樣的陰謀？歹徒想做什麼案子？」法國的臉湊近鏡頭，鼻子顯得巨大，近到毛細孔一清二楚。

「我兒子不知道。」

法國一臉狐疑。

「幾年前，妳兒子被帕坦家族綁架……」德國外長說。

「沒錯。」法國接住話。

「當心一點！」加拿大警告他，但法國鮮少聽加拿大勸告。

「被綁架的記者後來被處決了，其中有三位是法國人，他卻有辦法逃脫——」法國說。

「科雷蒙（Clément），」加拿大口氣很衝，「夠了！」

科雷蒙還不過癮。

「現在我也發現，妳兒子改信伊斯蘭教了。他是穆斯林。」

「科雷蒙！」加拿大拉高聲量，接著改操法文：「夠了」。

太遲了。太過火了。

「你想講什麼？」艾倫的語調充滿警告意味。

法國外長在影射什麼，她完全清楚。之前也有不少人背著她暗示過，但當面質疑還是頭一遭。

「不要理他，」義大利對艾倫說。「他心情不好。巴黎剛遇到死傷慘重的攻擊事件。不要跟他計較，國務卿女士。」

這時候，法國外長的大臉簡直貼在鏡頭上。「妳憑什麼認定兒子跟案子無關？我們怎麼知道炸彈不是他放的？」

夠直白了。

「你膽子好大！」艾倫咆哮著，「竟敢暗示我兒子涉案？他想救人啊，他冒著生命危險救人，差點就死在爆炸現場。」

「差點，」德國說，語氣平靜到令人生氣，理性到令人暴怒。「結果卻沒死。他活下來了，就像他被綁架後死裡逃生。」

艾倫轉向他。幾乎不敢相信自己的耳朵。「你是在開玩笑吧？」

她看著螢幕上的所有人。就連加拿大外長，穿著傻裡傻氣的駝鹿熊法蘭絨睡衣，連她也等著她回答。

遭伊斯蘭恐怖份子綁架的人一個個被處決，吉爾．巴赫爾為何能死裡逃生？

吉爾逃脫後不久，她去斯德哥爾摩見他，當時也提這問題。當時她沒有暗示什麼，但吉爾聽出指控的弦外之音——總聽見弦外之音。

這一對母子的關係原本就緊繃，他在斯德哥爾摩拒答之後更形惡化。

如今，母子倆絕少交談。但是，艾倫一試再試，透過貝琪、透過凱瑟琳、打電話，寫信，再三解釋她愛他、信任他。

她想對吉爾說，她之所以有此一問，只因為她以為他想談一談那話題。

吉爾的綁架事件也釀成艾倫．亞當斯和參議員威廉斯的心結。現在，道格拉斯．威廉斯當上總統了，她和威廉斯的關係也更形惡化。

她看著各國外交部長。各個心亂如麻，各個心驚膽顫。神秘客寄數字給小外交官一事，亞當斯國務卿想先深入調查，也調查安娜依妲．達希爾，然後才對他們公佈。

但是，此時她非敷衍他們一下不可，她很清楚。

「線民確實對他透露誰是主使人，」她說。「今天早上在病床上，他還講得出幾句話。」

加了這事實也好，吉爾並非毫髮無傷，真是感謝大家關心（編按：艾倫自嘲反諷）。

「誰呀？」德國說。

「巴胥爾．沙赫。」

此話一出，彷彿周遭冒出一個黑洞，把所有生命力、所有光線、所有聲響吸光，嚇得所有人茫茫然。

沙赫。

然後，咻的一聲，眾人不約而同開口了，吼著發問。

最後凝聚成問法互異的一個問題。

「怎麼會是沙赫？他被軟禁在伊斯蘭馬巴德家裡。軟禁好幾年了。」

她搬出她和懷海德將軍的討論，一五一十告訴大家，嚇到所有人再度無言。

「可惡！」英國罵。

法國用法文罵同一個字。

德國用德文罵。

義大利用義大利文罵。

「我靠！」加拿大罵。

艾倫調整剛才的想法。等事過境遷，也許可以約這女人合飲一瓶夏多內吧。

「妳是說，我們不知道沙赫的下落？」法國問。

「是的。」她審視所有臉孔，得到一個結論：各國同樣一無所知。但也同樣震怒、同樣火大。

只是，生氣的對象是她。

「妳怎麼讓這種事發生？」德國說。「怎麼能讓最危險的軍火販子逃走——不對，不是逃走，是從正門走出去？」

「我猜他大概走後門，」義大利說。「不想被看見——」

「門不是重點，」德國發飆說。「重點是，他自由了，有美國政府在祝福他。」

「放他走的不是這一任政府，我也沒祝福他，」艾倫說。「我跟你們一樣痛恨他，更恨也說不定。」

因為事實是，艾倫．亞當斯的確懷疑是沙赫對昆恩下毒手。她愛昆恩，愛得死心塌地。沙赫為了紀錄片一事殺他復仇，也為了表示自己有能力。一直到現在，沙赫還高高興興寄賀卡來恫嚇她。

如今他獲釋了，能隨心所欲，為所欲為，有巴基斯坦高官撐腰，也受美方祝福。美方是前任失智總統和他那群走狗閣員。

艾倫．亞當斯這時懷疑，畢詮也算前任內閣一份子，他是這一任的代理國家情報總監。

所以懷海德將軍才不信任他。

敦恩總統卸任前，曾急著發佈一連串任命，送交參議院審核表決，提姆．畢詮名列其中。參議院來不及對他的任職表決，新總統只好先留下他，冠上「代理」職稱，打算觀察一陣子再決定是否真除。擔任參議員期間，威廉斯知道畢詮是右翼保守派情報專業人員，對他的認識僅此而已。

當上總統後，威廉斯希望情報總監能忠心耿耿。總監是絕對忠心，但問題在於，他效忠的是誰？

「沙赫想幹什麼？」加拿大問。「三位核子專家。不可能是好事。」

「死了三個核子專家，」義大利說。「難道這不表示有人幫了我們一個忙嗎？」

艾倫腦海再度浮現死者家屬的臉孔，他們手裡的遺照、玩具熊、氣球，以及人行道上凋零的鮮花。幫倒忙了吧。

然而，義大利外長的說法不無道理。

「我不懂，他為什麼招募二流的核子專家？」加拿大問。「照理說，他買得起王牌高手才對。」

艾倫早就顧慮到這一點。

「國務卿女士，妳務必對兒子施壓，」義大利說。「他非對妳說出線民的身分不可。我們必須知道沙赫想搞什麼鬼。」

⁂

應艾倫要求，貝琪飛回華府。

在法蘭克福機場，她搭乘民航客機，坐靠窗的位子，一坐下立刻拆閱艾倫交給她的一封信，信上的字跡潦草，很容易辨識是艾倫親筆。

儘管這信夾在《時人》（People）雜誌裡，由艾倫親交，從筆跡也能立判下筆人是艾倫，艾倫照樣在信的開頭寫「混雜隱喻走進酒吧」。

安全帶燈亮了，機艙廣播請乘客將手機設定飛航模式。貝琪先匆匆發電郵給艾倫，然後改為飛航模式。

「……見山雨欲來，卻想斬草除根。」

發完電郵，她靠向椅背，把整封短信讀完。這時候，在機艙中段的商務艙裡，在她座位右後方不遠處，有一名其貌不揚的年輕男子正在看報紙。

他大概以為貝琪沒留意到他。

讀完信後，穿褲裝的貝琪把信收進褲子口袋裡。皮包有被扒走的可能，扒手卻不可能扒掉她的長褲，信塞進褲袋最保險。

航渡大西洋途中，有些乘客吃喝著，有些在能攤平的床上睡覺，貝琪．詹姆森卻望著窗外，思索著如何達成艾倫交代的任務。

「可以帶她來見我了。」艾倫說。

艾倫坐在美國總領事提供的辦公室裡，看著查爾斯．博因頓帶著安娜依妲．達希爾回來。

「謝謝你，查爾斯。你可以走了。」

他在門口猶豫著。「國務卿女士，要不要我幫妳帶什麼飲食過來？」

「不用了，謝謝你。達希爾小姐，妳要不要？」

安娜依妲肚子餓得咕咕叫，卻還是搖頭。當著國務卿的面，她怎可能大嚼雞蛋沙拉？

博因頓帶上門離去，臉上寫滿苦惱。他被打進冷宮了，非想辦法爬出冷宮不行。

艾倫等著門輕輕扣上，才對安娜依妲揮手，指向自己對面的一張扶手椅。

「妳到底是誰？」

「什麼，國務卿女士？」

「少裝聾。時間寶貴。那麼多條人命被炸死了，更能合理推斷更慘的案子也快要發生了。而這案子牽連到妳身上。快給我從實招來。妳到底是誰？」

國務卿大腿上擺著一份合著的檔案夾。安娜依妲看著她攤開一手，緩緩放在檔案夾封面上。安娜依妲知道，裡面是她的身家調查檔案。她在國務院地下室被偵訊時，情報官也翻閱過類似檔案。

她的視線從檔案夾移到國務卿臉上。

「我是安娜依妲·達希爾，國務院外交官，妳隨便問誰都知道。凱瑟琳認識我，吉爾認識我，本人就是本人。」

「不太對吧？」艾倫說。「姓名和職業，我相信沒錯。不過，我覺得沒這麼單純——那則訊息寄給妳，是衝著妳而來。而經過調查，這個案子和巴基斯坦有關聯，三名核子專家都是巴基斯坦人，而妳在駐巴大使館待過兩年，妳負責巴基斯坦事務。發簡訊給妳的人是誰？」

「我不知道。」

「少給我裝蒜！」艾倫發飆。「喂，妳被偵訊，是我救妳出來的——八成不該救——我還帶妳來德國以策安全——八成不該帶妳來。妳救了我兒子一命，算我虧欠妳，不過報恩也只能適可而止，而

『止』的時刻到了。護衛隊員就在門外。」艾倫懶得看門。「妳再不老實，我就叫他們進來拖妳走。」

「我不知道。」咽喉緊縮，安娜依妲尖著嗓子才講得出話。「妳一定要相信我。」

「我不信。我要的是真相。接到訊息後，妳在刪除之前把內容抄下來了，對不對？妳平常都這樣做嗎？」

安娜依妲搖搖頭。

「那妳這一次為什麼記下來？」

小外交官滿臉愁苦，艾倫見狀明瞭，抓到把柄了。就算問不出解答，至少知道她弱點在哪裡。

然而，解答曝光時，和艾倫的預期卻大不相同。

「我們家是黎巴嫩裔，父母疼小孩，但管教很嚴格，觀念很傳統。在出嫁之前，黎巴嫩女孩都乖乖跟爸媽同住，但我父母給我的自由比我朋友多太多了，他們准我未婚就搬出去住，甚至准我派駐外國。我進國務院上班，為國服務，他們引以為榮，而他們也信任我絕不會違背禮教。」

艾倫仔細聆聽，心思奔騰著，旋即緊急踩剎車。

「吉爾——」

安娜依妲點點頭。「是的。那訊息進來，我當下真的認為是垃圾郵件。所以我才呈給局長看，然後刪除。不過，在刪除之前，我懷疑了一下，搞不好是吉爾發的。」

「為什麼猜是吉爾？」

她無語片刻。艾倫赫然發現，眼前這位成年人居然臉紅了。

「我在伊斯蘭馬巴德有間小公寓，我們每次都約在那裡見面。他想碰面都會發簡訊，什麼字也不寫，只寫時間。」

「很浪漫嘛。」艾倫說，看見安娜依妲聽了淺淺含笑。

「他的確是。我這樣講他，好像他很渣，其實他那樣做是為了我好。我不想讓我們的秘密關係曝光，深怕消息會傳回美國，被我爸媽發現。而且也——」

好好玩。玩昏頭了。很刺激。在伊斯蘭馬巴德，在大城市裡鬼鬼祟祟的，充滿欺瞞狡詐的氣氛。日日夜夜，暑氣蒸騰，酷熱放蕩。大家都青春洋溢，活力充沛，好堅定，好篤定。生命活力四處奔放著，死神卻潛伏在傳統市集裡。

這群青年肩負著莫大的使命。翻譯員、守衛、記者、間諜，大家都覺得自己舉足輕重，自認能永生，暴力和死神只會找上別人，絕不會降臨自己頭上。

他發的簡訊，一九四五，一三三〇，以及討她歡心的〇六一五。醒來時看見簡訊多開心，醒來見到吉爾多開心。

看著安娜依妲回憶時的肢體反應，艾倫不由得強忍住笑意。艾倫看得出，安娜依妲對吉爾的情意好比當年自己和吉爾的父親卡爾（Cal）。卡爾是艾倫的初戀，不是靈魂伴侶——凱瑟琳的父親昆恩才是她的靈魂伴侶。

不過，卡爾啊，卡爾．巴赫爾幽默風趣，而且也陽剛。

事隔這麼多年，現在一回憶起卡爾……

她在內心喊停。有比這場合更不適宜遐思的嗎？

艾倫清一清喉嚨，安娜依妲又臉紅了，思緒被趕同法蘭克福這個灰白冰冷平淡無奇的房間。「想了一想，我希望發信人是吉爾，所以抄寫後刪除。同一晚，我發信問吉爾是不是他發的。」

「妳知道他人在哪裡？」

「不知道。我們好一陣子沒聯絡了。我回華府就斷了。」

艾倫點點頭，心想，假使安娜依妲如此對情報官告白，他們一定不相信。他們一定不懂情竇初開的那份心癢和慾火中燒，不懂她為何收到怪訊息竟然過度解讀、錯誤詮釋、反覆解讀、重新詮釋。更不懂情慾居然能蒙蔽高智商菁英。

但看在艾倫．亞當斯眼裡，一切合情合理，她也曾被吉爾的父親沖昏頭。別人一眼能破解的迷障，自己卻瞎眼看不見。貝琪是明眼人，當時曾委婉細數她和卡爾無法天長地久的種種因素。

「所以妳才發現他在法蘭克福，」艾倫說。

「是的。」

「可是，發信人不是吉爾，那是誰？」

「我不知道。我覺得，不管發信人是誰，訊息應該不是針對我發的，只是發到局裡，哪一個外交官看見都行。」

「妳對巴胥爾．沙赫的瞭解有多少？」艾倫見她怔了一怔。「一定有。妳在車上的反應被我看到了。妳在車上被嚇壞了。」

安娜依妲碎碎動著，兩人久久無語。「我駐伊斯蘭馬巴德那兩年，負責處理核武擴散議題，我在巴基斯坦認識幾個人，他們有幾次提起沙赫，口氣幾乎敬畏。他簡直是神話裡的神——鬼才對，興風作浪的那種。他是主使者嗎？」

艾倫不答，只站起來。「妳還知道些什麼？」

安娜依妲也起立，搖著頭。「沒有了，國務卿女士。我講完了。」

艾倫陪她走到門前。「我想在離開之前回醫院探望吉爾。妳想不想跟我一起去？」

安娜依妲遲疑不決，然後抬起下頷，肩膀往後收。「謝謝妳，我不想去。」

艾倫關門之際，不禁想知道吉爾明不明白自己掉了什麼東西。

進走廊後，安娜依妲循來時路回去，邊走邊想著自己能走多遠，他們才會發現她不見了。

才會發現她又說謊了。

第十四章

在華盛頓特區杜勒斯（Dulles）機場，貝琪．詹姆森排隊等計程車，拿不定主意，不知該不該問機上那位善良年輕人要不要共乘一輛計程車。跟蹤得太露骨了，幾乎顯得好萌。貝琪希望他不是間諜，因為他在這一行絕對混不久，大概也不會長命百歲，因為連她都看得出他在跟蹤。然而，貝琪猜想，與其說他在跟蹤，倒不如說他是在保護她。

艾倫派他來護衛她。

感覺既然安心，也忐忑難安。貝琪一直不認為她即將執行的任務是險路一條。難走，沒錯，但不是險路。

路難走，貝琪．詹姆森自幼就習慣了。她老家在匹茲堡南區，從小養成戰鬥意識。小時候，她就相信人生是一段坎坷路，身邊人都是爛咖，沒有一個值得信賴。家人不照顧她，反而虐待她；男人是強暴犯，女人犯賤；貓喜歡偷偷摸摸，狗還好——愛亂叫的小型犬例外，至於鳥類，不提也罷。

以她的經驗來說，怪獸不會從衣櫃裡蹦出來，怪獸都從正門進來——被請進來。

五歲那年，貝琪．詹姆森入學那天，坐在遊戲場裡，記取教訓的她不讓任何人鑽進她的內心世界。她在內心深處的山壁開鑿一個洞窟，躲進裡面，不准閒人和雜事進來，以免受傷害。

小朋友分兩隊牽手玩 Red Rover 衝關遊戲時，雙方輪流邀請友隊派一人衝過來，貝琪誰也不邀。而小朋友也都學乖了，知道貝琪牽手的那一關百衝不破，千萬不要衝她那一關。

然而，幼稚園第一天，貝琪背靠牆壁坐，觀察到一個金髮小女孩，見她站姿大內八，鏡片厚又大，不冷卻穿著毛衣，杵在遊戲場入口，母親彎腰對她講一句悄悄話，女孩一臉嚴肅看著媽媽，點點頭，然後母女親親。

多久沒人親了，貝琪記不清楚。就算有，也不像那樣。蜻蜓點水似的，親臉頰一口，輕輕柔柔的，好溫馨。

接著，金髮小女孩跨進門檻，進入校園，模樣好柔弱，不期然踏進貝琪的山洞深處，再也走不出去。在山洞裡，貝琪藏著自己的心。

打從那一天起，艾倫和貝琪幾乎形影不離。艾倫教貝琪知道世上有好人好事，貝琪教艾倫對準壞人的蛋蛋踹下去。

艾倫和貝琪申請同一所大學，艾倫主修法律和政治學，貝琪讀英文系，畢業後當老師。家裡出了一個大學畢業生，貝琪家人不慶祝，反正到那階段，貝琪也覺得不重要了。貝琪．詹姆森早已踏出心靈山洞，走進一個仍危機四伏的世界，但她知道世上也有好人好事。

如今，在三月清冷的華盛頓特區機場，她回想起在法蘭克福美國領事館大廳，艾倫和她擁別，久久不放手，對她悄悄說：「妳自己要小心。」

當然，在當時，信還夾在雜誌裡，未拆封，現在仍收在她的褲袋中。

艾倫在信中要求她悄悄地、暗中調查提姆．畢詮。

在威廉斯內閣中，畢詮是代理國家情報總監。在前任政府裡，他是高級國安顧問，至少名目上是。暗地裡有何作為呢？艾倫想查清楚，非知道不可，而且要儘快。

表面上，艾倫這請求夠直截了當，但她們對「表面」的興趣不高。

貝琪瞄一眼，見年輕人在飛機上讀了八小時的同一份報紙，貝琪差點對他產生憐憫心，乾脆大方一點，主動載他一程吧。但貝琪繼而一想，他會覺得沒面子，算了。何況，在前往國務院的路上，她想靜靜盤算一番。

下一班計程車是她的。

貝琪坐上車，啟程。見年輕人跳過繩索，鑽進一輛停在路邊紅線區的車。除非有官方標識，一般車輛通常不能在那一區等人。

貝琪背靠椅背坐好，思索著下一步該怎麼走。

⁂

「吃飽沒？」

「還沒。」凱瑟琳說。

「去找點東西吃吧，我陪他就好。」艾倫說。

前往伊斯蘭馬巴德的專機預定在一小時之內起飛。艾倫已向總統以及各國外交部長報告過，當時遇到一些反彈，但顯而易見的是，雖然公車爆炸案發生在英法德三國，最有機會向巴基斯坦政府問出解答的是美國。

當時也達成一份共識，在專機升空之前，不許透露美國國務卿即將前往伊斯蘭馬巴德的消息，連巴基斯坦政府也不例外。

病房上的吉爾呼吸變了。他動了一動，發出輕輕的呻吟聲，逐漸醒過來。艾倫握住他一手，觸感既熟悉也陌生。好久沒握兒子的手了。

她看著這張瘀青的俊臉，看他奮力想突破止痛藥的迷霧。

吉爾撐開眼皮，視覺聚焦在母親臉上，微微一笑。接著，意識全到位後，他收起笑臉。

「你還好吧？」她低聲說，湊近想親他臉頰，不料他退縮。

動作雖小，但也夠明顯了。

「還好。」爆炸案情景重返他記憶裡，他的眉毛頓時往下墜。「其他人呢？」

十七名路人被送醫。亞當斯國務卿和其中幾人短暫交談過，傷勢最輕的幾位。念及多數傷患麻藥未消，醫師勸她不要去找重傷者。很多傷患正在和死神搏鬥，家人在旁日夜守護。

每天都走的同一條路，有的步行，有的開車，有的騎單車，轉瞬間，一切都變了。

斷手斷腳。腦部受重創，無藥可醫。喪失視覺，四肢殘廢麻痹。

看得見和看不見的傷疤，都永難療癒。

病房門開啟，查爾斯·博因頓幕僚長探頭進來。「國務卿女士，有人找妳。」

「謝謝你，查爾斯。我待會兒就出去。」

幕僚長流連片刻才縮頭離開。

艾倫再看吉爾。「我趕著去伊斯蘭馬巴德。」

「巴基斯坦政府願意配合嗎？」

「所以我才跑這一趟，為的是想確定他們願意。我猜他們知道沙赫的確切行蹤。」

「我想也是。」

「吉爾，我不得不再問你一遍。」她扣住兒子的目光。「我們非知道你線民是誰不可。」

他微笑著。「我呢，躺在這裡，以為母親來探病是因為她關心我；誰知道，來的卻是國務卿。」

幾句完整的對應語湧進艾倫喉嚨，差點竄出唇舌，所幸被艾倫的牙關鎖住。

講那種挖苦話不厚道，吉爾自己心裡有數。

「我不能告訴妳，」他說，語氣柔和一些。「妳自己很清楚。妳經營過媒體帝國，也曾經出庭為記者辯護，主張記者不能透露消息來源。現在妳卻來叫我透露我的線民？」

「人命關——」

「少來教我人命關不關天。」他口氣很衝。

記憶中有幾幕活在他心裡，永永遠遠鮮活，是相片，是截圖，不分晴天暗夜冷不防浮現。走著走著，吃飯吃到一半，或在沖澡時。在最稀鬆平常的時刻，那幾件往事回來找他。

法國記者友人尚沙克（Jean-Jacques）遭斬首，擄獲吉爾的歹徒逼他目睹，讓他知道他是下一個。尚沙克直直看著他，扣住他的目光，刀鋒碰觸到喉嚨。

有一幕主角是一名黑人妙齡女子，地點在德州，他去採訪一場規規矩矩的示威活動，目睹極右派極端份子駕卡車衝撞遊行民眾，她的生命在那一刻結束。

另外還有幾幕，但這兩件往事最常敲他的腦門。不速之客。不請自來的幽靈。

而今，另一幕伴隨而來，在腦門外找到位子不走。在這一幕裡，公車乘客排排坐，抬頭望著他、怕著他。他們生命有危險，他卻無能挽救。

在病房上，他說：「能再防止更多人命流失的唯一關鍵是線民信任我。一旦線民被我供出，希望就落空了。不行，艾倫，我不能告訴妳。」

不親暱喊「媽」，連「母親」也避用，直呼她名字，她聽了心裡總淌血。她也懷疑，這正是他的用意。一來是想製造心痛，二來是警告她——禁止再接近。

話雖這麼說，事關數以萬計的兒女和父母親性命，她的親子關係相形之下顯得不重要。如果家人從此翻臉不認親，那也順其自然吧，總比近幾小時無數家庭承受的禍害來得輕。

「我們要進一步查線索，而你的線民一定知情。你向我們透露，不會被他發現的。」

「開什麼玩笑？」他怒視她。「殺手找上他，他就會發現。」

「殺手？」

「沙赫的手下。」

「他是沙赫的人嗎？」

「告訴妳，我是很想幫忙。我也想揪出沙赫，也想阻止他。可是，我不能再多說了。」

艾倫深吸一口氣，極力緩和心情。

她重整旗鼓。「你的線民會不會知道沙赫計畫的內容？」

「我當然問過。他說他不知道。」

「你相不相信他？」

吉爾的父親卡爾．巴赫爾從小灌輸他一個信念：新聞工作者、調查採訪記者、戰地特派員是英雄。新聞業捍衛第四權，不斷試煉民主。吉爾．巴赫爾因此立志當記者，以新聞工作為職志。他不想置身衝突中，他想去採訪衝突事件，哪怕事件發生在阿富汗或華府都一樣。

他想見證，想報導，想探查事件當事人、事發原因、來龍去脈。

想公佈真相，再醜陋、再兇險也一樣。

反觀吉爾的母親，她向來是個商人，是運作整個帝國的官僚，是講求理性的一方，只看收支平衡表上的數字，其餘甭談。

吉爾的生父曾揶揄她是個數錢如數豆子的會計，接著還笑說他自己喜歡吃豆子。

立志當記者的吉爾當時年紀雖小，卻也看得出父親的揶揄不無幾分真批判。

但現在，吉爾心想，也許情況變了。若非父親當初觀念錯誤，或當年可能錯看母親的為人，不然就是母親自己培養出一套本事，不僅能問人知道什麼，更能問人相信什麼。

而現在，果然，她終於問他相信什麼。

「我在猜，說不定線民確實知道沙赫的計畫是什麼，」吉爾說。「不過，我只能從線民口裡問出沙赫。他被嚇壞了，原因可想而知。洩漏巴赫給我，他八成很後悔。」

「如果他不肯透露沙赫的計畫，你能不能至少問他，既然三個核子專家都死了，計畫是已經結束了，或是還在進行中？」

吉爾撐起上身，痛得微微縮臉。他凝視母親，國務卿。

「妳是不是在追蹤我發的信？」

她遲疑了一下。「我沒有。我信得過你。我知道你採訪到的重大線索會全告訴我……」

吉爾點點頭。「這樣的話，我不能聯絡線民。」他的嗓門變大，瀕臨怪腔怪調，隨即降低音量，囁嚅說：「不過，可能也有另一個辦法。」

「國務卿女士，打擾妳一下。」

艾倫望向博因頓，看他站在門口。母子對話被他旁聽了多少，她不禁懷疑。

「叫專機等一等。」她說。

「安娜來了嗎？」吉爾瞄向門外。

這時候，吉爾變回她的小寶貝了，心裡有難題憋著不敢問，卻也秉持戰地記者的盡職心，決定排除畏懼問到底。

「沒來。我邀她來，不過……」

吉爾點點頭，再變回成年人。問到這事實，暫時夠了。

「國務卿女士，」博因頓再次開口，語氣多了一點尖銳，「和專機無關。」

回到美國駐法蘭克福領事館，艾倫一踏出禮車，一名中年男子立刻上前迎接。艾倫曾在爆炸現場和他交談過。他是中情局駐德主任。

「國務卿女士，我是史考特・卡季爾。」

「對，我記得你，卡季爾先生。」她說。卡季爾身旁有一名小他幾歲的女子，兩人匆匆趕著她進領事館。她轉頭看這位女子。

「這位是費雪（Fischer）夫人，她是德國情報局的人。」卡季爾解釋。陸戰隊衛兵為他們開門。

「我們查到一名嫌犯了。」費雪以標準英語說。

他們穿越大廳，走向電梯，大理石地板上的腳步聲迴盪。有人按住一台電梯恭候著。

「到案了嗎？」艾倫問。

「還沒有，」費雪夫人說。電梯門關上。「我們目前只掌握到公車上和路上的監視影帶。」

艾倫和博因頓被帶進一間無窗的房間，有防空洞的錯覺。德國外交部長從柏林趕來這裡，艾倫見了好意外。

「艾倫。」外長對她伸出一手。

「海恩立。」

海恩立・馮拜爾指向身旁一張舒適的旋轉椅。「我們發現這支影片，妳一定要看。」

艾倫一邊坐下，一邊暗笑著他的用語是「我們」。艾倫猜，以發現影片的功勞來說，桌上咖啡杯的功勞可能和他一樣多。

在他示意下，房間最前面的螢幕開始播放影片。

畫面上，一一九號公車靠站停車，一男子下車。喀嚓一聲，畫面暫停。

「這裡是爆炸發生前兩站。」駐德主任卡季爾說。

「我們的炸彈客。」外交部長馮拜爾說。艾倫再一次暗笑，又自我居功了。她暗想，如果事後發現找錯對象，他可能會急著撇清責任。

畫面上的瘦子很年輕，穿牛仔褲和夾克，脖子纏著一條格紋頭巾（keffiyeh）。

她轉向卡季爾主任，「你怎麼知道歹徒是他？該不會是照族裔屬性辦案吧。」

「因為另外有兩項證據佐證。」卡季爾說。換另外一支影片在螢幕上播放，這片子的鏡頭對準公車內部。

畫面再次被定格。

她看見兒子吉爾在車上，坐在接近最後排的位子，樣貌是徹底放鬆。

「那一位，」費雪夫人指著吉爾左後方的女子說，「是納思琳．布喀里。」

「核子專家。」

「是的，國務卿女士。妳當然認得出自己的兒子。另外這一位——（費雪指著納思琳．布喀里正前方的乘客）——是我們的嫌犯。請看接下來發生什麼事。」

影片繼續播放。畫面上的男子先是彎腰下去，被前座的女乘客遮住，然後坐直，從座位站起來，走向公車最前面。下一幕是他下車的畫面，剛才那支影片也拍到了。

畫面定格，費雪放大男乘客的臉。他的膚色偏黑，看似正面注視監視攝影機的鏡頭。

「從爆炸現場跡象顯示，爆裂物被放在公車左邊最後面，」德國女情報官費雪說。「他的座位。」

艾倫凝視著他的臉。

他下車時，扔下同車乘客，心裡想著什麼？坐在車上的時候，他看著兒童在座位上不安份，看著青少年埋頭滑手機，看著累了一天想回家的工人，他心裡想著什麼？知道結局的他，內心有什麼感受？心知無辜民眾死定了，炸彈客有什麼想法？

艾倫不是不明白另一件事實：美國軍人奉長官命令，按鍵發射飛彈瞄準敵軍，但有時也誤中無辜老百姓。

這時，她湊近螢幕，注視著畫面上的年輕人。「他為什麼沒死？」

「呃，因為他下車了，國務卿女士。」外長馮拜爾說。

「對，我知道。不過，這種炸彈客通常不都同歸於盡嗎？」

這疑問沉澱下來，眾人講不出話。最後，卡季爾主任回答。

「通常是引爆自盡沒錯，不過不是全部。」

「什麼樣的條件會導致引爆自盡？」艾倫問。

「炸彈客受到激進份子薰陶。有些是宗教狂熱份子，」卡季爾回答。「另一種情況是，栽培炸彈客的主事者想百分百確定炸彈能爆炸。」

「你是說，主事者擔心炸彈做得不夠專業？」艾倫問，看著在場兩位情報官。「可能是外行人自製的炸彈。除非親手引爆，否則有可能失算。」

「是的。」費雪說。

「炸彈客不死的例子呢？像他這樣，留下炸彈走人。」艾倫指著畫面上的男子。

這時候，德美兩國情報官都在點頭，思索著，推斷著。

「能確定炸彈會引爆的時候。」費雪說。

「或者炸彈客不是宗教狂。」卡季爾說。

「繼續說。」艾倫鼓勵著。

「炸彈客的利用價值太高，主事者怕浪費，不肯犧牲他這條資產。」

「或者，他想通了，不想死。」費雪說。

人人盯著畫面看，看著嫌犯的臉。兇手還活著，逍遙法外。

「我們會把這畫面傳給國際情報網，」德國外長說。「如果他被某組織吸收栽培，可以從某地的資料庫裡檢索到。」

「可是，臉部辨識系統沒有過濾到這人。」艾倫說。

「對，」卡季爾主任說。「組織可能很看重他，一直不派他出任務。我們會通報機場、火車站、公車站、租車公司。」

「也傳到社交媒體和新聞網。」費雪說。「就算無法查明他身分，至少真面目曝光以後，他也寸步難行。他會怕被人看見後檢舉。」

卡季爾對一名部屬點頭，部屬急忙離開。

「另外有個現象，嗯，有點……」

艾倫和德國外長等著卡季爾主任思考著合適的形容詞。

「……不尋常。」

「慘了。」艾倫自言自語一聲，這時身旁態度莊重的外長用德文嘟噥著髒話。

「不只是有點不尋常，」德國女情報官費雪說。「看。」

她指向畫面裡大家看了好幾分鐘的一幕。

「看哪裡？」艾倫問。

「沒戴帽子。」

艾倫把視線轉向費雪，轉向外交部長，外長馮拜爾和她一樣摸不著頭緒。三月初法蘭克福天氣冷，費雪不可能擔心炸彈客著涼吧……

艾倫想到了，德國外長也在同一刻想到，藍眼圓睜，拱起眉毛。

「他沒有掩飾身分的意思！」艾倫說。

「答對了，」費雪說。「他根本是在鏡頭前面站住，讓我們看個仔細。」

艾倫沉默。凝視著歹徒的臉。看個仔細。咦，那雙眼睛流露著哀傷的神色嗎？她懷疑自己是不是想像力太豐富。歹徒會不會甚至在懇求？懇求諒解？求助？絕對不會。炸死那麼多無辜民眾的人，怎麼可能指望別人諒解？

「可能性有哪些？」外長馮拜爾問。

「這可能是個好現象，」卡季爾主任說。「他可能個性很自負。自信過度。若非他不信自己會被指認是炸彈客，就是他希望被查到。」

「為什麼？」馮拜爾問。

「這個嘛，我們不清楚，」卡季爾承認。「自尊心太強？本性太嗆？」

「看看他表情，」艾倫說。別人都沒看出來嗎？「他有歉意。」

「算了吧，國務卿女士，怎麼能信呢？」馮拜爾說，「他就要殺害無辜百姓了，哪來的歉意。」

艾倫望向卡季爾，顯然卡季爾的意見和德國外長一致。接著，艾倫把視線轉向德國女情報官費雪。費雪眉頭緊蹙，凝視著炸彈客的臉。

接著，她看著艾倫。搖搖頭。

「我倒覺得他很害怕。」費雪說。

艾倫再細看這張年輕的面孔，點點頭。「我認為妳說的對。」

「他當然害怕了，」馮拜爾說。「怕被自己的炸彈炸死，提前見造物主，而主對他的行為不太高興。」

「不是這原因，」艾倫說。隨即，她的表情開朗起來。「照計畫，他不應該存活才對。」

「說不定因為這樣，主事者才不堅持他掩飾身分，」費雪說。「因為反正要死，遮不遮臉並不重要。」

艾倫的思緒翻攪著。「我們應該扣住他的相片，不能對外公開。」

「為什麼？」卡季爾說。他轉瞬間領悟了。「唉，可惡。」

如果照計畫炸彈客該死，警方最好讓主事者相信他真的死了。

「可惡，」費雪用德文罵。「我們要儘快找到他。不能被主事者搶先。」

「去追湯姆森（Thompson），」卡季爾對著電話喝令。「叫他不要提供嫌犯照片給——」

卡季爾一屁股坐下。「算了。那就限制公開。」他掛掉電話。「太遲了。已經發佈出去了。不過，我們或許能攔下幾份刊物。」

「不用了，」費雪講德語。「災害已經無法挽回，不如順水推舟，看看我們怎麼活用這機會。大肆宣傳他的相片吧，總會有人認得他。我去聯絡各國情報首長，防止他出國找不到人。」她走向門。

「我們一定找得到他。」

艾倫正要起身。「如果沒有其他事，我想打電話向總統回報，然後去搭專機——」

「艾倫，我們另外有一支影片，想放給妳看，」德國外長馮拜爾說。

她再坐下，看著螢幕，見到公車內部的景象重現。

炸彈客已經下車。他的座位空著。艾倫看著吉爾接起手機，聽著，然後站起來，開始叫嚷。

艾倫看著畫面，雙手握成拳頭，見吉爾死命叫司機停車，恐慌之餘，氣到近乎啜泣。拉扯著乘客，想拖他們離座，也和納思琳拉扯，卻被她用包包擊退。

艾倫看著，全身肌肉繃緊，見公車總算停下。司機離開駕駛座，揪住吉爾，趕他下車。

影片閃了一閃，畫面轉到街頭，只見吉爾重重跌落人行道上，公車重新上路。

艾倫伸長頸子看，一手摀口，看著兒子從地上爬起來，追著公車背影跑。畫面無聲，但明顯看得出他在吶喊，尖叫。接著，他停住，轉身，儘量趕走路上的行人。

然後，爆炸。

她閉上眼睛。

「國務卿女士。」德國外長馮拜爾站起來，轉向她，面色凝重，態度鄭重。「我欠妳一個道歉。我不該暗示妳兒子涉案。他竭盡所能救人，而且要不是被司機推下車，他可能也沒命。」

馮拜爾垂頭，微微鞠躬認錯。

私底下，艾倫也認錯，責怪自己不該懷疑兒子是否正直。她也為自己的錯誤自責。

「謝謝。」艾倫用德語說。她離開座位，對外交部長伸出雙手，他接下，溫情和她相握。「犯這種錯是人之常情，」她說。「我自己大概也會犯。」

「謝謝妳。」他說，但兩人都猜她不會。

馮拜爾壓低嗓音告訴艾倫，「祝妳在伊斯蘭馬巴德順利。當心一點，沙赫會盯妳。」

「知道。」她轉向靜靜坐一旁觀看的博因頓。「我會從空軍三號打給總統。」

「妳的會還沒開完。」

「你指的不是這一場嗎？」

「國務卿女士，另外還有一場。」

第十五章

博因頓帶著艾倫進入一房間，昏暗無窗，也平淡無奇。這裡是地下二樓，得通過好幾次安檢和防爆門才進得來。

入內後，一名技士拍一拍鍵盤說，「國務卿女士，麻煩請您輸入安全密碼。」

「我的幕僚長可以輸入他的密碼，不是嗎？」

「抱歉，不行。這需要最高機密等級。」

艾倫不確定「這」指的是什麼。她按下一串數碼，等著。

畫面出現在一面大螢幕上。是提姆・畢詮，國家情報總監。

基於禮節，雙方互相打招呼，但畢詮口氣冷冰冰，開始解釋，艾倫聽出這次開會的用意了，打斷他，轉向查爾斯・博因頓幕僚長。

「請你去叫史考特・卡季爾進來。他最好也聽聽。」

「國務卿，越少人——」畢詮說到一半被她的眼色打斷。

「是的，當然，」博因頓說。幾分鐘後，他帶著卡季爾主任回來。卡季爾拉一張椅子過來，在她旁邊坐下。

沒必要介紹了。情報總監和中情局駐德主任很熟。

「有沒有找到？」她低聲問，卡季爾搖搖頭。

應艾倫要求，提姆．畢詮重覆他剛講的話。

「我們調查了達希爾小姐收到的那訊息。她自稱已刪除的那一則。」

艾倫聽出了言下之意。「如果被你們從垃圾檔案裡挖出來，那她必定是刪除了。是在垃圾箱裡找到的嗎？」

「是的。」

「訊息檔裡一定附有時間，能顯示刪除時間吧？」

「是的。」

「符合她說明的時間點吧。」

「是的。」

「所以，安娜依妲．達希爾說的是實話。」艾倫心想，最好先攤開事實並建立權威，不能模糊曖昧。

這男人狡猾，她不喜歡，她猜懷海德將軍也有同感。這時候，她看著畢詮的窘迫不安，讓她想起貝琪，不知好友的任務是否順利，能否挖出情報總監的內幕。

自從貝琪發簡訊回報返抵特區、即將前往國務院，艾倫一直沒再接到音訊。

「怎樣，提姆，你想報告什麼新聞？」

「我們查到發訊息的地點了。」

「查到了？」她湊向視訊螢幕，近到能感受螢幕輻射出的熱度。

「伊朗。」

像被燙到，艾倫往後縮頭，緩緩深吸一口氣，然後徐徐長吐一口氣。她聽見鄰座卡季爾「哼，」了一聲，宛如胸腹神經叢挨一拳。

伊朗。伊朗。

她的心思奔騰起來。伊朗。

如果沙赫賣核子機密也賣核子人才，伊朗會想出手攔阻。伊朗一方面公開否認正在研發核武，另一方面也致力讓世界明瞭自己有的是核武實力。

艾倫串連著前因後果。三起爆炸案，暗殺三位專家，歹徒足跡遍及中東，全是為了協助伊朗阻止鄰國取得核武科技。

「伊朗絕對會想阻止沙赫聘請的核子專家抵達目的地。」她說。

「對是對，」畢詮說，「只不過——」

「炸彈客和發信給小外交官的人絕不是同一個，」卡季爾說。「發信者是想防止慘案發生。」

艾倫睜大眼睛。這是事實。她的視線從卡季爾移到視訊，見畢詮的神態更加煩躁，煩的是大消息被人搶先揭露，但畢詮這時也多了一份苦惱的神色。

「我們搞不懂的癥結就在這裡，」畢詮說。「伊朗政府何必阻止爆炸案發生呢？為什麼想救沙赫的核子專家？我們本來假設專家是伊朗向沙赫買的，後來排除這可能性了。」

「伊朗政府連巴基斯坦人都信不過了，絕不可能對他們下聘書，」卡季爾贊同。「另外，他們也不可能跟巴胥爾．沙赫打交道。沙赫跟沙烏地和其他遜尼派阿拉伯國家的關係太複雜了。」

「而且沙赫也不願意和伊朗打交道，對不對？」艾倫問。

「非常不可能，」畢詮說。「更何況，伊朗本身有核武計畫，也不缺技術精湛的核子物理學家。這不合理。」

「可能性一一被排除後，剩下呢？」艾倫問。

沒了。

「確定發信地點是伊朗嗎？」她問。「會不會被重新導向了？被轉傳去別的訊號塔和位址？爆炸案幕後主使人絕對夠刁鑽，懂得隱藏所在地。」艾倫語氣稍停。「該死。我怎麼一直犯同一個錯誤。更加合理的假設是，爆炸案是伊朗一手主導的。想阻止爆炸案發生的不是伊朗。」

「訊息肯定是從伊朗發的，」畢詮證實。「不過，那訊息確實發得好像很緊急，否則，我認為發信者會多盡一點力掩飾出處。另外還有一點……」

畢詮顯得洋洋自得，艾倫看了脊骨發毛。彷彿有隻大蜘蛛從尾椎往上爬。

「繼續講吧。」

「我們知道發信的確切地點。」

「對，你說過。伊朗。」

「還要更確切一點。我們追溯到是德黑蘭的一台電腦，主人是——（他看了一下筆記）——貝南姆．阿瑪迪（Behnam Ahmadi）。」

「開玩笑。」卡季爾說。他不是真的罵畢詮開玩笑。畢詮知道，大家都明白國家情報總監說的絕非玩笑話。

「你知道這個人？」艾倫問卡季爾。

他點點頭，整理著思緒。「他是核子物理學家。」

「會不會他認識那三位專家，所以想救他們？」艾倫問。

「不排除，」畢詮說，「但可能性非常小。」

「怎麼說？」

「阿瑪迪博士是伊朗核子計畫的大將之一，」卡季爾說。「至少我們相信是。伊朗否認進行核武計畫，外界很難取得確切資訊。」

「伊朗有核武計畫，我們知道，我們不清楚的是，伊朗到底有沒有研發出核子彈。」畢詮說。

「這表示什麼？」艾倫的目光從一人跳到另一人，搜尋著大家的臉孔。「阿瑪迪博士為什麼不希望核子專家被殺？」

「我們考慮過一個可能性：他是受另一國指使的外國特務，」畢詮說。「比方說，他被沙烏地指使。沙烏地政府也迫切想研發核武。他們肯付高薪。或者，甚至以色列也有可能。以色列就殺過伊朗核武計畫的伊朗籍專家。」

「不過，阿瑪迪博士絕對不會效勞以色列，會嗎？」艾倫問。

「這可要看以色列能付多少錢，也要看他手頭多緊。一切可能性都不能排除。」

卡季爾搖著頭。「我不信。阿瑪迪絕不可能和外國合作。」

「怎麼說？這位阿瑪迪教授，他的為人如何？」艾倫問。

「有一年，伊朗學生攻佔美國駐德黑蘭大使館，押美國公民當人質，你們可能記得，」畢詮問。

「一九七九年的事。」

艾倫怒視著他。「對，我相信剛有人提過。」

「貝南姆．阿瑪迪這人嘛，就是學生之一。我們有他的幾張相片，顯示他握槍指著美國外交官的腦袋。」

「我想看相片。」

「國務卿，我會傳給妳的。」畢詮說。「貝南姆．阿瑪迪是個虔誠的信徒，他追隨柯梅尼（Khomeini），也崇拜強硬派教士亞茲迪（譯註：Mohammad Yazdi，1931-2020）。」

「不過，這兩位都死了。」艾倫說。

「對，不過這能證明阿瑪迪博士的忠誠和信仰，」畢詮說。「現在他顯然效忠目前的最高精神領袖柯思拉韋（Khosravi）。」

「柯思拉韋不是對所有核武計畫發佈誅殺教令嗎？」艾倫問。畢詮訝異她懂這麼多，令艾倫喜在心中。

「是的，」卡季爾說。「不過，我們不相信他是玩真的。只要伊朗還是核武協議（Joint Comprehensive Plan of Action）的一員，也准許聯合國派員視察，我們敢確定他們的核武計畫已經停擺。不過，敦恩政府退出伊朗核武協議以後……」

「伊朗又能隨心所欲研發了。」艾倫說。

「想證實任何東西都變得難上加難。」畢詮說。

疑問仍未解開。「集合三位巴基斯坦核子專家，能對伊朗造成威脅，伊朗強硬派人士為什麼想救他們？」艾倫問。

大家沉默下來。顯然沒人有概念。一時之間，艾倫誤以為螢幕卡頓了。

久久之後，情報總監提姆．畢詮說：「國務卿女士，另外還有一件重要資訊。妳聽了可能不會喜歡。」

「這二十四小時以來發生的事，我幾乎沒有一件喜歡。說來聽聽吧，提姆。」

「妳帶外交官安娜依妲．達希爾出國後，我們深入調查她的背景。」

大蜘蛛已經爬上艾倫的後腦勺。

「她告訴我們，父母是黎巴嫩人，內戰期間逃離貝魯特，以難民身分來到美國。我們翻資料查到，難民資格申請表的確這麼寫。只不過……」

艾倫心想，只不過什麼？

「只不過當時在內戰期間，移民局想查也查不徹底。現在我們能查清楚了。達希爾小姐的母親是馬龍派（Maronite）基督徒，貝魯特人。歷史學教授。」

「只不過什麼？」，艾倫心想。

「不過，她的父親不是黎巴嫩人，」畢詮說。「他是位經濟學者。伊朗人。」

「你們確定？」

「如果不確定，我就不會向妳報告。」

艾倫覺得，他這麼說有幾分道理。

「這位外交官跟妳一起出國嗎？」卡季爾問。「她能接觸到的機密有多少？」

艾倫轉向博因頓。開會期間，他保持沉默，只差沒隱形。艾倫留意到他具備一種罕見的本事：人在場，卻能變成透明人。在社交場合中，有這份特質的人很吃虧，但對於想在國務院開採機密的人而言，這本事是莫大的優勢。

「外交官她沒有最高機密等級，也沒有存取檔案的密碼。」博因頓說。

「她倒是有兩隻耳朵和一顆頭腦，」艾倫說。「昨天，她靠一張嘴直闖我正在開的會。去找她，帶她過來。」

博因頓走後，艾倫轉回視訊螢幕，碰巧看見一名女助理正低聲對著畢詮講話，而且拿東西給他看。他改靜音模式，但從畫面看來，他的反應是既有興趣也顯得惱火。

他回到視訊，解除靜音。「法蘭克福爆炸事件查到嫌犯，妳打算拖到什麼時候才告訴我？」

「我正要提。」

「唉，沒必要。剛有一個助理報告我了。她剛在CNN看到報導。」他的臉幾乎氣成鐵青。

「麻煩你，可以暫時離開嗎？」艾倫問卡季爾。她知道場面會變得難看。

卡季爾走後，提姆．畢詮對她火力全開。「妳該知道，這新聞總統也是看電視才發現，不是聽我們報告。」

「夠了，提姆，」艾倫舉起一手說。「我瞭解你很無奈，不過事實是，我們也是剛才得知，而我在第一時間趕過來這裡跟你開會。你也沒給我機會提其他事。」

這樣數落他，也許不太公平，艾倫知道，但事實是，艾倫本來就不急著告訴他任何事——以防萬一，萬一情報總監就是暗鬼。

她又想到貝琪。不知貝琪的行動順不順利？派退休老師去起底一個疑似叛徒的人，是不是失算了？

艾倫也納悶，為什麼貝琪到現在還沒消沒息。話說回來，她的手機被門外的外交護衛保管著。消息也可能早已傳到手機。

「快告訴我啊！」提姆．畢詮發飆說。

艾倫娓娓道來，「……我們不排除。照計畫他應該和炸彈同歸於盡。倫敦和巴黎都檢查過公車上的監視影帶，佯裝乘客的炸彈客，兩個都被炸死了。」

「既然這樣，這一個為什麼沒死？」

「我們研判他抗命。」

「所以他對我們的價值極高，」畢詮說，「對主使者的造成極大的威脅。」

「對。」

艾倫看著資深助理傳一張紙給畢詮。他讀著，神態泛起一絲真心疑惑，稍縱即逝。

「針對妳的外交官和她家人，我們又查到進一步背景。」他拍一拍眼前的紙張。「革命結束後，她父親從伊朗來到貝魯特，把姓改成『達希爾』。他的本姓是『阿瑪迪』。」

現在輪到艾倫怔住了。「阿瑪迪？跟貝南姆．阿瑪迪是同一家人？」

「是親兄弟。」

安娜依妲．達希爾的叔父是伊朗核武計畫的主持人。

第十六章

「史考特？」

訊息不斷湧進來，中情局駐德主任史考特．卡季爾應接不暇，難以區分輕重緩急，難以區分事實和假消息。他抬頭看誰在喊他。

根據線報，炸彈客目前行蹤遍及全歐洲，甚至遠至俄羅斯。

「什麼事？」

「在巴特克茨廷（Bad Kötzting）鎮。」

「確定嗎？」

「鐵定。他家住在那裡。地方警察認得他的長相，還傳他的身分資料過來。」

她呈給主任看。

果然。他名叫阿拉穆．瓦尼（Aram Wani），現年二十七歲，地址在巴伐利亞區的小鎮巴特克茨廷。

「他有個妻子和一個小孩。」

「現在他在家嗎？」

「我們不清楚。我已經請德國特勤突擊隊（Spezialeinsatzkommandos）派員去他家，他們剛從紐倫堡出發，預計過一段時間才會到。在這空檔，我已經指示當地的警察派人過去暗中探察。」

「好。我們趕過去。」

「我已經叫直升機待命。」

「誰啊？」

門裡的少婦講德語，開一小道縫。

「瓦尼夫人？」

「是的。」

她抱著一個小孩，神色警覺，但不太害怕。

找上門的女警身穿便衣，年紀大到可以當瓦尼夫人的母親，幾乎能當她祖母了。

「喔。沒先打電話就上門來，我希望妳別介意。」

「沒關係。不過，妳是誰？」門縫加大。

「我名叫納歐蜜（Naomi）。今天好冷啊。」女警聳起肩膀，手肘緊靠身體，以表示不耐寒。門再開一些，女主人邀她入內。「謝謝。」

「請進。」

「其實啊，都怪濕氣太重，所以才冷，不是嗎？」納歐蜜熱情微笑，目光四下流轉。這棟房子小，整理得一塵不染，小女孩一歲半，淺褐色皮膚來自伊朗父親，藍眼珠來自德國母親，美得近乎小仙女。

離開警局前，女警匆匆查資料得知，瓦尼夫人是土生土長德國人，歐洲白人血統。

「咦，妳丈夫沒告訴妳呀？」她問。

「沒有。」

女警搖搖頭，彷彿在說——男人啊。

「妳應該知道，為了加速移民歸化流程，我們這一帶開辦了移民抽籤活動。由於妳先生娶了德國妻子」——她笑得更加燦爛——「而且生了一個小孩，所以有資格參加。」講到這裡，女警停了一下，面露憂慮，「他是阿拉穆．瓦尼，沒錯吧？」

「喔，是啊。」瓦尼夫人眉開眼笑了。她讓開來，關上門，請客人進廚房。「我從來沒聽過移民抽籤活動。是真的嗎？」

「是真的。不過，我想請教他幾個問題。他在不在家？」

⅄

在公車後排，阿拉穆．瓦尼駝背坐著。

這未免太諷刺了吧，他自己沒注意到。事實上，他也完全沒表情。無動於衷。因為，如果他即使露出一丁點情緒，他整個人會焦躁到冒出火花。他趕著回家去。回家抱妻小，帶她們走。穿越國界，進入捷克共和國。他本想在大家發現他還活著之前逃亡，可惜在公車站，他見到自己的臉出現在所有電視上。

他們知道了。對，警方知道，不過，沙赫和俄國人也知道了。

他考慮投案。投案的話，至少他有一線生機。而且，他可以苦求德國警方保護他的家人。但時間太緊迫，他現在一心只想趕回家帶她們逃亡。

⸙

在國務院桃花心木巷裡，貝琪．詹姆森走著，拎著一袋雞肉沙拉可頌。這是她的道具，給人太平氣象的道具。

幕僚來去匆匆，其中有幾個停下來和她寒暄，問她有沒有亞當斯國務卿的最新消息，也問她為什麼回來了。

「國務卿擔心這裡有什麼急事，所以叫我回來。」她說。

所幸，國務院裡的人都太忙，聽見籠籠統統的虛答也無暇理會。而且，多數幕僚都知道沒事不要問太多。

整個國務院忙到炸鍋。新聞登出炸彈客的相片後，各辦公室的精神隨之振奮起來，大家認為案情即將突破瓶頸。

對於危機，國務院習以為常了。全球總不乏有哪個地方凸槌，期望國務院出招。但這次公車爆炸案不同，不只因為先後三起恐攻執行得無懈可擊，也因全國務院上下以及各地情報單位都沒攔截到警訊。

付之闕如。

爆炸案發生至今，一點音訊都沒攔截到，接下來還會出什麼大事？人人都挫著等。

恐怖主義警報系統（National Terrorism Advisory System）已發出通報，警告國民，恐怖攻擊案可能再起，這一次恐將發生在美國境內。

在每一層樓，在每一間辦公室，國務院男男女女忙著聯絡同僚和線民，開採資訊，深掘情資，一挖到金塊，也要分析到底是真金還是愚人金。

貝琪用自己的通行卡，解開國務卿辦公室的門鎖。「咔」一聲，厚門打開一小道縫，她還沒進去，就聽見背後有人說，「詹姆森夫人。」

她轉頭，看見一女子上前來。女子穿陸軍遊騎兵團（Army Rangers）深綠制服，配戴特戰部隊（Special Forces）上尉徽章。

「什麼事？」

「懷海德將軍聽說妳回來了，派我過來找妳。他說，如果妳需要什麼，儘管打電話找我。我名叫丹尼絲．菲蘭（Denise Phelan）。」貝琪感覺外套口袋裡多了一件硬物。「不用遲疑。」

語畢，菲蘭上尉對她親和一笑，往回走向電梯，留下貝琪一頭霧水，不懂自己有什麼事能出動遊騎兵幫忙。

一進艾倫的辦公室，國務卿幕僚們紛紛和她打招呼。大家都知道她是亞當斯國務卿的顧問。大家都相信，這頭銜是榮譽職，任務是幫國務卿加油打氣，目的不在辦公。

大家對她客客氣氣，態度友善，隱約散發「不想理妳」的氣味。

貝琪也盡一盡虛應故事的本分，和幕僚閒聊幾句，沒事找事講講話，甚至賴在幕僚辦公桌角不走，擺出準備促膝長聊的架勢。

任教中學數十年，貝琪．詹姆森熟稔肢體語言，尤其在對方胃口盡失時，她最能一眼看穿。幕僚一個個全被她煩到快爆掉時，她進艾倫的私人辦公室，把門關好。她知道，門外的幕僚寧可咬斷自己的手，也不願冒險再引她聊一堆沒營養的話題。大家誤以為她缺乏危機意識。

這下子，貝琪．詹姆森知道沒人會進來打擾她了。

她在艾倫辦公室的小沙發坐下，取出袋子裡的可頌，拿紙墊著，放到桌上，然後掏手機出來，打開Candy Crush，玩掉一條命後再玩半局，解除螢幕保護程式，好讓螢幕持續顯示她在滑手遊。

如果有人進來，一眼能看清她正閒著沒事幹，還有邊吃邊玩的空暇——絕不可能懷疑她在查探國家情報總監的虛實。

查爾斯．博因頓的辦公室就在隔壁。她開門進去，打開博因頓的電腦，輸入博因頓的密碼。如果事後被追查，倒楣的是博因頓，不會查到她，也不會查到艾倫頭上。

她正要在辦公椅坐下，突然覺得口袋有個長方形的硬物。

貝琪還沒把異物掏出來，就知道是什麼東西。一支手機，一支長輩機，是菲蘭上尉塞給她的。

貝琪啟動手機，發現手機剛充滿電，裡面只設定一組號碼。手機放回口袋後，貝琪看著博因頓的電腦螢幕。深吸一口氣，她開始辦正事。

低估老師的人，危險自負。

「好了，你這個狗臭屁，」她嘟噥著敲鍵盤。「老娘來對付你了。」

她按輸入鍵，螢幕顯示出提姆西．T．畢詮的機密檔案。

⸙

在法蘭克福領事館地下室，安娜依妲照指示坐下。這間感覺像防空洞。在場除了她和亞當斯國務卿外，還有查爾斯．博因頓和情報總監畢詮，視訊中也有身在華府、曾偵訊過她的那兩名情報官。

資深情報官正要開口，但被國務卿制止。

國務卿的口氣禮貌而堅定：「如果你不介意的話，這次約談由我來主導就好。等我問完，如果你還有問題，你當然可以問她。」

國務卿刻意把這次定位為約談，而非偵訊，用意是安撫小外交官安娜依妲．達希爾。她看得出，這一招奏效了。

安娜依妲見問話的人將是國務卿而非情報官，神態明顯鬆懈不少。

（她誤認我是她的朋友——她錯了。）

安娜依妲逼自己放輕鬆，逼自己的肢體放輕鬆。

製造自己已經上當的假象，但她其實沒那麼好騙。

安娜依妲其實絲毫放不下戒心。只不過，她自己還懷疑心牆是不是夠高，也怕戒心來得太晚。被查出來了。

問題是，多少底細被挖出來了？她不清楚。明顯可見的是，他們一湧而上，擠向她的心牆，只不過，他們能鑽進她心裡多深呢？

在博因頓的鍵盤上空，貝琪的一手僵住了。

她聽到聲音，有人進到國務卿辦公室外的接待室了。

貝琪瞄一眼博因頓辦公室的門，門關著，沒上鎖。貝琪暗罵自己一聲，心知來不及登出帳號關電腦了。情急之下，她伸向背後，拉住電線，扯掉插頭。

她不等螢幕變暗，趕緊收拾筆記，跳起來，溜回國務卿辦公室。坐回沙發，白宮幕僚長芭芭拉正好走進來。

芭芭拉．史登浩澤陡然站住，凝視著貝琪．詹姆森。

「詹姆森夫人，我以為妳陪亞當斯國務卿去法蘭克福了。」

「喔，哈囉。」貝琪放下三明治。「我是去了，可是……」

「可是怎麼了？」

可是怎麼了、可是怎麼了——貝琪絞盡腦汁思考，她沒料到自己會撞見芭芭拉。在國務院，白宮幕僚長是極為罕見的稀客。

芭芭拉等著她回應。

「這個嘛，好難堪啊……」

貝琪求自己趕快動腦筋。（搞什麼鬼，越扯越難掰了。有什麼好難堪的？趕快想一想啊。）

「我們吵了一架。」貝琪脫口而出。

「喔，原來如此，一定吵得很兇吧。為了什麼事吵架呢？」

貝琪想著——唉，拜託拜託，有什麼好吵的呢？

「她兒子。吉爾。」

「真的啊？為了他哪件事？」

是貝琪的腦袋急慌了，或是芭芭拉的口氣轉變？芭芭拉的語調從微微錯愕轉成漸次上揚的疑心。

「什麼？」

「吵架。為了什麼事吵架？」

「唉，私事啦。」

白宮幕僚長芭芭拉往前走了一步，進入國務卿的辦公室，「我還是想聽一聽。妳可以信任我。」

「我想妳八成猜得到啦，」貝琪說。（求求妳，求求妳，猜猜看吧。）

芭芭拉．史登浩澤注視著貝琪。貝琪赫然發現，芭芭拉竟真的動腦筋猜想起來。白宮幕僚長最大的本事是無所不知，最不想給人「狀況外」的印象，然而芭芭拉的致命弱點是狀況外卻不敢承認。

「那一年的綁架案。」芭芭拉語帶嚴肅，連貝琪一時之間也信以為真。

芭芭拉其實一言戳中核心了。貝琪和艾倫的友誼起裂痕的唯一因素就是綁架案，吉爾．巴赫爾三年前曾遭綁架。

接著，換貝琪對她一箭穿心了。她說出芭芭拉最愛聽的一句話，能射垮白宮幕僚長的言語唯有這一句，「被妳說中了。」貝琪說。

她看見芭芭拉鬆懈下來，宛如毒癮纏身的人癮頭獲得紓解。

芭芭拉當然猜錯了，但她為貝琪鋪好了謊言大道。

「我告訴艾倫，威廉斯參議員當時不願和綁匪交涉是對的。」

「真的？」芭芭拉再向貝琪靠近一步，還瞄了一眼貝琪手機上的Candy Crush。貝琪連忙關機，滿臉難為情。

「妳認同參議員的作法啊？」威廉斯的幕僚長說。

「對。我覺得他的立場很勇敢。」

「那是我出的主意，妳知道吧。」

「啊——我早該猜到的，」貝琪強忍著，以防口氣透出噁心的意味。

那年，吉爾在阿富汗失蹤了數星期。之後，相片來了，吉爾渾身髒兮兮，披頭散髮，滿臉鬍鬚，幾乎令人認不出長相——母親例外，教母（貝琪）也例外。

那一雙眼睛，充滿驚魂，近乎無神。

聰穎過人、精力充沛、煩惱不安的吉爾跪在地上，背後站著兩個帕坦家族塔利班戰士，胸前荷著AK－47自動步槍，儼然是獵人剛捕獲一頭雄鹿。

「起先威廉斯參議員想跟綁匪協商，不過我認為想挑戰白宮寶座的話，應該展現毅力和魄力。」

貝琪強擠出淡淡一笑，極力把目光放遠一點，不想為了這狗屁而壞了大局。

「明智。」

當時是惡夢一場。

在艾倫自家頻道上，新聞夜夜播放斬首前的影像。知名記者吉爾．巴赫爾的相片也上電視。人質當中，唯有吉爾是美籍，是被歹徒視為至寶的一名人質。

綁匪日日揚言對他不利。

艾倫幾乎是對威廉斯參議員下跪，無異趴在地上乞求班，請求他透過管道營救吉爾。檯面上，美國政府拒絕和恐怖份子談判。帕坦家族是塔利班的支派，是最殘暴的一支。美國政府和帕坦家族更是死不往來。但檯面下，和恐怖份子交涉是常有的事。

有時甚至能交涉成功。

但這一次，儘管艾倫跪求，身為參議院情報委員會主席的威廉斯拒絕談判。

歷經那段時期的驚恐，艾倫的心情永難平復。她無法原諒威廉斯，永不原諒。

貝琪．詹姆森也一樣。

而道格．威廉斯也永難原諒艾倫．亞當斯，因為在他爭取黨內提名期間，艾倫策動旗下媒體打擊他，手段毫不留情。

「那時我告訴艾倫，我認同她罵威廉斯參議員是個被權力沖昏頭的狂妄瘋子。」

艾倫傾媒體集團所有資源，一心一意想在政壇砍掉威廉斯的大頭。

卻奈何功虧一簣。此外，死對頭後來居然還當選總統，而且跌破眾人眼鏡，欽定艾倫．亞當斯擔任國務卿。

但艾倫明白他的居心。貝琪其實也知道。威廉斯總統表面上頒布人事令，內心盤算是對她動極刑。威廉斯先把她從媒體帝國的寶座拉下來，安排她進內閣，押亞當斯國務卿當禁臠，然後對她拔劍封喉。

南韓之行，更加篤定威廉斯的居心。南韓的挫敗是萬萬不該發生的情形，等於是押她處決示眾，由美國總統在幕後操作。明眼人看得出，威廉斯為了毀掉自己任命的國務卿，不惜無所不用其極。

「去法蘭克福的專機上，」貝琪對白宮幕僚長芭芭拉說著，「我多喝了幾杯。告訴艾倫，我覺得威廉斯總統不是一個腦袋裝屎的混帳，說他絕對不是一個從烏龍院逃出來的王八，也不是一個笨驢子自大狂，集了一大堆船長早餐穀片（Cap’n Crunch）盒子標籤才抽到碩士學位。」

貝琪罵得好爽，好久沒帶柯里福太太的賤嘴出來兜風了。

也玩夠了。

接下來該回到正題。貝琪忍住反胃的感覺，正面看著芭芭拉，講著瞎話：「我在專機上告訴她，我覺得威廉斯不救吉爾是對的。威廉斯是不得已的。」

「結果她把妳趕回國。」

「沒被她推下飛機，算我命大呢。結果，現在我坐這裡，吃三明治，滑Candy Crush，想鼓起勇氣打電話跟她賠不是。就算我真的相信道格．威廉斯是一個自戀的狗臭屁。」（哇，爽多了。）

「到底是或不是？」

「什麼？」貝琪反問。

「妳剛說他是一個自戀的什麼跟什麼……」

「蛤？」

「算了。」

「是什麼風把妳吹來國務院呀？」貝琪問。「我能幫妳什麼忙嗎？」

「沒事。是總統派我來的。他說他跟國務卿開完會，速記員一時忙不過來，好像漏記幾個重點，所以叫我來找找國務卿和她的幕僚長，看有沒有把會議筆記留在辦公室。」

「那妳可有的忙了。妳看看，她的辦公室簡直像垃圾堆，博因頓的辦公室則是整齊到沒辦過公事似的。」貝琪遲疑一下。「你們兩個以前合作過，對吧？妳跟博因頓。」

「一小段時間。」

「在情報委員會，在威廉斯參議員擔任主席那段期間吧。」

「對。競選期間也合作過。」

貝琪是瞎猜的，不過這層關係也不難推敲，畢竟博因頓是芭芭拉指派的國務卿幕僚長。貝琪目送她進博因頓辦公室並關門，心裡想著，烏龍院裡到底有多擠。另外還有誰鑽出來了。

貝琪匆匆發信給艾倫，說她已經回到國務院，也感謝艾倫派那位年輕人護衛她。

假設一個假設語走進酒吧……

二十分鐘後，她去試試博因頓辦公室的門。沒上鎖，沒人。

芭芭拉．史登浩澤走了。

貝琪在博因頓辦公桌坐下，伸向背後去拿電線。

心跳暫停了一拍，因為博因頓的電腦插頭此時已被插回插座上。

⅄

史考特．卡季爾主任繫好安全帶，指示飛行員可以起飛了。

女副官拿起她自己的手機給他看。他一眼讀完手機上的簡訊，表情沒有透露任何訊息，「其他人呢？」

「我們正在查。過幾分鐘應該會有消息。」

卡季爾急急點一下頭，發簡訊給國務卿，然後俯瞰法蘭克福。直升機轉彎，朝東飛行，前往巴伐利亞區，迷人的中世紀村莊巴特克茨廷，趕去恐怖份子的家。

外交護衛隊員把手機遞還給艾倫。史考特・卡季爾發來一則緊急訊息。

「納思琳的丈夫遭殺害。正查其他親屬。爆炸案嫌犯設籍巴伐利亞區，正趕往。」

卡季爾看著國務卿的回覆：「祝好運。再報告我。」

艾倫把手機還給護衛隊員，轉向安娜依妲。

「我們時間不多了，達希爾小姐，」亞當斯國務卿說，語氣粗率而正式，「妳一而再、再而三欺騙我們。現在，妳非從實招來不可。」

安娜依妲筆直坐在椅子上，點點頭。

「爆炸案和妳有什麼關聯？」

安娜依妲明顯錯愕。「國務卿女士……」

「夠了。我們查清楚妳父親的背景了。」

「他怎樣？」語調平和。

想瞞他們也太荒謬了。他們顯然一查就查得到，再否認只會讓情況更糟糕。

然而，安娜依姮．達希爾明瞭自己不能吐實。父母親要求過她。爸媽叫她保證絕對不能講這件事，對任何人都不行。

相信人有靈魂的母親叮囑她，千萬不能告訴任何人。

不信人有靈魂的父親抱她坐上大腿，叫她別害怕，只要保住這一個秘密，一切都會平安。父親接著告訴她，他愛她更勝自己的生命。

父親相信人生，相信生命的神聖性。

她大到能理解的年齡後，父親對她解釋，天大的秘密為何絕不能從這個家走漏出去。他們的小房子就在華盛頓特區的近郊。

父親以平靜的語調解釋，在祖國，達希爾全家被滅門了。革命中，伊朗強硬派信不過知識份子，所以心狠手辣抄家。

強硬派認為，受過教育的人喜歡質疑，質疑會導致獨立思考，會導致追求自由的欲望，會讓精神領袖管不動。

「一家子只有我一個逃出來。」

父親的語氣堅強，講得是理所當然，但眼神難掩哀慟。

「你怕伊朗人會來追殺你？」她當時說。

「不對。我怕他們沒必要。我申請庇護時填了假資料，要是被美國政府查到，要是被發現我其實是伊朗人……」

「你會被遣送回伊朗？」這時候，安娜依妲已經大到能理解遣返的嚴重性，所以保證：「永遠永遠不會洩漏」。

她至今沒告訴過任何人，以後也不會。

「太扯了吧！」畢詮說。「妳也看得出來，她根本不想配合。她的主子是誰很明顯，總之不是我們。逮捕她吧！起訴她！」

護衛隊員朝安娜依妲跨出一步。

「依什麼罪名？」艾倫問，同時伸出一隻手制止隊員。

「叛亂罪、大規模謀殺，恐怖主義，密謀犯罪。」畢詮說。「妳不喜歡這些，我還可以再舉幾個。」

「你可別忘了，」艾倫怒斥，「伊朗人發信給她，用意是阻止爆炸案發生。伊朗其實想救人。」

「那則訊息是從伊朗發的？」安娜依妲問。

「別裝了，」艾倫說，耐心全消。「我們知道妳父親是伊朗人，申請難民身分時謊報。我們也查到他本姓阿瑪迪——」

「妳叔叔為什麼發信給妳？」畢詮插嘴問。

安娜依妲的視線在他們臉上遊走。「什麼？」

艾倫一手用力拍桌，把安娜依妲嚇一跳，身在大西洋彼岸的畢詮也被嚇到。

亞當斯國務卿彎腰向前，近到就要貼住安娜依妲臉前。「夠了！時間寶貴，快回答我們。」

「可是，你們搞錯了。我沒有叔叔。」

「當然有！」畢詮發飆說。「他住在德黑蘭。他名叫貝南姆．阿瑪迪，從事核子物理學工作，是伊朗核武計畫的宗師之一。」

「不可能。我全家在革命期間被滅門了。全家只有我父親一個逃——」

她自我打住，可惜為時已晚——秘密說出口了。

安娜依妲靜候著。等著傳說中的三頭蛇怪（Azhi Dahaka）殺過來。父母對年幼的她強力灌輸觀念，要她發重誓保密，如今安娜依妲長大了，仍拗不過理性，深信自己一旦走漏家族秘密，災難必定接踵而至。

她靜候著，睜大眼睛，呼吸變得不規律。

然而，大難遲遲不臨頭。只不過，安娜依妲沒那麼笨。三頭蛇已經出動，正衝著家人而去，衝向貝塞斯達市（Bethesda）的小房子。

最好打電話給爸媽，警告他們——有什麼好警告的？叫他們逃命嗎？躲起來嗎？能躲哪裡？

「安娜？」人聲從遠處飄進她耳朵。「安娜？」

安娜依妲的思緒回到法蘭克福，回到美國領事館地下室的密閉房間。

「告訴我們，」亞當斯國務卿輕聲問。

「我不瞭解。」

「那就說說妳知道的部分。」

「爸媽告訴我全家都死了，我父親那邊的全家。全部被極端份子殺害，我的親戚一個也不剩。」

她扣住艾倫的目光。

「胡說八道！」在華府的資深情報官透過視訊說。「那則訊息寄到她的辦公桌上。她的叔叔知道她在哪裡，知道怎麼聯絡她。她一定知道叔叔還在。」

「我不知道啊。」安娜依妲看著他們。

「這樣的話，妳最好撥給妳父親。」艾倫說，語氣乾脆、果決。

「這樣好嗎，國務卿女士？」資深情報官問。

「糟到不得了，」畢詮說。「為什麼不直接加恐怖份子進來，大家一起來吧。」他揮舞著雙臂，「我們掌握什麼情報，全公告周知算了。」

他狠狠瞪著艾倫，艾倫也回瞪他。

「他們就快到了，」資深情報官看了手機一眼說。「應該快到貝塞斯達了。」

「誰？」安娜依妲問，一股恐慌漸漸在內心抬頭。

但她知道是誰。

三頭蛇怪。是她釋放出來的那隻。

「好，」畢詮說著起身。「我也要趕過去。」

在國務院，貝琪．詹姆森凝視著博因頓的電腦螢幕，眼睛睜得很大，還一手摀住嘴巴。

「不會吧。」

好久好久以前，貝琪的朋友和家人就發現她有一個怪現象：情況不好的時候，她髒話連連，但在情況接近災難時，髒話反而以委婉語代替。

「我的媽呀。」貝琪低聲說，從指縫看著螢幕。

芭芭拉幕僚長剛看見貝琪用電腦在查什麼。螢幕顯示她在搜尋提姆西．T．畢詮的資料被刪削得有點怪的檔案。

隨即，貝琪噗哧笑出來。

芭芭拉一看這螢幕，心裡一定認為博因頓正在研究情報總監的身家，不會懷疑到貝琪頭上。她以為貝琪忙著玩Candy Crush，忙著舔心傷，哪有空檢索資料。

貝琪背部靠向椅背，深吸一口氣，穩定心情。

然後，她傾身向前，繼續查資料。看樣子，非潛深一點不行。

一個小時後，貝琪摘掉眼鏡，揉一揉眼睛，注視螢幕。怎麼查也查不出結果。正當她自認找到一條充滿新希望的線索時，轉眼又走進死衚衕，感覺就像陷入迷宮。提姆．畢詮的真面目就在迷宮正中央，她卻處處碰壁進不去。

但是，門路一定有，她只是不得其門。

她試過大學資料庫，只查到他曾就讀哈佛法學院，但也查不出進一步資料，只查證到他確實畢業而已。

同樣的，從軍資料也被清除了。

他已婚，有兩個小孩。現年四十七歲，幼年住在猶他州，父母是共和黨員。

這方面的資料無法保密。

貝琪發現，想探究自己家郵差的背景，肯定比查情報總監來得輕鬆。她甚至查不出他的次名「T」是什麼字的縮寫。

她需要的不是通往迷宮心臟區的門路，而是一把鏈鋸。

她穿上外套，出去散散步，放空腦袋一下。動動腦，動動腦，動動腦。

她在公園長椅走下，看著幾個不畏風寒的市民跑步，接著瞧見從飛機上尾隨而來的同一位年輕人，她的保鑣，他躲在一小間工具屋的旁邊站著。

貝琪掏出手機，看見艾倫的回應。

「假設一個假設語走進酒吧……它應知而未知」艾倫開頭寫著。

艾倫繼續寫：「這裡有進展了。很高興妳到家了。

P.S. 什麼保鑣？」

貝琪收拾東西，也不往小屋方向瞄一眼，開始信步離開。她的心臟噗噗往前跳，幾乎趕得上火速運轉的頭腦。

在愈來愈酷寒的這一天，她漫步走著，能感覺到那一雙射向她後背的日光。

⸸

公車停進巴特克茨廷的小車站。

「你不下車嗎？」司機喊著，語氣微慍，不耐煩。

剛才停車時，阿拉穆等所有乘客下車，然後再拖一會兒，看看有沒有人在車站裡逗留。沒有人。

「對不起，」阿拉穆說。他匆忙從司機身邊擠過去。在法蘭克福買的毛帽套在頭上，他再往下拉，多遮一點臉。「抱歉，我睡著了。」

司機懶得理，只想快點去小酒館吃一頓熱餐，喝一瓶不冰的啤酒。

⸸

「又來一則訊息了，主任。」卡季爾的女副官高呼著。直升機的螺旋槳呼呼轉動中。

她拿著自己手機上的簡訊給主任看。

另外兩個炸彈客和兩位核子專家的父母和妻小，已經悉數遭殺害。

「天啊，」他沉聲說。「沙赫想趕盡殺絕。」卡季爾彎腰向前，交代飛行員：「快一點。我們不快一點到不行。」

隨後，他對副官說，「警告巴特克茨廷警方一聲。」

⅄

前門打開的聲音傳過來。

「喔，一定是阿拉穆回家了。」

瓦尼夫人起身，納歐蜜伸手從後腰拔槍出來。

第十七章

伊爾凡（Irfan）・達希爾撈起電話筒，微笑用伊朗語說：

「嗨，安娜依妲。妳好嗎？」

通話停頓一下，但他知道女兒人在法蘭克福。長途電話有時會卡卡的。

在法蘭克福的地下室裡，艾倫看著螢幕下方出現翻譯官打的伊朗語譯文。

翻譯官迅速打：「哈囉，安娜依妲。妳還好吧？」

艾倫看著安娜依妲，點點頭，意思是「妳應該回應」。但安娜依妲一副像受到打擊的模樣，成了木頭人。

「安娜？」對方嗓音低沉而熱情，這時僅帶些許憂慮，透過聲筒傳遞而來。「Halet khubah？」

翻譯官打著：「妳沒事吧？」

艾倫對安娜依妲比手勢，要她開口，隨便講什麼都行。

「Salam」她終於說。

意思是「哈囉」。

伊爾凡覺得心跳暫停，隨即對著肋腔猛撞幾下，想逃脫。

女兒會講話後，也大到能理解時，他教女兒認識簡單的招呼語：「Salam」。同樣是「哈囉」，但這字是阿拉伯語。年幼的女兒聽了表情變嚴肅，他向她解釋說，這是一種親子密語，如果遇到麻煩，如果秘密被發現，她應該用這句阿拉伯問候語，不能用伊朗文。

伊爾凡望向客廳窗戶。窗戶開著，外面是安靜的街道。

一輛自用黑色汽車正駛進車道，另有一輛停在路邊。

「伊爾凡？」妻子從廚房走進來說。她正在烹調中東烤肉餐，薄荷、蒔蘿和芫荽的香氣隨身飄進客廳。「後院來了幾個男人。」

他呼出一口憋了幾十年的氣。

他再把聽筒貼近耳朵，以稍有外國腔的英文說，「我瞭解。安娜依妲，妳一切都還好嗎？」

⅄

「爹地，」她難過得下巴皺起來，「對不起。」

「沒關係。我愛妳。一切都會沒事的，我知道。」

艾倫．亞當斯看著這位莊重的男士，看著他快崩潰的女兒，內心憐憫。但她隨即憶起爆炸現場隨風飄搖的紅毯子，想起那現場家屬抖著手捧遺照追思子女或夫或妻的畫面……

想到這裡，她不再有愧，她覺得震怒。艾倫．亞當斯不願背叛逝者。

透過聲筒，他們聽見門鈴聲遠遠傳來。

⁂

見妻子呆若木雞杵在客廳中間，伊爾凡．達希爾以手勢要她留在原地別動。他解開門鎖，正要打開，門卻倏地被推開，他踉蹌後退幾步，被全副武裝的男人抓住，被甩到地上。

「伊爾凡！」妻子瑪雅驚呼。

⁂

恐慌的安娜依姮瞪圓了雙眼。

「爹地？媽咪？」她對著電話呼叫。「怎麼了？」

⁂

壓制伊爾凡背部的膝蓋使勁頂著他的身體，壓得他喘不過氣。接著，膝蓋移開，他被硬生生拉起來站著。搖搖擺擺，感覺自己像一個碎布娃娃。

「伊爾凡．達希爾？」

他轉頭，目光聚焦在一名便衣大叔。這人臉上無鬍鬚，短髮灰白，穿西裝打領帶。在意識略為混淆的狀況下，伊爾凡覺得這人外表像中學校長。

「我是……」他小聲說，嗓音沙啞。

「你被逮捕了。」

「罪嫌是什麼？」

「謀殺。」

「什麼？」

透過電話線，語氣裡的錯愕從大西洋彼岸傳進法蘭克福美國領事館，鑽進他女兒的耳朵。美國國務卿也聽到了。

⅄

貝琪．詹姆森點一杯雙份濃縮咖啡，端至角落的小餐桌。她也點了一份瑪芬鬆糕，以免獨佔一桌被嫌奧客，只不過整間店客人寥寥無幾。

但是，至少這裡算公共場所。

年輕人不再裝模作樣了，擺明就是在跟蹤她。

她摸摸口袋，長輩機還在裡面。她掏出這支手機，注視著號碼。她幾乎能斷定，這號碼是遊騎兵團菲蘭上尉的專線，而上尉是懷海德將軍的手下。

貝琪的手指在按鍵上空盤旋著。

「不用遲疑。」丹尼絲．菲蘭上尉曾這麼告訴她，眼神熱切。

但現在貝琪卻猶疑不決。何以見得遊騎兵團上尉是參謀長聯席會議主席派的？菲蘭的片面之詞，能信嗎？而今天，片面之詞不夠看。

貝琪決定了。她把長輩機收回口袋裡，取出自己的智慧手機並撥號，一轉再轉，兜了無數圈，總算接通了。她聽見低沉的男音。

「詹姆森夫人？」

「我是。抱歉打擾你了，將軍。」

「找我有什麼事嗎？」

「我們彼此不認識——」

「對，不過我知道妳是誰。我送的包裹，妳收到沒？」

貝琪呼出一口氣，慶幸但也突然倦意襲心。「原來她真的是你派的。」

「是的。不過，查證一下比較保險，很明智。妳遇到麻煩了嗎？」

「這嘛……」她這時覺得尷尬。但當她望向咖啡廳另一邊，見男子坐在那裡監視著她，尷尬的感覺一掃而空。「我想知道你願不願意陪我喝杯咖啡。」

「沒問題。時間、地點儘管說。」

將軍答應得乾脆，令貝琪寬心，但另一方面也為她帶來困惑——將軍明顯在擔心什麼事。

她說出時間和地點，然後坐進計程車，向運將隨便講了一間飯店的地址，抵達後隨即下車，走到側門，再叫另一輛計程車。她看過電視節目，學到這招「甩尾功」。她萬萬沒想到自己在現實生活裡用得上這招。

令她訝異的是，這招似乎靈驗了。

幾分鐘後，她走進「私下講酒吧」。這間酒吧位於海亞當斯飯店的地下室，是華府內線人士時常聚會的場所，裡面燈光昏暗，座椅面以紅長毛絨裝飾。

白宮就在酒吧的正對面。酒吧裡，記者和政客助理坐在幽暗的角落低語，交換著機密，接談著條件。

華府人員公認這酒吧是一個中立國。

貝琪坐進半月形的雅座，盯著門口，等著懷海德將軍，也看跟蹤者有沒有尾隨而來。

將軍進門了，貝琪一時之間沒認出他。見他一個動作坐進雅座，自我介紹，貝琪才認定是他。

若說貝琪和柯里福太太撞臉，這男人的長相可以說有點像一九六零年代喜劇影集《父子情深》（My Three Sons）裡飾演爸爸的弗列德．麥克莫瑞（Fred MacMurray），手長腳長，態度親切，適合穿著羊毛衫而非軍裝。

貝琪雖然在電視上看過他幾百次，也遠遠看過他本人，兩人卻從不認識。她本來沒意願認識他，直到今天。

貝琪．詹姆森對軍事高層懷抱一份疑心，總相信高級將領骨子裡都好戰。提到高級將領，沒人位階比參謀長聯席會議主席更高。

而且，沒人比懷海德將軍更值得她懷疑，因為懷海德曾是敦恩的朝臣。

但艾倫信任他。而貝琪信任艾倫。

更何況，貝琪不知還能找誰求救。

⅄

直升機降落後，卡季爾主任飛奔至等候中的車子。

他急忙發訊息給國務卿。

「降落巴特克茨廷。正趕往住家。稍後再報告。」

⅄

透過視訊，在法蘭克福的安娜依妲看得到貝塞斯達市家裡，父母並肩坐在飯桌前。

她對飯廳的景象很熟悉。歷年生日都在飯廳慶祝；和朋友共享佳節大餐也在這飯廳；十五年來，她每天在飯廳做功課。

她把她暗戀的男生姓名縮寫也刻在飯桌上。

還被母親罵到臭頭。

而今，她見到從沒想過會發生的景象：國家情報總監居然和父母同坐這張寒酸的飯桌前。然而，這不是社交場合，和交際沾不上邊。

提姆．畢詮端詳著達希爾夫婦，亞當斯國務卿也是。在畫面裡，光線太強，照得夫妻臉一片白，但再強的光也無法抹滅兩人臉上的神態。

夫妻倆被嚇壞了，彷彿伊朗秘密警察的大頭目就坐在他們對面。

艾倫極力趕走腦海中的這幅對比，但影像揮之不去，令她聯想起阿布格雷布監獄和關塔那摩灣（Abu Ghraib, Guantánamo）的虐囚照，以及她逐漸得知的各種政府秘密場地。

「告訴我們，你們對爆炸案的瞭解有多少？」提姆．畢詮說。

「歐洲的爆炸案嗎？」瑪雅．達希爾問。

「還有別的嗎？」情報總監畢詮質問。

達希爾夫人的表情變得困惑。「不是。我是說，我不知道。」

「死了一百一十二人，數字還在上升中，」畢詮說，兇狠的目光從瑪雅移向伊爾凡。「另外有好幾百人受傷。而線索指向你。」

「我？」伊爾凡．達希爾面露詫異，「跟我沒關聯。完全沒有。」

他轉向瑪雅，要她佐證。她的表情顯得同樣震驚，也同樣膽寒。

「不過，事件牽連到你弟弟貝南姆，」畢詮說。「也許你該問問他。」

伊爾凡閉上眼睛，頭垂下去。「小貝，」他小聲說，「你幹了什麼事啊？」

在法蘭克福，安娜依妲坐在國務卿身邊，注視著螢幕。

怎麼看都像在做夢。

「達希爾先生，描述一下你在德黑蘭的家。」

伊爾凡穩定心情後開口，說出他深鎖心底數十載的隱情。

「我還有個弟弟和妹妹在德黑蘭。」

「爹地？」安娜依妲說。

「我妹妹是醫生，」伊爾凡繼續說，仍不願或無法面對女兒。「我弟從事核子物理學工作。兩人都效忠伊朗政府。」

「比效忠還死忠，」畢詮說。「我們掌握到你弟弟的相片。美國使館人質事件中，他持槍抵住高級外交官腦袋。」

「那是好幾年前的事了。他跟我本來就差很多。」

畢詮傾身向前。「兄弟差別不怎麼大吧。這相片眼熟嗎？」

他舉起一張粗顆粒的報紙相片，下面的說明隱約可讀。

德黑蘭學生挾持美國人質。

「怎樣啊，達希爾先生？」

假如伊爾凡‧達希爾說得出「我完蛋了」，他會這麼說。他的確能說。但提姆‧畢詮這時替他說。

「你完蛋了，達希爾先生。相片裡的人是你，沒錯吧。旁邊是你弟弟。」

伊爾凡凝視著，肩膀抬不起來。他根本不知道這相片的存在。他甚至忘了高舉步槍洋洋得意的那青年存在過。

「是的，是我。」他急吸短淺幾口氣，彷彿剛跑完一場太久的田徑賽。也跑太遠了。

「根據我們掌握的資料，你拖了兩年才離開伊朗，怎麼看都不像是逃亡。」

伊爾凡思索片刻後，幽幽說，「畢詮先生，你有沒有聽過『秘書問題（Secretary's Dilemma）』？」

第十八章

貝琪．詹姆森點薑汁汽水，懷海德將軍點啤酒。飲料上桌後，將軍面向她。

她沒一眼認出懷海德，原因之一是將軍沒穿軍服。伯特．懷海德特地換了一套百姓西裝才赴約。

「比較不起眼，」他微笑解釋。

貝琪明瞭他的用心。四星將領的軍裝掛滿徽章和勳章，比他更醒目的沒幾個。穿便服的他像電影《綠野仙蹤》裡的錫樵夫（Tin Man）。貝琪心想，錫樵夫一直在尋找一顆心。這男人也缺了一顆心嗎？全國軍火庫任憑他支配，他竟少了一顆心——光是想想就害怕。

然而，換下軍裝的懷海德貌似一般政府官僚——假如政府官員都由麥克莫瑞指派的話。反過來說，他的確散發著一抹光環，默默散發權威感。她看得出為何男女士兵都願追隨他，都願意照他指示行事，毫不質疑。

「我能幫妳什麼忙，詹姆森夫人？」

「有人在跟蹤我。」

他赫然抬頭，但沒有左顧右盼。注意力倒是提高不少。

「跟蹤到這裡了嗎？」

「對。他在你進門不久前跟過來。我還以為他被我甩掉了，可惜顯然沒有。他坐在你後面。在門邊。」

「他長什麼樣？」
聽完貝琪描述年輕人外表後，懷海德說他有事先離開一下。貝琪看著他直直走向年輕人。他彎腰，對年輕人講一句話，然後兩人一起離開，懷海德一手握著年輕人的手臂，狀似友好，但貝琪知道其實不然。
過了一世紀之後，貝琪手機上的時鐘顯示只過兩分零幾秒，懷海德回到雅座。
「他不會再來煩妳了。」
「他是什麼人？是誰派他來的？」
懷海德不語，貝琪代他回答。「提姆・畢詮。」
他注視貝琪片刻。「是亞當斯國務卿對妳說了什麼嗎？」
「她叫我回來，看看能不能挖出畢詮的底細，看他在搞什麼鬼。」
「我明明叫她不要輕舉妄動。」
「你嘛，你不瞭解艾倫・亞當斯。」
懷海德將軍會心一笑。「我才開始漸漸瞭解。」
「你對畢詮認識多深？能說來聽聽嗎？我查他的檔案，什麼也查不到。資料全被調走了。」
「或者是被刪除了。」
「刪除幹嘛？」
「我猜是因為有些資料見不得人。」

「什麼資料？」

「我不知道。」

「可是，你總知道什麼吧。」

伯特．懷海德一臉不悅。也許甚至因為被逼問而惱火。但他的態度最後還是軟化了。

「我只知道，敦恩政府不顧忠言，不顧我的論點，宣佈退出伊朗核武條約。錯得離譜。美國退出條約後，伊朗可以拒絕所有核武檢查，可以閉門進行核武計畫。」

「那跟畢詮有啥關係？」

「勸敦恩總統退出的人有幾個，畢詮是其中之一。」

「畢詮為什麼勸敦恩退出？」

「更切題的問法是，撈到好處的人是誰。」

「好吧，那就假裝我剛問得比較切題。」

將軍先是微笑，隨即收起笑臉。「其中一個是俄國政府。美國退出之後，俄國能在伊朗自由發揮。現在想改變也太遲了，事已成。」他看著桌上的杯墊，微笑說，「『當祢事已成，事仍未成，因我猶有甚多。』」（譯註：When thou hast done, thou hast not done, for I have more，出自《天父讚美詩》（A Hymn to God the Father），大意是：「我」求神赦免世人的原罪，獲神赦免後，「我」本身還有更多罪過，求上帝赦免。）

懷海德將軍抬起頭，目光和她相接。他突如其來引述英國宗教詩人鄧恩（譯註：John Donne,

1572-1631）的古詩。為什麼？

接著，貝琪見到他在看什麼。這酒吧以各國政治領袖的滑稽畫製作杯墊，遠近馳名，懷海德正看著杯墊上的圖樣。

那杯墊上畫著艾瑞克．敦恩。

懷海德剛說的不是「當祢事已成（when thou hast done）」，而是「當祢已掌握敦恩（Dunn）。」艾瑞克．敦恩。

⅄

亞當斯聆聽著畢詮繼續訊問伊爾凡．達希爾，但她也愈來愈專心留意自己的手機有無動靜。她終於忍不住，拿起手機，發簡訊給卡季爾主任，「有沒有進展？」

無回應。

⅄

「這話什麼意思？」貝琪問。「猶有甚多？敦恩葫蘆裡還有什麼膏藥？我想知道，艾倫也該知道。」

懷海德將軍嘆一口氣。「他想奪回權力寶座。」

「哪個政治人物不想？」貝琪指著桌上的幾枚杯墊，畫得詼諧，有些是歷任總統和部長，有些是外國領袖。俄國總統、北韓最高首領、英國首相，全是晚間新聞常客。

「對是對，」懷海德將軍說，「不過，艾瑞克．敦恩只是淺層人物。在美國境內，有不少人看不慣民情的走勢，所以正在利用他。他們不想讓美國傳統根基繼續被侵蝕，把敦恩視為挽回傳統的唯一契機。不是因為敦恩有什麼遠見，而是因為他能被操縱。不過，他們要先把敦恩推回寶座上。」

「怎麼推？」

懷海德靜默片刻，慎選著用詞。「要是美國境內發生一場大災害，會演變出什麼狀況？比方說，假如發生一場恐怖攻擊事件，慘重到幾世代都難以抹滅，情形會怎樣？而事件發生在目前這一屆任內，又會怎樣？」

「輿論會怪罪道格．威廉斯，會有人叫他下台。」

「好，那再假設，假如總統也在恐攻事件裡喪生呢？」

貝琪覺得胸口好沉重，幾乎難以呼吸。「你指的是什麼？事件就快發生了嗎？」

「我不知道。」

「可是，你在怕。」

懷海德沒有回應，但他噘緊嘴唇，指關節泛白，極力壓抑恐懼。

巴士爆炸案接連發生後，強硬右翼媒體已將矛頭對準美國情報單位，指責它們失職，連帶也怪罪到新政府。就連較溫和的右派媒體也開始煽動恐懼心，深怕攻擊事件再起，恐懼這一次規模更大，而且會在美國境內。

果真發生的話……

「你的意思是，前總統明知不應該，居然放任恐怖份子取得炸彈甚至核武並引爆，只為了奪回政權？」貝琪問。

「大概不是敦恩明知故犯。我認為他是被人利用，操縱者不只俄國政府，他也被國內壞份子左右。」

「黨內同志嗎？」

「是的，很有可能，不過壞份子範圍很廣，不侷限在黨內。有些人痛恨美國多元化帶來的變局。在他們心目中，多元化威脅到他們的生計，威脅到生活型態。他們自以為愛國，以愛國者自居。妳大概也看過走上街頭的那些人，自稱真正信徒、新納粹、法西斯的那些。」

「將軍，我見過。這事幕後的黑手全是舉標語示威的那些人——我不敢相信。」

「他們只是肉眼看得見的症狀。病灶在更深的地方。權勢階級想捍衛自己的利益，想爭取更多。」

因我猶有甚多……

「在艾瑞克・敦恩身上，他們找到最理想的殼子。」

「把他當作特洛伊木馬利用。」貝琪說。

懷海德會心一笑。「比喻得好。裡面空空的。一個空洞的載具，供那些人往裡面傾倒野心、怒意、仇恨心和不安全感。」

貝琪看著他，聆聽著他的語調，突然心生一個念頭。「你以前喜不喜歡艾瑞克・敦恩？」

懷海德將軍搖搖頭。「不喜歡也不討厭。下任前，他是我的總司令。我猜他以前可能是個還像樣的人。多數人是。很少人從小就立志想毀滅自己國家。」

「可是你剛說，幕後那些人不認為自己是在滅國，而是以愛國份子自居，自認是在拯救自己的國家。」

「他們自己的國家。他們分得很清楚，『我們』和『他們』各站一邊。蓋達組織激進，他們也一樣。境內恐怖份子。」

貝琪不禁納悶，這將軍瘋了嗎？頭被敲了太多下？精實的舉手禮敬太多了？講這些陰謀論，他是在無中生有嗎？

她不知該怎麼看待懷海德。是希望他是個妄想狂，或希望他是有話直說，劍指別人怕到不敢承認的事實？還是說不定真有壞人想對美國不利。境內的壞份子。

貝琪握著薑汁汽水杯子，手指順著冒汗的杯身上上下下，但願這杯裝的是威士忌。

「畢詮呢？這跟他有什麼關係？」

懷海德抿緊嘴，唇薄到幾乎成一條線。她見狀說，「既然已經講了這麼多，我非知道不可。他在這些事裡扮演什麼角色？」

「我不清楚。我打探過，想探清他的虛實，可惜還沒查到一絲結果。」

「不過，你懷疑他。」

「我確實知道的是，畢詮曾經負責分析有關伊朗核武計畫的情資，對那一區的軍火動態高度掌握。他認識不少人。」

「沙赫？」

「敦恩政府當初為什麼同意釋放沙赫？」懷海德問。

「別看我。」

「短短幾個月，敦恩政府推出協議，讓伊朗自由進行核武計畫，然後首肯巴基斯坦籍核武走私犯獲釋。」

「這兩件事相關聯嗎？」貝琪問。

「兩者都提高了核武擴散的風險，只不過，追根究底而言，決戰是什麼樣的局面？」

「你又問錯對象了，」貝琪說。「再引述一段鄧恩的古詩給我，我就能幫你忙。」

懷海德的微笑稍縱即逝。「我能確定的是，兩項決策的常數是提姆・畢詮。」

「你知道你在影射什麼嗎？」

「知道吧。」懷海德將軍面露懼色。「還有更多。」

「我猶有甚多，」貝琪輕聲附和，等著他繼續。

「這就是所謂的『棘手問題』（wicked problem）。中東本來就是一鍋湯，只不過情勢穩定。後來，敦恩總統從阿富汗撤軍，沒先訂好計畫，也沒向塔利班提條件。威廉斯總統被迫承接他的決策。」

貝琪不語，打量著這位軍事將領。對他的第一印象準不準？他該不會真的是掛著麥克莫瑞一張帥臉的好戰派吧？

「我知道進軍阿富汗備受爭議，不過遲早都該撤軍，」貝琪說。「讓士官兵回國吧。我本來以為，他任內只做了這件好事。」

「相信我，沒人比我更希望軍人平安回家。我認同妳的看法，是撤軍的時候了。不過，重點不在撤軍。」

「不然是什麼？」

「撤軍沒有規劃，也沒交換到條件。我們的收穫、我們辛苦掙來的穩定、我們的情報和反情報和反恐實力都該維持，卻完全沒規劃好就撤軍。在敦恩的規劃下，真空在阿富汗形成，塔利班求之不得，等著進佔。」

貝琪向後靠坐。「原來如此。你的意思是，一仗打了二十多年，塔利班又恢復對阿富汗的掌控？」

「遲早會的。不只蓋達組織會跟進，帕坦家族也會。妳瞭不瞭解帕坦家族？」

「綁架吉爾的就是帕坦家族。」

「對，亞當斯國務卿的兒子。他們是極端份子的大家族，當地無論合法或非法組織，都受他們的控制。當前阿富汗所謂的民主政府是美國扶植的。除掉美國，又缺乏規劃的話……」他攤開雙掌，「所有老鼠全溜回來了！爭取到的全流失了，所有人權都被收回了。」

「婦女權益、小女孩……」

「她們本來安安心心以為可以受教育就業——」懷海德說。「將來都會被懲罰。不過，猶有甚多。」

貝琪正開始討厭詩人鄧恩。

「繼續。」

「塔利班將來會需要支援，在當地結盟。巴基斯坦為了防止阿富汗投奔印度，什麼事都做得出來，塔利班最理想的盟友就是巴基斯坦。」

「可是，巴基斯坦是美國的友邦啊。這麼說來，和塔利班結盟不也是好事嗎？我知道，區域棋盤上有很多棋子，不過話說回來……」

「巴基斯坦玩的遊戲很複雜，」懷海德將軍說。「賓拉登被發現的地點在哪一國？」

「巴基斯坦。」貝琪說。

「不只是在巴基斯坦這麼簡單，他不是躲在山洞或偏僻的山腳下，而是住在奢華的豪宅裡，就在阿伯塔巴德（Abbottabad）市的近郊，離邊境遠得很——總不能說巴基斯坦政府不知道他躲在境內吧。」

懷海德繼續說，「我一直想在這些棋子當中找到相連性，只想得出一個合理的解釋：敦恩深信阿富汗撤軍對他的政治聲望有加分作用。」

「對。大家對那場戰爭全都感到厭煩。」

「同意。他還算精明，不願目睹阿富汗陷入混亂。如果國民見到士官兵的犧牲和收穫全是白忙一場，他怕面子掛不住，所以，他會怎麼辦？」

貝琪思考著，然後啼笑皆非回答：「他會去敲巴基斯坦的門。」

「或者巴基斯坦政府從側面接近他，保證會維持阿富汗的穩定，不過也希望美國政府答應一件事——一件真正嚇人的事。」

「啊，謝天謝地。真正嚇人的事。不像你剛講的。好吧，巴基斯坦到底要求什麼？」

懷海德將軍盯著她，默默要她心電感應。

「巴哥爾．沙赫，」她說。「巴基斯坦政府釋放了那隻鷹犬。」

「沙赫是眼前這一切的關鍵人物。巴基斯坦願意救敦恩政府一把，以免敦恩在政壇上跌一跤。就算塔利班東山再起，巴基斯坦也願意盯緊恐怖組織，但條件是，巴基斯坦想釋放沙赫，要求美國首肯。」

「而敦恩不是不知道沙赫是誰，就是不把沙赫看在眼裡，」貝琪說。「他看得上眼的事只有一件：競選連任。」

「結果失利了——」

「指望他連任成功的人恐慌了，」她說。「恐慌中，他們非把敦恩送回白宮不可。」

參謀長聯席會議主席懷海德點點頭。他的神色嚴肅、傷感，注視著眼前這位像一九五〇年代家庭主婦的中年老師。

他壓低嗓門：「妳最好不要再調查下去了。這些人不好惹，他們做的事也不好惹。」

「我又不是三歲小孩，懷海德將軍。沒必要對我說教。」

懷海德淡淡一笑。「對不起。妳說的對。我不常跟非軍職人員談這方面的事——對軍職人員其實也不常。」

他不動聲色，將目光游移至吧台那一區。那邊有位男士剛入座，引發騷動，酒客紛紛起身走避，離他遠一點。貝琪覺得他有點眼熟。

懷海德的目光轉回來，嗓音壓得更低沉，「這群人是殺手。」

「對，這一點我曉得。」貝琪腦海裡再度浮現幽靜的法蘭克福爆炸現場。「乾脆說出來吧。你最怕的情境是什麼？」

「巴胥爾．沙赫自由後，知道自己能把核武專業和原料賣到國外。他在巴基斯坦政府和軍方都有高官人脈，有錢大家一起賺。不過——」

「讓我猜猜看。猶有甚多。」

「真正可怕的情境是，沙赫會把核武賣給恐怖份子。」

這番赤裸的言論沉澱在兩人之間的舊桌上。這張老桌子聽過許多秘密、許多詭計、許許多多可怕的事，但沒有一件比這更可怕。

「一個恐怖組織，例如蓋達組織或伊斯蘭國，取得核子武器，妳能想像嗎？簡直是噩夢。」

「所以三個核子專家、公車爆炸案就這麼一回事？」貝琪的語音小到近乎無聲。她諦視著將軍片刻，「而提姆．畢詮是推手？」

「我不知道。我只知他和這幾項決策都有關。這些決策表面上零交集，其實全密不可分。一是美國退出伊朗核武協議，二是毫無規劃就從阿富汗撤軍，讓恐怖份子拉著塔利班裙角回歸阿富汗，三是釋放巴胥爾．沙赫。妳查不到畢詮的底細，我猜原因就在這癥結。文件、電郵、簡訊、會議筆記應該很多，應該都能證明他涉入，全都有必要被埋藏。」

「所以，這事情的底子比畢詮還深？」

「還要更深幾倍！肯定是。但如果畢詮真的涉案，我懷疑他只是個傀儡，被人利用，幕後一定有比他權勢更大的高人。」

「誰？」

「我不清楚。」

這一次貝琪相信了。但猶有甚多。她有預感。貝琪．詹姆森沉默沒有出聲，她想繼續聽懷海德將軍的推論。

「我擔心，核子專家遇害不是在開工前，而是在完工後。」

「媽呀！」

第十九章

（巴特克茨廷的民房）門開了一小道縫。

卡季爾主任還沒進門，就知道裡面是什麼狀況，武器的煙硝味從門縫飄出來，挾帶另一種錯不了的氣息——略帶金屬味的血腥。

他緊緊握著槍，以手勢吩咐副官繞到後面包抄，然後靜悄悄進門，小心翼翼。

在走廊，他發現女屍和童屍。

他小心避免踩到，探頭進前廳。

無人。

他回到陰暗的走廊，進入廚房，又發現一具女屍，這人較為年長——手裡仍緊握著警棺——死不瞑目。

卡季爾一動也不動站著，側耳細聽。

事發才不久。

槍手仍潛伏在屋內嗎？他不認為。

炸彈客阿拉穆．瓦尼呢？也被殺害了嗎？

卡季爾舉著槍上樓梯，進出兩間小臥房。血腥味未飄上來，他只嗅到嬰兒乳霜香。

下樓到一半，他看見門外有個人影落在門檻上。

他停止動作。

人影也停止動作。

卡季爾聽見細小的聲響，啜泣聲。

他蹦下樓，來到樓梯尾，正好瞧見一名年輕人的背影。年輕人迅速逃逸。

他追出門，呼叫副官，但不知副官有沒有聽到。

⸸

阿拉穆．瓦尼拔腿就跑。他心裡有數，不跑就沒命了。只不過，他知道自己已經不在乎死活，拔腿跑是本能使然，沒有其他原因。儘管如此，他照樣狂奔，想逃離死神，想擺脫殺害妻小的槍手。

阿拉穆．瓦尼拔狂奔。

⸸

史考特．卡季爾急起直追，使出全力跑。身為中情局駐德主任，他好一陣子不必奔跑了。

但現在他的膝蓋往前衝刺，雙腳砰砰踏著圓石路面前進，肺葉在冷風中急喘。

他繼續跑。

瓦尼轉個彎，差點打滑。

卡季爾稍微減速，以免轉彎時跌倒。他評估著，要不要開槍射傷瓦尼即可？然後逮捕他歸案偵訊，追查爆炸案幕後的集團。

或許也能查明事理。

繞過轉角之際，他緊急停下腳步。

「可惡。」

⅄

安娜依妲的父母被逮捕扣押，但在他們被帶走之前，艾倫叫住他們。

「再問你一個問題，達希爾先生。什麼是『秘書問題』？」

「是數學的問題，國務卿女士。」

「什麼樣的問題？」她從法蘭克福透過視訊問他。

「什麼時候該見好就停。」伊爾凡・達希爾說。

「停什麼停？」

「找到好房子時，不再看房子。找對象、找工作時，有了就不用再找。挑選秘書也是，」他說。

「找到合適的，找到最好的一個，自己應該心裡有數。有些人會一直自問，會不會下一個比這個更好？如果這樣一直自問，什麼事情也辦不成。就算決策不盡完善也應該當機立斷。革命期間，我在德黑蘭，見到太多事情違背我學到的伊斯蘭教條。可是，惡化到哪一個程度，我才該一走了之呢？伊朗是我的家鄉，我的親友都住在伊朗，我愛伊朗。怎麼過分才算太過分呢？到什麼時候才該下定決心出國，才決定一去不回頭呢？」

「結果你什麼時候才走？」艾倫問。

「在我發現新政府並沒有比較好、甚至更惡劣的時候。要是我也留下來，連我也會變壞。」

艾倫眼角瞄到畢詮換個站姿，彷彿巴不得這段對話趕快結束。

「真的有這種數學算式嗎？」她問伊爾凡・達希爾。

「有。只不過，就像很多事物一樣，我們能算出總數，或許能幫助我們做決定，但到頭來還是要靠直覺。」他停一下，哀傷的黑眼珠扣住她的目光。「也要憑勇氣，國務卿女士。」

艾倫心想，「國務卿的問題」。（譯註：美國部長的頭銜是secretary，和秘書同一字。）

她明白了。

達希爾夫婦被帶走後，視訊結束。安娜依妲轉向艾倫。

「我爸媽沒做錯什麼事。他是說過謊，沒錯，不過那是好幾十年前的事了。他一直以身為美國人為榮，是個模範公民。妳知道他們跟事件完全沒關聯。」

「我其實不知道，」艾倫說。「我確實知道的是，妳叔叔家有人發信給妳。妳不認識那個人，那個人卻認識妳。」

安娜依妲的眉頭開了，「這麼說來，妳相信我，妳也相信我爸媽？」

「倒也不至於。不過妳救了吉爾一命，妳也盡力想救其他人，我並不認為妳涉案，至於妳父母親嘛……」艾倫思索著該不該講完，決定不講白不講。「吉爾把妳放在心上。他信任妳，而他這人不會輕易信任別人。」

「他把我放在心上？他這樣講嗎？」

「這不是重點吧？」

亞當斯國務卿離開法蘭克福領事館密閉地下室，想著吉爾。在病房裡，她問線民身分，激怒了吉爾。吉爾抵死不肯透露，堅決要保護線民。

緊接著，他沉聲說：「可能也有另一個辦法……」不久後問安娜有沒有來。

當時艾倫以為，他問是因為他對安娜有好感，但現在艾倫不太確定。

可不可能是，安娜依妲就是線民？

瘦小的她正跟在艾倫背後走著，距離稍遠，散發著玫瑰花香。她堅稱自己是清白的，完全不知情，是嗎？然而，她的家族不僅被牽連，說不定還和歹徒志同道合？

一則紅標緊急訊息進來，出現在艾倫手機上。

是史考特．卡季爾，終於，艾倫心想。

艾倫開機，發現訊息並非來自卡季爾，而是提姆．畢詮。

「剛接到德黑蘭線報。阿瑪迪家有個女兒，名叫札荷拉（Zahara）。二十三歲。學生。物理。」

艾倫轉向博因頓。她又忘記這位幕僚長也在。

「用加密專線打給總統。」接著她對畢詮發簡訊：「是她嗎？」

「據信是。表面上她的路線不是那麼強硬。」

「相信，或是知道？」

「約談才可確定。」

「不要。不要輕舉妄動。我另外有個想法。」艾倫轉向安娜依妲：「我要妳發訊息給妳堂妹。」

「我有堂妹？」

「對。」

「一個堂妹？」安娜依妲說。

「認真一點——我要妳聯絡她。」

安娜依妲豎起耳朵。「我？怎麼聯絡？妳不說，我還不知道自己有個堂妹呢。」

艾倫不理會。「她能發信給妳，妳就能發信給她。卡季爾可以幫忙妳。」話一說完，隨即想起，卡季爾去抓炸彈客了。

「國務卿女士，我們查到發信者在德黑蘭的位址，」博因頓說，「派得上用場。」

艾倫考慮著。「不行。那台電腦八成被伊朗政府監控中。」她愣了一下，如果電腦果真被監控，伊朗政府就會發現告密者一信告進美國國務院。而伊朗政府會以為發信人是安娜依妲的叔父，至少一開始會這麼認為。而他可能會保護女兒——至少一開始會。

要儘快發信給札荷拉．阿瑪迪才對。

「總統三分鐘後上線。」博因頓說。

「謝謝你。先帶達希爾小姐去卡季爾的辦事處，」艾倫交代博因頓。「他們正在想辦法聯絡她的堂妹。十分鐘後報告其他方法給我。」

離開地下室，重回地表，有陽光，也有墓園風光可欣賞。

她再一次查看手機。依然沒有來自巴特克茨廷的訊息。

⅄

「鬧得有點亂，和我原先的設想不太一樣。」男子在泳池畔說。五十多歲的他身材精壯，特別在軟禁期間練得更壯。「但還好，至少達成了。」

「是的。而且這麼做，對我們可能有好處。」報告消息的手下暗示著。

「什麼好處？」巴胥爾．沙赫問。

「能引起他們注意。」

「鬧這麼大，他們還能不注意嗎？」他示意助理坐下，不然抬頭講話，眼睛一直吃艷陽很刺眼。

「有兩個失誤，以後不要再犯。」

儘管沙赫的語調和藹，下屬的心仍涼了半截。手下向他報告自殺炸彈客沒死，心裡已經夠害怕了，現在，更是嚇得渾身僵硬，嚴陣以待。老大繃緊身體，蓄勢，宛如猛獸準備撲擊獵物。

「失誤是哪兩個，你曉不曉得？」沙赫問。

「炸彈客逃走了，不過我們已經——」

沙赫舉起一手。「另外呢？」

「她兒子沒死。」

「對。兒子逃生了。費了好大工夫，才把吉爾．巴赫爾引誘到那班公車上，怎麼被他溜走？」

「我另外想報告的正是這件事，我們的線民傳來一支影片。」

沙赫看著法蘭克福一一九號巴士內部監視錄影帶。播完後，沙赫轉向部屬。

「他接到一通電話。有人警告他，是誰打給他？」

「他母親。」

沙赫深吸一口氣。他料到了這答案，但最不想聽見的也是這答案。

「國務卿怎麼知道車上有炸彈？」沙赫的口氣轉為強硬，字字怒火噴張。「是誰告訴她的？」

部屬們四下張望，周圍每個人都各後退一步。

「我不知道，沙赫先生。我們認為是國務卿內部的人，一個外交官。」

「那人是怎麼發現的？」

下屬臉色變得苦惱。「沙赫先生，我們很快就會查清楚，另外有件事──（他合上眼皮，簡短祈禱一句）我想跟你報告。」

「說吧。」

「他們知道你涉案。」

「艾倫．亞當斯知道那幾個核子專家是我的人馬？」

「是的，沙赫先生。」手下猜測著自己的下場，被槍斃？被捅死？被扔進沼澤餵鱷魚？（老天爺可憐我啊，不要。）

但他只見老大微笑，點了點頭。

巴胥爾．沙赫站起來。「我想去喝幾杯，換個衣服。在我回來之前，我要你去查清楚。」

小弟們看著沙赫博士繞過游泳池，走進密友借他住的豪宅。這裡是佛羅里達州棕櫚灘。

⁂

駐法蘭克福總領事讓出自己的辦公室給國務卿用。

她坐在總領事辦公桌前。透過加密專線，滿臉不悅的美國總統出現在她手中的手機裡。一時之間，她覺得總統被她握在指掌之中，不禁得意了一下。

想得美……

回過神來，更不高興的畢詮的臉，正映在分割視訊的另一半，像被總統擠到一旁。

情報總監畢詮也加入視訊，艾倫儘管驚訝，卻不露於言表，也不質疑。反正現在她也無計可施。

然而，她有必要謹言慎行——有些事說不得。

「好，」威廉斯總統說。「又出什麼狀況了？」

「沒事，總統先生，」艾倫說。「事實上，目前的進展不錯。」

她慎選畢詮已知的事實，向總統報告最新進展。

「這麼說來，妳認為通風報信的人是這位札荷拉．阿瑪迪？」威廉斯總統說。「畢詮，她是什麼人，查到了嗎？」

「我剛接到她的調查報告。她在德黑蘭大學攻讀物理學。」

「跟她父親同一科。」總統說。

「不完全一樣。她的領域是統計力學（statistical mechanics）。」

「研究的是或然率理論（probability theory），對吧？」威廉斯說。

艾倫暗喜，幸好自己訓練有素，能按捺訝異的神色，不然早就驚訝到從椅子跌下去——看樣子，道格．威廉斯的頭腦可能比她想像來得好。

「是的，總統先生。不過，有意思的是，她參加一個思想很前衛的社團，推動開放伊朗，提倡和西方國家交流。唯一值得關切的是她信教好像滿虔誠的。」

「我也是虔誠教徒啊，」威廉斯總統說。「所以也值得懷疑嗎？」

「在伊朗是的，總統先生。」

「她有沒有常去清真寺？」艾倫問。

「有。」

「和她父親去的清真寺是同一間？」她問。

「不是。她去的那間附屬在大學裡。我們正在清查她的教士是不是激進份子。」

「艾倫，妳有什麼想法？」威廉斯總統問。

「我們現在相當確定伊朗是主謀，總統先生。最合理的假設一直是這項。伊朗把巴基斯坦核子專家視為威脅。如果發信給小外交官的人是札荷拉．阿瑪迪，札荷拉想制止爆炸案發生。至於原因是什麼，要等到偵訊她才知道。部屬正在研究該怎麼對她發信。」

艾倫不得不在畢詮面前坦承此事。畢竟，專職負責的是畢詮的部門，這決策畢詮也會過手。畢詮知道札荷拉底細，最起碼會想聯絡她，通風報信，這一點棘手，但目前艾倫拿不出對策。

「札荷拉是怎麼得知爆炸案的？」總統問，隨即停頓一下。「透過她的核子專家父親嗎？」

「我們研判有可能，總統先生。」提姆．畢詮說。

「提姆，你是說，是她父親告訴她的？」威廉斯問。「父親也想阻止爆炸案發生？」

「不是。阿瑪迪博士屬於強硬派人士，很支持政府。不過，女兒可能旁聽到什麼，或是在父親的文件看到什麼。」

「這全是臆測，無助辦案。這些東西從何確定呢？」威廉斯總統湊向鏡頭問，臉孔變得扭曲。

「艾倫？」

「上任後，我就努力想和伊朗外交部長建立關係。兩國的交情被上一任破壞不少，不過我想伊朗外長是個受過教育的文明人，應該明白兩國交好的益處。」

「公車上無辜百姓都被他們炸死了，」威廉斯總統說，「哪像是文明人的作為？」

「對，」艾倫同意。「問題是，如果我們查到警告的來源，我懷疑伊朗政府也會很快聞風殺過去。父親是有可能保護札荷拉一陣子，但也可能守不住。如果她被押走……」

「所以我們該提前一步找到她——」威廉斯說。「怎麼找？」

「如果她的外交官堂姐能發一封短信給我在地的部屬，」畢詮說，「部屬說不定能去接觸她。向她透露說我們知道她的處境，會好好保護她。」

「可是，我方怎能做這種承諾？」威廉斯問。「總不能綁架她吧？可以嗎？」

疑問句的背後表情，威廉斯其實一副希望聽到肯定句。

「我有別的點子，」艾倫說。她不想當著情報總監的面講，但她現在無計可施，狀況演變得太快了。「我想去德黑蘭。」

威廉斯張嘴，隨即闔上，然後說：「請再講一次。」

「德黑蘭。空軍三號待命中。原訂計劃是飛巴基斯坦，不過升空後可以改航線，秘密飛往德黑蘭。」

「坐著空軍三號風風光光去？」威廉斯質問。「不怕被人注意到嗎？」

畢詮雖然不講話，眼珠子卻活像快掉出來似的。

「是的。不過，我們可以在媒體發現前快進快出。反正伊朗沒有資訊自由權。說不定我甚至能帶札荷拉．阿瑪迪一起走。」

「不會吧，歪心狼（譯註：一心想吃掉嗶嗶鳥的卡通人物 Wile E. Coyote），妳打算這麼做嗎？」威廉斯說。「假如他們不放妳走怎麼辦？不過，我的國務卿發瘋了，趁這機會換掉她也好。」

「變數太多了，」畢詮說。「伊朗可能不想留她。」

「誰能怪他們呢？如果國務卿被他們扣留，我們這裡可能有人會發現她失聯了。可能會好一陣子才有人發現，不過最後──」

「好了，」艾倫說，「不要再說了。我認為我應該面對面和伊朗外長討論看看。這樣就算培養不出信任感，也能建立默契，更可能藉此聲東擊西，讓我方能發信給札荷拉．阿瑪迪。目前為止，伊朗好像還沒發現有人想制止爆炸案發生。」

「提姆？」威廉斯總統問。

情報總監搖搖頭。「如果亞當斯國務卿去找伊朗外交部長，伊朗政府會知道我們得知他們涉案。我們掌握到多少情資，如果被對方發現，絕對不是一件好事。」

「如果核子專家是伊朗政府殺的，那表示伊朗知道蹊蹺，」艾倫說，「知道沙赫在打什麼主意。甚至也許知道他躲在哪裡。」她扣住總統的目光。「這樣值得冒險一試嗎？」

總統簡慢點點頭。「去吧。可是不要去德黑蘭。要見就約在阿曼王國（Oman），阿曼是個中立國。我會先致電阿曼蘇丹，徵求他同意，然後通知妳。提姆，你和艾倫一起想辦法聯絡阿瑪迪的女兒。」

「總統，我不……」畢詮欲言又止。

「夠了，」威廉斯罵他。「我看得出你們兩個彼此看不順眼，可是，你們合作好像做得出成績來，就像藍儂和保羅麥卡尼一樣。所以，你們兩個繼續合作，想想辦法。今天下班前，給我做出一張《艾比路》（Abbey Road）專輯吧。艾倫，預祝妳阿曼之行一帆風順。炸彈客在德國一落網，也要儘快向我報告。」

「我會的，總統先生。」艾倫說。

他退出視訊。空留艾倫和畢詮兩人大眼瞪小眼。

「保羅麥卡尼給我當。」她說。

「算了，反正在音樂上，藍儂比較厲害。」

艾倫想爭辯，卻又想到有更迫切的正事要辦。

「我猜，我們最好『一起來，趁現在』（come togehter, right now）。」她引用披頭四歌詞，看見畢詮硬擠出笑容。

「『他想做什麼就做什麼』」她哼著歌，唱給自己聽。

⅄

艾倫決定前往卡季爾的辦事處詢問最新狀況，但她一進辦公室，立刻察覺情況不對勁。

平日忙得亂哄哄的辦公室此時悄然無聲，大家都變成木頭人，看著她，滿臉震驚。

「怎麼了？」她問。「發生什麼事？」

資深分析員上前來。「國務卿女士，他們死了。」

艾倫心寒起來，一動不動。「誰死了？」

但她知道是誰。

史考特．卡季爾。女副主任。以及阿拉穆．瓦尼。

三人全在巴特克茨廷一條小巷子裡被擊斃。

第二十章

電話響第一聲，就被貝琪接聽。

「情況怎樣？」

「不怎麼好。」艾倫說。

艾倫語氣疲憊。可想而知。華府時間剛過晚上六點，而法蘭克福是午夜。比倦意更明顯的是，艾倫聽起來意志消沉。

「告訴我。」貝琪說。

坐在艾倫辦公室沙發上的她挺直上身。她正在午睡，想養足精神再查畢詮，可惜沒有好消息可報艾倫。貝琪聽著好友的語氣有氣無力，決定不提被人跟蹤一事。何況，跟蹤男已經被懷海德將軍解決了。而且，艾倫可能早已忘記自己問過「什麼保鑣？」

「首先，說一說保鑣是怎麼一回事，」艾倫說。貝琪微笑起來。

艾倫當然不會忘記。

「鬧著玩的啦。有個小帥弟想撩我，起碼我滿確定他對我意思啦，不可能是在飛機上對我鄰座美眉拋媚眼。」

「當然不可能。」艾倫勉強哈哈一笑。「妳有沒有硬上他呀？」

「可悲啊，現在被我硬上的是一整塊起司蛋糕和一瓶夏多內。」

「天啊，聽起來好爽。」艾倫說。

「我倒是跟懷海德將軍見過面了。他對爆炸案有一些想法，也說了一些他認為會發生的事。」

「告訴我。」

貝琪轉述後說，「他認為，在俄國撐腰下，巴基斯坦有條件勸敦恩首肯釋放沙赫。」

「什麼條件？」艾倫的語調充滿憂慮。

「敦恩無條件從阿富汗撤軍，巴基斯坦確保阿富汗情勢穩定。巴基斯坦想釋放全世界最險惡的軍火販子，要求美國同意。敦恩太鈍了，哪知道沙赫是什麼樣的人。」

艾倫暗忖，是太鈍了，或是短視近利？只顧民意支持度，只見錢眼開。

「畢詮呢？」她問。

「跟兩項決策都有關係。」貝琪說。

「伊亞戈對著奧賽羅的耳朵說悄悄話。」（編按：出自沙士比亞《奧賽羅》（Othello）劇本）

「我倒寧願把他當成馬克白夫人，」貝琪說。

「有證據嗎？」

「目前還沒有。猶有甚多。」我猶有甚多，貝琪想著。「懷海德將軍認為畢詮不是獨行俠。將軍說，有一群人自認愛國，認為現任政府名不正言不順，所以想把敦恩送回白宮，因為敦恩能照他們的意思施政。」

電話中的國務卿點點頭，貝琪看不見。艾倫聽了全然不訝異，光這一點就夠驚世了。

在法蘭克福飯店房間裡，艾倫單獨一個人，時間接近凌晨一點，她太累，情緒也太緊繃，迫切想睡卻睡不著覺。

艾倫等人來訊通知她阿曼之行確定，這樣她才能聯絡伊朗外交部長。她已經私下伸出幾條小觸角了。

公車炸彈和炸彈客是伊朗主導的，那麼阿拉穆·瓦尼在巴特克茨廷遇害也是由伊朗主導的。卡季爾和女副官陪葬……

亞當斯國務卿急著和伊朗政府對話。

「我該瞭解誰值得信任、誰不值得信任。」艾倫說，「我要證據！」

貝琪從耳熟的嗓音中聽出恐懼。

「妳要保重啊，伊莉莎白·安·詹姆森。」艾倫說。

「別操心。伯特·懷海德派了一位女遊騎兵關照我。我還沒打給她。」

「求求妳，向我保證妳會聯絡她。」

「我保證。現在換妳。告訴我發生了什麼事。」

艾倫·亞當斯一五一十對閨密兼顧問娓娓道來。講完後，貝琪說：「很遺憾。殺害卡季爾和副主任的是伊朗政府。」

「炸彈客也包括在內，我是這麼認為。我正要去阿曼跟伊朗外交部長開會。」

「妳發瘋了不成？」貝琪質問，坐得更直了。「不行啊！他們可能會宰了妳，甚至綁架妳。」

貝琪沒料到電話線另一端傳來笑聲，「道格．威廉斯批准的時候，也暗示同樣的下場。」

「王八蛋。」

「他是說著玩的啦。我不會出事的。伊朗政府不盡然是美國盟邦，不過他們罩子夠亮。傷害我或綁架我，對他們都沒好處。我最先是提議在德黑蘭——」

「天啊——」

「好讓畢詮以為，我真有他想的那麼白痴，」艾倫說。「我也知道，假如我先提議阿曼，威廉斯一定一口否決。」

「咦，對我的第一任老公……妳也對我耍同樣的心機，所以才……」

「錯。從一開始我就不看好他。」

「要是我能陪妳去就好了。」

「我也覺得。」

「那誰陪妳去？」

「除了博因頓和外交護衛隊，我決定帶凱瑟琳和小外交官安娜依妲．達希爾去。她會講伊朗語，帶一個聽得懂外交部長弦外之音的人去，對我有幫助。」

「她的家世被妳起底，妳還信得過她嗎？」

她愣一愣。「不完全信任。不過，我們可以善用她。我要盯緊她的原因還有一個。中情局研究出一個辦法，能發信給札荷拉．阿瑪迪，我們能利用安娜依妲發信。她的堂妹不會信任美國情報員，倒有可能相信安娜依妲。伊朗政府八成會監看阿瑪迪博士的電腦通訊。我們要趕在伊朗秘密警察之前接觸札荷拉。」

「能確定警告訊息是她發的嗎？」

「不確定，不過，她的可能性最高。」艾倫長歎一口氣。「我已經批准情報員去接觸札荷拉，等她一出門上學就行動。」

貝琪很早以前就明白自己很會虛張聲勢，真正有膽量的其實是艾倫。她慶幸自己不必像艾倫那樣下決策。

「結束通話之前，我想知道吉爾情況怎樣？」

「我幾分鐘前打電話去醫院，他睡著了，值班醫生說他好很多了。我去機場前會再去看看他。」

「他還是不肯透露線民是誰嗎？」

「對，還沒有。」

兩人一時無言。貝琪不知艾倫是在猶豫，或是實在太累了。她決定不問。電話愈早掛，艾倫可以愈早睡覺。

「保重了，艾倫・蘇・亞當斯。」

⁂

一小時後，補眠中的貝琪陡然驚醒。

有了！在海亞當斯飯店地下酒吧鬧事的那個男人，懷海德將軍也看見他。

貝琪有好幾年沒看過他了。當年他很年輕，簡直奶油小生。

但下午在酒吧裡，他幾乎變了一個模樣。貝琪從沙發一躍而起，衝進淋浴間，邊動作邊想，他不只變了樣，整個人簡直落魄成遊民般。

⅃

在法蘭克福，時睡時醒的艾倫接到電話，這時接近凌晨三點。

阿曼之行安排好了。

艾倫跳下床，不到兩小時之後，伊朗外交部長約她在馬斯開特古城（Old Muscat）的阿曼元首官邸會晤。

「我能給妳一個鐘頭，國務卿女士。」伊朗外長說。

他的英語咬字清晰，卻常喜歡透過口譯官傳達意思。但這一次，雙方直接以英語交談。比較單純，比較容易，也比較能保密。

艾倫打給博因頓幕僚長，交代他通知安娜依妲．達希爾，然後去叫醒凱瑟琳。

「我們要趕去阿曼，」她對女兒說。「要穿保守一點。」

「好。那我就不穿緊身皮褲囉。」

艾倫被逗笑了。「專機四十分鐘後起飛，車子二十分鐘後出發。」

「瞭解。安娜依姐呢？」凱瑟琳問。

兩個女生好像交朋友了。艾倫不知自己該不該為這事高興。

「她也一起去。」

⸙

二十分鐘後，防彈車準備出發前往機場。

「可以在醫院停一下嗎？」艾倫問。

幾分鐘後，艾倫站在吉爾病床旁。熟睡中，他瘀青的臉顯得安詳。「吉爾？」她低聲喊。她很不情願做即將做的事，但這陣子艾倫．亞當斯不情願做的事多得很，這事只是再添一樁。「吉爾？」

他動了一下，張開浮腫的雙眼，「現在幾點？」

「剛過凌晨四點。」

「妳這麼早來做什麼？」他掙扎著想起身，艾倫連忙拿枕頭墊在他的背。

「我趕著去阿曼和伊朗外長會談。伊朗是爆炸案的幕後主使。」

吉爾點點頭。「這說得通。他們不希望沙赫賣核子機密和專家給鄰國。」

「你的線民——」

「告訴過妳了，我不能」

她伸手喊停。「我知道。我不是問線民的身分。」她壓低嗓門。「上次我來，你有件事欲言又止。你說可能也有另一個辦法，能再從線民那裡打聽到沙赫的事。」

「我不能告訴妳。」他低聲說。

「可是，你躺在病房裡，怎麼打聽？」

「我想得出法子。妳該做的事儘管去做，我的事我自己操心。被炸到的人是我，永生忘不了乘客臉孔的人也是我。這事也跟我息息相關。妳非信任我不可。」

「不是我不信任你，是我不想失去你。」她打定主意說出口，看看他反應。「我想帶安娜依妲去阿曼，她人就在外面。」

艾倫等著看。如果安娜依妲是他的線民……

但吉爾毫無反應，只說，「代我說聲『嗨』，好嗎？」

「我會的。我們今晚就回來，到時候我會再來看你。」

「一路順風。」

⋏

二十五分鐘後，空軍三號在黑夜跑道上滑行，啟程前往波斯灣國家阿曼，航程七小時。

飛到定速航行的高度後，艾倫走進空中辦公室。桌上擺著一束漂亮的插花，是她最愛的香豌豆花，纖柔而清香。

艾倫彎腰嗅一嗅，注意到一張紙條。

侍從（steward）端咖啡和簡餐進來時，博因頓幕僚長也跟著進來。「花是你訂的嗎？」她問博因頓。

博因頓放下他手裡的檔案，看著鮮花。「不是我。不過蠻漂亮的，大概是美國大使送的吧。」

「奇怪，駐德大使她怎麼曉得我最愛香豌豆花？」

「她的心思很周到，」博因頓說。他連自己的直屬上司最愛什麼花都不清楚。但這不能怪他，畢竟他最近有點忙不過來，忙著摸清新任國務卿的心性。「她一定是研究過。」

「謝謝你。」艾倫對侍從說。侍從為她倒一大杯黑咖啡，然後退下。

艾倫打開字條，手指差點勾不住咖啡杯的把手，她及時勾緊，只漏出了一滴，但還燙到自己的大腿。

「怎麼了？」博因頓走向她問。

「花是誰送的？」她問，語調變得粗蠻。

「我不是告訴妳了嗎，國務卿女士，」他說。「我不知道。」他似乎是真心對她的反應感到困惑。「什麼事不對勁嗎？」

「請你去查個明白。」

「沒問題。」

博因頓匆忙離開空中辦公室。艾倫把字條放在桌上，小心不要再碰她已經摸太久的證物。

字條是影印本，內容是她在貝琪飛回華府之前交代的事項。她要求貝琪調查情報總監提姆・畢詮的底細，她也要求貝琪千萬不能讓別人看見這字條。

結果字條卻重現了。在前往阿曼的空軍三號上，塞在一束香豌豆花裡。這束鮮花現在怎麼看也不漂亮了。

字條上沒有其他文字、沒有簽名，但她知道是誰在搞鬼。多年來的無名賀卡，生日卡、耶誕卡、昆恩悼念卡，全是同一人。

她用加密專線撥給貝琪，心臟噗噗跳進喉嚨裡。

第二十一章

「私下講酒吧」裡人擠人。

晚上十點剛過，華盛頓特區大解放，大家都出來玩了。

貝琪左顧右盼，讓瞳孔適應昏暗的環境。她直線走向吧檯。第一次看見鬧事男彼特・漢繆頓（Pete Hamilton）的地方就是這裡。漢繆頓已經不在吧檯，不過她忍不住想鑽進吧檯下找找看，因為他可能醉倒了。

「妳想喝點什麼？」女酒保問。

艾倫・亞當斯的閨密想回答「給我一大桶夏多內」，然而國務卿顧問貝琪說：「請給我一杯減肥薑汁汽水。」

「可以的話，外加一粒馬拉斯奇諾櫻桃，」貝琪補充。

等待飲料的期間，手機震動起來。

「妳怎麼還不睡呀？現在時間——」貝琪話沒講完就被打斷。

「一個明喻走進酒吧，」艾倫嗓音緊繃說。

「什麼？說巧不巧，我才剛走進酒吧咧。」

「貝琪，一個明喻走進酒吧！」

貝琪腦筋一時轉不過來……明喻？明喻？

「跟沙漠一樣乾渴。艾倫——（她壓低音量）妳打來幹嘛？妳在哪裡？那是什麼聲音？」

「妳還好吧？」

「還好。我在私下講。妳知不知道，他們已經把妳的詼諧畫印在杯墊上了。」

「聽我說，貝琪，妳回華府前我不是給妳一張字條嗎？字條哪裡去了？」

「在我口袋裡。」她伸手進口袋。不在裡面。「咦。喔，想起來了。進妳辦公室以後，我從口袋裡拿出字條，放在妳辦公桌上。我想說擺在那裡比較保險。」貝琪呆住了。「問這幹嘛？」

「因為我這裡有個副本。」

「在法蘭克福？怎麼」

「錯。在空軍三號上。」

「可惡。」貝琪拼命回想這天自己的一舉一動。「我進博因頓辦公室用他的電腦搜尋畢詮資料，把字條留在妳辦公桌上。」

「有別人進我辦公室嗎？」

「有。芭芭拉．史登浩澤。天啊——艾倫。」

上帝啊，艾倫暗暗慘叫。國家情報總監畢詮已經夠惡質了，連總統的白宮幕僚長也是壞人？

「她幹嘛偷字條掃瞄給妳？」

「小偷把字條傳給沙赫。他送一束香豌豆花到飛機上，把字條夾進花束裡。」

「用昆恩以前常送妳的花。是想警告妳嗎？」

「想挑釁我。他要我知道他近在我身旁，近到可以為所欲為，我逃到天邊都逃不出他掌握。」

「可是，做這種事，沙赫要有人手在法蘭克福，也要能進出妳的座機，艾倫——」

「我知道。」

任何人都有嫌疑。護衛隊全體，侍從小組，連機長都有可能。

或者是……

門關著，艾倫望向門——她自己的幕僚長，那個近乎隱形的查爾斯．博因頓。

「我的天啊，」貝琪說。「如果芭芭拉……那豈不表示威廉斯……？」

「不會。」艾倫說。「威廉斯的缺點很多，不過他不會壞到跟沙赫合謀。我想做的事是清查。目前為止，人人都可疑。這情況不能再繼續下去。」

「我同意。可是，我們怎麼清查？」

「我們需要事實，需要證明，需要資訊。妳確定沒別人進我辦公室嗎？」

「我確定……」

「怎麼了？」艾倫說。

「我約懷海德將軍來酒吧見面的時候，也有人可能趁機進妳辦公室。這表示，沙赫知道妳在懷疑畢詮。」

艾倫．亞當斯不知不覺全身靜止不動，變得非常鎮定。男人常誤解女人遇到危機會慌張，其實艾倫和多數女人一樣，臨危反而更淡定，而眼前狀況就是一場危機。「這表示時間寶貴。他們一定急著決定該怎麼辦。妳有沒有查到什麼底細？」

「還沒有。所以我才來酒吧。」

「進酒吧能怎樣？」

「喝一杯減肥薑汁——」

「加一粒馬拉斯奇諾櫻桃？」艾倫問。

「加一個櫻桃最好吃。聽著，艾倫，我今天下午來這裡時看到彼特・漢繆頓。」

「被敦恩開除的白宮發言人（press secretary）？」

「對。」

「年輕，很理想化。有點討人喜歡，」艾倫說。「推銷敦恩的謊言挺拿手的。」

「他的口氣很有信服力。」貝琪認同。

「搞不好，他真的信自己講的鬼話。宣傳家的頭一個顧客就是自己。」

艾倫旗下的媒體集團總不忘如此對新人耳提面命，附送佛僧作家德林（Thubten Chodron）的忠告：「心想之事勿盡信。」

「漢繆頓的工作表現很不錯，」艾倫說，「可惜後來被撤換，改由敦恩自己的兒子擔任發言人。」

「那個控固力，」貝琪說。「漢繆頓為什麼被開除，有風聲嗎？」

「官方沒解釋，不過，謠傳說他酒灌得很兇，所以不能把國家機密交付給他。妳為什麼想認識他？」

「因為我想找一個敦恩政府官員，找他幫忙釣出我們要的資訊。敦恩的人馬都怕開口，漢繆頓倒有可能鬆口。」

「酒鬼被開除心有未甘，他講的話可信度不高吧。不過，最近他狀況好轉了也說不定。」

貝琪記得下午那個怒沖沖的大嗓門，記得大家無不避開他。

「也說不定還是老樣子。」貝琪承認。「反正我又不是想引述他講的話。我只要一個能幫我們釣出證據的人。何況，我恨不得趕快查出提姆西・T・畢詮的T代表什麼。」

「拜託，不要只查這個字。」

貝琪笑開來，艾倫也笑了。經過一整天的折騰，她不知道自己還笑得出來，但貝琪總能放鬆她的心。

「要小心一點，」艾倫說。「妳說懷海德將軍派一位遊騎兵團女上尉聯絡妳，對不對？打給她。如果沙赫讀到我給妳的字條，他一定知道妳盯上畢詮了。如果底細快被妳摸到了……」艾倫歇口。她不敢設想下去，但她不得不，「我猜他會不惜……」

「傷害我？」

「拜託，安我一個心吧。我心情夠亂了。」

「好啦，我會小心一點。不過，我想先跟這個彼特・漢繆頓搭上線。我可不想找個遊騎兵嚇跑他。妳正要去阿曼？」

「對。」

「幫我問候凱瑟琳一聲。希望她沒帶緊身皮褲去。」

艾倫又被逗笑了。她考慮一下。她以為女兒說著玩的，不過也許……

「喔，對了，艾倫？」

「什麼事？」

「妳也要小心一點。」

結束通話後，艾倫看著香豌豆花，好纖弱，色澤好鮮活，多麼清香動人。香豌豆花總令她追憶起昆恩的溫情。

她拿起花，正要扔進垃圾桶，想想卻打消念頭，擺回桌上。

香豌豆花的美，豈能被沙赫破壞？

求上帝行行好，千萬不要讓他對貝琪下手。

ᛝ

貝琪問酒保。「對，就是他，」酒保說，「彼特．漢繆頓。差不多每兩個禮拜會來一次，為的是……」

「什麼？」

「說不定有人想找他講講話，說不定有人想聘請他。」

「有嗎？」

「一直都沒有。」酒保斜眼打量這位長得像小畢母親的大媽。

「他走了嗎？」

「被『請』走了。不知道他是喝醉了，還是嗑藥嗨昏頭，一進來就鬧，騷擾客人，所以被掃出店門。」酒保審視她。「妳為什麼想找他？」

「我是他的阿姨。他離開白宮以後，家人就一直聯絡不上他。他母親病了，我想找他。你知道他住哪裡嗎？」

「不知道。啊，對了，他好像住在迪恩伍德（Deanwood）那一帶。不過我可不想去那裡，天黑以後更不敢。」

貝琪付完錢，收拾東西。「他的母親病得很嚴重，我想儘快找到他。」

貝琪快到門口時，酒保追過來。「我勸妳，那一帶最好別去。」他給貝琪一張名片。「他幾個月前留給我的，問問有誰想聘他當公關。」

她看著這張粗糙的名片，顯然是用家裡的電腦自製自印。

「謝謝你。」

「如果妳找到他，叫他不要再來我們這裡。太丟人了。」

計程車來到名片上的地址。「迪恩伍德」位於華盛頓特區東北方，離酒吧雖然只有二十分鐘車程卻有天壤之別，也和白宮扯不上邊。

貝琪站在這棟公寓大樓門外，不見門鈴，只看到門鈴被拆後留下的洞。

她推推門試一試。門把壞了，所以沒上鎖。一進公寓大門，一股惡臭撲鼻而來，不看也幾乎能知道是什麼在臭。

尿、屎、腐敗的食品，也可能是腐屍吧，貝琪暗想。

她踏上破敗的樓梯，來到頂樓，敲敲門。

第二十二章

「給我滾。」

貝琪用面紙摀臉，想過濾掉臭味。

「漢繆頓先生？」

無回應。

「彼特．漢繆頓？我，呃——」她看著手上這張粗製濫造的名片，「我想找公關。」

「三更半夜找什麼找？快給我滾。」

「事情很緊急。」

無回應。隨後，椅腳摩擦木地板的吱吱聲傳來。

「妳是怎麼找到我的？」講話聲來到門的另一邊。

「私下講酒保報你的住址給我。我下午在酒吧看過你。」

「妳是什麼人？」

在計程車上，貝琪思考過該如何回答這問題。

「伊莉莎白．詹姆森，朋友都叫我貝琪。」

如果要對方講實話，自己要先實話實說。一開頭就撒謊，肯定沒有好結果。

她聽見一道門鎖打開，再一道，再一道，接著才是門閂拉開的聲音。門開了。

貝琪縮頭準備迎接薰天惡臭。她呼吸了兩三口，才發現漢繆頓家一點也不臭。確切而言，他的屋子裡有一股刮鬍水的香氣，好男人的清香。

也有烘培香，確切而言是巧克力豆餅乾。

她本以為，開門的男人會醉眼惺忪，渾身是嘔吐的穢物，穿著鬆垮的髒內褲，她已做好心理準備——事實上，她從小就一直有這方面的心理建設。

貝琪．詹姆森卻沒料到……

彼特．漢繆頓站在她面前，臉上零鬍碴，雙眼有神，身上的運動裝好像剛熨過似的。深褐色頭髮的他剛洗完澡，頭髮未乾。

他只比貝琪高一點，臉上看似有一層嬰兒肥，不是肥滋滋，而是纖柔，胖嘟嘟的臉蛋好比住在低級公寓裡的嘉寶（Gerber）娃娃。

「妳是她的顧問。」

「沒錯。而你曾經擔任白宮發言人。」

他從門口讓開。「妳最好進來。」

進門就是一間小客廳，牆壁漆著柔和的灰藍色，木頭地板看起來被磨掉表皮後再塗上亮光漆。

客廳裡有一張沙發攤開成床鋪，也有一張看起來很舒適的扶手椅。窗前有一張桌子，桌上開著一台筆電，旁邊有幾張紙，有一杯水和一小盤餅乾。

角落有個小廚房。

在她把這些細節收進眼簾的短瞬間內，她聽見門鎖一一鎖回原位。

「妳想要什麼？」他問。「不是想找公關吧，我猜。」

「呃，我的確是想找公關。確切一點，我想找你。」

漢繆頓凝視她，微笑說，「讓我猜一猜。找我是跟公車爆炸案有關吧。」他歪歪頭。「妳該不會在懷疑我吧？」

他亮出國民美男子的笑容。擔任白宮發言人期間，他宣傳著敦恩的謊言，擺的笑容就是這一款，一笑能讓人繳械。貝琪極力守住心防。

然而，面對國民美男子，呼吸著巧克力豆餅乾的香味，她擔心這場戰役是輸定了。隨即，她回想起法蘭克福爆炸案現場的親屬，架起心防以禦敵軍。

「我認為你能幫我忙，漢繆頓先生。」

「我為什麼要幫妳？」

她的視線在公寓裡游走，最後停留在他的眼睛。

「妳以為我討厭這地方，渴望脫離這裡？」他說。「這裡看起來也許不怎麼樣，不過畢竟是個家。而且，這一帶其實是個社區，住著時不我予的好人，跟我很投緣。」

「不過，一個人有選擇的自由，不是比較好嗎？我覺得，你渴望的是選擇權。人不都有這渴望嗎？你可以選擇住這裡，但不是不得已住這裡。我剛說過，我今天下午在酒吧看見你，你醉醺醺，髒亂、失意。」

「妳確實想找一個公關。」他說，貝琪聽了微笑。

「裝什麼裝呢？」見他不回答，貝琪走向窗前的桌子，想看一看筆電旁的隨筆，才看一眼就被漢繆頓的大手壓住。

「請離開。」

「你正在寫書啊，主題是敦恩。」

「不是。請離開。我幫不了妳。」

她扣住他的深棕色眼珠。「你跟這地方一點也不投緣。」

他以鼻子出氣說：「你們菁英民主黨徒全都是同一型，愛假裝關懷天涯淪落人，其實鄙視著他們。」

她抬起眉毛。「你誤解我了。你說你的鄰居是好人。你跟他們不投緣，是因為你不是好人。我想給你一個機會，讓你能協助偵辦爆炸案的主使人。說不定能防止爆炸案再發生。而你只在乎你寫的書，只想報仇。」

「不是報仇，而是討個公道。我不是在寫書。我是想找證物，證明。」

「證明什麼？」

「查明他們為什麼開除我、是誰在整我。」

在空軍三號的房間，「國務卿女士？」博因頓幕僚長站進門口說，「他們在德黑蘭準備好了，就等妳下令。妳要我通知畢詮先生嗎？」

「不必通知他。」

「可是——」

「謝謝你，查爾斯。可以請達希爾小姐和凱瑟琳進來嗎？」

博因頓走後，亞當斯國務卿拿起加密電話。

當地探員聽見美國國務卿的聲音，顯然很訝異。

「你們就定位了嗎？」她問。

「是的，國務卿女士。我們看得見阿瑪迪家的房子。札荷拉應該就快出門去大學上課了。」

「你們確定沒被伊朗情治單位盯上？」

女探員輕笑一聲。「只能確定到一定程度而已，所以，我們才需要儘快行動，等越久，就越可能被他們發現。」

艾倫愣一下，想起中情局駐德主任卡季爾，想起另一位情報官，他們幾小時前才在巴特克茨廷槍戰中殉職。這些人多麼英勇，而她卻高高在上、飛來飛去，有熱騰騰的咖啡，有甜點，有香豌豆花的馨香為伴。

「出動吧。願阿拉保佑你們。」

「願阿拉保佑。」

「可以借一下洗手間嗎？」貝琪問漢繆頓。

回來後，貝琪發現他在廚房泡了壺茶，餅乾放在流理台上的盤子裡。他動了動下巴，指著餅乾。

她照他意思做，拿起整盤，邊吃邊走向扶手椅。床已經恢復成沙發。

「可以讓我發揮母愛嗎？」他走過來問，指著茶壺。他遞給貝琪一只馬克杯，一邊說：「有沒有找到妳要的東西？」

「嗯，」她接下杯子，「其實沒找到。」

只見阿斯匹林，不見毒品。現在貝琪不意外了，漢繆頓裝瘋賣傻，真面目卻不是毒癮纏身的醉漢。

「漢繆頓先生，我需要一個內線人士。我想找一位懂內幕、查得出東西、願意爆料的人。」

「為了查公車爆炸案嗎？我完全不知道。」

「為了查敦恩在任期間的齷齪小秘密。」

漢繆頓無言。

久久之後，他才說，「我為什麼要告訴妳？」

「因為你自己也想挖。」

「不是，我只是想找我要的證據。」

「我可以嗎？好好吃喔——」她指著餅乾。
「要不要來個三明治？妳餓不餓？」
貝琪微笑。「不用了，我不餓。不過還是謝謝你。」她傾身朝向漢繆頓，「他們怎麼整你？」
見他沉默不語，貝琪決定推他一把。
「敦恩無緣無故開除你，所以不得不羅織罪名，方法是偽造電郵、簡訊，把你抹黑成毒蟲一條。」
貝琪邊說邊觀察他。他的視線往下掉。
她心想，不對，還不只。我猶有甚多……
「有人暗示你販毒。」
他抬起目光，長長深呼吸一大口，「我沒有。」
「你倒是嗑過藥。」
「誰沒？我那時還年輕，毒品是我們這一代的馬丁尼啊。不過，我沒有——」
「——吸進去？」（譯註：「沒吸進去」是美國政壇常用的避重就輕託辭，柯林頓是一例。）
他聽了笑笑。「我沒有走私毒品。死也不會。而且，我也沒嗑過比大麻更強的東西。竟然被他們亂講成我是恍神王子，說我會危害到敦恩政府，說我可能會為了養毒癮而出賣機密？說我會危害到國家安全？」
這時候，漢繆頓看著她，目光帶有懇求的神色。錯，不是看著她。貝琪理解他其實看見抹黑他的那群人，見他們閉門開會，見他們把證據擺在他面前。他震驚，他否認，他懇求著，他哭著。

悲哀的是，他們認為他會。

「他們為什麼這樣整你？」她問。

他拿筆電過來，在鍵盤上按幾下，螢幕出現一張圖檔。

「我查到的原因當中，最有可能的是這個。這是我被開除前三天刊登的。」是一則新聞報導。確切來說不是報導，而是華盛頓特區政治八卦專欄的一則文章，相片上的彼特・漢繆頓比目前年輕好幾歲，和幾位白宮特派記者有說有笑，地點在私下講酒吧。

圖說寫著：「彼特・漢繆頓，白宮發言人，心心相印而笑。」

看著筆電的貝琪視線轉向他。「就為了這個？你跟記者見面，就被他們開除？發言人的工作，不就跟記者攪和嗎？」

「在敦恩的白宮，忠誠是最重要的一點。官員只要被懷疑稍微批評到他，就會被炒魷魚。」

「可是，你只是笑呵呵而已啊。能笑的事太多太多了。」

「誰管你？那幾個是CNN記者，總統以為我在糗他、在取笑他，有人埋下這粒種籽，雜草長得很快，非趕我走不可。」

「說『走』太輕描淡寫了吧，他們把你抹黑成國家安全的害蟲、毒梟，整垮你的人格了。」

「殺雞儆猴。那時敦恩才上台不久，他們想藉我這例子警告所有官員，即便只涉嫌三心兩意，全會有我這種下場。我的頭沒被砍下來曬在竹竿上，還算我命大。」

「沒砍也差不多了。沒人敢雇用你了。」

「對。他們從來沒公開指控我，從沒發表過開除的原因，讓我無從辯解，也沒辦法告上法院。」

「他們？是敦恩嗎？」

貝琪看得出他在猶豫。「希望不是，不過我也不清楚。在他任內發生的事不管大小，他差不多全知道。」

「現在呢？」貝琪看著桌上的檔案。「你想還自己一個清白，想證明罪名是被羅織出來的？」

「過了好一陣子，我才氣成這樣。起先我被嚇傻了。接著我居然自認活該，不應該追隨艾瑞克・敦恩，不應該誤信他的政府設定的目標。後來，過了一段時日，我看清他們對我造成的傷害，才生氣起來。」

「你的導火線滿長的嘛。」

「接在一顆很大的炸彈上。」

「那你今天在酒吧裝瘋，表演酒醉恍神，為的是什麼？」

「詹姆森夫人，妳要先說明妳的來意才行。而且妳也要曉得，無論我的遭遇再慘，我是個不折不扣的保守派。就算我不再崇拜敦恩，我照樣認為妳那個總統是個笨蛋。」

貝琪哈哈笑起來，令他錯愕。「如果你真的還在關心政壇，你會知道我不會跟你爭辯這事，亞當斯國務卿也不會。」接著，她態度轉為嚴肅。「現任總統就算是笨蛋，至少他的心不險惡。」

「照定義來看，笨蛋總統就是個險惡總統。」

「我想說的是，威廉斯不會支持甚至提供武器給恐怖份子，還用這詭計來推翻政府。你問我的來意是什麼？我們認為，艾瑞克・敦恩或他的走狗涉及公車爆炸案和後續。」

彼特・漢繆頓凝視著她。她心想，他或許顯得訝異，但沒有到震驚的程度。

「妳憑什麼這麼想？」

「因為他縱容巴胥爾・沙赫獲釋。他是巴基斯坦——」

「我曉得他是誰。他被解除軟禁了？」

「而且行蹤不明。」

「妳覺得，爆炸案主使人是沙赫？」

「不對。還沒公開的線索是，三輛公車上，每一輛都有一位巴基斯坦籍的核子專家，全是沙赫的人馬。」

他的臉怎麼看怎麼怪。他的長相依然像國民美男子，卻是一位剛吞噬一個妖魔的美男子。

「對這件事，你知道些什麼嗎？」貝琪問。「你你聽過什麼東西嗎？」

「妳剛問我為什麼去酒吧裝醉。我去是為了向他們證明我不具威脅性，讓他們看到我失魂落魄到極點，不必擔心我出招——他們確實也不擔心。所以我常去私下講，坐在吧台，兩眼無神，自言自語嘟噥著，旁聽他們交談，有時會聽見好料。既然他們想把我當作小蝦米醉漢，那我乾脆順勢操作。」

貝琪看著這位長不大的成年人，明瞭到一點：他簡直是現代莫札特——神童。

「結果你旁聽到什麼？」

「耳語。在特區，平常大家老是在動歪腦筋，老是在吹噓，老是憑空畫大餅，不過，以爆炸案而言，情況變了，這方面的事不再有人吹政治牛，沒人裝腔作勢。以我來說，我懂得該去哪裡挖消息，懂得怎麼刺探。我練了幾年，懂得怎麼用心聽，怎麼旁聽。我知道機密資料藏哪裡。問題是，我白宮網路安全太強，我鑽不進去。」

貝琪聽了奸笑。

⁂

清晨剛過七點，札荷拉．阿瑪迪出家門去上學。她就讀的大學離家不遠，步行一小段路就到。她圍著一條玫瑰紅頭巾（hijab），只露臉蛋，長袍從頭蓋到腳。

母親總穿黑袍，父親也曾堅持女兒圍莊重一點的頭巾，顏色太豔麗顯得失敬。然而，札荷拉升大學，也滿二十歲了，雖然敬愛父親，卻也以頭巾表達叛逆。她衣櫥裡的頭巾色彩鮮豔活潑，她向父親解釋，這是因為伊斯蘭令她快樂，阿拉帶給她喜悅和心寧。

父親阿瑪迪博士雖然看得出她說的是真心話，對她的頭巾卻不贊成也不同意。札荷拉是他很疼愛的長女，他擔心女兒對神的敬意不夠高，擔心女兒甚至不怕神，更談不上敬畏伊朗政府。

神和政府一不高興做得出什麼，阿瑪迪博士知道。

札荷拉．阿瑪迪踏著她走慣了的路線去上學，途中察覺有人在背後亦步亦趨。路過一家商店時，她從倒影看見有兩個人在跟蹤她，一男一女。兩人都穿著黑到不能再黑的長袍，女跟蹤者更穿著布卡罩袍（burqa），連眼睛都沒有露出。

札荷拉見過秘密情治單位ＶＡＪＡ幹員，一看就知道，因為他們常上家門找她父親。從她小時候就常見父親帶他們進亂七八糟的書房。他們問他問題，對他下指令，他全乖乖聽著，照他們的意思去做事。

她知道，父親不是屈從，而是自願。

她從小就不怕這些人。如同父親，札荷拉也把他們視為隸屬政府的一個機關，他們一心一意想保護國民免受外侮。然而，自從他們上一次登門後，她的想法變了。那次，父親和他們交談，聲音從通風管飄進她樓上的房間。

她加快腳步。

街頭很冷清，只見幾名攤販開始在擺攤位。

一男一女的跟蹤者也加緊步伐，足音愈來愈迫近。

她加速。

他們跟著加速。

她拔腿奔跑起來。

他們也拔腿狂追。差距愈拉愈近。她跑得愈快，內心愈加惶恐不安。

她一向自以為很勇敢，如今她發現自己只是太天真。

札荷拉衝進一條巷子，從巷尾溜走，瑰麗的袍尾在她身後飛舞，招搖著行跡，害她不可能被跟丟。

「站住，」其中一個對她嚷。「我們不想傷害妳。」

不然他們會怎麼喊？站住，好讓我們宰了妳？凌虐妳？讓妳被消失？

札荷拉沒停下腳步。但是，她再轉一個彎時，竟然一頭撞上男性跟蹤者，身體反彈，向後踉蹌幾步，險些摔倒，幸好女跟蹤者從背後托住她。

札荷拉想掙脫，但男人把她緊緊扣住，一手摀住她嘴巴。女人伸手進自己的罩袍。

「不要，」札荷拉想求饒，奈何聲音被大手攔下。「不要，不要。」

女人取出一個物體，舉向她的眼前。

「札荷拉？」那物體發出人聲。

慢慢地，她不再扭身，凝視著眼前的行動電話，聽見電話中的外國人正在講伊朗語。對方是女性，聽起來很年輕。美國腔。

「我叫安娜依妲。我是妳的堂姐。那兩位想救妳。」

⁂

空軍三號航向阿曼之際，在空中辦公室裡，亞當斯國務卿、凱瑟琳和安娜依妲三人注視著桌上的電話。

等著回應。時間一分一秒流逝。

「安娜依妲？」電話發出吱喳人聲。

圍繞著電話的人相視一笑，心情輕鬆多了。

「我怎麼知道妳是不是冒牌貨？」

早知她會如此問，所以有備而來。他們事先叫伊爾凡・達希爾提供一些只有他和弟弟知道的私事，講給女兒聽。

艾倫這時對安娜依妲點點頭。

「我爸以前常罵妳爸『小屎蛋』（little shithead），妳爸反過來罵我爸『笨豬』，因為他不讀物理，反而去學經濟。」

電話彼端傳來小小一聲如釋重負的嘆息，甚至帶有好氣又好笑的意味。

「沒錯。現在我也常這樣罵我妹妹笨豬。她主修戲劇。」

「我另外還有個堂妹？」安娜依妲問，凝視著桌上的小盒子，彷彿電話裡面包著一個她畢生渴望擁有的大家族。

「我也有一個弟弟。他真的是個小屎蛋。」

安娜依妲呵呵笑著。

艾倫豎起一指，對著空氣快手畫一圈，意思是閒話少說。

安娜依妲點點頭。「我收到妳的訊息了，可惜來不及制止爆炸案。聽著，我們擔心妳有危險，所以派那幾位去救妳。他們能帶妳逃出國。」

「可是我不想出國啊。我的家園在伊朗。我發信給妳，是想幫忙，不是想傷害伊朗。濫殺無辜不是辦法。」

「對，好，不過妳最好別掉進秘密警察手裡。聽著，我們想瞭解妳爸是怎麼發現核子專家的事。妳聽過巴胥爾・沙赫嗎？他在計畫什麼？如果——」

就在這當兒，電話彼端傳來一陣喊叫聲，隨即是打鬥聲。然後斷線。

第二十三章

「對不起，國務卿女士，」伊朗外交部長說，「公車炸彈？我不懂妳在講什麼。」

「我很意外，阿濟茲（Aziz）部長。納瑟里（Nasseri）總統有機密瞞著你嗎？」

稍早，高個子、風度翩翩的蘇丹陪艾倫來接待廳瞭望阿曼灣，客氣聊聊阿曼藝術文化，然後在皇宮門口介紹她認識伊朗外長，介紹完後離去，留下他們兩位去會商。

接待廳以雪白眩目的大理石為素材，從天花板到地板全是大理石。雙扉門外有一座寬闊的陽台，艾倫幾乎看得見對岸的伊朗。搭飛機來的伊朗外長大可乘船赴約。

會商中，艾倫傾身向前，阿濟茲向後仰。直到這一刻之前，她的言行全遵守文化專員的建議。和伊朗外長開會，雙方不許有肢體碰觸。

要以正式頭銜稱呼他；頭髮要用頭巾裹住；絕不能背對著他；絕不能看時間；另外還有一百條小事項必須嚴守，以免犯忌。

忌諱全避免了，艾倫也沒自取其辱，但這場會等於是白開了。儘管兩國情誼薄到吹彈即破，她不願再進一步撕裂，但她真的沒空再陪他打太極拳。

「我可以向妳保證，如果我知道什麼，我一定會告訴妳。」阿濟茲部長說。

雙方對話全經由伊朗口譯官傳達。

開會前，在電話上，艾倫問伊朗外長願不願共用同一位口譯官。

「國務卿女士，這可是高信賴度的舉動啊。」阿濟茲部長以無懈可擊的英語回答。

「你該不會想暗示說，你的口譯官可能會曲解我的言語？」她的語氣是哭笑不得。

「如果口譯官曲解，我們只好叫老鷹叼走他的舌頭。妳的媒體不都這樣描述我們嗎？把我們當成野蠻民族？」

「我們也常犯虛實不分的錯誤，」艾倫坦承。「對於彼此的文化和現實，我們不懂的東西很多，也許誠實以對的時候到了。」她語氣稍停。「也該透明化了。」

艾倫雖然心癢想問札哈拉的遭遇，卻按捺著沒問出口。問了只會讓情況更棘手。

現在，雙方面對面坐在接待廳裡，艷陽射進阿拉穆皇宮（Al Alam Palace），照在浩瀚如海的大理石上，窗外是馬斯開特古城的牧特拉港（Mutrah Harbor）景觀。

背後的年輕女助理懂伊朗文，艾倫當然瞞著他。

艾倫事先交代安娜依妲不要開口，千萬不能講伊朗語，坐著聽就好，開完會才解釋外交部長真正說的是什麼。

見面時，阿濟茲上下打量著安娜依妲，用伊朗語對她講了句話，問她是哪裡人。

安娜依妲一臉茫然。

他微笑了一下。

艾倫不確定他是真信還是假信，但會議進行中，她看得出阿濟茲已經忘了凱瑟琳、安娜依妲、博因頓的存在。這三人默默坐在她身後，阿濟茲把注意力全部集中在美國國務卿一人。

「你說納瑟里總統有重要的事情都會告訴你，」艾倫說，「而你竟然不知道公車炸彈的事？炸彈是你自己的政府放置的。」

她搞不懂阿濟茲。他顯然認同革命的宗旨，但他卻也似乎相信孤立有損伊朗國力。

阿濟茲對她傳遞含蓄的訊號，暗示他不再信任伊朗的友邦鄰國俄羅斯，暗示伊朗可能願與美國交好——並非全面恢復外交關係，而是稍微轉變政策而已。但由於敦恩政府退出核武協議，再小的轉變在伊朗也可謂大地震。

只不過，阿濟茲也明言，美國新任總統想求伊朗信任是強人所難。伊朗的核子計畫既然已不再受外國監督，如今想再要求伊朗同意被監督，伊朗會怕外界認為伊朗軟弱，不堪一擊。

亞當斯國務卿認為，俄國侵略心強，也難以捉摸，而此時美國若少了一分霸道，當前局勢出現了微乎其微的一小道契機。她的任務是找出雙方能互利共生的交集。也許假以時日，她能把這交集擴展為真正的互信，以期伊朗不再年復一年威脅區域安全，也好讓美國與盟邦不再成為恐攻的標靶。

然而，還有好長一段路要走。公車炸彈把雙方的鴻溝炸得更寬、更深，但也賦予她一個難得的契機。

「所以，你寧可不談巴基斯坦籍核子專家遇害的事，」她說。蘇丹的伙房為他們準備一盤水果和點心，她從中挑一顆豐潤的棗子，「更不想談那麼多乘客陪葬的事。」

「我是很樂意談論，只是不樂意被怪罪。畢竟，伊朗為何想殺害巴基斯坦人呢？而且下如此大的毒手？不合情理吧，國務卿女士。至於印度嘛……」

他攤開寓意豐富的大手，邀請她自行解讀。

「啊——」她說著往後靠，自己也攤開雙掌，「至於巴脣爾．沙赫嘛……」

她看著阿濟茲的臉刷白成大理石，眉頭的汗珠在折射的陽光中晶瑩閃耀。

他的笑臉消失了，眼神不再似笑非笑。他怒視著，文質彬彬的面具脫落了。

「不如，」她提議，「我們私底下聊一聊吧？」

⅄

其他人離開後，艾倫湊向阿濟茲部長，阿濟茲湊得更近。

「Havercrafte……。」艾倫背出一句伊朗文，講得吞吞吐吐，音量放小，字字謹慎。她見阿濟茲翹起眉毛。

「真的嗎？」阿濟茲說。

艾倫放下眉毛。「我剛講的是什麼？是我助理找到翻譯教我的。我練習過。」

「我只希望妳說的不是事實。妳說妳的氣墊船上滿是鰻魚。」

艾倫的嘴唇抖抖縮縮，明顯憋著笑意。終於，她憋不住了，縱聲笑個夠。「對不起，事實是，我的氣墊船上沒有鰻魚。」（譯註：希拉蕊擔任國務卿任內曾鬧過不少類似的外語笑話。）

現在換阿濟茲笑了。「我可不會那麼篤定。好了，國務卿女士，妳究竟想講什麼？」

「我想講的是『開誠佈公』。」

「我同意。誠懇相待的時候到了。」

她扣住他的目光，點點頭。「貴國有一位資深核子物理學家，他家裡的電腦曾經發出一則訊息，警告公車上有炸彈。遺憾的是，收到訊息的外交官誤認為是垃圾郵件，發現不對勁已經太遲了。」

「遺憾之至。」阿濟茲只說。

她如此直言不諱，若說伊朗外長感到驚訝，外交場合上身經百戰的他也不溢於言表。

時光寶貴，該談的事項很多。艾倫沒料到這麼快就能找他一對一，但現在她必須達成最後目標。

「那位核子專家和家人已經被秘密警察抓走了。」

「絕無此事。」他說。這套公式回應的對象是監聽中的鰻魚耳朵。

她置若罔聞。「如果能釋放他們，也釋放同一時間被帶走的兩位伊朗人，美國政府會記住這份人情的。」

「就算人在我們手上，我很懷疑他們能獲釋。你們會放走賣國賊和間諜嗎？」

「如果有更高的利益，會的。」

「對伊朗有什麼好處？」

「獲得新任美國總統的感謝。總統私下欠伊朗一個人情。」

「上一任感謝過我們了。是一份厚禮。他退出核子條約，讓伊朗能獨力開發和平核能計畫，不受干擾。」

「對。上一任也允許沙胥爾．沙赫獲釋。在你們的氣墊船上，沙赫博士會是一條眼鏡蛇吧？」

阿濟茲瞪她，她瞪回去。等待著。等待著。

「國務卿女士，妳真正想要的是什麼？」

「我想瞭解你怎麼知道巴基斯坦核子專家的的事，也想瞭解你對沙赫的計畫知道多少。另外我也希望你釋放剛才那幾位。」

「憑什麼要我們答應？」

「因為想交朋友，自己要先表現友善。你為什麼同意跟我會面？因為你知道俄國陰晴不定，靠不住。伊朗愈來愈孤立了。伊朗伊斯蘭共和國（Islamic Republic of Iran）就算不需要朋友，也想少一點仇家。在巴基斯坦撐腰下，沙赫即將提供核武給至少一個鄰國，說不定甚至想賣給恐怖組織，所以你們才殺害那三位科學家。不過，核子專家多的是，你們總不可能趕盡殺絕。伊朗需要美國來幫忙遏止沙赫，而美國也需要伊朗。」

⅄

幾分鐘後，亞當斯國務卿和阿濟茲部長各分東西。伊朗外長直奔機場，搭短程飛機回國，艾倫則請求蘇丹准她在皇宮多待一陣子。

美國國務卿站在欄杆旁，眺望歷史悠久的這座港口，在手機上撥號。

「芭芭拉？我想跟總統講個話。」

「他有點忙——」
「快去。」

⸸

白宮幕僚長芭芭拉·史登浩澤向後退一步，看著威廉斯總統接電話。
「艾倫，進行得怎樣？」他的口氣含有不只一點點焦慮。
「我需要去德黑蘭。」
「好。那我需要民意支持度達到九成。」
「道格，不是『想要』，我說的是非要不可。伊朗外交部長阿濟茲只差沒親口承認炸彈是他們放的，而我認為我們有機會救人出來，也有機會取得沙赫的情資，不過阿濟茲絕對不可能答應我們，他的權力沒那麼大。可能只有伊朗總統可以答應哦，說不定甚至連納瑟里都不行，可能要找最高精神領袖商量。」
「最高領袖絕對不可能接見妳。」
「不試絕對是見不到。如果我表達我願意前進伊朗，他們可能會考慮。」
「妳呈現出來的是狗急跳牆。看在上帝的份上，艾倫，妳沒概念嗎？國務卿才上任不久，就去訪問死對頭國家，這會產生什麼觀感？而且那國家轟炸過坦克車、擊落過民航客機、藏匿恐怖份子，這陣子還炸死無辜百姓。」

「不公佈就沒事。我可以快去快回，幾個鐘頭就好。我可以搭私人飛機去。我來阿曼有人知道嗎？」

「沒有。有人問妳為什麼不在，我們解釋說妳去北韓一家豪華spa渡假。」

艾倫忍不住笑了。

「難道不能視訊嗎？」總統問。「去伊朗會被解讀成和敵人示好，這風險冒不得。」

辦公室另一邊的電視牆大特寫著各頻道所謂的專家，幾乎人人都在質疑威廉斯政府為何不出面說明，怎可能不知國外接連發生公車爆炸案。政府不知道的事情另外有多少？

在福斯新聞台，前任國務卿解釋，上一屆政府任內從未發生過這樣的大災難，也不可能發生。現任總統這麼軟弱，誰曉得美國境內接下來會發生什麼悲劇。

「我瞭解外界會有什麼觀感，」艾倫承認。「不過，我們終於有機會逮到沙赫，能阻止他的詭計，我非親自去一趟不可。我一定要展現善意。」

「伊朗政府真的握有沙赫的資訊嗎？怎麼知道？」

「不知道，」艾倫坦承。「不過，伊朗掌握的情資比我們多。他們知道三位核子專家的事。我想不通的是，他們為什麼覺得非炸掉整輛公車不可。為什麼不直接槍殺那三人就好？輕鬆多了。」

「是想做給全世界看嗎？」威廉斯暗示。「他們做過更慘的案子。」

「還是不太合理。解答就在德黑蘭。札荷拉．阿瑪迪和我們兩位人員也在德黑蘭。他們被秘密警察逮捕了。我們要盡力救他們出來，查明伊朗政府對沙赫瞭解多少。如果他們不知道沙赫的盤算是什麼，他們也可能知道主使者是誰。」

「他們何必告訴我們？」

「因為他們要我們阻止沙赫。」

「那他們為什麼不早通報我們？如果要我們幫忙，為什麼不早點說出那三位核子專家的事？」

「告訴你，我不清楚。所以我才非去德黑蘭不行。」

「如果得不償失呢？妳去伊朗，依禮俗對精神領袖或納瑟里總統哈腰，照片被他們公諸於世怎麼辦？或者，他們決定逮捕妳？指控妳竊取情報，那我們怎麼辦？」

「我知道怎麼辦，」她說，語調驟然冷若冰霜。「我知道，你不會願意為了要求釋放我而協商。」

「艾倫——」

「你到底是同不同意？阿曼的蘇丹慷慨借我用他的私人飛機，而我也要通知伊朗。我再不去，恐怕伊朗會改變主意，改向俄羅斯求助。」

「好吧，」威廉斯說。「去吧。不過，要是妳遇到麻煩……」

「我自己看著辦。這事是我片面決定的行動，沒有請示總統。」

艾倫掛電話的同時，暗罵著「懦夫」。

總統掛電話的同時，暗罵著「瘋婆」。

「叫提姆．畢詮進來！」他怒喝。

「是的，總統先生。」

幕僚長離去後，道格．威廉斯凝視著電視牆，覺得橢圓辦公室的牆壁旋轉起來，宛如置身一部離心機裡，固體和液體即將被分離。

僅留下濃稠物質。

第二十四章

「好了，我登入了，」彼特．漢繆頓說。「妳要我找什麼？」

貝琪剛把漢繆頓帶進博因頓辦公室，給他帳號和密碼，讓他搜尋機密檔案。但在他動作前，貝琪先鎖好通往國務卿辦公廳各室的大門，也鎖上艾倫私人辦公室和幕僚長的側門。

只差沒把沙發推向門口堵死。而她確實考慮過。

「儘可能找提姆．畢詮的所有資料。」

漢繆頓看著她，手指停留在鍵盤上空。「天啊。國家情報總監？」

「對。提姆西．T．畢詮。對了，也順便查一查T代表什麼。」

過了兩小時，太陽剛剛露臉，辦公桌前的漢繆頓推椅子向後。

「找到了嗎？」貝琪說著，站向他背後。「找到什麼？」

漢繆頓用雙手揉揉臉，兩眼佈滿血絲，面容憔悴。

「畢詮的資料就這些。」

「花了兩個鐘頭才……？」

「對。有人故意不讓我們查。他的報告、電子郵件、會議筆記、行程表，全找不到。四年的文件全消失，一個也不剩。於法應該保留的檔案也全不見了。」

「不見了？被刪除了嗎？」

「不然就是被歸檔到別的地方，存在別的部門裡，一個沒人會想去找的部門。什麼地方都有可能。或者，檔案埋得太深，我挖不到。」

「為什麼？」

「不是很明顯嗎？他們想隱瞞事實。」

「繼續挖下去。」

「不能，我挖到底了。」

貝琪點點頭，思索著。「好吧，目前為止，我們一直追著畢詮跑。也許我們換個角度找，繞到他背後，找後門。」

「沙赫嗎？塔利班嗎？」

「紳士領結。」

「什麼？」

「提姆．畢詮習慣打領結。艾倫旗下的報紙服飾版做過一個專題，我記得那篇專題有採訪到他。」

「那又怎樣？」

「所有官員的新聞一定都有歸檔處理。政府不是有專人負責剪報嗎？在敦恩任內，畢詮還沒當上情報總監，只是高階情報顧問而已，一般媒體不會採訪他。事實上，他會堅決拒訪。不過，報導時裝的專題就不一樣了。而且這家報社最愛對敦恩官員雞蛋裡挑骨頭，現在竟然想寫人情趣味的專題，官員一定求之不及。」

「領結？」

「黑道大哥艾爾．卡彭（Al Capone）栽在逃稅這一條小罪名上，」貝琪湊近螢幕說。「搞不好畢詮會栽在領結上。領結成了套住他脖子的絞刑繩圈。領結的報導不會被歸類為機密。找這篇專題，就能找到他。」

彼特．漢繆頓理解了。領結是一座橋樑，他們過河後忘記拆掉，而這座橋能通往罪證藏匿之處。

「我去買咖啡。」貝琪說。

「順便買點心，」彼特對著她背影呼喊。「肉桂捲。」

貝琪離開博因頓辦公室之際，敲鍵盤的聲響不絕於耳，這時她想起自己對懷海德將軍的承諾，想著該不該請求遊騎兵團女上尉來保護她。

想想也覺得很瞎。這裡是國務院深處的國務卿辦公室，環境舒適、熟悉又安全，生命怎麼可能受威脅？但話說回來，她知道，那三輛公車上的乘客當時也這麼以為。

不管了，先搞定咖啡和肉桂捲。

電梯載貝琪到一樓的自助餐廳途中，貝琪感到欣慰，畢竟他們至少查出畢詮全名裡的T到底是什麼字的縮寫。只不過，連這一丁點也令人匪夷所思。

⁂

伊朗政府派了一名年長的婦人負責為來賓著裝。她向後退了一步，上上下下端詳艾倫，然後講英語：「妳可以了。」

這裡是蘇丹座機上的臥房。飛機目前停在德黑蘭柯梅尼國際機場的飛機棚。婦人把注意力轉向大臥房裡的另外兩位女子。凱瑟琳．亞當斯和安娜依妲．達希爾也有相同的打扮，一襲罩袍從頭蓋到腳，再熟的人也完全認不出來。

在阿曼搭上蘇丹座機之前，亞當斯國務卿致電伊朗外長阿濟茲，要求他提供傳統服飾。他立即明瞭為什麼。

然後，在阿曼的候機廳裡，她把安娜依妲拉到一旁。

「我認為妳最好留在阿曼。如果伊朗政府發現妳的身分——我猜他們八成會發現，妳可能會有麻煩，甚至有可能被當成間諜逮捕。」

「我明白，國務卿女士。」

「妳明白？」

安娜依妲微笑說，「從小到大，我一直生活在恐懼裡，唯恐伊朗政府殺進我們家。現在，我居然自己走進虎穴，怎麼想也難以想像。不過昨天，我看著我爸媽，見到大半生偷偷摸摸又害怕的日子對他們造成的傷害，害怕這麼多年，我已經厭倦了；擔心被發現，所以畏首畏尾的，我厭倦了。夠了。更何況，無論發生什麼事，總不會比我想像來得更糟。」

「那我可不確定了。」艾倫說。

「妳又沒看過我的想像世界。小時候，我聽過好多妖魔的故事。妖魔會在半夜出現。喀拉夫斯卓惡魔（khrafstra），我最怕的一種叫阿爾（Al），它們會隱形，當恐怖的事情發生了，你才曉得它們來了。」

恐怖的事情確實正在發生中。

最初一聽見爆炸案主嫌是沙赫，安娜依妲滿臉驚恐，艾倫現在記憶猶新。

「沙赫是阿爾？」

「是就好了。他其實是三頭蛇怪，威力最猛的妖魔。他能策動一整軍團的阿爾，能製造混亂，引發恐懼，奪命。國務卿女士，三頭蛇怪是謊言化成的妖魔。」

艾倫和安娜依妲互相凝視。

「我瞭解了。」艾倫說。

她看著安娜依妲踏上前往德黑蘭的私人飛機。

⁂

在飛機降落前不久，艾倫打電話到法蘭克福醫院，想問候吉爾。

「他走了？什麼意思？」她質問。

「對不起，國務卿女士，他說妳知道。」

又撒謊了，艾倫心想。她望機艙窗外，底下是伊朗，古名波斯。她想著，如果再用力看，說不定看得見三頭蛇怪正飛向德黑蘭，想為他們接機。或者，三頭蛇怪在外地忙不過來？難道正朝著美國海岸潛伏前進，一路吞噬著謊言，愈吃愈壯大？

「可是，他的傷勢……」她問主任醫師。

「沒有生命危險。而且他是成年人，自己可以辦出院。」

「他去哪裡，你知道嗎？」

「抱歉，不知道，國務卿女士。」

緊接著，艾倫打他的手機，接聽的卻是護士。護士解釋說，吉爾請她代為保管手機。以免被追蹤，艾倫知道。

「他有沒有告訴妳其他事？」艾倫問。

「沒有。」

「怎麼了？妳有事不敢講，對不對？」艾倫從護士的語氣聽得出。

「他向我借了兩千歐元。」

「妳給他了？」

「對。我昨天去銀行提款給他。」

換言之，艾倫想著，他昨天就考慮逃走，瞞著不告訴母親。

「妳為什麼借他錢？」

「因為他想不出辦法了，而且他是妳兒子，另外我也想幫他。」她說。「我是不是做錯了什麼事？」

「沒有，一點也沒錯。我確定妳的錢一定拿得回來。如果妳有他的消息，請妳務必通知我。」她用德文道謝。

通話一結束，艾倫的手機鈴聲又響起。

「錯置修飾語走進酒吧……」

是貝琪！艾倫聽見她的嗓音，總覺得心安。

「……酒吧老闆有個玻璃眼珠名叫拉爾夫。什麼事？妳查到什麼了嗎？」

「我們查到大鴨蛋。提姆．畢詮的底細一個也查不到，全都藏得太深了。這跡象太明顯了，妳不覺得嗎？」

「貝琪，我們非查清他底細不可，一定要掌握他是幕後主使人的證據。沒證據，他會辯解說他被人陷害，說有人想羅織罪名治他。我想向總統報告，但是沒證據不能報。」

「我懂我懂。我們還在努力。我認為我們可能找到後門了。這是妳的功勞。」

「我？」

「呃，不算妳啦，是妳旗下的報紙。你們時裝版出了一篇專題，採訪一些愛打領結的權力掮客。」

「有嗎？那個月大概是沒新聞可報吧。」

「結果，那篇專題可能是妳旗下媒體報導過最重要的一篇新聞。畢詮的其他文件都被藏進另一個檔案，假如沒找到這一篇，也絕不會找到這秘密檔案。根本沒想到會藏這裡。說巧不巧，領結的專題報導也被收進這檔案。在敦恩任內，畢詮只接受過這一次採訪。這一篇絕對不可能列入機密。彼特．

漢繆頓正在找。」

「找得出這一篇，其他文件也找得到？」

「希望如此。」貝琪聽見電話彼端傳來深深嘆息聲。

「有結果，妳會通知我吧？」

「第一個通知的就是妳。喔對了，我們倒是已經查到畢詮的一個秘密。T代表什麼，妳絕對不會相信。」

「代表什麼？」

「他的全名是提姆西．麻煩．畢詮。」

「他的次名是『Trouble』？」艾倫問，不笑也難，「誰會給自己小孩亂取那種名字？」

「若不是上幾代的祖姓，就是他爸媽有預感……」

自知生下一個阿爾，艾倫暗想。

「喔，另外，我也打電話給菲蘭上尉了。遊騎兵團，」貝琪說。「她就快到了。」

「謝謝妳。」

「妳在哪？」

「快降落在德黑蘭。」

「要告訴我……」

「我會的。妳也一樣。」

飛機在德黑蘭的柯梅尼國際機場上空盤旋。不知不覺，艾倫哼著一首快淡忘掉的曲子，吐氣在窗戶上起霧。

不久後，亞當斯國務卿漸漸憶起，這首是愛爾蘭搖滾樂團霍斯利普斯（Horslips）的歌。

「『麻煩，麻煩，』」她喃喃唱著歌詞。「『特大號的麻煩。』」

飛機降落後停進飛機棚，伊朗女官上飛機，帶來國務卿要求的罩袍。

幾分鐘後，一行人走下飛機。

罩袍很長，從頭覆蓋到腳，僅在眼睛部位留一小道紗窗。這幾位西方婦女步步謹慎，以免被絆倒。

伊朗女性通常不穿全套的罩袍——但在阿富汗，全套罩袍才是主流。幸好伊朗也有不少婦女穿罩袍，她們三人不至於太顯眼。旁人如果不仔細看，例如機場工作人員或司機，也無法分辨是美國國務剛抵達伊朗。

艾倫．亞當斯下到最後一階，站上伊朗國土。繼一九七九年卡特總統之後，她是首位訪問伊朗的美國高官。

⁂

「哇靠，」彼特．漢繆頓說，看著螢幕後面的貝琪。「我進去了。」

「進去哪裡？」丹尼絲．菲蘭上尉問，放下手裡的肉桂捲。

貝琪笑得好燦爛。「讓我先跟妳的長官報告。」

她撥給懷海德將軍。

「領結，」參謀長聯席會議主席懷海德笑著說。「妳這女人好危險啊。我馬上過去。」

⅄

「沙赫博士，國務卿的飛機還沒照計畫降落在伊斯蘭馬巴德。」

「不然去哪裡？」

「我們研判她去德黑蘭。」

「不可能。她不會那麼莽撞。去查清楚。」

「是的，博士。」

巴胥爾・沙赫啜飲著檸檬水，凝望著空氣。這幾年來，他幾乎變得有點喜歡艾倫・亞當斯。他對艾倫的私事有相當的掌握，因此對她滋生出一份異樣的情愫。

「妳在打什麼主意？」他低聲自言自語著。

他深諳艾倫的思維，知道艾倫習慣三思而後行。但不無可能的是，被他這麼一嚇，艾倫亂了陣腳，所以失足。

或者，這一招也許不是失足。

也許是我自己誤判情勢吧，他心想。這想法陌生，來得突然，但也令他領悟到，他自己才是亂了陣腳的那方。心生小小一根疑慮的芒刺。小歸小，刺得他難受。

幾分鐘後，手下回來，發現沙赫博士正在調整午餐會貴賓的餐具位置。

「降落在德黑蘭，博士。」

巴胥爾．沙赫咀嚼這份情資，瞭望著陽台另一邊的海洋。在伊斯蘭馬巴德被軟禁的那些年，他的天地被侷限在蓊鬱的庭園中，現在的轉變何其大。

他絕不允許自己再被拘禁，再舒適的軟禁也不要。

「她的兒子呢？」

「完全在你預料之中。」

「不是預料。這事不是瞎猜的，也沒有自由意志這回事。他別無選擇。」

在可惡那一家子裡，至少有個人能被引導。

「去準備我的飛機。」

「可是，博士，午餐的貴賓就快來了——」他被沙赫瞪一眼，不敢再多嘴，急忙去打電話。

「他怎麼可以說取消就取消？」電話彼端的女子說。「他算哪根蔥？這是他的榮幸，能請到前總——」

「沙赫博士致上誠摯的歉意。有突發事件。」

巴胥爾．沙赫坐進防彈禮車，背對著大西洋。海水看夠了，一輩子可以不必再看。他發現自己嚮往著一座庭園。

第二十五章

母親一走，吉爾．巴赫爾立刻在法蘭克福辦出院手續。

他換衣服的同時，年輕女護士拿錢給他。他懷疑這筆是她的畢生積蓄。

「我會回來的。錢一定還給妳。」

「我妹妹本來會搭上那班巴士，幸好她錯過了。我知道你想去阻止慘案再發生。錢收著吧，快去。」

坐上車，前往機場途中，他打開袋子。一疊歐元，另有一些藥品和繃帶。

他吞下一顆止痛藥，其他省著用。

數小時後，母親打去法蘭克福病房找他時，他已經下飛機，東張西望著。

白夏瓦。巴基斯坦。

他覺得胃臟緊縮，心跳加速，頭裡的血液全流向軀幹，他瞬間以為自己即將暈眩倒地。體內的血流彷彿想逃避血腥的記憶，想逃避一顆顆落地的人頭。

綁架案之後，他始終不曾再踏進白夏瓦一步。被綁架時，他最早推測歹徒是伊斯蘭國或蓋達組織，後來才赫然發現，綁匪竟然是更可怕的帕坦家族。

帕坦家族的名聲遠不及其他聖戰份子，原因極可能是大家都害怕承認他們的存在，更不敢正面提起他們的大名。帕坦家族的影響力深入蓋達組織和塔利班，甚至也能左右安全部隊。他們是幽靈，大家避之唯恐不及。

當歹徒摘掉他頭上的布袋，當他的瞳孔適應環境後，他發現自己置身帕坦家族營區，地點在巴基斯坦和阿富汗交界處。

吉爾・巴赫爾明白自己死定了，而且會死得淒慘。

結果他竟然死裡逃生。使盡全力狂奔。而現在，他也使盡全力狂奔，奔回原地。

在機場入關時，他儘量表現得輕輕鬆鬆，海關人員仔細打量著他。觀光客不多見。

「我還在唸書，」他解釋。「正在寫博士論文。主題是絲路。你知不知道——」

戳印重重蓋在他護照上，海關揮手准他通過。

走出機場，走進暑氣、塵土、熙來攘往的近兩百萬人口，吉爾停住腳。幾名瘦皮猴蜂擁而至。

「計程車？」

「計程車？」

吉爾舉手至眉頭遮陽光，然後看上其中一名運將。這名運將伸手想接下吉爾的行李，卻被吉爾拒絕，手還差點挨打。

坐進破爛的計程車後，吉爾安心往後靠。等到脫離市區之後，吉爾才用阿拉伯文問好。

「願你平安，阿克巴（Akbar）。」

「口音有進步喔，你這個屎臉（shit-face）。」

「屎蛋（shithead）比較對。『屎臉』通常是罵人醉醺醺。」

「以你來說啊，你是屎龜毛，」阿克巴說。聽見吉爾哈哈大笑，「願你安康，朋友。」

阿克巴從大公路下交流道，路途愈來愈顛簸，車子蹦蹦跳跳。絲路絲毫不平坦，亞歷山大大帝、馬可波羅、成吉思汗都是過來人，都曾經嘗盡苦頭。

⸻

參謀長聯席會議主席懷海德坐在博因頓辦公桌前，神情陰鬱，閱讀著簡訊和電郵。

「目前還沒讀到特別嚴重的犯行，」他抬起頭，望向電腦另一邊。「裡面是提到了沙赫，但只一語帶過而已，幾乎像畢詮不懂他是誰。」

懷海德將軍看著博因頓辦公室裡的其他人。國務卿幕僚長辦公室裡洋溢著咖啡和肉桂香味。貝琪．詹姆森和彼特．漢繆頓站在辦公桌另一邊，菲蘭上尉在門口鎮守策略位置。百葉窗已經合上，窗簾也拉上，懷海德將軍一進來就先做好這兩件事。不是想遮陽，而是阻絕長程望遠鏡的窺視。

提姆西．麻煩．畢詮的箱底檔案被掀出來，這群人沉溺在其中。這也意味著，他們的人身安全愈來愈危急。

「花這麼大的功夫，把畢詮的檔案藏得這麼深，想必有什麼原因，」懷海德將軍說。他把位子讓給漢繆頓，讓漢繆頓繼續鑽研。「藏這麼多檔案，起碼要耗上幾個禮拜。」他邊沉思邊點頭，「對，這裡面一定有東西。」

「交給我來找。」漢繆頓邊說邊瀏覽略讀。

「他的次名真的是『麻煩』嗎？」懷海德問。

「顯然是，」貝琪說。「看得出他為什麼從來不用。我本來還猜T可能是Traitor，叛徒。」

伯特．懷海德轉頭看電腦，滿臉鄙夷，彷彿電腦化身為叛國份子。然後，他把視線移向貝琪，「現在國務卿在哪裡？」

貝琪來不及回答，漢繆頓就說「好了，暫時可以了。我的眼睛太疲了，我怕會失誤，我想休息一下。」

他關掉電腦。

「我可以接手。」貝琪說。

「不行，妳也該休息一會兒，妳通宵沒睡。何況，我知道自己找過哪部分的文件。我有自己的一套流程。換妳接手，怕被妳搞混。休息一個鐘頭，我的腦筋會比較靈活。」

「有道理。」懷海德說。轉向菲蘭上尉：「我們都曉得休息的重要性。腦筋要保持靈活，對不對，上尉？」

「是的，將軍。」

懷海德將軍拿起桌上的帽子，瞥了漢繆頓一眼，以銳利的目光估量他。然後，走向辦公室的大門。

「確定妳信得過他嗎？」他沉聲問貝琪。「他以前是敦恩的手下。」

「你不也是。」

「啊——妳錯了。我效勞的是美國民眾。現在還是。至於他呢？」他用帽子指向漢繆頓。漢繆頓已經雙臂交叉，趴睡在鍵盤上。「我就不太確定了。」他把視線轉回貝琪，忽然一笑。「領結。妳挺了不起的嘛。等雨過天青，我希望妳能和我們夫妻倆共進晚餐。不要去私下講。」

貝琪微笑表示：「我的榮幸。」

「雨過天青」貝琪想著。看著菲蘭上尉伴隨將軍踏進桃花心木巷，步向電梯，低聲交談著，貝琪和其他人都聽不見。

雨過天青。

想想也覺得不錯。

貝琪回到博因頓辦公室，彼特．漢繆頓對她說：「把門關好。」他絲毫沒有睡意，對著電腦輸入密碼。「上鎖更好。」

「為什麼？」

「拜託。」

她鎖上門，走向電腦，見漢繆頓的手指在鍵盤上飛奔，聲音近似跑步聲，像在賽跑，像緊追不捨。接著他停止動作，站起來，好讓貝琪坐在電腦前，讓她閱讀他剛發現的檔案。這些檔案被黑框螢幕緊緊匡限住。

「你找到了？」她一面坐下一面說。然而，漢繆頓的神態和慘白的臉色令她心驚。事情出乎他倆的意料之外。貝琪看得出，事態比他們的設想更糟幾倍。

她讀了兩次，讀了三次才確定。接著她往下再讀，然後回到最上面，最後才叫自己放心看他。

「這才是你關掉電腦的真正原因？」貝琪問。

他點頭，注視著螢幕上的公文檔。

〔美國政府全力支持巴基斯坦釋放沙赫博士。〕

再往下看，第二份公文令兩人嚇得講不出話。這份公文強力建議政府退出伊朗核武協議。

第三份公文詳述撤軍阿富汗無需規劃的原因。

這三份公文都附緊急標示，都列入最高機密。三份的簽署人都是參謀長聯席會議主席懷海德。

「媽呀。」

⅄

「國務卿女士，」外交護衛隊長彎腰低聲說，「有人來電找妳。」

「謝謝你，」她低聲回應。「可是我現在不方便接聽。」

「來電者是妳的顧問詹姆森夫人。」

艾倫猶豫著，視線始終逗留在納瑟里總統臉上。「請告訴她，我會儘快回撥。」

伊朗總統在政府大樓門口迎接亞當斯國務卿和幾名隨行人員，總統辦公室就在這棟大樓裡。在會議開始前，艾倫要求總統准許她們脫掉罩袍，讓彼此比較能看清對方。

「在我脫掉罩袍前，總統先生，先讓我介紹隨行人員給你認識。這位是我的幕僚長查爾斯．博因頓。」

「博因頓先生。」

「總統先生。」

「這位是我女兒凱瑟琳。」

「啊——媒體巨擘。妳接管了母親的事業。」他亮出迷人的微笑。「我也有個女兒，希望她有朝一日能繼任，如果人民支持的話。」

如果最高領袖支持才對吧——艾倫含在嘴裡沒講。

「我也希望如此，」凱瑟琳說。「伊朗能出一位女總統該有多好。」

「美國能出一位女總統也該有多好。誰能搶當第一位，我們拭目以待。也許妳們兩位都能。或者也許妳母親？」

他轉頭回艾倫，微微向她鞠躬。

「哎唷，納瑟里總統，」艾倫打趣說，「我是哪一點惹你不高興了？」

總統呵呵一笑。這回應恰到好處，既認同他的言論，也適切表達謙遜。笑開了之後，她可以脫掉罩衫，擺脫客套的嘴臉。但仍有一人未介紹。艾倫轉向她左邊的女子，

「這一位是安娜依妲．達希爾，國務院外交官。」

安娜依妲上前一步，小小一步。罩袍雖蒙著臉，肢體的緊繃卻無所遁形，艾倫和她站得很近，看

得出罩袍哆哆嗦嗦著。

「總統先生，」安娜依姮用英語開口，然後改用伊朗語說：「我的本姓是阿瑪迪。」

她抬起下頷，注視總統，總統也注視她，一名衛兵向前邁一步，被他揮手制止。

艾倫不懂伊朗文，但聽見「阿瑪迪」，就知道安娜依姮自曝身分了。

亞當斯國務卿移向安娜依姮，和她挨得更緊。

「我知道妳是誰，」納瑟里總統講著英語。「妳是伊爾凡．阿瑪迪的女兒。妳父親背叛伊朗。他背叛了革命中的兄弟姐妹，他背叛了親生弟妹。如今，美國怎麼對待他？根據線報，他和妳母親被關進監牢，罪名很簡單，就因為他們是伊朗人。他們一直怕的不是我們，他們怕的是」他轉向艾倫，「你們。」

艾倫沒料到情況這麼快就急轉直下。相形之下，南韓之行反而像一場勝仗。

她張嘴想發聲，想否認，但她隨即記得三頭蛇怪，記得它靠吞食謊言來壯大。

艾倫想著，唯恐再掰更大的謊言，只好否認事實，這種行為易如反掌。這時她也領悟，三頭蛇怪有多麼兇險，不是因為它專門追殺好人——沒啥好追的。而是它已經進駐內心了，製造謊言，發佈謊言。

它才是終極叛徒。

「你說的對。」她說。

聽見這回應，伊朗總統頓時愣住，講不出話，只看著她。彷彿絞盡腦筋思考著，美國國務卿為什麼會承認這種事。

「而且，他理應害怕，」艾倫繼續說，「不是因為他身為伊朗人，而是因為他隱瞞事實。只不過，我們的來意不是這一個。」

「不然你們的來意是什麼？」

「在我們進一步交談之前，總統能否允許我們脫下罩袍？」

納瑟里總統以下巴指向剛帶罩袍上飛機的女官。女官帶她們去隔壁辦公室換裝梳洗。悶死人的罩袍脫了，艾倫感覺好輕鬆。

「妳還好吧？」凱瑟琳問安娜依妲。安娜依妲面色鐵青但神態鎮定。

「他對我們滿瞭解的，」安娜依妲說。「我爸以前懷疑有間諜，不過我總覺得是他自己疑心病太重。」

她走向窗前，瞭望古城。

凱瑟琳牽她手，「放心，沒事。」

「放心？沒事？」安娜依妲問。

「覺得這裡像家。妳不正有回到家的心情嗎？儘管剛才跟納瑟里對峙。」

安娜依妲對凱瑟琳微笑，歎一口氣。「有那麼明顯嗎？我怎麼會既高興又害怕？我有點怕自己為什麼這麼快樂。這說得通嗎？從小，我就怕伊朗，甚至以身為伊朗人為恥辱。現在，我卻當面跟總統對話，講伊朗文，而且，」她望窗外，「我在這裡也覺得好自在。好像這裡是我的歸宿。」她轉回艾倫。「這不合理嘛。」

「天下不是所有事物都合理，」艾倫說。「人生大事當中，有些事情毫無道理可言。」

「『我有個秘密，一個再簡單不過的秘密。』」凱瑟琳握緊安娜依姐的手。「『唯有用心，方能認清萬物。肉眼看不見關鍵。』」她對母親投以微笑。「我小時候，爸媽每個晚上都會讀故事書給我聽。我最愛的一本是《小王子》。」

艾倫微笑著。當年的日子多麼單純啊，有昆恩，也有吉爾和小寶寶凱瑟琳。如同安娜依姐，艾倫也無從預測人生，不知今天會踏上伊朗國土，深入敵人心臟地帶。更料想不到會以國務卿身分訪問。當年的她若穿越時空看見此景，該有多麼訝異。

亞當斯國務卿雖然沒證據，但直覺安娜依姐效忠的是美國。反諷的是，讓艾倫終於認定這一點的是「感覺像回到家」的說法。

間諜、叛國賊絕對不會如此承認。

她猜美國總統和情報單位不會接受她這份推論。小王子倒是會接受。

可嘆的是，這群人的命運不在王子的小手上。

艾倫扣住她們的眼神，然後瞄向守在門邊的伊朗女官。

「對不起，」安娜依姐低聲說，「我不該對總統講那種話。只會激怒他而已。」

「不會，」艾倫也壓低嗓門。「不管對方怎麼問，妳一直講事實就對了。」

「如果他知道我父親，那他一定也知道札荷拉是我堂妹。」

「對。」接下來，艾倫該決定自己願意出什麼險招。她接著改以大家都聽得見的正常音量說，「不過，他可能不知道發信警告妳的人是她。他們可能只知道訊息來自阿瑪迪家，寄到國務院。」

「他們會怎麼對付札荷拉？」安娜依妲問。

「他們說，會以間諜和叛國罪名審判她。」艾倫說。

「他們怎麼對待間諜和叛國賊？」凱瑟琳問。

「處以極刑。」

三人啞然無言。

「如果他們查到安娜依妲呢？」凱瑟琳怒視著母親。「會怎麼對付她？」

艾倫深吸一口氣。「我們憑事實判斷就好，不要憑空臆測。」

然而，艾倫瞭然於胸。她想著，帶安娜依妲前來是多麼大的失策。此外，她改以正常音量講話，也是一大敗筆。

現在，亞當斯國務卿已換上西方服飾，以頭巾裹住頭髮，露出臉部，坐在納瑟里總統對面。這間會議室擺設單調，整棟大樓的格局也單調。艾倫懷疑，這棟一九八〇年代的建築物可能由蘇聯一手設計打造。

她也假定俄國政府佈下竊聽器，正聽取會議室裡的一言一語。伊朗情報單位和秘密警察也是。幾乎一無所知的她也猜，美國的情報官也在偷聽中——包括提姆西．麻煩．畢詮在內。

這一場會議的聽眾可能比真人實境秀《老大哥》（Big Brother）還多。

「你剛問我們的來意。我猜想，阿濟茲部長（她用下巴指向較年長的一位）向你報告過了，我們知道伊朗涉及三起公車爆炸案。」

見納瑟里總統想開口，艾倫快速舉起手。

「請容我先講完。我方從中明白幾件事，其中之一是伊朗迫切想制止那三位核子專家。我們也明白，他們是巴胥爾．沙赫的人手。這意味著你們的情報來自沙赫身邊人。」

「妳有所不知的部分還有許多。」納瑟里說。

「這正是我的來意，總統先生。我想聆聽，想學習。」

在他準備開口前，他突然起立——幾乎是一躍而起，阿濟茲也是，會議廳裡的伊朗人全數起立，只剩美國人坐著。

艾倫轉身看見一名老年人走進會議室。老人白鬍鬚留得很長，修剪整齊，黑袍的袍尾在他身後飄舞。

艾倫也起立。轉身，發現來到眼前的是伊朗共和國的最高精神領袖柯思拉韋（Khosravi）。

「神啊。」安娜依妲低語。

第二十六章

吉爾．巴赫爾一手緊握著車門把手，另一手頂著這破車的天花板，試圖穩住身體。這幾條路已經不配稱為馬路了，頂多只算步道，車子壓著路面蹦跳前進。

再行駛一個多鐘頭後，阿克巴靠邊停車。

「剩下的路用走的。你走得動嗎？」

吉爾明顯疼痛難忍。

「讓我休息一下子就好。」

阿克巴給他一瓶水和一些麵包，吉爾心懷感激接下。他看看止痛藥還剩幾顆。兩顆。望著前方嶙峋的地形，他知道路怎麼走，不擔心陡坡和稜角岩，更害怕的其實在後頭。

他吞一顆藥丸，脫掉長褲，準備換紗布。血水已從腿傷滲漏出來。

「來，」阿克巴說，「交給我。」

他從吉爾顫抖的手接過一捲繃帶，謹慎為吉爾清潔傷口，技巧份外嫻熟。他對著傷口撒消毒粉，然後把新繃帶纏繞腿上。

「傷口好難看。」

「我命大。」吉爾說。就算他想隱藏心痛也無法白遏。何況，他和阿克巴一起歷經過滄桑，再不堪的痛楚也無需隱瞞。

不到幾分鐘，止痛藥生效了，吉爾站起來，臉色蒼白，但氣力已恢復不少。

他望著前方，問阿克巴，「你可以在這裡等。」

「不要。我也去。不然，你有沒有被他宰，我怎麼曉得？」

「你帶我去，他連你也一起宰了呢？」

「那是阿拉的天意。」

「感謝阿拉。」吉爾說。

他和阿克巴徒步啟程，踏著岩石路往上走。阿克巴撿樹枝給吉爾當拐杖用，吉爾在他身後跛足行進，背誦著穆斯林祈禱詞，以尋求意志力。以尋求勇氣。

「她還沒有回應。」貝琪說，嗓音深沉，近乎低吼聲。

她請丹尼絲．菲蘭上尉到門外走廊上站崗。菲蘭對她的請求感到訝異。她解釋說，她和漢繆頓有一些高度機密的資料想討論，辦公室裡不能有其他人。

菲蘭上尉盯著彼特．漢繆頓。儘管他曾被前總統敦恩開除，他終究當過敦恩的傳聲筒。

「我賦予他任務了。」貝琪說，直視菲蘭上尉的眼睛，扣緊她的目光。

貝琪講的當然是瞎話。她大可瞎掰她剛給漢繆頓一枚解碼指環或一條工具腰帶，或者是雷神索爾的大榔頭。

貝琪看得出菲蘭上尉在遲疑不決。但也說不定，菲蘭信以為真——否則怎麼有人會講這麼扯的鬼話？

請走菲蘭後，為保險起見，貝琪和漢繆頓壓低嗓音，以防辦公室裡被安裝竊聽器。

丹尼絲．菲蘭是懷海德將軍的私人特助，換言之將軍派她前來監視他們，而非保護他們。因此，他們大膽假設辦公室難逃被竊聽。

發現雙面諜竟是懷海德，不是畢詮，貝琪仍心有餘悸。和巴胥爾．沙赫合作的人居然是懷海德將軍！參謀長聯席會議主席竟對恐怖份子輸送重大資訊，和恐怖份子站同一邊？

原因無法推測，所以貝琪放棄猜測。以後再猜吧，當務之急是警告艾倫。

貝琪電話打不進去，只好傳簡訊。

「妳好像打錯字了吧。」彼特．漢繆頓看見她打的簡訊，低聲說。

「同義詞信步進酒館。」

「哪個字打錯？」

「整句通通錯。妳應該打「內鬼是懷海德」，不是嗎？妳好像拼錯了。」

「這是我們的密語，意思是麻煩大了，」貝琪小聲說。她下巴指向電腦。「我們要趕快找出那些文件還有什麼奧秘。」

漢繆頓在博因頓的辦公桌坐下，繼續再忙。

人

精神領袖出現，艾倫轉身看他走進來，護衛和官員一同鞠躬，手掌貼著心臟。

「國務卿女士。」

「閣下。」艾倫說。她猶豫該不該鞠躬。她完全明白威廉斯總統的顧忌。她密會恐怖份子國家領袖，而且還向他鞠躬，相片假如走漏出去，美國肯定吃不完兜著走。

艾倫．亞當斯管不了那麼多，決定先鞠躬再說。裏子比面子重要。數千條人命要緊，生死端賴這場會商的結果。

國務卿才低頭不到一寸，精神領袖柯思拉韋就對她伸手——是想和她接觸？完全不是。此舉的用意很明顯。

「不用了。」年高八旬的他語氣稍嫌薄弱。

艾倫挺直腰桿，正眼直視他的灰眼珠，見他的目光含有好奇心，也顯得凝重。艾倫才不會上當。能確定的是，多年來，在他一聲令下，喪生的人命無以數計。而就在幾小時之前，為了殺害三名核子專家，斷送一百多條無辜男女老少的性命。

然而，國務卿以禮回禮。

「願阿拉與您同在。」她一手放在心上說。

「與您同在。」他的目光堅定，扣住她的視線，在被她評量的同時也評量著她。

精神領袖身後有一群比他年輕的男人。緊急之中，國務卿事先研究過伊朗現代史，也向專家請教過，得知背後這些人是他的兒子和助理。

她也知道，柯思拉韋不僅僅是伊朗的精神領袖，三十餘年以來，他是至高無上的領導人。私底下統合權力，表面上卻以謙遜的神職人員自居。

柯思拉韋監督著一群相當於影子內閣的人手，以自己人為伊朗的前途執行重大決策。政策方針若有變動，即使變動再小，也由他決定。掌舵是他，不是納瑟里總統。

柯思拉韋身穿飄逸的黑袍和披風，以顯示身分，頂在頭上的一團頭巾有自己的寓意。他的頭巾是黑色而非白色，表示他是先知穆罕默德的直系子嗣，頭巾的大小能展現地位高低。

柯思拉韋的頭巾大如土星環。

他揮一揮青筋暴凸的手，大家坐回原位。他在納瑟里總統旁邊坐下，正對著艾倫。

「國務卿女士，妳來此地，為的是取得妳認定我們能給妳的資訊，」柯思拉韋說。「妳也認為我們有理由會給。」

「我認為，在這一方面，我們雙方的需求一致。」

「什麼樣的需求？」

「制止巴胥爾．沙赫。」

「我們已經制止他了，」柯思拉韋說。「他的核子專家已經無法再行使任務了。」

「什麼樣的任務？」

「建造核子彈。我還以為這已經夠明顯了。」

「為誰建造？」

「不重要。給本區域任何一方核子彈或核武設施都不合乎我國利益。」

「可是，除掉他們以後，能取而代之的核子專家多的是，你總不能對全世界的核子專家趕盡殺絕吧。」

柯思拉韋揚起眉頭，若有似無笑笑，彷彿說著，必要的話，他有能力趕盡殺絕，也不惜出此下策。伊朗核子專家例外。

然而，亞當斯國務卿也明瞭，柯思拉韋不會平白無故現身這場會議。除非伊朗共和國的至上領袖想要什麼、需要什麼，否則不會大駕前來。

而她也多少猜得出柯思拉韋要的是什麼。儘管柯思拉韋外表硬朗，美國情報單位曾攔截到傳言：他的健康一天不如一天，他希望兒子亞達敘爾（Ardashir）能繼任。然而，俄國政府想扶植自己的傀儡登基。

這表示，伊朗是有名無實的獨立國家，實際上即將成為俄國的衛星邦。

這是一場檯面下的角力戰。中東政局龐雜詭譎，常鬥得你死我活，柯思拉韋憑詭計求生成功，決心在這場角力戰中勝出。然而，如今柯思拉韋竟然出面與她對談，令她臆測，柯思拉韋不再能確定自己是否能勝出。

於是，柯思拉韋決定玩兩面手法。這種玩法很危險，他卻願意放手一搏，足以顯示從不示弱的他已情勢告急。

但他用不著示弱。艾倫說「雙方需求一致」時，已經代他發言了。她看得出柯思拉韋能理解。雙方都不願看俄羅斯漁翁得利。雙方既弱也急，也都不願承認。

這情況比艾倫的預期來得好，也來得糟糕。好是因為有成功的希望，糟糕是因為又急又弱的人與國家做事不按牌理，往往闖出滔天大禍。

例如為殺三人而炸毀三輛坐滿老百姓的巴士。

「閣下，你是怎麼知道沙赫手下有那三位核子專家？」她問。

「伊朗在全球各地都有朋友。」

「一個朋友多多的國家，照理說不必犯下死傷慘重的重案才對。你不但濫殺車上的所有人，還追蹤並殺害從中逃走的炸彈客，也殺害他的妻小和兩名資深美國官員。」

「妳指的是美國駐德情報主任和他的副官？」柯思拉韋問。

他不裝傻，表示他要她知道此事重要性夠高，足以勞駕他出馬，甚至親自監督。

「我們再三警告，美國都視若無睹，」柯思拉韋問，「我們怎麼辦呢？相信我，我們不想傷害那麼多人。若非美國不回應我們的請求，我們也不必出此下策。現在發生這種事，你們的責任和我們一樣多，甚至更多。」

「我沒聽錯吧？」

「少來了，國務卿女士，我知道貴國最近政權——」

「政府。」

「——交接，不過，官方資訊方面必然有某種程度的傳承。我區區一介神職人員，對美國制度的瞭解，居然高於強國的國務卿，這說不過去吧？」

「就你所致，我剛接任國務卿一職。或許你能為我啟蒙一下。」

柯思拉韋轉向坐在右手邊的青年。這位是他的兒子，是他屬意的接班人亞達敘爾。

「早在幾個月前，我們就針對核子專家一事，警告過你們的國務院。」亞達敘爾說。他的語調柔和，把驚爆案講得稀鬆平常。

「是嗎，」艾倫說著，表面上從容，「結果呢？」

亞達敘爾舉起雙手。「不了了之。我們試了幾次，以為訊息沒傳達成功。如妳能想像的，我們不能透過官方管道。我們發了什麼訊息，可以現在讓妳瞧瞧。」

「那我求之不得。」艾倫並非想證實伊朗是否警告過，也並非想瞭解警訊內容，而是想查明訊息傳遞的去向。她懷疑收件人之一就是畢詮。

儘管喪失了優勢，她仍迫切想站穩足跟。

「我們發現西方國家不在乎，」亞達敘爾繼續，「只好帶著遺憾的心，自行處理。」

「你們犯不著炸死無辜百姓。」

「國務卿女士，我們不得已。我們線民掌握到的唯一情資是，沙赫聘用三位核子專家製造核武，可惜情資裡不含三人的姓名，只知他們的交通方式。」

「搭公車，」納瑟里總統說。「我們要求美國情報網提供進一步資訊。我們乞求美國。但最後——我們別無選擇。」

「我們要沙赫博士和西方世界明瞭，我們絕不應許伊朗共和國受這種威脅，」亞達敘爾說。「我們不容許鄰國取得核子武器，尤其是我父親已經發佈宗教禁令，嚴禁所有大規模毀滅性武器。」

「是的，」艾倫說。「而伊朗國內卻有自己的核子物理學家。我相信你們剛逮捕了自己的核武計畫首長貝南姆．阿瑪迪博士。」

「錯。」

「錯？哪裡錯了？」

「阿瑪迪博士負責的計畫是核能發電，不是核武，」阿達許爾說。「而我們也沒有逮捕他。我們只請他過來回答幾個問題。不過，這位小姐，他的女兒，是的，她被收押了，等待受審，如果被判有罪，她會被處決。」他轉向安娜依妲，「她聯絡的對象是堂妲，就是妳，沒錯吧？」

安娜依妲正想開口，手卻被艾倫抓住。艾倫雖曾建議她不要說謊，卻也沒必要主動供出不必要的資訊。

伊朗得知沙赫的計畫，想警告美國卻被忽視，這件事情在政治上、在外交圈、在道德上不啻一場巨災，但也不能因此一筆勾銷伊朗的惡行，因此嚴重破壞全局。

艾倫找話填補空虛。「美國目前正準備採取行動——」

此言引來在場伊朗官員的訕笑，但在柯思拉韋若有似無的一個動作下，全場立即噤聲。柯思拉韋全神聆聽著她。

「──但為期已晚。」艾倫轉向柯思拉韋。

她看得出，在場伊朗官員早已做好準備，等著迎接她的抨擊，認定她即將洋洋灑灑細數伊朗歷年來鑄下暴行。

她的確很想抨擊。但她也明白，儘管抨擊得再名正言順，也只會又落入同樣的窠臼，問題仍舊無解，搞得所有人無功而返，怨氣和怒氣沖天。「閣下，你們發的訊息全被忽略，我感到非常難過。本人在此謹代表美國政府致上歉意，深感遺憾。」

她聽見有人倒抽一口氣。不是伊朗官員，只不過他們也滿臉錯愕。

聲音來自查爾斯．博因頓幕僚長。他用氣音悄悄說，「國務卿女士！」

艾倫想像著，從俄國到美國的情報單位，竊聽中的所有人必定也不約而同倒抽一口氣，不敢相信美國國務卿居然向伊朗精神領袖道歉。

但這是艾倫的佈局。她自有盤算。她站在刀口上，穩住重心，一面對柯思拉韋輸送含蓄的訊息，一面在保密和坦承之間求取平衡。

柯思拉韋夠老練，知道弱者習慣吹噓、否認、撒謊、胡亂出招；強者習慣認錯，以此擺脫錯誤對心理形成的重擔。

唯有真正的強者，才願勇於面露悔恨。美國國務卿展現的不是弱點，而是實力和魄力。

柯思拉韋看穿了艾倫．亞當斯的用意。

他偏頭表示接受道歉，但最主要是嘉許她出高招，讓伊朗無法繼續居上風。

「妳要沙赫博士的資訊，」柯思拉韋說，「而我們要他收手。國務卿女士，如妳所言，妳我雙方的需求一致。但遺憾的是，我們能給的資訊不多。我們不知道沙赫的行蹤，只知道他正在兜售核子機密，也賣專家和材料。」他暫停語氣，以絲巾擦拭鼻子。「我們也相信，雖然我們這次成功阻止他，但除非他落網，否則他會一直持續下去。你們放這頭怪獸出籠，責任在你們身上。」

「要我們再軟禁他嗎？」

「國務卿女士，我可不會如此倡議。」

艾倫完全明白他的言下之意。她知道伊朗政府希望美國採取什麼行動。

「沙赫和三位核子專家的情報怎麼來的？」她問。

「匿名消息來源。」柯思拉韋的兒子亞達敘爾說。

「瞭解。檢舉札荷拉．阿瑪迪的是同一人嗎？」艾倫問。

柯思拉韋朝門口一名革命衛兵點點頭，衛兵把門打開，走進來的是一位頭巾和長袍粉紅豔麗的女青年。

安娜依姐想站起來，但艾倫一手按在她大腿上阻止她。

這舉動沒被在場人士忽略。

在札荷拉後面，一名較年長的男人也跟著進來。他是札荷拉的父親，核子物理學者貝南姆．阿瑪迪。

父女一見柯思拉韋立刻站住。震驚。兩人極可能從未當面見過他，即使看過也是遠遠見到而已。阿瑪迪博士立刻折腰深鞠躬，一手貼胸。「閣下。」

札荷拉也做同樣動作，但她在鞠躬前盯著艾倫看，無疑認出她是美國國務卿。札荷拉的視線隨即轉向安娜依妲。

兩位堂姐妹長相相似，札荷拉不可能看不出她就是安娜依妲。但札荷拉不動聲色，只向至上領導鞠躬，視線向下，以示卑微謙恭。

柯思拉韋向納瑟里總統做手勢，要他接手。「我們剛剛才討論到妳，」納瑟里總統說，「不如這樣吧，阿瑪迪小姐，麻煩妳說說自己是怎麼得知公車上被人放炸彈。」

「是你告訴我的。」

全廳所有眉頭不約而同向上翹，但翹最高的莫過於納瑟里的眉毛。「我才沒有。」

「不是你直接告訴我，而是你派科學顧問來我們家，告訴我父親，將有三位核子專家搭公車，只知道公車的號碼和時間，被我聽見。我的臥房在父親書房的正上方。」

她答話時刻意避看父親。從她近乎機械化的語調可以判斷，她早料到會被問，所以事先打好草稿並且演練過。

她顯然也想袒護父親。

「那妳為什麼決定告訴美國政府？」納瑟里問。

全廳屏息以待。她的回應能決定自己的將來。承認就沒有未來。

「因為，閣下，」札荷拉凝視著柯思拉韋，「我不相信慈悲為懷的阿拉會准許濫殺無辜的行為。」

就這樣，她宣佈了信念，命運被定奪。

「妳竟敢提阿拉對我們說教，妳竟敢對最高精神領袖說教？」納瑟里質問。「妳接到阿拉的旨意了嗎？」

「沒有。我只知道，阿拉不會希望無辜的男女老少被謀殺。假如我聽見你為了保護伊朗而只殺害三位核子專家，我才不會出手制止。」

札荷拉轉頭看父親，見他依然不抬頭。

「我通知美國政府，我父親完全不知情。」

「這個嘛，」柯思拉韋說，「孩子，我倒不認為是。不然我們怎麼發現妳洩密？」

全場凍結了，定格成一幅畫，所有人注視著這一對父女。

「爸？」

幽靜無聲。

「爸爸？是你檢舉的嗎？」

他抬起頭來，喃喃講了句話。

「大聲一點！」納瑟里總統要求。

「我是不得已的。我的電腦被監控。我搜尋的每一個字串，我發的每一則訊息，政府全看得到。妳遲早會被發現的。我為了保護妳弟妹，為了保護妳母親，不得不檢舉妳。」

「他證明了自己忠心耿耿。」納瑟里說。

但艾倫看得出，柯思拉韋和阿濟茲部長面帶唾棄的神色。對國家赤誠固然最重要，但背叛家人讓檢舉者的人格暴露無遺，讓檢舉者顯得一無是處。

就算女兒被處死，貝南姆．阿瑪迪博士活下去，他的人格也不會被社會見容。

札荷拉轉頭回來。

亞當斯國務卿也不想再看他一眼。

柯思拉韋以及在場所有人都不再看他。

這時候，情勢轉變迅速，就算是崩盤也崩裂出一個個答案。

艾倫不趕快動腦筋不行。如果想力挽狂瀾，非迅速採取行動不可。

「我們應該前瞻，不能再回顧，」艾倫把眾人的注意力從札荷拉身上抽離。該採取什麼行動，稍後再傷腦筋。「美國準備採取行動了，不過在行動之前，我需要取得沙赫的情資，以瞭解他的位置和計畫，瞭解他的計畫進行到哪一階段。我非知道你的線民是誰不可。」

艾倫扣住柯思拉韋的目光，想對他傳輸暗語，想告訴他說，她幾乎能篤定俄國人正在竊聽，在這一廳裡的對話全是講給俄國人聽的。她明白，就算柯思拉韋掌握沙赫的情資，也不可能當場告訴她，但她盼望柯思拉韋能釋放一點暗示。

什麼樣的暗示都行。

情資來自何方，柯思拉韋沒有不知道的道理。線報如此明確，顯示線民必定能接近沙赫，但也沒有近到能取得全盤資訊。

柯思拉韋不願吐露線民身分，令艾倫幾乎能篤定線民是俄國人。但不是俄國政府。如果情資來自俄國政府，柯思拉韋不會難以對她啟齒。再怎麼說，俄國情治單位不知的東西，他也無法透露。

艾倫思索著，如此看來，線民是俄國人，但不是俄國政府。既然這樣，可能性只剩一個。

柯思拉韋扣住她的視線。「妳以前常讀《小王子》給小孩聽。我也是。」

艾倫傾全力專心一致，專心到神經末梢隱隱發癢。柯思拉韋此言等於證實她和凱瑟琳、安娜依妲換穿罩袍之際的對話，的確全被竊聽了。

在換衣服時，艾倫懷疑被監聽，曾故意坦承安娜依妲收到堂妹捎來的訊息。

艾倫當時明知這是冒險之舉，現在她即將得知當時的猜測正不正確。

此刻柯思拉韋的一言一語無不具有層層疊疊的含義。

年邁的柯思拉韋看著兒子們，「你們最愛聽的一直是波斯的《比德佩寓言》（Fables of Bidpai）。」他用左手抬起癱軟的右臂。艾倫記得他多年前遇炸彈攻擊事件，曾受重傷，右手臂因此麻痺。這時候，柯思拉韋像抱小孩似的抱著右手，頭轉向她，「妳聽過貓和老鼠的寓言嗎？」

「對不起，」她說，「我沒聽過。」柯思拉韋以古名「波斯」稱呼伊朗，艾倫不是沒注意到。

「有一頭貓科大野獸，我們姑且說是一頭獅子好了，他被獵人網住了。」柯思拉韋的語調低沉柔緩，目光銳利。「一隻老老鼠從洞裡鑽出來，看見獅子。獅子乞求老鼠幫他咬穿網繩，讓他恢復自由，老老鼠拒絕了。」柯思拉韋微笑一下。「老老鼠很聰明，擔心獅子掙脫後，拗不過本性，會反過來吃掉他」。不過，獅子一直苦苦哀求。結果，老鼠怎麼做，妳知道嗎？」

「老鼠他——」納瑟里開口卻被阿濟茲制止。

「總統先生，我想這問題應該由美國國務卿回答。」

艾倫思考一下。她猜想這話寓意深遠，是一個暗號。可惜她解不開。

「我不知道，閣下。」她赫然看見柯思拉韋露出稱許的表情。

「狡猾的老鼠啃咬著網繩，但沒有咬斷繩子，留下最後一口能咬斷的部分，所以貓科大動物仍動彈不得。他們聽得見獵人快來了，越來越近了。」

就在此時，其他人都安靜的退場了，只剩伊朗共和國至上領袖和美國國務卿。

柯思拉韋沉聲，似乎正對著艾倫耳朵開口。

「老鼠等著，等到獵人夠近了，獅子轉頭注意獵人，這時才一口咬斷繩子，在獅子發現自己恢復自由之前的一瞬間，老鼠一溜煙逃回地洞裡，獅子也趕緊脫網逃到樹上。」

「獵人呢？」艾倫問。

「空手而回。」柯思拉韋聳聳肩，但深邃的目光不曾稍移，緊盯她的眼睛。

「也許，」艾倫說，「獵人被獅子吃掉了，因為那是獅子的本性。」

「也許吧。」柯思拉韋轉向革命衛兵，「逮捕她！」

艾倫愣傻了。衛兵上前，走向札荷拉。

「不是她，」柯思拉韋說。「是她。叛賊的女兒。接到訊息的那一個。」

安娜依妲踉蹌站起來，艾倫一躍而起，擋在她前方。「不行！」

艾倫被衛兵推開，安娜依妲從她手中被衛兵拉走，這時阿濟茲說，「亞當斯夫人，妳該不會糊塗到以為，我們會眼睜睜讓一個奸細叛徒人搖大擺走進伊朗，讓她和政府最高層見面，然後讓她逍遙法外吧。鼠輩是哪一個，我們很清楚。」

「失禮了。」柯思拉韋說著起身離去。

第二十七章

在山區制高點，幾支ＡＫ－４７正瞄準著吉爾和阿克巴，盯著他們慢慢接近帕坦營區。他們看不見帕坦戰士，只知自己被盯上。

這時候，吉爾和阿克巴都換上普什圖（Pashtun）民族服飾。吉爾扔掉拐杖，空著手，以免被誤以為佩帶步槍前來。

爬坡吃力，山徑崎嶇，心裡也恐懼，所以阿克巴呼吸沉重。吉爾的傷腿跛得更嚴重了，每跨一步就痛得臉皮皺縮。

儘管如此，他們繼續向前走。

一名武裝衛兵上前來，背後有一位眼熟的男子，握著機關槍，對準吉爾和阿克巴。他們站住。

吉爾．巴赫爾以阿拉伯語打招呼：「願你平安。」

「也祝你平安，」顯然是頭目的男子說。他是帕坦營區的游擊隊長。

雙方對峙一陣子。握著步槍的年輕人握得更緊，等著長官下命令。由於他背對著隊長，沒看見大鬍子隊長嘴角露出淺笑。

「兄弟，看來你最近日子一點也不好過。」游擊隊長說。

「倒比我上次見到你時來得好吧，希望是。」

「是啊，你的腦袋瓜還在。」

「是你的功勞。」

衛兵放下槍，看著游擊隊長上前去擁抱吉爾，親他的臉三次。

吉爾向後退一步，抱著他伸直雙臂，好好審視他。

壯了一點，多了幾斤肉。三十多歲的他不再是吉爾印象裡嘴上無毛的小子。話說回來，吉爾自己也不年輕了。

大鬍子隊長滿面風霜，長頭髮紮著，身穿阿富汗戰士的制服：伊斯蘭服裝混搭西式軍服。

「最近好嗎，哈姆札（Hamza）？」

「還活著。」隊長哈姆札四下看了看，然後大手放在吉爾肩膀上說，「來吧。時辰不早了，黑壓壓的，誰曉得有什麼東西會殺出來。」

「咦，你不是黑夜之王嗎？」吉爾說著跟在他身後走。

「什麼王也不是。」哈姆札掀開帳篷門，讓吉爾進去，阿克巴則待在帳篷外。

「我走這麼久了，你還是老樣子，還是過著簡單的生活，」吉爾諷刺他。帳篷裡有幾項炸藥和榴彈，也有幾個印著「Avtomat Kalashnikova」（卡拉希尼柯夫）字樣的長方形木箱。

簡稱ＡＫ－４７。所有箱子上都印著俄文。

哈姆札命令帳篷裡的人離開，然後從俄式茶湯壺倒兩杯甜茶。

「幸好，俄國進口貨不是樣樣都用來殺人的，」他說著舉起茶杯敬吉爾。接著，他的面色轉為凝重。「你不應該來的。」

「我知道。對不起。要是我想得出別的辦法，我也不會來。」

吉爾的傷腿又流血了，哈姆札下巴指向他的腿問，「怎麼了？你是不是去阻止她？」

「那位核子女專家嗎？沒有。我照你說的地點，從巴基斯坦跟蹤布喀里博士搭飛機去法蘭克福，希望能跟蹤到沙赫藏身的地方，查他在打什麼鬼主意。結果，她搭的那班公車被炸了。」

哈姆札點點頭。「爆炸案的事我聽說了。他們沒說犯案原因和幕後主使，我也猜不透。」他凝視著吉爾。「你為什麼來這裡？」

「對不起，哈姆札，我想要進一步資訊。」

「不能再給你了。我已經講太多了。要是被人發現……」

吉爾坐在地上的一大塊枕頭上，彎腰向前，痛得微微縮臉。「你和我都知道，唯有除掉沙赫，你才有平安的一天。到這階段，他一定知道是誰背叛他。再過不久，他整理出頭緒，一定會過來追殺你。」

「山路這麼難走，一個研究科學的巴基斯坦籍大叔爬得動嗎？能突破我的衛兵嗎？我倒覺得我很安全。」

「你懂我意思。而你也知道他會派誰來對付你。」吉爾轉頭看背後的木箱。「對不起。」

「我跟沙赫沒瓜葛。我聽到風聲，知道那三個核子專家的事，只是把風聲繼續傳下去而已。」

「對，不過，一定有人告訴你這件事，」吉爾說，見哈姆札搖頭，他再東看西看。「我要進一步資訊。」

「你該走了。現在夜太深，不過明天你一早就走。」哈姆札站起來。「我沒話好說了。幾年前，我救你逃走，你可別讓我後悔。搞不好，阿拉本來就要你被砍頭。我可不想遵循神意下重手。」

「什麼神意？你信才怪，」吉爾繼續坐著說。「你放我走，是因為我們一起研究《古蘭經》好幾個月。你教我認識先知穆罕默德的真言。我學到真正的伊斯蘭追求和平共處。所以你才想阻止沙赫，現在也還想。」

被俘虜期間，吉爾聽著衛兵的對話，從中學習到單字和片語，漸漸用普什圖語（Pashto）和他們搭訕。後來有一夜，最年輕的衛兵端他的晚餐過來，和他交談起來。

幾個月後，應吉爾要求，年輕的哈姆札坐下來，教他學習《古蘭經》裡的阿拉伯文，和他討論伊斯蘭，一同閱讀《古蘭經》，吉爾從中學到先知的教誨，逐漸愛上先知和伊斯蘭敘述的人生大道理。

在討論過程中，哈姆札的立場逐漸軟化了，能看出激進教士如何曲解經文，如何假借神語遂行私欲。

法國記者慘遭斬首之後，哈姆札趁夜解開吉爾手腳上的枷鎖，讓他脫逃。事後，兩人暗中保持聯繫，維持深厚的情誼。

「我知道，你不願意殺害無辜的男女老少，」吉爾這時候說。「對，你願意殺戰士，不過阿拉不希望無辜百姓遇害。所以你才向我透露沙赫和核子專家的事。一把步槍是一回事」——他轉向背後滿滿幾箱子的ＡＫ－４７——「能濫殺無辜的大規模毀滅性武器又是另外一回事。我要進一步的資訊，我想阻止慘案再發生。」坐在大枕頭上的吉爾傾身向前，咬牙強忍傷痛。「如果沙赫的客戶打造核彈成功，核彈引爆能炸死好幾千人，到時候，阿拉會怎麼說？」

「你是在嘲弄我的信仰嗎？」

吉爾一臉錯愕。「不是，完全不是。你的信仰和我一樣。所以我才大老遠爬那座爛山。為的是來看你。為的是想阻止慘劇。拜託，我求求你，哈姆札，幫幫我。」

兩人互瞪著。吉爾和哈姆札年齡相仿，成長環境卻有天壤之別，在因緣際會下相遇相知，情同親兄弟，肝膽相照。或許正基於這原因，基於當前這一刻。

哈姆札不是真名，是他成為戰士後為自己取的別稱，意思是「獅子」。

吉爾雖然是真名，卻只是簡稱，多數人以為全名叫「吉爾柏特」（Gilbert）。但在被囚禁期間，在吉爾和哈姆札討論《古蘭經》的深夜裡，吉爾對他說出秘密。

他完整的名字是吉爾伽美什（Gilgamesh）。

「我的天啊。」哈姆札差點笑岔了氣。「吉爾伽美什？怎麼會？」

「我爸大學研究古代美索不達米亞，常讀詩給我媽聽。她最愛史詩《吉爾伽美什》。」

吉爾沒告訴哈姆札的是，小時候，他的臥房裡有一張羅浮宮海報，上面印著史詩主角吉爾伽美什的雕像。雕像原本在美索不達米亞古城杜爾舍魯金（Dur-Sharrukin），幾世紀前被搶走。雕像裡的吉爾伽美什抱著一隻獅子。人獅命運交織，心靈交會。

近幾年，伊斯蘭國在那一區揮軍，古城被搗毀了，所以幾百年前被搶走的古物反而得以流傳後世。

吉爾伽美什如今體會，救星會以出其不意的形式出現，通常第一眼也看不出是救星，有時正好相反。救星有時顯得來意不善；妖魔有時顯得殷勤，把最壞的變成最好，比如那些激進神棍，比如那些不擇手段的政治領導人。

如今，天剛破曉，吉爾伽美什和雄獅坐在帳篷裡，面對面，面臨著抉擇。

第二十八章

「媽，這下子怎麼辦？我們總不能扔下安娜不管吧？」

艾倫和凱瑟琳母女被帶進一間辦公室，換回罩袍，準備離開伊朗。艾倫不停踱步。

不久前，她們換衣服也在同一間，現在感覺像一千年前的事了。

「我不知道。」艾倫說。她說的是實話，八成正在竊聽的伊朗人和俄國人聽了大概也不覺得訝異。踱步中的亞當斯國務卿忽然停下腳步，注視著安娜依妲的罩袍。這罩袍擺在沙發上，空有人形卻扁扁平平，彷彿安娜依妲走得太突然，連影子也沒帶走。

艾倫聯想到廣島和長崎原爆現場的圖片。原子彈落地後，民眾瞬間蒸發，徒留黑色的軀體輪廓線條。

「主啊」，艾倫祈禱著，「親愛的上帝，幫幫我。」

亞當斯國務卿凝視著安娜依妲的黑罩袍，不知不覺抓著空氣，慌張著想站穩，以免暈倒。

現在她急了。怎麼才能逮到沙赫？怎麼救走安娜依妲和札荷拉．阿瑪迪，怎麼帶這對堂姐妹離開伊朗？

伊朗之行並沒有改善情勢，反而讓情況雪上加霜。

至少表面上而言是如此。

艾倫再踱步，在辦公室裡沿著牆壁轉，活像一隻受困的大貓。她覺得自己已掌握到她要的東西，覺得柯思拉韋已向她提供資訊和工具，讓她能去做她該做的事，不必管安娜依妲被逮捕。然而外交官安娜依妲等於是人質，讓國務卿施展不開。

柯思拉韋有什麼意圖？

逮捕美國外交官是奇襲，是震撼彈，是侵略，是挑釁。表面上毫無道理可言。

既然如此，精神領袖為何出這一招？柯思拉韋接下來要她怎麼走？她的出路不多。她不能扔下安娜依妲．達希爾，她不能沒有關於巴胥爾．沙赫的情資。柯思拉韋一定知道。

然而，柯思拉韋卻趕她出國，讓她空手而歸。

來到窗前，她停止踱步，眺望伊朗首府景觀。

獅與鼠的故事明顯有所指涉，它不僅僅是寓言一則。只不過，故事中的獅子代表誰？老鼠又代表誰？

為什麼獅、鼠要互相幫忙？因為雙方短期共有一個目標，擊敗獵人，擊敗巴胥爾．沙赫博士。

既然如此，為什麼要逮捕安娜依妲．達希爾？

為什麼？

柯思拉韋生性精明，言行無不帶有一層又一層的隱義和意圖。

「媽，」凱瑟琳說，語氣掩不住膨脹中的焦慮。「妳非動作不可。」

「我有動作啊。我正在動腦筋。」

有人敲門。

「國務卿女士，」外交護衛官史帝夫．科沃斯基說，「顧問發簡訊給妳。」

正在思索的艾倫本想請他暫時別打擾，卻想起貝琪剛來電，現在又發簡訊，肯定是有急事想告訴她。艾倫向他討回手機。

「什麼事？」凱瑟琳問。

忙不完的這一天下來，艾倫已累得臉色發青，讀到貝琪的簡訊後更血色盡失。

「同義詞信步走進酒館」

有麻煩了，麻煩大了。

「失讀症患者走進酒吧」艾倫打著簡訊。這是兩人約定好的暗語，一來證明身分，二來表示她明白大事不妙。

才幾秒後，艾倫接到回音。貝琪顯然兩眼一直緊盯著電話，等著艾倫回應。

「叛徒不是畢詮，是懷海德。」

艾倫癱進椅子上。變成自由落體的她不再往下掉，終於觸底了。

她忍不住想打「妳確定嗎？」但她知道，貝琪敢百分百確定才通知她。

艾倫打的是：「妳還好吧？」

「還好。不過懷海德派上尉守在門外。」

艾倫覺得心臟緊縮一陣。上尉是她叫貝琪召來的。如今……

「有證據嗎？」

「公文。釋放沙赫，懷海德批可。批可，而且支持。」

艾倫吐出一口氣。懷海德撒謊。

在橢圓辦公室，畢詮為了打手機而離開一會兒，當時懷海德對她使眼色，她現在記憶猶新。當時那一眼，也有助於艾倫證實參謀長聯席會議主席懷海德信不過情報總監。

如今她看穿了，也悟透了一百件其他小事。他不只含蓄，而且陰險。懷海德正在暗中挖畢詮牆腳，暗殺畢詮，使一千個狡詐的眼色，賜畢詮一死。

「懷海德知道什麼？」艾倫問。

「我只知道這麼多。」

差不多就這麼多。只不過，懷海德可能還知道伊朗之行的狀況。他有可能正在竊聽。

艾倫明瞭，懷海德的機密等級高，必定涉及埋盡畢詮的所有檔案，必定知道隱藏檔案的舉動會啟人疑竇，同時也刪除自己的罪證。這套計畫不可能是急就章，一定謀劃潛行了數月，甚至好幾年。敦恩主政期間，政府內部亂糟糟，幾乎無人監督，剛好為懷海德提供大好時機。

然而，懷海德居然漏刪一條證據，一條特別重大的罪證。艾倫想不通這一點。費這麼大的工夫，為何漏掉這個大如蕈狀雲的罪證？

隨即，這個疑點被另一個疑問淹沒了。

伯特．懷海德？內鬼？巴胥爾．沙赫的同路人？對恐怖份子輸送情資？身為參謀長聯席會議主席的他為什麼做這種事？

他背叛國家。他與人合夥犯下大規模謀殺。他的一舉一動是連篇謊言。

參謀長聯席會議主席艾伯特・懷海德將軍是三頭蛇怪。
酷似好好先生麥克莫瑞的他是撒旦。
懷海德將軍知道，沙赫一旦得逞，幾千條、甚至幾十萬條人命將化為烏有。
艾倫的手機震動一下。有訊息進來。這一則來自吉爾。
「我該走了」她發給貝琪。「保重。」
她仔細看，發現兒子發的這則訊息來源不明，但主旨寫著【來自吉爾】。平常吉爾發簡訊總寫得簡短傲慢，這次卻發電郵給母親。
展閱的同時，艾倫心想，不是寫給母親，而是寫給美國國務卿。
她閱讀著內容。讀完後，手機從指間滑落至大腿。
吉爾在阿富汗，接近巴基斯坦邊境。置身帕坦控制區，正是他幾年前被俘虜的那地方，天啊！
他掌握到迫切需要的資訊。
三名巴基斯坦籍核子專家被公車炸彈炸死是調虎離山之計。聲東擊西，沙赫聘這幾個籍籍無名的專家，用意只在犧牲他們，只為了讓西方國家誤信危機已解除，最起碼也讓西方認為仍有時間應對。
而實際上，時間早已流失。
消息來源告訴吉爾，沙赫早幾年就延攬到真材實料的頂尖核子專家，推說他們正在年休，其實奉沙赫之命令行事，讓沙赫轉租他們給第三者，而第三者幾乎可斷定是蓋達組織。目的是在阿富汗境內成立核武計畫。

艾倫陡然起身，椅子向後傾倒。她火速動著腦筋。接著她發電郵：「撥給我。」

艾倫研判，吉爾向一個名叫阿克巴的人借手機，顯然吉爾信得過他，認定阿克巴的手機不會被監聽；而她的手機很安全。話雖如此，這一間幾乎肯定有人在竊聽，她必須謹慎措辭。

通話兩分鐘，至多三分鐘，內容就會被攔截。

「幫我計時兩分鐘。」她悄悄告訴凱瑟琳。女兒見她態度緊急，總算不多問什麼。

鈴聲才響一半，來電就被艾倫接聽。「在哪裡，告訴我。」

「沙赫的核子專家？我不知道確切地點。大概是在巴基斯坦和阿富汗邊境。不會在山洞裡或在空地紮營，一定會是在某個廢棄的廠房裡。」

這兩國的國界很長，邊境很廣，但吉爾無法再縮小範圍。

「多大？」她極力壓低嗓門，用語儘量朦朧。

「不清楚。可能是污彈，小到可以裝進背包，也可能更大。可以炸掉幾條街或一整座城市。」

凱瑟琳豎起一指。一分鐘過去了，還剩下一分鐘。

「複數嗎？」

「是。」

「在哪裡？」

吉爾沉默半天，最後才回答：「美國。」

「哪裡？」

「城市。我不知道是哪幾座。還要生產更多，我認為俄國黑道正提供原料給沙赫。」

這很合理，艾倫心想。她的思緒奔騰不息，觸類旁通。不是俄國政府，不是官方。然而，俄國總統和巴結他的富豪都和黑幫打交道。從武器到活人，俄國黑道無所不賣，億萬黑錢分紅孝敬他們。

俄國黑道全然不講意識形態、不計手段，也從不踩剎車，握有武器、人脈和金錢。誰想買任何東西，俄國黑道都肯賣。從鈽到炭疽菌都賣，從未成年性奴到人體器官都賣。

俄國黑道願意與撒旦共枕，必要時，陪睡完還煮早餐給撒旦吃。

沙赫不得不利用第三者向伊朗政府通風報信，告知三名核子專家將遇害。一個告密者，如果同時和俄國黑道以及伊朗情報單位合作，是最理想的第三者。

讓伊朗和沙赫搭上線的是俄國黑道。俄國黑道是在兩者之間游移的亡靈。

「媽——」吉爾在電話上說。

「什麼？」

「有風聲指出，炸彈已經送到了。在幾個城市裡擺好了。所以沙赫才下令在歐洲殺害核子專家，以轉移美國的注意力，好讓我們以為下一次攻擊事件，最大的一次，也會發生在歐洲。」

凱瑟琳豎起的手指，對著空氣畫圓圈。時間到。

但還有一個問題。

「什麼時候？」

「快了。我只知道這樣。」

艾倫掛電話，暗罵著「幹。」

⅄

貝琪接到一則簡訊。

睡眠不足的她兩眼昏花。她剛叫彼特・漢繆頓去休息幾小時。漢繆頓蜷縮在博因頓辦公室沙發上，睡死了，貝琪則躺在艾倫辦公室的沙發上，直盯著天花板。

她渾身氣力匱乏，但心思持續運轉中。伯特・懷海德，內賊，參謀長聯席會議主席、四星上將，歷經血淋淋的阿富汗和伊朗戰爭，叛國賊。

她接到的簡訊寫著：

「睡不著。有再查到畢詮的什麼嗎？我該報告總統了。」

貝琪乍看以為是艾倫從德黑蘭傳來的，但不一會兒發現發訊者是懷海德。

「沒有」，貝琪回應，手指累得發抖，氣得發抖。「正在休息想睡覺。建議你也睡。」

就在她即將再躺下之際，又有一則簡訊進來了。這次來自艾倫。艾倫轉傳吉爾的電郵給她。

貝琪讀著，暗罵著「媽呀！」

⅄

巴胥爾・沙赫的飛機降落在夜闌人靜時分，然後他驅車前往位於伊斯蘭馬巴德的住處。他走靜僻的後門進去，穿越庭園。

他提前一天離開美國，比計畫早一天，比他非走不可的那天提前。

再過一天又幾小時，全世界將永遠改觀。

「艾倫・亞當斯還在德黑蘭嗎？」沙赫質問副手。

「就我們所知還在。」

「不夠確切。我要你百分百確定，我也想知道她跟誰會面，聽到什麼。」

過了十五分鐘，沙赫正準備就寢，副手回來向他報告。

「她和納瑟里總統見面。」

「另外呢？」沙赫看得出他欲言又止，害怕再報告。

「也和精神領袖見面。」

「柯思拉韋？」沙赫怒視他，他點點頭，眼睛睜大。

「什麼也沒告訴她。」

「沒有？」

「對。隨行人員裡面有個外交官，被依間諜罪嫌逮捕。」

沙赫坐在床緣，盡力思考著。（這不合理吧。）

「柯思拉韋告訴她一個獅子和老鼠的寓言。是他以前讀給小孩聽的故事。」

「我對故事沒興趣。我要知道她的一舉一動。」

沙赫刷著牙，一面想著柯思拉韋在打什麼主意？艾倫．亞當斯想打什麼主意？

（當初有機會，早知道就乾脆宰了她。）

（幸好她的兒子就快沒命了，到時她會怪兒子做錯事，會自責。）

他吐掉牙膏沫，走向筆記型電腦，搜尋到波斯寓言獅子與老鼠。這寓言的重點明顯在於爆冷門的結盟配對。但這寓言也和獵殺有關，也談聲東擊西。

巴胥爾．沙赫慢慢蓋上筆電。他知道自己是經驗老到的獵人，不會上當。在這場賽局裡，他既是大貓，也是老鼠。

「我們該走了，」阿克巴說。「應該現在就走。」

「開什麼玩笑？」吉爾說。「天這麼黑，山裡聖戰士到處埋伏。我們就算沒被哈姆札的戰士誤殺，也會被聖戰士除掉。告訴你好了，我也想離開，不過我們一定要等到天剛亮。」吉爾仔細看著夥伴阿克巴，阿克巴的臉上無疑寫滿焦躁和緊張，「你幹嘛這麼急著走？」

阿克巴望著他背後。哈姆札為他倆安排一座帳篷，也送飲食過來，現在吉爾正想睡，全身疼痛不已。

「我有一種不祥的預感。」阿克巴說。

阿克巴裹著羊毛毯，靠在帳篷柱上，撫弄著藏進衣服摺縫裡、已經撫弄上百次的那把彎刀。

第二十九章

國務卿幕僚長查爾斯．博因頓敲門進來說，「國務卿女士，阿曼蘇丹的私人飛機已經準備好。伊朗政府堅持請妳離境。」

手長腳長的博因頓站在門口，躊躇不前。

國務卿母女倆都站在窗前，表情像飽受今生最大一場驚嚇。

「怎麼了？」博因頓問，再進來一步，帶上門。

艾倫轉傳吉爾的電郵，附上他電話中的內容，轉給凱瑟琳和貝琪看。艾倫原本考慮也轉傳給威廉斯總統和情報總監畢詮，但她猶疑不決。

懷海德將軍不可能單獨行動，在白宮層峰絕對有幫凶，甚至有可能和閣員私通。艾倫如果轉傳出去，途中被攔截，懷海德會發現陰謀被破獲了，為避免被逮捕，他和同夥人可能會提前引爆核彈……

不行。艾倫知道，這事一定要私下報告威廉斯總統。親口報告。

然而，她在伊朗的任務仍未結束，該取得的進一步資訊還沒到手，有人正提供核武原料給沙赫。如吉爾所言，很可能是俄國黑道。

也有人向伊朗政府密報三名核子專家的事。

這人也極有可能是一個和黑道合作的伊朗探員，刻意走漏情報，誘使納瑟里和柯思拉韋照沙赫心意行事，殺害他手下的核子專家。

這人可能瞭解沙赫更高遠的盤算，也許甚至知道他的行蹤，而這人極可能仍在伊朗國內——能查出他是誰就好了。

「怎麼了？」博因頓再問一遍。「國務卿女士？」

「嗎？」凱瑟琳說。

艾倫一手按在嘴巴上，頭向後仰，凝望天花板。努力，努力看清端倪。

若說她已釐清箇中頭緒，柯思拉韋也已悟透。借重她，柯思拉韋才能阻止沙赫。而艾倫需要借重他，才能制止恐怖攻擊在美國爆發。

告密者是誰，柯思拉韋知道嗎？知道也不可能告訴她。不會直言。因為他們的一言一行全都被監聽監看。

因此，他只好換個方式提供資訊給美國國務卿。

這正是講獅鼠寓言的用意，雙方共利。寓言的另一重點是聲東擊西，調虎離山。盯著小事看，大事卻發生在他處。

「伊朗政府是趕我走嗎？」她問博因頓，「或是趕我們走？」

他似乎腦筋轉不過來。「不是同一回事嗎？」

「拜託，行行好，再回想一下，伊朗官員是怎麼吩咐的。」

博因頓思索著。「官員說『請通知亞當斯國務卿，奉精神領袖指示，她必須離開伊朗。』」

「好像很明確嘛，」凱瑟琳說。

「好像有蹊蹺。」艾倫說，隨即再轉頭面向博因頓。「牽制他們一下。」

他突然以鼻子出氣一笑，「哪一壘？」但他一見國務卿態度嚴肅，趕緊收笑臉。

「拖延他們。」亞當斯國務卿說。

「拖延他們？」博因頓質問，幾乎尖起嗓門。「怎麼拖？」

「想辦法就是了。」

她只差沒硬推博因頓出門。門正要關上之際，她聽見博因頓告訴伊朗官員：她們就要出來了，「被小事耽擱。女人問題。」接著艾倫聽見博因頓問官員：「你們這裡有女人問題嗎？」

時間可能比我預期來得更緊迫，艾倫心想。

她努力平定思緒。儘量不去想懷海德當內奸一事。也儘量不去想吉爾在電話上說的話，他說核子彈幾乎篤定已送抵幾座美國城市，準備引爆，就快了。

心臟每跳一次，彷彿都能聽見時鐘秒針滴滴答答。

她閉上眼，深吸一口氣，深呼一口氣，她叫自己看清下一步。禁絕所有雜訊，排除所有干擾，好好看清楚……

「媽？」

不回應。接著，艾倫猛然打開眼皮。

心跳又開始加速，重重敲擊著她的肋腔。大鵬鐘，倒數著寶貴的分秒，朝著午夜的鐘聲橫衝直撞。心臟狂跳，思緒也跟著狂奔。就快想到了，就快了。

想出結果了！終於領悟柯思拉韋的意思。

艾倫大步邁向另一邊，倏然開門，正好聽見查爾斯．博因頓和可憐的伊朗官員在討論：假如先知是一棵樹，他會是什麼樹？

她猜自己如果晚一步攔阻，國務卿幕僚長恐怕會因褻瀆神明而被收押。

「查爾斯！」

看著她的博因頓宛如一條嘴巴被勾住的魚。「什麼事？」

「進來。」

他一請就進。

「我該走了，」她一面帶上門一面說。「馬上走。」

「對，我剛說過，」博因頓說。

「而你們要待下來。」

「什麼？」

「你和凱瑟琳。」

兩人目不轉睛看著她。

「我們不能丟下安娜依姐不管，」艾倫解釋，音量如常，以確定竊聽者能聽清楚。「我趕回華府向總統報告狀況，聽他怎麼指示。你們要待在伊朗，等我回來。在這空檔，你們去觀光。」

兩人都看著她，彷彿她腦筋失常了。

「你們免不了會被跟蹤，所以不如帶他們團團轉，讓他們以為你們在動什麼歪腦筋。去波斯波利斯（Persepolis）觀光吧，不對，最好要求去參觀俾路支斯坦（Baluchestan）的史前岩壁畫。」

「扯什麼嘛？」凱瑟琳說。

「我在來伊朗的途中讀過，」艾倫解釋。「考古學家在俾路支斯坦發現古人在岩壁作畫，有一萬一千年歷史。有些人相信，那岩壁畫能證明幾千年前伊朗人曾移民美洲大陸。」

「什麼？」凱瑟琳徹底迷糊了；博因頓則審慎以對。

「岩壁畫裡有一匹馬，很像北美原住民騎的同一品種。你們想去參觀是很合理的事。」

「是嗎？」博因頓終於開口了。「真的嗎？」

「對，你們去，表示你們相信美伊同是一家人。告訴你們好了，重點在於讓跟蹤者好好地亂追一通。」

「好好地？」博因頓說。

「算了，慘慘地亂追一通，行了吧？」

博因頓用手機查閱伊朗岩壁畫之際，凱瑟琳以沙啞的嗓音沉聲說：「媽，炸彈的事，吉爾告訴妳的。我們不能浪費時間。」

「我不是在浪費時間。」艾倫扣住女兒的視線，女兒從她眼裡看出決心。

「搭車去那地方，車程將近二十個鐘頭。」博因頓看完手機後說。

「我相信政府能派專機送你們到那邊的機場，然後開車過去，」艾倫恢復正常音量說，在不可能鎮定的時刻儘量保持鎮定，「你們可以在飛機上睡覺。有興趣的人只會白費更多時間和力氣跟蹤你們。」

「可是，我們也一樣在浪費時間和力氣。」博因頓抗議著。

凱瑟琳看著母親，見她眼珠因倦意而佈滿血絲，但也目光閃耀。是想出了妙計，或是發瘋了，凱瑟琳無法分辨。會不會是讀了吉爾的電郵，大災難臨頭的壓力難耐，所以腦筋斷了一條線？

「安娜依妲呢？」凱瑟琳問。「札荷拉呢？妳想不想叫我們去救她們？」

「被捕的那兩位伊朗探員也該不該救？」博因頓問。

「我會請威廉斯總統裁示。以我的權限不能決定。我會儘快回來德黑蘭。對了，你們去參觀山洞岩壁畫，要儘可能搞得大陣仗，這樣才會被跟蹤，他們也才不會注意我在忙什麼。」

艾倫一邊說，一邊發簡訊給凱瑟琳。

「儘管去。相信我。包在我身上。」

人

亞當斯國務卿摸黑登上蘇丹的私人飛機，一進寬敞的座艙，她立刻脫掉罩袍，想交還給伊朗女官。

「留著吧，」女官以標準英語說。「我相信妳會回來的。」

飛機在跑道上滑行，準備起飛，載艾倫千里迢迢回國。她往前坐，彷彿這樣做就能早一點回華府。

臨別前見到凱瑟琳最後一眼時，凱瑟琳和博因頓正要搭車去停機坪，翻山越嶺去看岩壁畫。

艾倫希望著也祈禱著，自己沒有誤解柯思拉韋講獅鼠故事的寓意。她相當確定，柯思拉韋逮捕安娜依妲．達希爾的用意是讓艾倫留隨行人員在伊朗。

結果，柯思拉韋公然向亞當斯國務卿下逐客令，卻允許她女兒和幕僚長留下，這能證明艾倫的推測無誤。

柯思拉韋耍的是聲東擊西的把戲。他想透露什麼事，卻又擔心國務卿被盯得太緊。於是，柯思拉韋不得不趕她出境，以保證留下來的隨行人員能和告密者見面，並取得所需的情資。

飛機爬升到巡航高度後，艾倫接到凱瑟琳發的簡訊。

「飛機在機場等我們。我們在他們預料之中。」

艾倫垂下頭，如釋重負。

在他們預料之中，這表示她符合柯思拉韋的心意。

她以豎拇指的圖像回應，然後背靠向椅背。她自信也確定沒有錯判柯思拉韋的寓意。

只不過……

她試圖推開陷害自己人的念頭。

只不過……

柯思拉韋是個恐怖份子。是美國誓言討伐的敵人。他曾資助壞份子，並對西方國家進行多次攻擊，如今，她居然把女兒和國家的命運託付他手裡？只憑著一則獅子和老鼠的寓言？她姑且相信，佈下陷阱的人是狡猾老神棍，而她自己剛才的決策沒有送自己走進陷阱。

想到這裡，她不敵倦怠感，沉沉入睡。

⅄

渦輪螺旋槳式小飛機的機艙門關上，博因頓在胸前比劃十字。

飛往錫斯坦-俾路支斯坦（Sistan and Baluchestan）省的路上，博因頓和凱瑟琳睡了幾小時。飛機開始降落時，博因頓用悲觀的態度告訴她，這裡離巴基斯坦邊境不遠。依他的見解，這因素讓此行更糟。

窗外黑漆漆，凱瑟琳勉強才看得到些許陸地，邊看邊想著，博因頓不知道核子彈已經進駐美國城市了，不知道什麼才稱得上「更糟」。

接機人名叫法哈德（Farhad），上了年紀，頭髮灰白，自我介紹是司機兼導遊。他們坐進法哈德的破車，裡面有菸臭，車子前進沙漠地帶。

法哈德的英語流利，有韻律感，他說他以前常帶西方考古學者前來，顯然很自豪。車上只有三人，路上不見其他車輛，無所不在的衛兵和觀察者一個也沒有，大家全對這兩個美國人喪失興趣。

博因頓也沒興趣，一直定睛看窗外，望著破曉前漫無邊際的沙土和石山。

法哈德駕著車，同時解說當地發現的銅器時代象形文字和岩畫，以動植物和人類為主。

「有些是植物提煉出來的染料，」他解釋。「有些用血畫。畫了好幾千幅。」

法哈德告訴他們，這一帶儘管蘊藏豐富的岩壁藝術，觀光客根本提不起興致。

「沒有外國觀光客想來這裡。」

他主張保護這些古畫，講得義正辭嚴。凱瑟琳坐副駕駛座，博因頓在後座打鼾，臉朝天，嘴巴張開。

「所以你們才來這裡，對吧？來保護重要古蹟？」

見他目光如此熱切，凱瑟琳點點頭，不太確定自己認同的是什麼。

抵達目的地時，太陽正要東昇。博因頓被叫醒後，跟著法哈德和凱瑟琳登上一座高崗。法哈德取出熱水瓶，從中倒出濃烈的咖啡，也端出麵包、起士、豐潤的無花果和柳橙，作為早餐。

凱瑟琳幫博因頓和法哈德拍一張照片。幕僚長穿西裝打領帶，看似剛在國務院踏進一道暗門，時空瞬間變來此地。

出乎本意之外。鬱鬱寡歡。

凱瑟琳把相片傳給母親，簡短說明他們剛抵達山洞，看情況會再聯絡她。

現在，凱瑟琳站在巨岩上，看著旭日東昇，瞭望著這片萬年不變、甚至可能百萬年不變的景觀，由衷讚嘆著。古人在此，對著岩石刻畫，記載著生活點滴、信仰、理念，甚至也刻畫出心情。

「我可以嗎？」她問，見法哈德點頭，她用食指順著線條描摹。

「這是一隻老鷹，」他解釋。「那一個（他指向上方的幾條線）是太陽。」

凱瑟琳覺得有東西哽在喉嚨裡，癢癢的，眼睛也漸漸濕潤，很像被一首歌感動到肺腑深處，也像讀書看到令她動容的篇章。這些岩壁畫，有駿馬、有獵人、有駱駝、有翱翔天際的怪鳥、有歡樂的驕陽，畫得深具人性光輝。

這些畫出自古人之手，古人站在同一塊地上，曾感受過同一顆太陽，曾禁不住想記錄下他們的日常生活。和她的日子比起來，古人的生活未必大不相同，其實一點差異也沒有。

她經營報社和電視網，和古人沒兩樣。岩壁上的畫是古人的新聞，記載著一天的種種事蹟。

她喝著咖啡，嚼著水果和起士，看著太陽爬升，心頭受到慰藉。現在她需要的正是慰藉。

她好擔心沙赫預定的計畫。沙赫已經在美國幾座城市做好部署。她好怕攔阻不及。

母親叫她和博因頓來這裡觀光，她被搞得一頭霧水，不清楚母親的用意何在。雖然如此，凱瑟琳看著旭日徐徐昇高，心中產生一份不期然的祥和。

岩壁畫上的人生宣言挺過了數千年。

雖然人生宴席終有散場的一刻，生命將繁衍不息。

「來吧，」法哈德收掉早餐，「最精彩的在裡面。」

他以下巴指向看似岩壁裡的一道窄縫，站起來，讓他們兩人各提一盞油燈。他們跟著鑽進岩縫，博因頓不斷嘟噥著，「可惡，可惡，可惡。」

入內後，凱瑟琳拍一拍夾克上的紅土，左看右看，油燈在空氣裡徐徐畫出一道光弧，再也沒看到古畫。

「再往前走一段才有，」法哈德解釋。「所以一直到最近才發現。」

他帶頭走，博因頓和凱瑟琳互使眼色。

「我還是待在這裡好了。」博因頓。

「你還是跟我一起走好了。」凱瑟琳說。

「我不喜歡山洞。」

「你待過山洞嗎？」

「顯然妳不常待在白宮。」他低聲說。

凱瑟琳的笑聲飄進洞窟深處，激盪出近似悶悶呻吟的回音。

她掏出手機。無訊號。她想錄下過程，可惜電池快耗盡，只好關機，一手握著，當作護身符。

他們跟隨法哈德轉個彎，見他駐足。他轉身面向他們兩人。

「進到這裡應該夠遠了。」他手裡多了一支槍。

博因頓和凱瑟琳凝視著導遊，凝視著手槍。

「你想幹什麼？」凱瑟琳擠出這句。

「等待。」

接著，洞窟更深處傳來聲響，腳步聲。因為有回音，他們分不清來人有幾個，聽起來像好幾百人。

凱瑟琳不禁產生奇思異想，血染岩壁上的古人該不會復活了吧？該不會踏出岩壁來，步步進逼中？

他們轉向聲響的來處。凱瑟琳見法哈德的槍口轉向暗處，對準愈來愈迫近的狀況。她趕緊把油燈放在沙地上，示意博因頓放下油燈，兩人悄悄向後退出光圈，躲進黑暗。才退三步，他們就看見從古窟深處走出來的東西，一叢載浮載沉的光點，宛如靈魂飄浮在空中。再靠近一些後，光點後面漸漸出現人形。

是安娜依妲。札荷拉和父親阿瑪迪博士也來了，代為傳達訊息給札荷拉的兩名伊朗籍探員也在。跟隨而來的是兩名革命衛兵，舉著槍，沒對準俘虜，而是瞄準法哈德、凱瑟琳和博因頓。

近到十五英尺外，來人止步。

我的下場會是血濺岩壁嗎？凱瑟琳心想。下場是追隨遠古祖先嗎？幾世紀以後，考古學者鑽進來，發現濺血痕跡，會不會解讀成一幅古人觀星圖？

或許被母親讀過的那篇文章說中了。伊朗古人和美洲古人的確曾混在一起。差別在於，地點不是在俄勒岡州，而是在這座石窟的岩壁上。

凱瑟琳扣住安娜依妲的目光。她眼中也充滿恐懼，安娜依妲也有同一個念頭。死定了。

凱瑟琳按下手機上的錄影鍵。無論結果好壞，記錄下來準沒錯。

「馬穆德（Mahmoud）？」被逮捕的伊朗籍女探員看著他們說。

法哈德的手槍微微下垂，但沒有完全放下。「聽說妳被他們抓走了。」

「對，」她板著臉說。「一定是有人告密。」她轉向革命衛兵。「你們可以放下武器了。我們要見的人就是他。」

「馬穆德？」凱瑟琳低聲說。「你名字不是叫法哈德？」

「當導遊的時候是。」

「現在呢？」博因頓問。

「你們的救星。」

女探員搖搖頭。「愛講大話的男人。他是MOIS的線民。」

「伊朗情治單位。」博因頓說。

「馬穆德也幫俄國黑道做事，」女探員解釋，鄙夷的語調明顯。「所以我們才來這裡，對吧？」

雙方仍相隔十五英尺，對峙著，乍聽之下雙方言談和和氣氣，像同事間對話，態度卻宛如轉得緊緊的法條，如同肉食性動物準備撲殺。

凱瑟琳的油燈擺在地上，燈光照耀粗糙的岩壁，照亮精緻的岩壁畫。線條優雅豐潤。這幾幅比洞外那些更精美幾倍，有動感，流暢清爽。幾名血肉漢子騎著血肉汗馬和駱駝，矛戳一頭像貓的野獸，野獸扭身慘叫著。這是一場狩獵戰，這是一場殺戮戰。

第三十章

哈姆札出來營地外圍，和他們見面。一早天氣冷冽無雲，但到下午過半，這裡便暑熱難忍。在這高山，在這緯度，生活就得這樣過，若缺乏適應的本能，休想在這過日子。

和哈姆札擁別的時候，吉爾覺得外套口袋裡被他塞了一個硬物。吉爾起先以為是手機，但手機沒這麼大，這物體也遠比手機沉重。

「可能用得上吧，」哈姆札悄悄說。「祝你好運。」

「謝謝你。你對我太周到了。」

兩人四目相對，各自明瞭對方做了什麼事，也明白後果。告別後，吉爾跟隨阿克巴踏上窄徑下山，想走回阿克巴那輛老舊計程車，然後開進巴基斯坦，搭飛機去……哪裡？回家嗎？或是去華盛頓特區？他幾乎能斷定其中一顆核子彈就在華盛頓。吉爾跛腳走著，想找個理由勸自己回華盛頓，也想勸自己不要。

⅄

阿克巴熟悉這條小路，完全知道該在哪個地點動手。就在險坡那邊。到時候，哈姆札的哨兵看不到，不會有人見證。

他摸摸口袋裡的手機。拍得到遺體的照片另有賞金。這下子買得起新車了。

空軍三號一落地，亞當斯國務卿立刻被防彈休旅車接走，穿越華盛頓特區市街，沿途警燈閃爍，護送車隊在路口堵街。

艾倫覺得空軍基地和白宮恍若兩個世界。

艾倫不斷查看手機。凱瑟琳傳來一張相片，簡訊寫著：「到了。妳猜對了。值得一遊。但沒人跟來。」之後就沒消沒息。在相片裡，博因頓幕僚長神情鬱悶，身邊有個面貌滄桑、身穿傳統服裝的伊朗老人。

好幾小時沒音訊了。

艾倫再查看手機，然後發簡訊。

「有沒有新消息？妳沒事吧？」最後加一顆紅心。

休旅車駛進白宮側門，艾倫跳車而出，陸戰隊衛兵開門，官員們駐足向她打招呼：「國務卿女士。」

在寬闊的走廊上，她一面佯裝從容不迫，一面卻差不多小跑起來。她剛發簡訊請貝琪來總統接待室見她，也帶彼特·漢繆頓前來。

見面時，艾倫和她抱一抱，她介紹敦恩政府開除的漢繆頓給艾倫認識。

「感謝你幫忙。」艾倫對漢繆頓說。

「我幫的是我的國家。」

艾倫笑一笑。「那就好。」

「國務卿女士，我這就去通知總統妳來了，」威廉斯的女秘書說。秘書操著沉緩的南方腔，艾倫有點以為她會奉上南方特有的甜冰茶。

然而，儘管女秘書語調鬆懈，動作卻敏捷速簡，證明秘書完全知道國務卿的來意。

不盡然完全知道吧，艾倫心想。她再一次查看手機。沒消息。

門打開，秘書帶她們才踏進橢圓辦公室兩步，三位女士就停下，看傻了眼。

艾倫事先請求總統私下會面，但在場除了威廉斯總統外，艾倫還見到兩名男子從沙發上站起來。兩男不約而同轉頭。

提姆・畢詮和伯特・懷海德將軍。

艾倫沒空掩飾訝異的神色。她的表情也可以說是苦惱。她上前一步，不理會兩男，直接和威廉斯說話。

「總統先生，我不是請求私下會面嗎？」

「是的。不過我不同意。如果妳想報告有關沙赫的情資，我們大家越快聽見越好，可以即刻研擬計畫行事。提姆本來趕著去倫敦，為了開這次會而改時間去。好了，快說給大家聽吧。」

就在這當兒，總統發現國務卿帶兩人進來。他認識貝琪・詹姆森，但另外那個……，威廉斯總統一時想不起來。政治人物腦裡都有一本相簿，這時他明顯在翻找舊照比對。

有了。比對出結果，他顯得高興，卻也更加困惑。

「你不是——」

「總統先生，我是彼特．漢繆頓，是前總統敦恩的白宮發言人。」

威廉斯轉向國務卿。「帶他來做什麼？」

艾倫向總統靠近一步，「我回來是希望你親耳聽見一件事。不方便有旁人在場……」

就算他聽出艾倫語帶懇求，他充耳不聞。

「事情和沙赫有關嗎？」他問。「妳是不是查清了他的計畫？」

沒辦法了。艾倫．亞當斯挺胸說，「事關你的白宮有內奸，有一個叛徒。他核可釋放沙赫博士，和沙赫合作，串通巴基斯坦政府，讓塔利班和蓋達組織取得核子武器，用來對付美國。」

威廉斯總統每聽一個字，眼睛就睜得更大，大到宛如一幅男子被嚇得魂飛魄散的滑稽圖。

「什麼？」

「妳查到了？」懷海德說。他向畢詮接近一步。「掌握到我們要的證據？」

威廉斯看著參謀長聯席會議主席懷海德，「你知道？」

艾倫也轉向懷海德將軍。她的怒燄噴張，無法壓抑，旁人也不會錯看。她氣得直發抖。

她一時講不出話，但她瞪著將軍，以表情訴盡千言萬語。

懷海德的臉色轉為錯愕。接著，眉毛推擠成一線。「不會吧。妳該不會以為——」

「對！」艾倫怒視他說。「我們掌握到證據。」

她向貝琪點一下頭，請貝琪在堅毅桌上陳列她印出的證物。柯里福太太出狠招了。她轉頭怒視懷海德，然後向後退。

懷海德將軍正要走向堅毅看文件，被威廉斯舉手制止。

總統拿起證物閱讀，臉皮垮塌下來，下巴往下掉，目光變得無神，無法理解。下樓梯時，一腳沒踩穩，即將倒栽蔥，瞬間明瞭自己沒救了、知道事態嚴重了的那一剎那，威廉斯總統此刻正是這種表情。

橢圓辦公室裡鴉雀無聲，只聽得到壁爐架上的時鐘滴滴答答。

威廉斯總統放下文件，轉向懷海德。

「你這個混帳。」

「不對，不是我！我不是你們要抓的人。我不知道那些文件寫什麼，總之是騙局。」

慌張的他左看右看，視線落在畢詮。神色驚恐的畢詮盯著他。

「你，」懷海德靠近他說，「是你幹的好事。」

他走向畢詮，畢詮往後退，撞到扶手椅倒地。

「警衛！」威廉斯召喚，所有門轟然打開。

一群白宮特勤湧向總統，另一群拔槍，掃視辦公室內部，尋找危機。

「逮捕他！」

特勤人員的眼珠從總統移向總統指的人。四星上將，戰場英雄，許多特勤人員把他當成英雄來崇拜——參謀長聯席會議主席。

一名資深特勤猶豫了萬分之一秒，箭步上前。

「放下武器，將軍。」

「我身上沒有武器，」懷海德說著雙臂一攤。在他被搜身之際，他把目光轉向總統。「不是我。是他。」下巴指向畢詮。跌倒的畢詮正要爬起來。「是怎麼做的，我不清楚，不過一定是畢詮。」

「看在上帝的份上，」艾倫說，「投降吧。我們有證據。我們找到公文和筆記。全是你自以為藏得好好的證據。你同意釋放沙赫、讓當地動盪不安，全是你在幕後策劃。」

「我絕不……」懷海德說著。「釋放沙赫是瘋狂決策。我絕不——」

貝琪打斷他說，「我們在畢詮的檔案裡查到公文。」

「什麼檔案？」國家情報總監畢詮說。「在哪裡？」

「懷海德將軍想栽贓給你，」貝琪解釋。「想嫁禍給你，說你是內鬼。他的作法是把你在敦恩執政期間的文件從官方檔案庫移出來，埋得很深，製造你想隱瞞秘密的假象。」

「文件是我找到的，」彼特．漢繆頓說。「藏在敦恩政府的私人檔案庫裡面。」

「哪有這回事，」威廉斯總統。「所有書信和文件都自動歸檔進官方檔案庫（archive）裡。有些可以標示為機密，不過全部都存在檔案庫裡面。」

「總統先生，不對，」漢繆頓說。「敦恩的官員很小心，另開一座平行檔案庫。官方文件無法刪除掉，他們就建了一面幾乎攻不破的牆，把文件藏進牆裡面，只有知道密碼的內線人士進得去。我有密碼，可惜接觸不到電腦。」

「我能接觸電腦，」貝琪．詹姆森說，「可惜沒密碼。所以我們一起合作。」

「你和沙赫交涉，和巴基斯坦政府打交道，文件裡有你的部分全被你竄改，製造出一份內奸是畢詮先生的假象，」漢繆頓對懷海德說。「只不過你漏掉兩份文件，被我們揪出來。」

懷海德搖著頭，明顯震驚到無法言語。但艾倫明白，內奸當然騙術高超，演技精湛。不然怎能騙倒大家。

她被懷海德的好好先生面具騙了，誤以為他是眾人的好朋友。她不會再上當了。

「然後，你含沙射影，暗指畢詮不值得信任，」艾倫說。「結果我誤信了你。」

「有個年輕人從法蘭克福一路跟蹤我回國，更跟蹤到公園和酒吧，」貝琪說。「我告訴你，你去找他講幾句話，當時我還慶幸你兩三下就解決他。現在我才懂你怎麼那麼厲害，他根本是你的手下吧。」

「不是。」

「所以你才掃瞄艾倫給我的字條，對吧？」貝琪說。「你才沒有趕走那個年輕人。你趁我跟你在酒吧的期間，叫他進國務卿辦公室，找找看有沒有私人物品可以傳給沙赫，讓沙赫寄去嚇死艾倫。」

「是你的點子，還是沙赫的點子？」艾倫問。

「完全沒有那回事。」他身上的漁網愈收愈緊，他的否認也更加有氣無力。

「貝琪，那位女上尉還在守妳嗎？」艾倫問。

「對，我請她在走廊上等我。」

艾倫轉向總統，「有一位遊騎兵團上尉——」

「丹尼絲．菲蘭上尉，」貝琪說。

「她跟他是同一夥人。連她也一起逮捕才好。」

「看在上帝份上——這太過分了，」懷海德說。「菲蘭上尉是一位得過勳章的軍人，為國衝鋒陷陣，你們不能這樣對待她，她跟這事沒關聯。」

「你是在承認自己涉案嗎？」威廉斯總統說。見懷海德不語，他轉向特勤點點頭：「逮捕菲蘭上尉。」

懷海德深吸一口氣。艾倫看得出，他自知無路可逃了。他落網了，被牢牢套住。幾乎能篤定菲蘭會供出一切以換取從輕量刑的機會。

「等一下，」畢詮腦筋還跟不上。「我沒聽錯吧。妳以為我是叛徒？」他對艾倫說。「妳以為我和巴胥爾．沙赫串通？沒證據就誣賴我？只信他含沙射影？」

「的確是，我對不起你，提姆。」亞當斯國務卿說。

「對不起？」畢詮幾乎是用吼的。不敢置信。「對不起？」

「你自己不太討人喜歡，也是原因之一。」貝琪說。艾倫抿緊嘴唇，緊緊閉嘴。

「為什麼？」威廉斯說，視線不曾離開懷海德片刻。「看在上帝份上，將軍，你為什麼做得出這種事？」

「我沒有。我不會。」他的眉頭擠出深溝，拼命絞盡腦汁，工於謀略的他不肯投降，迫切想在法網裡找漏洞。

他找不到出路，就算他再怎麼扭身掙扎，他已被牢牢困住了。

「錢，」畢詮說。「總是為了錢。炸死那麼多男女老少，你拿了多少錢？送一顆核子彈給美國的敵人。懷海德將軍，代價是多少？」他轉向總統。「我會派部屬調查境外帳戶。我敢打賭，髒錢就藏在海外。」

懷海德的目光停留在艾倫，不時瞥向貝琪，隨即再盯艾倫。

「菲蘭上尉跟這事一點關聯也沒有。」他再對艾倫說，音量變小。

「你呢，你這個混帳，居然想陷害我？想賴罪給我？」畢詮自搧怒火，燒到歇斯底里。「我奉獻一生服務國家，你竟敢用你的屎來抹黑我？」

懷海德以出其不意的速度轉身，一個動作撲向畢詮，把他壓在地毯上，跨坐在他身上，舉起拳頭，對準情報總監的臉揍下去。畢詮驚呼著，抵擋不住攻勢。

特勤在第一時間反應過來，但受過特戰部隊訓練的將軍早已壓制住畢詮。

兩名特勤抱住總統，壓他低頭彎腰，以肉身護衛總統。另外兩名特勤負責對付將軍，其中一人舉槍摑懷海德耳光，打得他不支倒地，眼冒金星。

兩名特勤用膝蓋抵住他，槍口對準他的頭。

混亂中，艾倫本能揮出一手保護貝琪，推她向後，猶如開車中的母親緊急剎車時伸手護住小孩。道格．威廉斯重新站起來，把衣服拉正。

特勤攙扶伯特．懷海德站直，鮮血從他側臉涔涔落下。

「結束了，伯特，」威廉斯對將軍說。「瞞著不說，對你沒有好處。我們非知道沙赫的盤算不可。他的目標在哪裡？」不語。「想買核子科技的人是誰？是塔利班嗎？是蓋達組織？進度到什麼階段了？工廠設在哪裡？」懷海德沒有說話。「核子彈在哪裡？快說！」總統咆哮著，朝懷海德跨出一步，彷彿想揍他。

一名特勤扶畢詮站起來，帶他去椅子坐下，給他一條毛巾。畢詮的鼻樑被打歪了，鼻血滲入白色地毯。

懷海德轉向艾倫，「我完成我的部分了。」

「我的天啊，」貝琪低聲說。「他承認了。一直到現在之前……」

「什麼？」艾倫注視著懷海德。「你做了什麼，非講明白不可。」

「『當祢事已成，事仍未成，』」他直盯著貝琪，「『因我猶有甚多。』」

這句話滯留在空氣裡，被驚恐無言的氛圍籠罩，最後被美國總統擊碎。

「押他走。偵訊他。查清楚他知道多少。還有，提姆，去看醫生。」

橢圓辦公室清場後，威廉斯沉沉坐進辦公椅，凝視著桌上的公文列印本——罪證。

「我做夢也沒想到……」

他抬頭，示意要艾倫和貝琪坐下。接著，他又起身。動作很慢，像深受打擊。

他走向彼特．漢繆頓，握住他的手臂，帶他走向門口。

「謝謝你幫忙。給我幾天，我想再接見你。」

「總統先生，我的一票沒投給你。」

威廉斯疲憊笑一笑，沉聲說，「她們八成也沒有。」歪頭指向國務卿和顧問。

皮笑肉不笑，滿臉只透露深重的憂慮。

「總統先生，祝你好運。如果另外有什麼事我幫得上忙……」

「謝謝你。不許對任何人透露。」

「我瞭解。」

漢繆頓走後，威廉斯回到辦公桌。「妳大老遠從德黑蘭趕回來，為的是揭發內奸？」

剛才總統和漢繆頓講話時，艾倫查看手機——沒動靜——凱瑟琳依然無音訊，吉爾也是。

她的心情從擔憂轉為惶恐。

但她應該專心。專心。

貝琪握住她的手，悄悄說：「妳還好吧？」

「凱瑟琳和吉爾。沒消息。」

貝琪再用力握了握。這時艾倫頭轉回威廉斯，「總統先生，懷海德將軍的事非報告給你不可，而這事情可能被攔截，我不想冒險。」

「依妳判斷，除了女上尉之外，還有人涉案嗎？」

「我想是有這個可能性。」

「會不會有人想搞政變？」威廉斯臉色蒼白，但艾倫心想，至少他願意面對最嚴重的可能性。

「我不知道。」她說不下去。

是政變嗎？如果核子彈爆炸，犧牲千百人，甚至數十萬人，炸毀多座美國城市，局勢肯定會大亂。怒火也會延燒。

一旦情勢穩定後，絕對會有人據理要求政府負責、要求回應，也有人會呼籲血債血還，不只對付恐怖份子，也要對付無能防止災難的政府。

局勢混亂中，沒有人會想到災難起源於敦恩任內。

艾倫覺得艾瑞克．敦恩是個笨蛋，但她相信敦恩不是瘋子，不會積極參與這項陰謀。壞份子另有他人，他們能從混亂中得利，巴不得發生戰爭，希望白宮易主。在敦恩政府縱容下，吸血蟲和奴才像癌細胞壯大轉移，如今仍潛伏在政府內部。

也許，這真的是一場政變。

國務卿理不清頭緒，道格．威廉斯看得出來。

「總能從懷海德嘴裡逼問到。」他說。

「那就不一定了。」艾倫說。「不過，我另外還有一件事要報告。這事也要私下親口告訴你。」

總統看著貝琪。

「她曉得，」艾倫說。「我女兒和兒子也知道。除此之外沒有別人了。取得情報的人是吉爾。」

此時橢圓辦公室門被推開，白宮幕僚長芭芭拉·史登浩澤進來，才走幾步，見到地毯上的血跡傻眼了。

「我剛聽說了。是真的嗎？」

「芭芭拉，妳不能進來，」他說。「我有事會再叫妳來。」

芭芭拉目瞪口呆站著。令她啞然的是剛在走廊聽見懷海德是內奸的這件事，而總統剛剛說的這句也令她震驚。

她的視線離開總統，轉到亞當斯國務卿，然後看著貝琪·詹姆森，日光冰冷，寒氣逼人。

「發生什麼事了？」

「拜託，芭芭拉！」威廉斯說，帶有一絲警告，意味著：不要逼我講第三次。

她離去後，威廉斯傾身向前說，「國務卿女士，告訴我。」

艾倫一五一十說出。

第三十一章

「我們在這裡休息吧，」阿克巴說。

他停下來，伸長脖子望懸崖下面，看看峽谷。

吉爾也駐足，慶幸這夥伴懂得體貼他的腿傷。下山的路雖然比較不氣喘吁吁，但走得磕磕絆絆又時常踩滑，對他的傷勢更不留情。

「不行，」吉爾說。「我們該儘快下山。我想跟母親聯絡。」

「哈姆札跟你講了什麼？你剛的表情好難看。」

「哎唷，你又不是不懂他。戲精一個。」

阿克巴聽了哈哈笑。「對。他是個出了名的戲精。帕坦家族全是。」

「我表情難看，是因為他不能講，不肯講。我認為他知道沙赫的什麼事卻不肯告訴我。他是我最後一線希望。我急著下山通知母親，但我什麼也沒問到。」

「你昨天不是發信給她了嗎？我借手機給你用。」

「對，不過今天早上，我還希望哈姆札能改變心意，讓我還能傳一些實用的情報給她。可惜他什麼也不講。」

阿克巴打量著吉爾。心想：他的夥伴，他的朋友，所謂義氣，不過爾爾。

「那太可惜了。白跑一趟了。」阿克巴伸出一手，邀請吉爾帶頭走。「你先請。」

「呃，最好還是你走前面吧。要是我站不穩，至少我還能倒在你身上。」

「你才是戲精吧？」話雖如此，阿克巴還是帶頭走，儘管這樣一來，他的計畫比較難進行，因為下手時會被吉爾看見。背後插刀輕鬆多了，從背後推一把也是；也不會看見震驚的表情，日後不會於心難安。阿克巴盤算：只要新車一開回家，心就會安定下來。

阿克巴繞岩壁角而過，山路變窄，先前的落石掉滿地。這時他停下來，轉身，向吉爾伸出雙手。

吉爾見狀一時困惑，但他瞬間回過神來。

移步時，腿傷的地方不慎撞上一塊凸岩，不禁喊痛，腿軟，直覺伸手抓住阿克巴的袍子，阿克巴被扯得一起摔倒。

吉爾落地時放開阿克巴，翻身離開，右手伸進袍子的口袋，想拿哈姆札塞給他的手槍。見阿克巴以狗爬式接近他，他大叫，「你想幹嘛？」

吉爾瞪大眼睛。阿克巴不應，以手中那支長長的彎刀代答。

「可惡！」吉爾慌忙想拔槍，奈何袍子太蓬鬆，口袋裡的槍不是一掏就掏得出。

吉爾隨地抓起一把土石，扔向阿克巴臉上，但對阿克巴不構成阻礙。

吉爾對著他狂踹，但曾任聖戰士多年的阿克巴熟稔徒手肉搏戰，攫住吉爾的腳一扭，痛得驚呼，翻轉側躺，宛如一頭被繩索套牢的小牛。

吉爾完全失去抵抗能力，他掙扎著，慘叫著，等候刀鋒封喉，這時卻赫然發現阿克巴的意圖——他正被阿克巴拖向懸崖邊，阿克巴想他製造失足墜崖的假象——意外現場，查無他殺嫌疑。

「不，不！」

吉爾就快要下滑至懸崖邊，被沉重的皮靴拖下去；場面變成慢動作，如同一場想跑卻跑不動的惡夢。他雙手往上伸，無目的亂抓一通，只求緩和跌勢。

可惜已經太遲了，跌速隨時可能加快，眼看即將墜崖，雙手對著空氣揮舞。

然後……

他的指尖刨著沙土，摳破了指甲，在地上劃出血痕。

隨即傳來一陣槍響。一顆子彈。他眼角瞄到一個模糊的身影滾落峭壁而下。

但吉爾自身的麻煩還未解決。他依然在下滑中，他更加拼命抓地，亂抓，亂抓。

就在這時候，他感覺有一隻手揪住他的後頸部，拉他回平地。

脫困後，他在地上喘氣狂哭，渾身不停顫抖。最後，他抬頭，滿面的沙土以及淚泥。

「誰才是戲精呢？」哈姆札說。

「可惡、可惡。你怎麼會……？」

「知道？我本來不知道。不過，我一直信不過那個小雜種。他不管做什麼事，總抱著投機心態，最重視錢。他會把我們搶到的武器拿去黑市賣錢，武器最後都流回原主。他是個大混帳。」

「那你怎麼不早告訴我？」

「你跟那王八保持聯絡，我哪知道？」

「他的主子是誰？」吉爾明知故問。「是沙赫吧？完了。要是阿克巴被沙赫收買了，那表示沙赫知道我來找你。」吉爾一邊說著，哈姆札一邊點著頭。「沙赫遲早會查出對我通風報信的人是你。」

「也許不會吧。在我們這一帶嘛，忠誠心似水流。」他環視這片荒蕪的環境說，「阿克巴認錢不認人。他明白，美國國務卿的兒子行蹤是重要情資，價碼一定很高。」

「可是，他不是只賣情資。有人給他錢，叫他來要我的命。」

「好像是這樣。」

「所以你才塞槍。」吉爾拍一拍口袋。

「對，結果白塞了。我剛聽到你對他講的話。你騙他說，我什麼也沒告訴你。為什麼？你也懷疑他嗎？」

吉爾俯瞰峭壁底下，見到一具四肢攤開的殘破遺體。「我也懷疑他嗎？」他搖搖頭，「沒有。」他坦承，「我只是生性比較謹慎。事情越少人知道越好。」

哈姆札也俯瞰懸崖底下，看著性命被他奪走的那具屍首，「你和他同時出現在營區時，令我很訝異。」

這句話似乎觸及一個典故，吉爾半晌才想起：「『我與他相約在薩馬拉（Samarra）見面。』」（譯註：appointment in Samarra，暗指與死神有約。）

見哈姆札歪歪頭，吉爾說，「出自美索不達米亞一個古老的故事。意思是凡人很難跟死神爽約。」

「你不就爽約兩次？不曉得死神下次約你在哪裡見面。」哈姆札彎腰，從山路拾起幾件物品。

「剛從他口袋掉出來的東西。」他把車子鑰匙和手機交給吉爾，自己留下彎刀。「換成我，我會離薩馬拉遠遠的。」

吉爾踩著砂石跛足下山，心生一抹異樣的感覺，彷彿死神放棄跟蹤他了，彷彿死神留下來，和哈姆札有約，彷彿是他把死神引到哈姆札家門口。

臨別前看好友哈姆札最後一眼時，他看得出哈姆札可能也有相同的想法。雄獅哈姆札對吉爾伽美什輸送情資，算是犧牲了自己的性命。化身為沙赫的死神變成龐然巨物，準備對哈姆札奪魂。

吉爾查看阿克巴的手機，等著脫離訊號死角。在營區能收訊，下到山谷和山洞裡一點訊號也沒有。

上車後，他驅車前往防不勝防的邊境，然後駛上坑坑洞洞的偏鄉道路深入巴基斯坦。他當前的計畫是回華盛頓特區。他只想回家，想待命提供協助，但他想先去法蘭克福，還錢給善心護士，也去找安娜依妲。

自從綁架事件後，他縱容恐懼在內心築起一道牆，自己從碉堡內窺視外界，單人世界，平平安安，有自主權；但現在全沒了。如今他滑落懸崖，碉堡也崩塌了。現在他又有機會重生，死也不肯再讓恐懼剝奪寶貴的時光——與她共處的時光，倘使死神再來敲門，他在心中會以愛相迎，不再畏懼。

在山洞裡，安娜依妲在堂妹札荷拉身旁坐下，注意到堂妹儘可能遠離父親，兩個堂姐妹並肩坐著，培養出一份相互扶持。

就在大家都放下槍後，化名法哈德的馬穆德帶大家走進一條秘道，來到一座大洞窟。萬年前的古人曾用岩石在這裡堆圓圈生火，他叫大家把油燈立在岩圈裡面。

現在，大家坐在岩石上。將這些岩石推過來的古人早已歸為塵土。

安娜依妲心想，當年古人拋棄這家園，是因為遇到什麼禍害嗎？或者這裡是歡慶的場地？或在這裡舉辦儀式？或來這裡避難？躲進深幽的山洞，就相信能保平安嗎？

安娜依妲這群人也有相同的信念。

但是，災難最後還是找上那群古人了吧？

她看著岩壁上的圖畫，甚至連岩壁上方也有。煤油燈的火苗輕輕晃，使得岩壁畫上的人獸也跟著動了起來，簡直像狩獵圖成真，動作永不停息。其中有一幕是獵人盯上一隻貓科野獸，她愈看愈像野獸反過來想追咬獵人。

古時候也發生同樣的事嗎？躲進洞內的男女老少也大難臨頭了嗎？

安娜依妲知道自己想過頭了，自己嚇自己。現實都已經夠嚇人了。

隔著油燈區，她看著岩圈對面的叔叔。面對安娜依妲，他一句話也不說，只狠狠瞪著她，把她當成仇人似的，好像女兒被她拐去犯下大忌。進而會逼他做出萬萬不該做的事。

阿瑪迪博士一有機會，就請女兒札荷拉原諒他，要女兒諒解他為何向政府檢舉她。他哭著想牽起女兒的手，卻被她甩開。女兒靠向安娜依妲和凱瑟琳，留下阿瑪迪博士自己。

見核子專家阿瑪迪博士抱頭坐在岩石上，安娜依妲聯想到愛因斯坦曾說：「第三次世界大戰將以何種武器戰鬥，我不知道，只知第四次世界大戰將以木棍和石頭進行。」

愛因斯坦猜測得到，而圍圈而坐的在場所有人也全料想得到，第三次世界大戰用的武器將把全人類轟回石器時代。

而最清楚這一點的莫過於貝南姆．阿瑪迪博士。他是第三次大戰武器之父。

「『如今我成為死神……成為世界毀滅者。』」安娜依妲嚅嚅唸著原子彈之父歐本海默（譯註：Robert Oppenheimer，1904-1967，美國物理學家）所引述的印度史詩《薄伽梵歌》（Bhagavad Gita）。

遠望叔父的她心裡想著：搞不好，我們都有必要適應山頂洞人的生活。

凱瑟琳轉向博因頓。他緊緊挨在她身邊。是想保護她嗎？她猜想著。但她知道答案。緊挨她是為了求她保護他。

凱瑟琳對他愈來愈有好感。

「這裡簡直是橢圓辦公室吧？」她四下看著山洞。

博因頓笑一笑。「是的話也太詭異了。」

法哈德清清嗓子，集中眾人的目光。

「伊朗情報機關的主子派我去接美國人，帶他們來這裡，對他們說出我知道的內幕。」

凱瑟琳閉眼片刻。原來，母親早就知道或猜出這才是柯思拉韋的計畫。但母親必須設法支開她和博因頓，獨自離開德黑蘭，以取得必要的情資，阻止沙赫作孽。

絕對不能讓俄國知道。

目的地不重要，只求不被跟蹤。

母親好機靈。柯思拉韋好機靈。

法哈德放眼看周遭的暗處，視線再轉回圍坐燈火的大家。「我不知道有這麼多人，」他手一揮向所有人。

「這有關係嗎？」凱瑟琳問。

「可能有。如果他們被跟蹤的話就不妙了。」他顯得恐懼，目光一下子左看、一下子右視。「你們為什麼來這裡？」

「我們奉命押他們來這裡，交出他們。」資深革命衛兵說。「不過他例外。我們要押他回去。」

衛兵看著抬起頭來的阿瑪迪博士。

「那你們帶他來幹嘛？」博因頓問。

衛兵居然微笑說，「你來這裡的原因是什麼，有人告訴過你嗎？」

「好了，」凱瑟琳說，神經緊到快發麻了。「你越快說明你知道的事，大家就能越快離開這裡。」

她的憂慮更加深沉了。如果法哈德奉命過來傳達情資，他也明顯急著說完就走，那他為何浪費時間準備早餐？

現在看來，他是在拖延時間，甚至是在等候。如果不是等安娜依妲一行人，那他等著誰現身？

「真正的核子專家在哪裡研發東西？」凱瑟琳質問。

「真正的核子專家？」博因頓說。「妳在扯什麼？」

她不想浪費寶貴時間說明吉爾的情報。她的焦點全放在法哈德身上。

「在巴基斯坦的一間廢棄廠房，靠近阿富汗邊境，」法哈德沉聲說。

大家不約而同向前傾身。凱瑟琳的想像力又不太聽話了，胡思亂想著岩壁畫上的古人也靠過來聽，以為有更大的獵物來了，嗅到新鮮的血蹤。

「一年多以來，俄國黑道賣可裂解材料和器材給沙赫，一直運到那裡去。」法哈德說。

「他們已經造好了至少三顆核子彈。」凱瑟琳說。法哈德看著她，訝異她怎麼也知道，然而點點頭。

「哇，完了！」博因頓說。

「藏在哪裡？」凱瑟琳問。

「我不清楚。我只聽說，兩個禮拜前，三顆核子彈被送上貨櫃輪，運到美國去了。」

「哇靠，」博因頓說。「核子彈運到美國了？」他一躍而起，站在法哈德旁邊。「藏在哪裡？你知道，對不對？藏在哪裡？」

見法哈德搖頭，博因頓撲向他，岩石上的他跌到沙地上。博因頓是個官吏，體型比法哈德高大許多，也年輕幾十歲，卻不是法哈德的對手。身材精瘦的法哈德受過肉搏戰訓練；而博因頓的經驗僅止於在國務院和販賣機打架，而且還打輸。

博因頓還來不及反應，就被法哈德用臂彎勒住脖子固定。

「住手，」凱瑟琳喝令。「我們沒這閒工夫。」她推著法哈德，換來法哈德一陣怒視，令她一時以為會挨揍。但法哈德縮手了，放開博因頓。博因頓踉蹌站起來，雙手摸著喉嚨。

「坐下，」凱瑟琳說，兩人都坐下來。她也坐回自己的位子，湊向法哈德。「你去過那廠房嗎？」

法哈德再一次四下張望，然後微微點頭一次。「我運什麼我不清楚，東西全裝在木箱子裡。」

「地點快說。」

「在巴焦爾特區（Bajaur），就在奇克特（Kitkot）郊外。本來是水泥工廠。不過，妳休想進去，因為那裡到處是塔利班。」

「炸彈被運到哪個城市，放置在哪裡，有誰知道？」凱瑟琳質問。

「沙赫博士。」

「另外呢？一定還有別人。他不可能親自送貨。」

「廠房裡的人會知道。他們要安排送貨管道。美方也有人負責放置。不過，我不知道他們是誰。我只聽說而已。」

「妳聽說到什麼？」

「謠傳而已。沙赫博士嘛，他簡直像神話人物，各式各樣的幻想滿天飛，說他已經好幾百歲，說他有奪魂眼。」

「說他是三頭蛇怪。」安娜依妲說。

已嚇得面無血色的法哈德點點頭。

「講事實，不要扯神話故事，」凱瑟琳命令。「快點說，快點說。」

她注意到，玻璃煙囪開著的油燈火光飄搖，她也感受到一陣微風輕輕吹，足以激起她前臂上的細毛。她猜是因為有人提起沙赫，所以想像力又在作祟。

但現在，火光正在搖曳無誤。其他人也漸漸注意到異狀。

「快告訴我。」凱瑟琳壓低嗓音說，態度更加急切。

法哈德的眼睛瞪大，革命衛兵也舉起步槍握緊，轉向背後的暗處。

第一槍射進法哈德的胸腔。

凱瑟琳揮出左右手，一舉推倒岩石上的札荷拉和博因頓，自己也滾落沙地上，躲進巨岩後面尋求掩護，子彈呼嘯著，反彈著。

她看見博因頓爬向法哈德，拿走他的槍，湊近聽垂死的他在講什麼。然後他咳血，噴到博因頓臉上。博因頓望向凱瑟琳，大眼充滿恐懼。

法哈德死了。另外也有多人喪生，其中一位是革命衛兵。

「札荷拉！」阿瑪迪博士在槍聲中呼喚女兒。

存活的衛兵躲進岩壁縫，對著暗處開槍反擊。

凱瑟琳知道，避開燈火範圍比較保險，最好是把油燈甩開。

她鼓起勇氣。

安娜依妲在一旁看著，猜到凱瑟琳的心意，於是也做好準備。

衛兵再開火之際，兩個女人衝回岩石圈，抓起油燈，甩進暗處，拋向敵火，然後伏地找掩護。

衛兵中彈了，癱倒在岩壁上，伊朗女探員從他手上抓走AK-47步槍。

油燈觸地爆炸的一瞬間，敵人頓時無所遁形。

其中一人被女探員擊中，用俄語吼出遺言「幹」。

博因頓也把槍口轉向俄國人，持續掃射洞窟內。

槍戰中，凱瑟琳剛翻身回到大石頭後躲著，能躲多少算多少，現在則抱頭趴著，等子彈不再亂竄，她才慢慢抬起頭。

煙硝瀰漫在空氣裡，漸漸消散後，慘狀才呈現在眼前。

「爸？」

凱瑟琳和安娜依妲轉頭，看見札荷拉爬向父親。他仰躺在剛才倒下的地方，呈大字型。槍戰展開時，他想衝向女兒，結果被機槍射中。

「爸？」札荷拉爬到父親的位置，跪坐在遺體旁。

凱瑟琳想過去安慰，被安娜依妲拉住。「暫時別去打擾她。」

法哈德也死了，兩名衛兵和兩名伊朗探員也是。

「查爾斯，」凱瑟琳走向博因頓。腿軟的他坐在地上，宛如孩童，宛如拿著槍的孩童。「你沒事吧？你有沒有受傷？」

她跪下，輕輕拿走武器。

博因頓看著她，下唇和下巴在發抖。「我好像殺了人。」

她握住他一手。「你是不得已的。你不得不動手。」

「說不定他只受傷而已。」

「對，說不定。」凱瑟琳抽出一張紙巾，舔一舔，為法哈德抹掉臉上逐漸凝固的血跡。

「他最後說——（博因頓望著法哈德，見他似乎仰望著洞窟上方的優美崖壁藝術，看得出神）他最後說，白宮。」

「什麼？」

「他說『白宮』，他是什麼意思？」

第三十二章

威廉斯總統目光灼灼，聚精會神，聆聽字字句句。

艾倫每報告一個字，他的手就握得更緊，拳頭緊到貝琪認定不久即將泣血，指甲摳近掌心，肯定會形成耶穌受難時被釘出的聖傷。

三輛公車上的三名核子專家全是欺敵用的幌子。

沙赫真正重用的核子專家來頭比他們大得多，已經為沙赫效勞至少一年了。

沙赫獲釋後，快馬加鞭為塔利班和蓋達組織開發核武，巴基斯坦和俄國也有部分人士知情。沙赫的手下成功製造出至少三枚核子彈，已經部署在美國多處，隨時可能引爆。

但美國政府不知道部署地點，不知道引爆時間，當然也不知道核子彈多大。

「報告完了？」威廉斯總統問，見亞當斯國務卿點頭，他按鈕召來幕僚長芭芭拉．史登浩澤。「請副總統搭空軍二號，前往科羅拉多泉（Colorado Springs）的夏延山（Cheyenne Mountain），請她靜候我進一步指示。」

「是的，總統先生。」芭芭拉神態震驚，不再多問就退下。

他轉向艾倫，「這些情報全來自妳兒子？」

艾倫等著冷嘲熱諷降臨，甚至可能被指著鼻子控訴：吉爾假如沒有涉案，怎麼知道這麼多內幕？他被囚禁期間，該不會棄明投暗了吧？他改信伊斯蘭是眾所周知的事，儘管遇過劫難，他依然深愛中東。

怎麼信得過他提供的情報呢？

「他是個勇氣可嘉的男人，」道格・威廉斯說。「請代我謝謝他。好，我們還需要更多資訊。」

「我認為柯思拉韋本來想對我提供一些。」

「他為什麼想？」

「因為他考慮到接班問題，考慮到伊朗未來，不希望政權從他手裡傳進敵手，或落入俄國的控制。當然他也不希望美國介入。不過，他能看清一道獅鼠合作的小路。」

「什麼？」

「算了。不過是個故事而已。」

總統點著頭。用不著聽寓言，他就能理解。「如果美國制止沙赫，美伊兩國雙贏。」

「可是，柯思拉韋對我遞送資訊的事不能被發現，所以我留下我女兒凱瑟琳和幕僚長博因頓——希望我沒料錯——柯思拉韋逮捕了我的外交官安娜依妲・達希爾。」

「接到密報的小外交官？」總統記下她的姓名。

「對。」艾倫想著，目前沒必要說出她的身家背景。「然後，他把我驅逐出境。」

「我會通知德黑蘭瑞士大使館說，我們有個外交官被非法拘留。」

「不要，拜託不要。」

總統一手停在電話上。「為什麼不要？」

「我研判，柯思拉韋這麼做，是想對他們傳送資訊。」

「那他為什麼不傳遞給妳？」

「我的身分太招搖了。他不得不把我趕出伊朗。他知道，假如有任何人在監聽……」

「被俄國人——」

「或者巴基斯坦政府或沙赫，都會跟蹤我。他們會誤以為我被羞辱了——」

「嗯。」威廉斯說著扮扮鬼臉。

「我丟下博因頓和我女兒，想叫他們救外交官出來，監聽的人也懶得管。」

「可是妳剛說，妳丟下他們是希望柯思拉韋傳送資訊給他們。什麼樣的資訊？」

「我不知道。」

「甚至他的盤算是不是這樣，妳都無法確定。艾倫，妳這險冒太大了。」

「冒盡了天大風險（艾倫想說卻吞下），事關重大。」

「博因頓，」總統說。「妳的幕僚長。他不就是為了買Twinkie（奶油夾心蛋糕）、打輸販賣機的那個人嘛。」

「我相信他是想買Ho Ho（巧克力蛋糕捲）。」

「哼，至少沒人會懷疑他是奸細。他和凱瑟琳發現什麼了嗎？」

艾倫深呼吸了一口氣，「我好幾個鐘頭沒接到他們的消息了。」

威廉斯咬咬上唇，草草的點了點頭，「我們要儘快查清核子彈被放在哪裡。我們也要查出工廠在哪裡。」

「我同意，總統先生。我覺得懷海德將軍知道，不過他大概不肯告訴你。」

「逼不得已的話，打也要打得他講實話。」

以前，艾倫對「加強偵訊法」（enhanced interrogations）的手段多殘暴感到驚愕，現在卻在內心深處發現一口井，裏面裝著視情況論道德的水。如果拷打能逼他招供，能挽救數千條人命，那就打吧。

艾倫低頭看自己的手，大腿上的十指緊扣，用力到指關節都泛白了。

「怎麼了？」貝琪問。

艾倫抬頭，視線和好友相接。貝琪輕輕嗯了一聲，表示理解。

「妳辦不到吧？為達成目標，不能不擇手段吧……」

「手段能界定目標，」艾倫說，接著目光轉向威廉斯。「比拷打更好、更快的方式不愁沒有。我們知道，人被折磨，為了趕快逃離苦海，有時會供出自己沒犯的罪，講的未必是實話。更何況，懷海德一定會久撐，我們最好去搜他家。他不會把罪證留在五角大廈的辦公室裡，八成也不會擺在電腦裡。至於筆記，他一定是藏在家裡的什麼地方。」

威廉斯拿起電話。「提姆．畢詮在哪裡？」

「去醫院了，總統先生。他的鼻樑被打斷了，應該很快就能出院。」

「我們沒時間了。快叫副總監過來。」

「我想跟他們一起去。」艾倫起身說。

「去，」威廉斯說。「向我回報。我會聯絡友邦，看看他們的情報單位能不能攔截到沙赫手下的王牌核子專家是什麼背景。」

⁂

警笛聲嗚嗚，車隊載著艾倫前進貝塞斯達市，一路上她不停查看手機。

心中的恐懼令她不勝負荷。假如永遠音訊杳然怎麼辦？該不會是把兒女送進虎口了吧？該不會自從永遠不知道他們的下落了？

也許，她應該聯絡伊朗外交部長阿濟茲，請他派人去俾路支斯坦，去山洞看看……

但她猶豫不決。

她該給凱瑟琳多一點時間。聯絡阿濟茲，有可能會搞砸整套計畫。

她只好強迫自己專注於眼前的要務，探究懷海德將軍藏匿什麼資訊。

「他有沒有告訴妳什麼？」已問了一百次的艾倫再問。「有沒有值得注意的東西？」

貝琪早已絞盡腦汁。「沒了，只有他媽的那首詩。詩再有學問也幫不上忙。」

他再一次引述鄧恩的古詩，引人膽寒。

車子開進懷海德住家的車道。這棟鱈角風格（編按：又譯「科德角式」）的寬矮民房前院有一道小圍籬，正面有老虎窗，也有一座寬廣的陽台，上面有幾張搖椅。

看起來好典型，簡直到了刻板印象的地步，令艾倫看了更加火大。她能感覺到自己滿腔怒氣即將爆發。

一組人員敲前門，另一組繞到後院去。

前門這一組正想破門而入，女主人開門了。她的頭髮灰白，髮型素雅古典，身穿長褲和絲質上衣。給艾倫的印象是優雅，絲毫不顯得造作。

「怎麼了？怎麼一回事？」她問，語氣近乎質問但也不至於。她被推開的同時問，「我先生在哪裡？」

她望著眾人的背後，尋找著丈夫，眼珠停留在國務卿身上。

懷海德夫人抓著一條大狗的項圈，狗的模樣是既興奮又困惑。屋內深處傳來小孩的哭鬧聲。

「怎麼一回事？」

「靠邊站。」一名調查員說著推開她。

艾倫向貝琪點頭，由她挽著懷海德夫人手臂，牽她走向哭鬧中的小孩。

到這時刻，調查員已經進占屋內各角落，書架上的書籍被掃到地上，椅子和沙發被翻倒，牆上的繪畫也被取下。前一刻雅緻舒適的家，轉眼變得雜亂不堪，而情況仍在惡化中。

貝琪跟隨將軍夫人進入廚房；艾倫找到書房，國家情報副總監正和資深情報員搜查著。

書房大，採光明亮，大窗戶外是後院景觀，院子裡有一座自製的兒童鞦韆，繩索纏在橡樹枝上，座位是一塊厚木板。

一顆兒童用的美式足球，被冷落在草地上。

書房以書架為牆，上有厚厚的叢書和加框相片，全都被取下檢查，然後丟到地上。

書房裡並沒有擺掛勳章或獎狀。

只見兒女和孫兒女的相片，伯特．懷海德夫婦的相片、好友相片、袍澤相片。

大家在艾倫四周忙糟糟，她靠牆壁站著，納悶著。

什麼因素促使一個人出此下策，背叛國家，謀殺自己國家的百姓？核子彈之一幾乎篤定放置在華盛頓特區，幾乎篤定放在白宮裡面。

總統也明瞭這一點，所以才命令副總統帶領內閣高官遠離。核子彈一引爆，爆炸力加上落塵勢必覆蓋方圓數英里，萬物不是化為灰燼，就是遭輻射線殘害。

伯特．懷海德究竟怎麼了？若說和恐怖份子合作是答案，那麼，問題究竟是什麼？

艾倫在廚房找到貝琪和其他人。懷海德夫人和女兒止接受偵訊。

艾倫在廚房門口聆聽一兩分鐘，看著夫人和女兒被兩名情報官連番質問，小孩則在母親懷裡哭鬧掙扎。

「請你們離開，可以嗎？」艾倫說。

情報官不悅，轉頭看她，然後一躍而起。

「我想跟懷海德夫人和女兒單獨談一談。」

「恕我們辦不到。」

「你知道我是誰嗎？」

「知道，國務卿女士。」

「那就好。我本來在法蘭克福病房照顧兒子，為這事連夜趕回來」——她誇大其詞——「給我們幾分鐘也不太為難你吧？」

情報官面面相覷，明顯不高興，但最後還是走出廚房。

坐下前，艾倫看著哭鬧不休的孩子，然後對懷海德的女兒說，「帶他出去透透氣比較好吧？」

「媽？」

懷海德夫人微微點一點頭。女兒和孫子出去後，艾倫坐下來，審視著夫人。顯而易見，在夫人內心中，憤怒正和恐懼搏鬥著、正和疑惑搏鬥著。

但艾倫自己也感到疑惑。她覺得懷海德夫人有點似曾相識。好像在哪裡見過她。

有了。「不該稱呼妳懷海德夫人，對吧。」

艾倫看見貝琪的眉毛拱起，但貝琪保持沉默。

「在家的時候是。」

「應該稱呼妳瑪莎．提爾尼（Martha Tierney）教授吧。妳在喬治城大學教英國文學。」

剛在書房，滿地是從書架被翻落的書，其中一本攤開，封面封底朝上，作者提爾尼教授的舊照就印在上面，書名《君王與情急之士》（Kings and Desperate Men）出自詩人鄧恩名言，是這位形而上詩人的傳記。

「為什麼妳先生不斷引述『當祢事已成，事仍未成』？」

「『因我猶有甚多，』」提爾尼教授接起下半段。「這是文字遊戲。我是研究鄧恩的學者，連帶作用之下，伯特也差不多算是研究鄧恩的學者。我猜他很喜歡那一句。」

「對，可是，為什麼喜歡？」

「我不清楚。我從沒聽他提起過。國務卿女士，妳來這裡，為的不是討論古詩吧。這是怎麼一回事？告訴我。我先生人在哪裡？」

「如果貼身相處多年有連帶作用，他成了研究鄧恩的學者，」艾倫說，「換言之，妳也成了國安專家囉？」

「我要找律師，」提爾尼教授說。「我也想和伯特溝通一下。」

「我不是警察，妳也沒有被收押，我只要求妳幫幫忙。幫妳的國家一個忙。」

「那我非知道妳的來意是什麼不可。」

「錯。妳非回答我們的問題不可。」艾倫壓低音量和語調。「我知道妳很震驚。我知道這狀況令人害怕。不過，拜託妳，我們想知道的事情，請妳全告訴我們。」

提爾尼教授怔一下，隨即點頭。「我可以盡我所能幫忙，條件是妳要告訴我，伯特是不是平安？」

「妳先生有沒有提過巴胥爾．沙赫？」

「軍火販子。有。不久前。他罵說，被判軟禁的沙赫獲釋了。」

「是他告訴妳的嗎？」艾倫說。

「這是國家機密嗎？」提爾尼教授反問。

艾倫思索一陣。「我認為不是。」

「對，是機密的話，伯特從來不、也絕不會告訴我。」

「所以說，他很訝異沙赫被釋放？」

「震驚。而且氣炸了。我好久沒看過他生那麼大的氣。」

艾倫一時衝動想相信她，但繼而一想，這些叛徒不都指望人們願聽信最可怕的事物卻不認為天會塌下來。

如果懷海德將軍真的生氣，那他生氣的原因不是沙赫重獲自由，而是詭計曝光了。

「妳先生把隱私文件放在哪裡？」艾倫問。

稍事猶豫後，提爾尼教授說，「最靠近書房門的書架後面有個保險箱。」

艾倫站起來。「密碼多少？」

「讓我去開。」

「不行。密碼給我們。」

兩個女人以目光交戰，最後教授交出密碼，解釋著，「是我們家小孩的生日。」

艾倫離開廚房，幾分鐘後回來，對貝琪說，「我們走吧。」

一坐進返回華盛頓特區的車上，貝琪問，「怎樣？保險箱裡有什麼？」

「什麼也沒有，只有子女的出生證明。情報官會再分析看看裡面有沒有玄機，不過……」

貝琪注意到艾倫並非空手而歸，她握著提爾尼教授的作品。

《君王與情急之士》。

貝琪心想：以及情急女士。

通關進入巴基斯坦後，吉爾的手機才有訊號。他靠邊停車，趕緊打一則簡訊給母親。路旁停車不宜停太久，所以他不逗留。簡訊一發送出去，他立刻開向機場，車程仍有幾小時。

來到法哈德停車的地方，見到法哈德載他們前來的同一輛車，他們找不到鑰匙才想到，鑰匙還在法哈德身上。

「我去。」安娜依妲說。

「我陪妳去，」札荷拉說。「我父親。我想……」

凱瑟琳也有父親驟逝之慟，能體諒堂妹的心情。她匆匆點一點頭。「去吧，快去快回。還有誰會追上來，只有天知道。我們來這裡密會的事，顯然有人通報俄國人。」

「法哈德，」博因頓說。「他在玩多面手法。」

法哈德氣絕後，博因頓拿走他的槍，這時凱瑟琳把槍交給安娜依妲。「動作要快。」

堂姐妹體型相近，動作相仿，一同急忙登上斜坡，走向洞口。入內後，已熟悉路線的她們奔向油燈被甩碎後殘留的火光。

沒跑多遠，札荷拉放慢腳步停下，舉起一手。安娜站到她身邊。神經緊繃。所有感官戒備中。

接著，安娜也聽見了。

人聲。幾個俄國人在講話。

「可惡，」她喃喃罵。「幹——幹——幹。」

她回頭看背後，望向洞口，然後視線轉回微光處，望向盛怒的惡煞講話聲。

沒辦法了。汽車的鑰匙非要不可。

安娜半蹲走，寸步移向空曠的大洞窟。在大洞窟另一側的通道上，扭曲的黑影動來動去。她看著札荷拉，札荷拉則凝視著父親的死屍。他陳屍在剛才倒地處，半身被巨岩遮住。

「去吧，」安娜低語。「要快一點。」

她不確定札荷拉想做什麼，而現在也不適合討論。

安娜趴倒，朝法哈德的屍體匍匐前進，強迫自己把視線移到他身上，伸手邊拍邊找，摸到了鑰匙。

她謹慎再謹慎，小心翼翼掏出鑰匙，盡力不出聲。

她緊握著鑰匙，瞥向札荷拉，正好見她吻父親額頭，然後以狗爬式退回來。

回到通道口，再往前就是洞口了，這時傳來一陣吆喝聲，手電筒光芒照在她們身上。

堂姐妹倆轉身就跑，不回頭，也不想躲。她們衝進通道，走向狹窄的開口。日光從那裡射進來，猶如一把刀。

她們聽得見皮靴聲從後面追過來，也聽見吆喝聲。

鑽出洞後，安娜對凱瑟琳和博因頓呼喊，「還有幾個人，剛看見我們了。」

「他們來了。」札荷拉說著慌忙從坡道滑下去。

凱瑟琳跑去接她們，從安娜依姐手裡接過鑰匙。「上車！」

用不著她勸誘。車子發動時，後面傳來槍聲。安娜搖下車窗回擊。亂射一通。她從沒握過手槍，更甭提開槍。幸好，追過來的兩個男人聽見槍聲，在洞口閃躲。

凱瑟琳踩油門，車子上路了。安娜再回頭看，已經看不見追兵。

但她明白，只能擺脫他們一陣子。凱瑟琳也明白。大家都心裡有數。

追兵終究會追過來。

後座散置幾張舊地圖，博因頓撿起來，想研究目前方位和目的地。

「我的手機沒電了，」凱瑟琳說，極力操縱著這輛老爺車，以免衝出路面。「法哈德提到沙赫手下的王牌核子專家，我們最好通知我媽。查爾斯？」

「我正在打，」博因頓忙著甩開地圖。車子在路上打滑又蹦跳，札荷拉幫他把地圖拿走。

博因頓的手機電力亮紅燈，只能再續航三分鐘。

他趕緊打完簡訊，挪用寶貴的時刻確定沒錯字。在這節骨眼打錯字就糟了。

他按傳送，呼出一口氣。

「我們要去哪裡？」安娜問。

後面遠處揚起一團塵土，對他們緊追不捨，悄然無聲。置身何地，他們都沒什麼概念了，更不知道能逃往哪裡保命。

⅄

「靠邊停車，拜託一下。」艾倫說。外交護衛隊駕駛員遵命。

「國務卿女士？」副駕駛座上的隊長史帝夫轉頭問。

但艾倫不語。她幾乎同時收到兩則簡訊，反覆閱讀著。

第一則來自吉爾，從阿克巴的手機發出，報告說他正要先去法蘭克福，然後飛回華盛頓特區。

第二則來自查爾斯．博因頓。

艾倫深吸一口氣，然後靠向前，對司機說：「儘快趕去白宮。」

「好。」

警笛啟動，警示燈閃爍，國務卿的座車在街上奔馳。

「艾？」貝琪說。「怎麼了？」

「凱瑟琳和博因頓得到情報了。我們知道核子彈在哪裡建造。」

「謝天謝地啊。知道核子彈被放在哪裡嗎？在哪幾座城市？」

「目前不明，不過，去廠房掃蕩就查得出地點了。吉爾也發簡訊來。他正要趕回這裡。我叫他不要。」

貝琪點頭，儘量不要急得像頭髮著火似的。「至少他們很平安。」

「這個嘛……」艾倫說。從博因頓的簡訊看來，他們一點也不平安。「妳可以查查沙勒宛（Saravan）洞穴岩壁畫嗎？在伊朗的錫斯坦俾路支斯坦省。」

貝琪邊查邊問，「為什麼？」

「因為我叫凱瑟琳和博因頓去那裡。」

「因為去那裡能避難？」

「不盡然。」貝琪用手機查到伊朗那一省的地圖，給艾倫看。艾倫看著伊朗穿越國界進入巴基斯坦的一條線，然後發簡訊給兒子。

吉爾聽見叮的一聲，靠邊停車，閱讀母親的回覆。

然後他趕快檢索地圖。「可惡。」

他只考慮片刻就送出回信。

吉爾的簡訊進來時，艾倫看得見國會大廈的圓頂。

她把簡訊轉傳給博因頓，附上自己的一句話，然後躺向椅背思考著。

⅄

國務卿的訊息進來時，博因頓的手機只剩一分鐘電力。

「快給我紙筆，」他說著搶來札荷拉手裡的地圖，抄下幾個字，手機電力耗竭了。

「巴基斯坦，」他對車上同伴說。「我們最好去巴基斯坦。」

「瘋了嗎？」札荷拉說。「我是伊朗人。我們八成會被巴基斯坦人宰了。」

「他們呢，」安娜指向後方飛舞的塵土，「百分之一百會宰了我們。」追兵活像俗稱塔斯馬尼亞惡魔的袋獾。

博因頓靠向前，對凱瑟琳說，「妳哥在巴基斯坦。他可以接我們。他在那裡有朋友和人脈。離邊境不遠有個小鎮，我剛接到鎮名，穿越國界就能到。」

凱瑟琳瞄後照鏡一眼。塵爆愈來愈逼近。

走哪一條路去邊界最快，札荷拉和安娜依偎研究著；博因頓沒事做，靠著椅背，直盯前方。

有件事情困擾著他。他剛忘了一件事。對了，想起來了，他趕緊掏手機，按了再按，沒反應，電力一滴也不剩。手機成了一塊黑磚。

法哈德嚥下最後一口時吐出兩個字，他剛忘了轉告亞當斯國務卿。

白宮。

第三十三章

前腳才踏進橢圓辦公室，艾倫和貝琪就聽見威廉斯總統問，「有沒有查到什麼？」

「在懷海德家沒有，凱瑟琳和博因頓倒是查到沙赫的王牌核子專家的廠房在哪裡。只要找到廠房，一定也能在裡面查到核子彈被放置在哪裡。」

「謝天謝地。廠房的地點在哪一國？」

「在巴基斯坦，靠近阿富汗邊境。」她向總統報告確切資訊。

「應該不難找到，」他說。「一間廢棄水泥工廠，在巴基斯坦巴焦爾特區，在奇克特近郊，」他複誦著，以確定自己沒聽錯。見艾倫點頭，他按對講機，「叫懷海德將軍進來──」

他即刻打住。

「總統先生，將軍他──」白宮幕僚長芭芭拉說。

「對，我忘了。叫美國特戰司令部指揮官（Commander of US Special Forces Command）進戰情室見我，即刻。也把畢詮叫去戰情室。他出院了嗎？」

「我剛接到他簡訊，總統先生。他正要去倫敦和情報單位開會。要不要我打電話給他？」

「不用，」艾倫說。見威廉斯總統看著她，她才又說，「開那些會很重要，他一定要到。」

威廉斯瞇眼看著她，還是朝著對講機說，「不用了，芭芭拉，隨他去吧。」說完，他收拾辦公桌上的文件說，「跟我來。」

「抱歉，總統先生，我想請你准許我去巴基斯坦見總理。我認為，兩國攤牌的時刻到了。」

「就像妳跟伊朗政府攤牌那樣嗎，艾倫？」

「我們掌握到資訊了。」

「妳也害外交官被捕，更害自己被驅逐出境。」

「我們掌握到資訊了，」她再說。「有損顏面，走的也不是傳統路線，不過，終究還是取得資訊了。」

「信得過嗎？」

「你該不會問我能不能信任我女兒吧？」

「看在上帝份上，艾倫，別再掀舊帳了。當年吉爾的事，是我的錯，我對不起妳。我應該和綁匪斡旋，求他們放走妳兒子。」

艾倫等他繼續說。

那幾個月，那幾天，無盡的小時，無盡的分秒，無時不刻艾倫心焦如焚，就怕看新聞見到兒子被斬首。害怕看見，超害怕看見。假如真的出事了，無論她再怎麼迴避，那幅影像必定會登上各家報紙頭版，新聞也會爭相報導，所有網站也是。

在那影像折磨之下，吉爾的母親必將終生視而不見。她只要眼睛一睜開，那影像絕對會浮現在眼前任何景象中。

可以救吉爾脫離苦海，可以救她的那男人，現在說得出「對不起」？

她不信自己講得出話。她呆立在橢圓辦公室裡，努力喘著氣，兩眼直盯著美國總統。她想傷害他。就像他傷害她兒子那樣。像他傷害她那樣。

「想像一下，」她終於說，「你的兒子被砍頭了。」

「可是，吉爾沒被砍頭啊。」

「有，每一夜，每一天，在我心中都是。」

道格．威廉斯倒沒從這角度思考過。如今，一幅影像浮現在他腦海。他自己的兒子，跪在地上，渾身髒兮兮，驚恐萬狀，長長的刀鋒貼在咽喉上。

威廉斯倒抽一口寒氣，直視艾倫，扣住她的目光，經過漫長的幾秒後才輕輕說，「對不起。」

這一次，艾倫看得出他真心真意，不是什麼政壇上的權益之語，不是為了讓小風波快點平息而空口道個歉。這三個字經過內心掙扎，出自心田深處。

他說對不起。

他夠識相，不要求艾倫原諒。永遠不能原諒，也不該原諒。

「艾倫，我不是在懷疑妳兒子或女兒，我只是質疑他們的消息來源。」

「有人犧牲性命，我們才取得那份資訊。資訊就這麼多了，不信也得信。我要趕去伊斯蘭馬巴德，也希望把排場弄得儘可能熱熱鬧鬧，以展現國威。起碼也要轉移注意力，好讓你規劃突襲行動。」

「我甚至不想知道『轉移注意力』是什麼意思，」總統說。這時他們在大走廊上快步走，艾倫小跑才跟得上他的大步伐。

「可是……」她說。

威廉站住，轉身看她。「又怎麼了？」

她深深吸進一口氣。「我想中途去看看艾瑞克．敦恩。」

「去佛羅里達？為什麼？」

「去探聽他知道什麼。」

「妳認為前總統是幕後主使人？」威廉斯質問。「敦恩嘛，我對他絲毫沒有敬意，不過我無法想像他居然會准許核子彈在美國城市引爆。」

「我也難以想像，不過，他可能知道什麼，就算只是潛意識知道而已。」

貝琪聆聽著，聯想起伊朗門事件（譯註：Iran-Contra，一九八零年代美國政府偷賣軍火給伊朗，以獲利私助尼加拉瓜叛軍）期間雷根總統的名言。

「當時他不知道什麼？什麼時候才知道他有所不知？」

敦恩有所不知的東西能塞滿好幾座檔案庫。

取得威廉斯總統首肯後，她們趕往空軍三號，貝琪看著艾倫仍帶在身上的那本鄧恩傳。《君王與情急之士》作者是懷海德夫人提爾尼教授。

貝琪靠向椅背，想著即將降臨的對峙場面。（當你掌握敦恩，敦恩仍未被掌握……）

她彷彿被人從背後推一把，猛然湊向前去。

「天啊，艾，懷海德講的一直是『敦恩』，不是『事成』，他在玩同音字的文字遊戲。鄧恩在玩同音字遊戲，懷海德也是。所以妳才抱著這本書，所以我們才要去找艾瑞克・敦恩。因為懷海德叫我們去。」

「對。」

「不過，這其中也可能有詐。他要我們浪費時間。艾瑞克・敦恩要不是完全不知情，就是知道也抵死不願透露。懷海德想整我們，想搞亂我們的思路。有點像在搞心理戰術。」

「也許吧。」艾倫說。她湊向前，請護衛隊換個路線，改去喬治城的畢詮家中走一趟。

「不是說他正要去倫敦嗎？」貝琪問。

「對。」艾倫說，語帶保留。

來到畢詮家，管家證實他的確出門了，畢詮夫人已帶著兩個十幾歲的兒子去猶他州。他們家在那裡有一座度假屋。

座機啟程前往佛羅里達之際，她問貝琪，「懷海德為什麼還待在特區？」

「他嘛，他被關進白宮面談室。」

「那麼，畢詮為什麼不在這裡？」

「因為畢詮去倫敦和情報主管開會，取得情資。妳自己不也說，事關重大，他一定要去。」

「的確。」

「妳在思考什麼？」貝琪問。

艾倫不應。她陷入沉思。迷失在思緒中。

升空到巡航高度後，艾倫桌上的控制台嗡嗡響起，有一則加密訊息進來。總統想找她視訊。艾倫按螢幕，威廉斯的臉出現。

她看貝琪一眼，貝琪微笑後旋即離開空中辦公室。這屬最高機密，連國務卿顧問也沒資格參與。

「我可以了，總統先生。」艾倫說。

「好。我們都來了。」威廉斯總統以下巴指向圍桌而坐的一群將領。

在場所有人畢生最重大的會議就此展開。

研究該如何派遣美國特戰部隊前進廢棄水泥工廠，查緝核武，最關鍵的是查明核子彈已經部署在何方。

⅄

凱瑟琳駕車狂飆二十五公里，直奔伊朗和巴基斯坦國界，途中演練著大家討論出的台詞。博因頓的貢獻最大。

如何通關，如何確保追兵被擋駕。

結果到了國界，凱瑟琳．亞當斯又被突擊步槍瞄準。感覺像今天已經被槍口對準了一百遍。

已經見怪不怪了，她發現。

「妳自稱美國國務卿女兒？」巴基斯坦邊境衛兵說。

安娜依妲為她口譯。凱瑟琳點頭。衛兵拿走她和博因頓的護照。其他兩人沒帶護照，什麼證件也沒有。

基於凱瑟琳不願多想的原因，巴基斯坦衛兵更懷疑有護照的這兩人，對全無證件的另兩人反而不過問。

「你們為什麼想進入巴基斯坦？目的是什麼？」

「人身安全，」博因頓說。「我們一個是美國國務院幕僚長，另一個是國務卿的千金，如果你不肯放行，害我們受傷或送命，消息傳到你們總理耳朵，他一定會氣壞了。對於政治局勢而言，對於你個人而言，都會是一場惡夢。吃不完兜著走的是總理和你們。」

「反過來說呢，」凱瑟琳對著一頭霧水又激動的衛兵說，「想像看看，要是我們向總理感謝你救命之恩，總理會對你多高興？你叫什麼名字？」

安娜依妲寫下來。

博因頓指向愈來愈近的塵暴。「那輛車上載了一群俄國黑道。你該擋的是他們。美國是巴基斯坦友邦，俄國不是。」

另一名衛兵從邊境哨走出來，拿手機給同事看。無論手機顯示什麼，似乎能證實他們的身分。

博因頓巴望著那支手機，多想借來用。法哈德的遺言沒能轉告給國務卿，博因頓愈想愈覺得事關重大。法哈德咳嗽講出「白宮」兩字，彷彿是一則血書。

然而，就算巴基斯坦衛兵能借手機給他用，他也不能發簡訊給國務卿的加密專線。儘管如此，博因頓繼續巴望著，宛如飢腸轆轆的人看見肋眼牛排餐。

「她們呢？」衛兵把槍口對準安娜依妲和札荷拉。「伊朗不是我國友邦。這兩人沒帶證件。我不能放行。」

麻煩就在這裡。衛兵同意讓凱瑟琳和博因頓入境，卻不准放行另兩人。

「她們嘛，既然她沒證件，」凱瑟琳說，「你憑什麼認定她們不是巴基斯坦國民？」

「不是就不是。」

「她們也可能是。這兩個朋友不過關，我們就不走，你趕快做決定吧。她們到底是伊朗人，還是巴基斯坦人？放我們通過，你就成了英雄；不准我們入境，你的麻煩就大了。」

「夫人，我們被派來伊朗邊境的警衛哨，」另一名衛兵英語流利，交還護照給他們，「還有什麼麻煩比這差事更慘呢？」

「你們巴基斯坦不也和阿富汗交界嗎？」博因頓說。「被派到那邊，肯定不是閒差吧？」

他聳聳肩。「你哪知道？」但這衛兵看得出他們知道。「行李中有無酒精？有無香菸？」他們搖搖頭。「有無槍彈？」

衛兵直直看著安娜大腿上的那支步槍。

見車上的人搖頭，衛兵揮手放行。不是因為他愛美國，而是他怕巴基斯坦總理，也怕被派去守阿富汗邊境。

車子離開前，他們聽見衛兵嘟噥一句「他媽的美國佬。」但他的口氣無怨懟，幾乎帶有仰慕的語調，幾乎。
凱瑟琳才不在乎。
在這一帶，在這整條各自表述的國界線上，情勢孕育出無數派系，各部落的效忠對象不一，有流傳幾世紀的宿怨，有的效忠多方，有的分崩離析，忠心的因素紛雜，幾乎無一效忠美國。但他們也不崇拜俄羅斯。
凱瑟琳猛踩油門。轉彎之際，她從後照鏡看到塵暴剛抵達邊境哨。
後座有人輕聲低語著。
札荷拉握著一串念珠，每撥一顆，就用阿拉伯語喃喃唸一句：「讚頌全歸真主。」
安娜依妲也跟著唸。
念珠被撥弄到微微反光，可見阿瑪迪博士在世時天天撥弄著祈禱無數次。札荷拉冒著生命危險，為的是救出這件遺物。儘管父親出賣她，她仍深愛父親。做錯一件事不能抹滅一生的奉獻。
「讚頌全歸真主。」
車子奔馳過小鎮和村莊，衝向他們與吉爾約定的地點，這時博因頓和凱瑟琳先後加入祈禱行列，髒臭的小老爺車裡頓時充滿柔和的喃喃禱告聲，反覆禱告著，心情漸漸接近淡泊。
「讚頌全歸真主。」
感謝上帝，凱瑟琳心想。接下來，只求能找到吉爾。

人。

艾倫看著特戰部隊指揮官，見他彎腰操縱著一座巴基斯坦巴焦爾地區的3D地形圖，動作嫻熟，轉來轉去，探索著，搜尋著。

「在二〇〇八年，巴焦爾特區發生過一場戰役。」他放大該區域，繼續說，「巴基斯坦部隊想掃除當地的塔利班，最後戰勝了，把塔利班全趕走，不過戰況很慘烈。巴基斯坦軍英勇奮戰，不屈不撓。現在又被塔利班盤踞，我覺得很遺憾。」他抬頭，目光和總統相接。「美國當時派情報顧問和軍事顧問過去。伯特・懷海德是其中一個。他當年是個上校。他對那地區很熟。總統先生，他應該一起來開會才對。」

「懷海德將軍有事無法抽身。」威廉斯總統說。

戰情室裡的男女將領互換眼色。顯然他們聽見風聲了。

「所以，真有這回事？」其中一人說。

「言歸正傳，」威廉斯總統說。「我們該前進那間廠房。怎麼攻進去？」

艾倫懷疑，懷海德上校的忠誠心，就是在這裡開始裂解嗎？在山區，在山谷和洞穴裡，戰況激烈，纏鬥不休，他的信念開始動搖，起先裂出一條細縫。

幾年下來，他會不會看不下去了？會不會是被迫做了太多身不由己的事？殘暴不仁的行動一做再做，他一再被迫保持緘默，終於承受不住？

他是否見到太多男女青年捐軀，別人卻佔到便宜？從此，懷海德上校信念的裂痕慢慢延展，如今在懷海德將軍心中開成一條鴻溝，是不是這樣？

艾倫取出手機，搜尋巴焦爾戰役，得知當時命名為「獅心行動」。

會不會是獅子掙脫陷阱，沒把心帶走？

她放下手機，集中精神在華府，把注意力拉回到戰情室。她不是戰略專家。等巴基斯坦政府發現美國未經許可，在巴國境內策動一場秘密軍事行動，拘捕甚至殺害巴基斯坦公民，屆時她的角色才登場，負責緩頰的工作。

她心想，幸運的話，巴賀爾．沙赫也名列死亡名單上。但她猜八成不會，三頭蛇怪怎麼殺得死？

她集中注意力在地圖上，看著這片幾乎難以直搗的崎嶇地形。她和總統見到村莊和山脈和河川，將領們卻看到契機和死亡陷阱，看到直升機和空降部隊的降落地點，評估部屬在降落前會遇到什麼樣的致命攻擊。

「總統先生，這可要多費一點時間才行，」一級將領說。

「哼，我們哪來的時間。」威廉斯看著視訊中的亞當斯國務卿。她點點頭。非動手不可。

「我說過，恐怖份子正在廠房裡為塔利班實行核武計畫，」威廉斯總統說。「不過，事情還不只核武。」

艾倫心想，我猶有甚多。

「情報顯示，他們已經製造三個核子彈，已經放置在美國城市裡。」

原本彎腰研究地圖的將領不約而同直起腰桿，目瞪口呆。

戰情室氣氛宛如出現一道峽谷，將在場人士和外界隔絕，互不相通，一邊知情，另一邊不然。

「我們一定要攻進那間廠房，逮捕核子專家，」威廉斯總統說，「不過現階段最要緊的是查明核子彈藏在哪裡。」

「我想打電話給我老婆，」一名軍官說著走向門口。「我要叫她帶小孩離開特區。」

「我有丈夫和女兒……」另一名軍官說著也向門走去。

威廉斯對門口的護衛示意，請他們擋門。

「擬好計畫之前，誰也不准走。我們的機會就這一次，而且一定要在幾小時內好好把握。」

艾倫看著視訊，思緒奔騰著。她想壓抑思緒，不然會愈想愈糟。

本來，她的思緒已快觸及最糟情況，被嚇得無法再想像下去，但現在她的想像力到位了。

「國務卿女士，」機長透過廣播告訴她，「棕櫚灘國際機場已經准許我們降落，我們準備七分鐘後降落，現在必須切斷通訊。」

「不行！」她口氣很衝，隨即調整語調。「對不起，不行。再給我一點時間。不得已的話，你就再繞一圈。」

「我不能。塔台沒有准許我——」

「那就去求他們准許。我還要五分鐘。」

機長安靜一秒。「知道了。」

空軍三號傾斜，轉彎，艾倫這時頭一次發言。

「總統先生，我想私下和你交談。」

「我們正在——」

「拜託。現在。」

離開視訊後，艾倫告訴機長可以降落了，這時望窗外的的棕櫚樹，看著豔陽下閃閃發光的海洋，想起懷海德家院子裡的美式足球和自製鞦韆。想起那些相片，以及門前的白色小圍籬。

她也回憶法蘭克福爆炸現場，那些父母親手持失蹤子女相片，凝望著平鋪柏油路上隨風飄擺的紅毯子的情景。

她想起凱瑟琳和吉爾，知道他們在巴基斯坦某地。

艾倫．亞當斯想起君王和情急之士，納悶著自己是否剛鑄下此生或人類史上最嚴重的錯誤。

第三十四章

亞當斯國務卿的車陣行抵一座高聳的金色院子門，院子內是艾瑞克·敦恩位於佛羅里達的豪宅。敦恩知道她們即將來訪，私家保全人員也看得見車隊駛進長長的車道，卻照樣讓她們傻等。保全人員相當於敦恩私人民兵團，見到亞當斯國務卿，要求她出示證件，她微笑遞過去。拖了半天，保全才把證件退還給她。保全沒留意到，艾倫一腳膝蓋不停蹦上蹦下，貝琪則在髒話庫裡搬進搬出。

外交護衛隊隊長史帝夫·科沃斯基是國務院老將，轉頭看著副駕駛座上的柯里福太太，聽她搬出一個又一個髒字來造髒句，國罵做出字與字的連結，名詞變動詞，動詞再變成天花亂墜詞，混合出一句句難聽又詼諧的氣話，語文運用之靈活，令武官科沃斯基嘆為觀止。而他可是出身自髒話連篇的陸戰隊啊。

顯見，科沃斯基雖然敬仰亞當斯國務卿，他更崇拜她的顧問。

她們搭機前來的途中，敦恩召開記者會。下飛機後，在前往敦恩家途中，她們在車上收看。敦恩明知國務卿即將上門，刻意召開這場記者會。

記者會的目的顯然只有一個，就是竭盡所能污衊國務卿的兒子吉爾·巴赫爾。不是暗示，而且直接指控他涉及倫敦、巴黎、和法蘭克福的公車爆炸案，更指他對母親竊竊私語干政，甚至可能策動國務卿叛國。敦恩比手畫腳，大聲小叫揚言著：換了政府以後，國力被削弱了，當道的集團是激進份子、社會主義人士、恐怖份子、支持墮胎權民眾、叛國賊和白痴。

「你們可以進去了。」保全對他們說。艾倫旗下的媒體曾報導另類右翼（alt-right）團體，保全配戴的徽章就屬於另類右翼。

科沃斯基開著休旅車，從車道駛向一座酷似城堡的房子。艾倫問他，「特勤已經不保護前總統了嗎？」

「應該還有，」科沃斯基隊長說。「不過，他派自己人守最前線。他嫌特勤是潛政府的走狗。」

「哼，如果特勤忠心耿耿的對象是美國以及總統一職（而非總統個人），那他想得沒錯。」艾倫說。

艾倫再查看手機。仍無凱瑟琳、吉爾、博因頓的消息。總統也沒消息。

她把手機交給護衛隊長，下車，然後和貝琪站在巨大的雙扉門前，等著門打開。

等了又等。

彼特·漢繆頓又來私下講了，酒保看著他，心情往下沉。漢繆頓走進昏暗的酒吧，在吧台找位子坐下。

「我不是叫你別再來嗎？」他對彼特說。

奇怪，這年輕人今天不太一樣，酒保心想。他今天少了一分落魄，目光有神，衣服比較乾淨，頭髮也是整潔。

「你怎麼了？」酒保問。

「什麼意思？」

酒保偏著頭看漢繆頓，發現自己居然在關心這年輕人。酒保看著他走下坡，看了四年，看得心疼，為這小子感到難過。

政治再基層，廝殺惡鬥也難免。至於在華府，惡鬥起來更是殺人不眨眼。這小子當年被鬥成了眾人笑柄，最後還被插在笑柄上，當肉來烤。

但今天漢繆頓出人意表，忽然變回正常人了，變回健健康康的原貌——才一天的光景——好好洗個澡，換一套乾淨的衣褲，真能改頭換面，令人稱奇。

酒保幹這一行太久了，才不會上他的當。這只是表面工夫，底子不變。

「給我一杯蘇格蘭威士忌。」漢繆頓說。

「給你一杯氣泡水。」酒保說。他丟一瓣萊姆進高杯，擺在杯墊上，杯墊印著亞當斯國務卿的滑稽畫。

漢繆頓見了會心一笑。他東看看西看看。

沒人留意他。他知道，今天來這裡可能不是時候，畢竟他曾被趕回家，而且他還要進一步追查懷海德的罪證，看看白宮裡是否有共犯。

但他想在權勢的心腹堆裡，聽一聽風聲。

果不其然，當紅話題，也是唯一話題：懷海德，參謀長聯席會議主席被收押的傳聞甚囂塵上。罪名不得而知。

酒客最密集的那一群人以一位妙齡女子為圓心。她剛到。在這酒吧，漢繆頓今天是頭一次看到她，但他認得出這女子是誰。今天他等著進橢圓辦公室時曾和她打過照面，她正是白宮幕僚長的助理。

她捕捉到漢繆頓的目光，爽朗一笑。漢繆頓也以笑回禮。他拿起杯子，漫步過去，心裡想著，搞不好命運之神今天會眷顧我。

他從沒想過，國難即將降臨，白宮幕僚長的助理怎麼有空光顧酒吧？

他從沒想過，她不可能一路跟蹤著他來到酒吧吧？

他從沒想過，今天眷顧他的可能是超級厄運之神。

⅄

威廉斯總統離開戰情室，出席一場表定的記者會，半小時後回到戰情室。

他知道，取消記者會會啟人疑竇。記者會只進行十分鐘，剩下二十分鐘，他忙著其他事。

記者提問幾個關於懷海德將軍的問題，但問得朦朦朧朧。山雨欲來，但目前為止只聞遠方雷聲隆隆。

回到戰情室，威廉斯對著正在研究地圖的將領問，「計畫擬好了嗎？」

這時將領已擬定兩套計畫。

「總統先生，我們對這兩套都不太有把握，」特戰部隊指揮官說。「不過，情況太緊急，這已經是我們構想最周全的計畫。如果時間充裕一點……」

「沒那回事，」威廉斯說。「事實上，我們時間一分一秒流失中。」他聆聽將領的建議。「成功機率多大？」

「我們估計，第一套計畫有百分之二十的勝算，第二套百分之十二。如果塔利班的戰力真如線報那麼強，那我軍幾乎篤定連降落都成問題。」

「我軍倒是可以直接轟爛那間廠房。」一位將領說。

「這策略是很令人心動，」總統承認，「不過，假如廠房裡另有核子彈，爆炸就不堪設想，也查不出核子彈被放置在美國哪幾座城市的線索。當務之急是查清核子彈部署地點。」

「沒有其他方式可以查嗎？」

「要是有，現在就不必進攻廠房了。」總統靠向地圖。「說出來就怕你們見笑，不過我想到另一條可能性。也許，我軍可以降落在這裡——」他指向眾將領不曾考慮到的一區。

「地勢太險峻了。」一位將領說。

「不會，這裡有一座高原，面積不大，只夠兩三架直升機降落。」

「總統怎麼知道那裡有高原？」一位將領湊近問。

「一看就知道。」威廉斯總統放大３Ｄ圖，果然，有一塊平地。不大，但有就是有。

「總統先生，不好意思，降落在這裡有什麼用途呢？這地方離廠房十公里，士兵攻不了那麼遠。」

「又不是叫他們進攻。他們只是個幌子。我們可以用空襲來掩護他們，好讓塔利班戰士應接不暇，以方便正規軍降落廠房上。」

將領瞠目看著他，好像他在講瘋話似的。

「可是，這樣太瘋狂了，」參謀長聯席會議副主席說。「士兵會馬上被殲滅。」

「讓塔利班戰士在別的地方抽不出身，聲東擊西，我軍就不怕被殲滅。這有可行性吧？」總統以目光探照所有人，「在突襲之前幾小時，我們先透過情報網釋放風聲，說我們聽見塔利班在該地活動，所以可能派兵進擊。這樣一來，塔利班會豎起耳朵聽。假突襲的地點離廠房太遠，塔利班不至於懷疑有詐，不過，假突襲的方位仍在塔利班盤踞區的核心地帶，所以塔利班可能會誤信。事實上，我可以跟英國首相貝靈頓商量看看，把風聲傳成英國為報復倫敦爆炸案，於是派特別空勤團（SAS）出征塔利班。這樣一來，塔利班可能中計，焦點不會放在我們身上。」

總統看著將領，將領則面面相覷。

「有沒有可行性？」他問。

眾將領答不出話。

「有沒有可行性啊！」他吶喊。

「總統先生，給我們半小時。」參謀長聯席會議副主席說。

「二十分鐘。」威廉斯走向出口。「然後派特戰部隊升空。在他們抵達前，你們可以擬定攻防細節。」

威廉斯一走出戰情室，關上門，全身癱在門上，閉上眼皮，雙手捂臉，喃喃說著，「我怎麼做得出這種事？」

⅄

「君王與情急之士。」貝琪低語，陪國務卿穿越廣大的玄關，合不攏嘴看著華麗的裝潢。假如這裡是真正的皇宮，這裝潢算很派頭，不會被人暗笑是自卑過度才有的補償心態。

「總統正在陽台上等妳們。」前總統敦恩的私人特助說。

陽台其實有好幾座，義大利式陽台，向下通往一座奧運標準規格游泳池，正中央有一座噴泉，氣派但完全不適合游泳。

四面盡是修剪整齊的草坪和花園，而院子的盡頭是海洋。再遠，就什麼也沒有了……

艾倫猜，對艾瑞克．敦恩而言，私人物業以外的世界讓他不屑一顧。他影響範圍以外的世界不值得他在乎。

而他的影響範圍依然大得驚人，艾倫不得不承認。

這次見面應速戰速決，但她也明瞭，如果敦恩知道她急著走，必定會故意拖她時間。

「亞當斯夫人。」敦恩說著站起來，走向她，對她伸出一手。

他的體形高大，事實上是個龐然巨物。艾倫曾多次見過他，但互動僅止於社交寒暄而已。敦恩給她的印象是為人風趣，甚至可以說很迷人，缺點是他對別人不感興趣，聚光燈一轉移到別人身上，他立刻悶得發慌。

隨著敦恩的商業帝國興起、衰敗、起死回生，艾倫曾指示旗下媒體專題報導他。每次在商場上死灰復燃，他的言行就更加大膽，更加膨風，更加玻璃心。

宛如澡缸裡的一顆氣泡，隨時可能啪然爆掉，釋放出一股臭氣。

後來，令各界跌破眼鏡的是，他投身政壇，贏得全國最高的公職。但她知道，敦恩背後不是沒有推手，不是沒有高人，不是沒有外國政府圖謀從中獲利而且得逞。

若說民主是一道強光，極暗的黑影必定隨行。人民可自由行使個人的自由權。

「哦，這一位小姐是誰？」敦恩問，轉向貝琪。「妳的秘書嗎？妳的另一半？哦我很開放的，只要妳們別當眾親熱嚇到小孩子就好。」

他自顧自的哈哈笑著，艾倫則暗哼一聲，警告貝琪不要輕舉妄動，不要讓這個草包子稱心如意。

艾倫介紹貝琪．詹姆森是她的長年好友和顧問。

「那妳都建議亞當斯夫人哪方面的事？」他邊問邊揮手向已經擺好的椅子。

「亞當斯國務卿有她自己的主張，」貝琪裝嫩說，語調之甜美令艾倫心驚。「我守在她身邊，只求她愛愛。」

艾倫聽了傻眼，（上帝啊，如果你聽見了，趕快帶我走吧！），敦恩愣一愣才噗滋笑出來。

「別鬧了，艾倫，妳來找我有什麼事？」他說。擺出不熟裝熟的調調，「希望不是為了爆炸案吧，那是歐洲的事，不干我們。」

「我們得知一些……令人不安的情報。」

「情報界又想搞我啊？」他回。「別相信。假新聞。」

艾倫強壓住衝動，才沒提起她兒子剛被他公開抹黑，但她也明瞭，這正是他召開記者會的居心，她不能誤入陷阱。她自欺也騙他：我沒看記者會。

「不是針對你。不過，關於懷海德將軍，你有什麼可以告訴我們？」

「伯特・懷海德？」敦恩聳聳肩。「我一直覺得他沒什麼用途，不過我有事交代他，他一定辦到。我所有的將軍都是。」

「我的」將軍？是想引她駁斥說，他們其實不是「你的」將軍嗎？或者，他真的自以為將軍全是他的人馬？

「他有沒有可能聽了三分命令卻做到十分呢？」

敦恩搖搖頭。「不可能。在我任內發生的事，沒有一件我不知情，沒有一件不經過我批准。」

這句話將來恐怕害他自己吃不完兜著走！貝琪暗想。

「你為什麼同意釋放沙赫博士？」艾倫問。

他靠向椅背，椅子發出吱嘎一聲。「啊——原來為的是這件事啊，他就對我說妳會這樣問。」

「他？」艾倫說。「懷海德將軍嗎？」

「錯。巴賁爾。」

艾倫能控制自己的口舌，卻無法控制體內的血流。這時候，血液從她臉上竄流至體核心，在軀幹裡重整旗鼓，大會師，臉色因此慘白。

「沙赫？」她問。

「巴胥爾，對。他說妳會不高興。」

艾倫封緊嘴皮，直到有辦法講文明話才開口，「你跟他講過話？」

「有啊。為什麼不能。我幫他忙，他想對我表達感激。他是個天才，是個創業家，我跟他有很多相同點。喂，妳不是已經把他害得夠慘了嗎？他是個巴基斯坦生意人，被你旗下媒體和別人誣控走私軍火。他全對我解釋過了，巴基斯坦政府也解釋過。妳的問題在於，妳把核能和核武混為一談了。」

貝琪喃喃罵一句，幾近無聲。

敦恩轉向她，血氣陡然漲滿整張大臉，氣泡即將浮上水面，即將啪一聲爆破。

「妳剛說什麼？」

「我說你，幹——練。」

敦恩怒視著她好一陣，然後才轉回艾倫。

她差點閃躲開來。這男人的確有一股難以阻擋的強勢，艾倫沒遇過這樣的人。

多數成功的政治人物都有群眾魅力。但敦恩不只有群眾魅力，任何人一進入他的運行軌道，必定能滋生一種異於常態的體驗，能感受到一股引力，像樂子快來了、危險快到了，宛如拿著手榴彈雜耍。

既令人振奮，也令人膽寒，即使是她也能感受到。

艾倫・亞當斯不受他吸引，反而覺得噁心反彈。但她不得不承認，敦恩具有一份強勁的磁吸力和野獸本能，他具有直鑽人性弱點的天賦，能強迫對方順著他的意志行事，如果對方不從，就等著被擊垮。

他既猙獰又兇險。

但艾倫不肯退讓。她不願逃回家找媽媽。

她不願屈從他的心意，她也誓死不會被他擊垮。

「提議釋放沙赫博士的是你的哪一位高官？」

「沒有人。是我自己的點子。高峰會上，我私下和巴基斯坦政府溝通，想停損，說著說著就提到沙赫。巴基斯坦抱怨美國前一任干預內政，說換了一個懂得領導統御的人接任，他們好慶幸。他們跟上一任總統處不來。罵他軟弱又愚笨。他們主動提起沙赫博士，稱讚他是巴基斯坦英雄，結果上一任總統聽信小人，逼巴基斯坦政府逮捕他，重傷兩國關係。所以我就出手啦。」

「就出手同意釋放沙赫博士？」

「妳見過他嗎？他很斯文，很有學識。不是妳想的那樣。」

她很想反駁但強忍下來。她也不想問沙赫是如何報恩的——不問也知道。

「現在沙赫博士在哪裡？」她只問。

「唉，他本來昨天想請我吃午餐，結果取消了。」

「什麼？」

「就是說嘛，妳能相信嗎？竟敢取消我。」

「他在這裡？人在美國？」

「對。從一月就待到現在。我安排他借住我的一個朋友家，離這裡不遠。」

「他拿到美國簽證？」

「大概吧。我自己搬來佛羅里達之前安排他先過來。」

「地址能給我嗎？」

「如果妳想去找他，他已經不在家了。昨天就走了。」

「去哪裡？」

「沒概念。」

艾倫對貝琪使眼色，警告不要使出重砲。貝琪驚恐得目瞪口呆，才沒心情縱容自己釋放情緒。她低頭看了一下手機，見漢繆頓傳來一則標示著「重要」的簡訊。

HLI

顯然是錯字，所以貝琪以問號回應，把注意力轉回到對話。

「總統先生，」艾倫說著，「沙赫的去向如果你知道，或者你認為有誰知道，一定要馬上告訴我。」

這語調居然令敦恩收起笑臉，表情頓時嚴肅起來。他審視著她，眉毛緊鎖。

「怎麼一回事？」

「據研判，沙赫博士陰謀對蓋達組織輸送核子武器。」她點到為止。

敦恩盯著她，一時之間令她誤以為嚇到他了，他就快伸出援手了。不料他呵呵笑了起來。

「高明。他料到妳會這樣講。妳疑神疑鬼的。他說如果妳真的這樣講，叫我問妳喜不喜歡他送妳的花。我不知道他指的是什麼，他送花給妳嗎？肯定是真愛喔。」

在無言的空檔，艾倫只聽得見自己的呼吸聲。她站起來。

「感謝你抽空見我。」她伸出一手。等到敦恩一手也伸出來，她握住他的手，一把拉這個龐然巨物也起立，鼻尖對鼻尖，嗅到他的口氣——有肉味。

她沉聲，「我認為，你表面上既貪婪又愚昧，心裡其實很愛這個國家。如果蓋達組織真的取得核子彈，他們一定會用在這裡，用在美國領土上。」

她抽手，盯著他垮下來的臉皮，然後繼續說，「你一再表明，你在白宮期間，所有政策都經過你批准才執行，這說法你最好再審慎考慮一下，不然就幫我們防止災難發生。如果災難降臨，責任會推到你家那道金色大門前。我說到做到。你如果知道沙赫去向，最好趕快說出來。」

她見敦恩目光有懼色。是怕即將降臨的災禍，或怕被怪罪？艾倫不知道也不在乎。

「趕快告訴我們。」她要求。

「他住過哪裡，我可以告訴妳。我可以叫助理報給妳。就這樣而已。」

但她心知絕對不只如此。

我猶有甚多……

「懷海德將軍。釋放沙赫一事，他扮演什麼角色？」

「他該不會想搶功勞吧？點子是我出的。」

艾倫瞪他。就算招致大災難，敦恩照樣忍不住想居功。

亞當斯國務卿和貝琪．詹姆森走到玄關，等候敦恩派助理前來告知沙赫在棕櫚灘別墅的地址。女助理來了，交給艾倫一張紙，說著，「我希望妳知道敦恩總統是個偉人。」

艾倫差點問「是他叫妳這樣講的嗎？」但她回，「也許吧。可惜他不是一個好人。」

耐人尋味的是，年輕女助理沒有反駁。

回到休旅車上，貝琪以下巴指一指艾倫手中的地址。

「現在去那裡嗎？」

「沒有，我們要去巴基斯坦。」她向科沃斯基討回手機，把助理給的地址傳給威廉斯總統。她知道總統會下令立刻採取行動。

⅄

「總統先生。」在加密電話上，英國首相咬字清晰，講話一板一眼。「找我有什麼事？」

「傑克，我想散佈風聲，說英國為報復公車爆炸事件，空勤團正準備出征巴基斯坦境內的蓋達組織。」

傑克．貝靈頓首相沒有回話；沒直接掛電話，已經很有風度了。道格．威廉斯握緊話筒，緊到指關節血色盡失。

「你在打什麼主意，道格？」

「你不知情比較好。不過，我們需要你幫個忙。」

「這風聲一放出去，英國不就成了全球恐怖份子的標靶嗎？」

「我不是要求你真的派兵出征，只要你不要否認這個傳聞，只要幾個鐘頭就好。」

「認知即事實。英國是否真的派兵不重要，恐怖份子聽了總會信以為真，他們寧願相信。」

「事實是，英國早就是恐怖份子的標靶了。二十六死，傑克。」

「二十七了。一個鐘頭前，有個小女孩走了。」貝靈頓長嘆一聲。「好吧。去放風聲吧。如果有人問，我不會否認。」

「真相一定要隱瞞。連你的部屬也不能知道，」威廉斯說，「我知道倫敦正要召開國際情報首長會議。」

他聽見貝靈頓長吐一口氣，知道對方正在考慮。「你是在要我對我的人民撒謊？」

「是的。我也會做同一件事。如果你同意，我就向自己的國家情報總監放第一個風聲。提姆．畢詮正在倫敦開會。我會讓他知道外傳英國空勤團即將進行突襲。畢詮會向英國情報首長打聽，然後英國情報首長會問你。」

「而我不說謊不行。」

「你只要不揭穿真相就行。語帶保留，含糊其辭。這不是你的強項嗎？」

傑克．貝靈頓哈哈大笑，「我前妻對你講我壞話嗎？」

「你決定怎樣，傑克？」

威廉斯看見亞當斯國務卿捎來一則緊急簡訊。他等著，等著貝靈頓首相回話。

「那小女孩才七歲大，和我孫女一樣。好吧，總統先生，我能守幾個鐘頭。」

「謝謝你，首相先生。我欠你一杯。」

「好。下次你來英國，道格，我請你去小酒館，吃塊派，喝杯啤酒，說不定再加一場足球賽。」

兩人遲疑一下，想像著把酒言歡的情景，但願有成真的一天。但雙方都明瞭，把酒言歡的日子早成過去式了，永不再現。

電話一掛掉，威廉斯閱讀艾倫的簡訊，然後命令ＦＢＩ和國土安全部派員去棕櫚灘別墅。他也交代他們查明前一天離開棕櫚灘的私人飛機編號、乘客名單，和前往地點。接著，他著手散布英國空勤團即將空襲的風聲。

辦公桌上響起鈴聲。

「總統先生，」參謀長聯席會議副主席說，「他們起飛了。」

威廉斯總統看時間。再過短短幾小時，特戰部隊將飛進巴基斯坦境內的塔利班領域，趁夜進擊。

突襲即將展開。攻勢已經啟動。

第三十五章

前往伊斯蘭馬巴德的專機上，艾倫睡得不踏實，常常醒來查看有無簡訊進來。

在中東某秘密基地，契努克（Chinook）直升機和加油機已全數升空，司令官們正在研擬攻擊計畫的最後幾套戰略。

傍晚，空軍三號在巴基斯坦降落時，遊騎兵團已分成兩小組。

艾倫看時間。距離士兵降落還有三小時二十三分鐘。一小組負責調虎離山，先落地，二十分鐘後，另一小組突襲廠房。

另一則訊息證實，巴胥爾．沙赫已離開佛羅里達，去向不明，別墅裡空無一人，搜不到文件。他的姓名也不在飛離棕櫚灘機場的人員名單上。

失望但不意外。

目前正在追查所有私人飛機，連民航班機也一併過濾。

巴胥爾．沙赫如幽靈般消失無蹤。

她看著依舊在桌上的那束香豌豆花。快凋零了，她反而覺得高興。垂垂老矣，垂死掙扎。

侍從官本想端去扔掉，艾倫卻交代留下。看著沙赫的好意死去，她心中有一份異樣的滿足感。

以花替代沙赫太遜了，但有總比沒有好。

「在我們下飛機之前，我想給妳看個東西，」貝琪說。

貝琪遲遲沒再接到彼特．漢繆頓的回覆，決定還是告訴艾倫。

「ＨＬＩ？」艾倫說。「代表什麼？」

「手滑了吧。」

艾倫皺眉說，「標示緊急訊息，怎麼會打錯字？重要的話，一定會再三確認才發，不是嗎？」

「換做是我的話我會，不過他可能很急。」

「漢繆頓自己有解釋嗎？」

「我問了，他沒回。」

兩人直盯這三個字母。難道他指的是ＨＩＬ（硬體在環仿真技術）？但就算是，那又代表什麼？ＨＩＬＬ（丘陵）嗎？國會山莊（Capitol Hill）？核子彈其中一枚被放置在國會山莊嗎？但再想一想，這也不合理。為什麼少打一個Ｌ呢？明明被漢繆頓標示為緊急。

「他回覆了再告訴我。」

艾倫照著鏡子，這次不穿罩袍，只要保守、端莊的服飾即可。長袖，褲裝，圍一條絲巾。她出任國務卿的消息一宣佈，巴基斯坦外長就送了她一條漂亮的絲巾，孔雀羽毛的花樣，精緻脫俗。

她為她即將要做的事情感到不安。但她別無選擇。如果那群英勇的士兵能做他們即將做的事，那她也辦得到。

「妳想去嗎？或者妳比較想待在這裡補眠？」她問貝琪。貝琪神態疲倦而煩躁，但儘量掩飾，以免艾倫為她操心。

「開什麼玩笑？我都教過初三學生讀莎翁的悲喜劇《暴風雨》（The Tempest）了，這算什麼？天啊，與其面對三十個十四歲小孩，我倒寧願空降進攻蓋達組織佔領區。」

「喔，美麗新世界，凡人形形色色——」貝琪看著好友艾倫，心裡背誦著。

「有我們就搞定。」艾倫說。

「地獄鬧空城，惡魔進佔凡世。」，她心裡想著。

至少也離這裡不遠。她希望沙赫正在廠房裡，渾然不知大軍即將壓境。她再看時間。

三小時又二十分鐘……

契努克直升機以三角隊形前進。

起飛時，太陽剛西下，機鼻朝下頓一頓，接著衝向前，載著遊騎兵，即將降落在預定的高原區，死守。

士兵的表情堅決，女上尉看在眼裡。多數士兵才二十多歲，卻已淬礪出鋼鐵意志。但這次任務會比以往戰役更加艱苦，幾名士兵可能有去無回，也可能比幾名更多。

這一點，她的上級在交代她任務時知道，她自己見到攻擊計畫時也清楚，但她明瞭此行有多重要，所以沒有異議，連遲疑也沒有。

「凱瑟琳和吉爾也在巴基斯坦，想想都覺得奇怪，」貝琪說著，陪艾倫一起離開空軍三號。「只不過相隔滿遠的。他們能一起來多好。」她稍停一下，好讓艾倫說：可以啊，找他們過來。但艾倫不吭聲。貝琪見狀繼續說，「話說回來，我倒寧願他們待在這裡，不要回華盛頓特區。」

「我有同感。」艾倫知道，任何人一得知核子彈的事，第一個反應就是把家人送出特區，遠離任何一座可能被鎖定的一線大城市。

在飛機外，一組鼓號樂隊演奏著軍樂，進行著歡迎儀式。

「妳看過嗎？」貝琪舉著iPad給她看。

艾倫彎腰，看見威廉斯總統召開記者會的影片。

稍早，前總統敦恩指控吉爾．巴赫爾涉嫌公車爆炸案，記者請威廉斯發表感想。

「這問題我只回應一次，僅此一次，」威廉斯總統正對著鏡頭說。「吉爾．巴赫爾冒著生命危險，在幾乎喪命的情況下，試著搶救公車上的男女老少。他是一位傑出青年。家人以他為榮，國家也以他為榮。想污損他聲名或他母親聲名的人居心不良也欠缺知識。」

艾倫揚起眉毛，懷疑自己為何從沒留意到威廉斯的嗓音滿悅耳的。

「彼特．漢繆頓還沒消息嗎？」她說。

貝琪再查看手機，搖搖頭。

「國務卿女士，」助理說。「時間到了。」

艾倫再照鏡子看最後一眼，深吸一口氣站起來，伸直腰桿，抬頭挺胸，高角度下巴。

「我們應付得過去——」她在心裡想著，踏出機門，迎向暖和的夜風，面對歡呼聲和飛舞的美國國旗，聽著國歌。每聽見〈星條旗〉，她總覺得士氣抖擻。她唱著：「最後一道暮光……」

親愛的上帝，幫幫我們。

⅄

第二梯次直升機起飛，滿載著重要的貨物。士兵的父母若知國家如何要求他們，必定會大驚失色。機上男女青年握著M-4步槍，分坐兩旁，互看著對面的袍澤。

遊騎兵是精英部隊，是矛頭。十年前，海軍海豹部隊曾空降巴基斯坦，力克賓拉登。

這批遊騎兵知道，此行至少和上次同等重要，甚至更重要。

他們也明瞭，此行和上次同等危險，甚至更危險。

⅄

進入巴基斯坦小村落後，老爺車抖了幾下，熄火，停車。「不可能吧，」博因頓說。「怎麼會約在小茅屋？」

「不然約在哪裡？」凱瑟琳問。「麗思卡爾頓嗎？」

「比不上麗思的地方多得是，不過這地方未免太——（他指向這棟微微傾斜的木造建築）——該不會連電都沒有吧？」

「需要幫你的電動牙刷充電嗎？」凱瑟琳邊下車邊問。一直在諷刺博因頓的她其實不得不承認，自己是有點錯愕加失望。

「不是，」博因頓說，「急著充電的是這個。」他舉起手機。「充電才能發簡訊給妳母親。」

白宮。白宮。

凱瑟琳正要反唇相譏但壓抑住衝動。她既餓又累，原本指望目的地能解決民生問題，結果大失所望。

白宮，白宮，博因頓心想著。之前發簡訊，幹嘛不一起報告這一點？因為，當時有人在追殺他，為此他還射死了一個人。因為，他一時神經錯亂，只急著向上司報告王牌核子專家和廠房地點，深怕下一刻自己就沒命了。

白宮。坐老爺車前來的路上，他反覆自問「白宮」指的是什麼。但說實在話，他不想接受最明顯的解釋。

白宮內部有人勾結沙赫。可能指懷海德將軍，但他隸屬國防部五角大廈，不算白宮官員。話雖如此，法哈德可能認為白宮和五角大廈差不多。

然而，博因頓心裡排除這可能性。法哈德咳血吐出遺言「白宮」，不可能含糊其辭。

凱瑟琳敲敲小屋的門，每敲一下，整棟房子跟著動搖。冷不防，門開了，吉爾站在門口。

「哇，謝天謝地。」他說。

凱瑟琳衝過去擁抱哥哥，但發現哥哥的視線通往她背後。

看著安娜依妲．達希爾。

凱瑟琳被身後的安娜推開，見安娜飛撲吉爾，想緊緊擁抱他。

「這……」背後另一人開口說，「未免太出人意料了吧。」

凱瑟琳轉身，看見安娜依妲。頭轉回去，再仔細看一眼，凱瑟琳才發現飛撲者是博因頓，不是安娜。現在，博因頓抓得吉爾好緊，簡直快哭了。

博因頓縮身站好，說著：「手機，你有沒有手機？」

「有——」

「給我。」吉爾遞給他。幾秒後，博因頓按傳送鍵。

好了。責任交出去了。然而，儘管該報告的大事報告出去了，他卻發現「白宮」兩字縈繞在腦海，宛如腦袋裡卡進一支魚鉤。

「白宮」。

⅄

「國務卿女士，榮幸榮幸，光臨得太突然了。」

巴基斯坦總理阿里．亞萬（Ali Awan）博士伸出一手，表情卻不見得十分高興。

「我正好來這附近嘛。」艾倫面帶熱情微笑的說。

亞萬總理的笑容很勉強。美國國務卿來得不湊巧，但她畢竟是大國高官，突然進門蹭飯，主人總不能派代理充場面。

這裡是亞萬總理官邸，位於官邸區（Minister's Enclave）裡。亞萬總理在門口迎接她，泛光燈照亮這一區優雅素白的建築物，餘光氾濫到蓊鬱的庭園中。

壯麗的棕櫚樹參天。數世紀以來，多少古人曾站在同一地讚嘆這裡多美？熱愛歷史的艾倫只能想像。

夜風和煦芬芳，濕氣凝重，飄送來陣陣甜美又刺鼻的玫瑰花香。亞當斯國務卿的車陣進入巴基斯坦首都，穿越紊亂而生氣勃勃的市井生活，駛上長長的憲法大道，抵達歷史悠久的這一區——在繁忙的伊斯蘭馬巴德心臟地帶是個恬靜的避風港。

幾百公里外即將爆發大事件，現在她卻置身如此祥和的場景，感覺是怪異到極點。

她仰頭望星空，想起正在夜空飛翔的遊騎兵團。

⅄

直升機接近降落區，但這一帶山高峽谷深，很難看見高原在哪裡，要等到飛到正上方才可目視。

飛官戴著夜視鏡，希望著，希望在抵達降落區前不會被塔利班的高射砲發現。契努克直升機雖然大幅改良過，飛官和士兵都知道，直升機配備的隱形科技仍稱不上十全十美。

機上沒人吭聲。飛官拼命找著高原，機艙內士兵則盯著星空，迷失在思緒中。

⅄

所謂的調酒其實是綜合鮮果汁，不含酒精，艾倫得知後鬆了一口氣。喝完後，賓客被請到一張橢圓桌入座，桌上擺設華麗。

艾倫把手機交給護衛隊長科沃斯基，一來是依規定行事，二來她也不願手癢失態。假如手機在手，她極可能忍不住每隔兩分鐘查看一次。

坐她正對面的貝琪正和一位年輕陸軍軍官交談，艾倫則轉向她左邊的總理。

緊急被召喚來入座共進晚餐的男女包括總理軍事秘書（譯註：只負責任命其他軍職，不是國防部長）拉卡尼（Lakhmi）將軍在內，艾倫看了如釋重負。軍事秘書坐在總理另一邊。

外交部長也來了。艾倫臆測著，外長一定是想親眼見證美國國務卿和上一任同樣無能。

艾倫領會最近南韓之行的挫敗竟有意想不到的好處，至少在某些人眼中，南韓敗筆一事證明她確實無能，因此也很容易被操縱。

艾倫正巴不得在場巴基斯坦人士這樣想。接下來這幾小時很關鍵，隨他們去誤解也無妨。

「我還以為沙赫博士也會來。」乾脆也順便向大家證實她口風不夠緊。

兩三名官員的餐叉掉進盤中，鏗鏘出聲；亞萬總理不然，他淡定如常。

「國務卿女士，妳指的是巴胥爾．沙赫吧？很遺憾，我不許他進我家門，不許他進任何一間公家機關。有些人視他為英雄，不過，我們都知道真相。」

「知道他其實是個軍火販子？專賣核子科技和原料，見錢就賣？」艾倫的目光天真，語音不喜不怒，彷彿剛聽見謠傳，只想證實一下而已。

「是的。」總理的口氣簡慢。若非他自制力強，否則語調會近乎失禮。他這口氣絕對語帶警告。在重禮數的場合上不宜提起巴胥爾．沙赫，在巴基斯坦的外賓面前，更萬萬不能提起他。

「哇，這魚可真美味。」艾倫說，為亞萬總理找台階下。

「妳吃得高興，我感到欣慰。這魚餐是民俗風味特餐。」

雙方都努力保持和顏悅色，態度儘量放鬆。艾倫猜總理和她一樣心急如焚，只想快點結束這一場面具歹戲。艾倫先前請教過巴基斯坦學者和情報主管，以深入瞭解這一個局勢動盪的國家，她認定，亞萬總理左右為難。

早年他曾支持過沙赫，但後來公開背棄沙赫。亞萬總理擁護巴基斯坦民族主義，深信在超大型鄰國印度的威脅下，國家存亡全寄託在自立自強，愈強愈好。最起碼也要充胖子。

像一條河魨，鼓起肚子變大，多一分嚇阻作用。作法是在肚子裡填滿可裂解原料。

這原料由核子物理學家沙赫供應。但沙赫也招來許許多多不要也罷的關注。又出一個耍槍械逞威風的狂徒了，不同的是，他玩的並非榴彈，而是核子彈。

「總理先生，我想你該不會知道他的下落吧，我認為他家離這裡不遠。」

美國已派員去監看他的住處，但他有可能在風波掀起之前已經溜回家。

「沙赫嗎？我沒概念。」亞萬總理決定趕快結束這話題，因為她似乎決心談論這項討人厭甚至危險的話題。「你們上一任總統要求釋放他，我國順從了。之後，沙赫博士想去哪裡就去哪裡，隨他便。」

「你不認為他是危險人物？」

「對我們有威脅？不會。」

「不然威脅到誰？」

「假如我是伊朗，我會很煩惱。」

「很高興你提起伊朗了。我正希望我們能合作看看，總理先生。勸伊朗重新加入核武協定，有核武的話全交出來。利比亞就是個成功的例子。」

她取得意料中的反應。總理拱起眉毛，身邊的軍事秘書拉卡尼將軍伸長脖子看著她，彷彿她剛講了天大的蠢話。

她確實講了蠢話。

亞當斯國務卿心想，人有時候是貓，有時候是老鼠，有時候則是獵人。

她能忖度出大家在想什麼。

天賜良機，簡直是掉進懷裡，豈能白白浪費。可趁這機會牽起新任國務卿的小手，主動當她的老師或精神導師，對她灌輸巴基斯坦對這一區局勢的觀念，教她認識巴基斯坦戴的是白帽，印度、以色列、伊朗、伊拉克等其他國家都戴黑帽，都不值得信賴。

但她也明白，巴基斯坦內部不乏有人認為，趁美國撤軍阿富汗這機會，巴基斯坦能在這區域施更多力，再擴增影響力。這些人可能在政府內部，甚至可能有軍方人士，人概正同桌用餐中。

巴基斯坦可趁機併吞阿富汗成一省。

塔利班受巴基斯坦庇護多年，在美國撤軍後勢必回阿富汗想討回大權，塔利班的盟友也會跟進。這盟友可以說是塔利班的國際軍團：蓋達組織。

而蓋達組織一心一意想傷害西方世界，特別想對殺害賓拉登的美國報一箭之仇——蓋達組織曾誓言報復——如今在沙赫和俄國黑道撐腰下，在美國撤軍阿富汗、塔利班東山再起之際，蓋達組織即將有機會遂行報復誓言，搞得轟轟烈烈，殺傷力更強，超出夢境才有的境界。

恐怖組織做得出政府辦不到的暴行。逞兇的政府會遭國際社會檢視，會遭貿易制裁。

恐怖組織不怕。

亞萬總理就算不是偉人，也是個好人，不是聖戰份子，也不算激進份子，恐怖攻擊令他反胃。但他是個注重實際的人，他無法控制巴基斯坦內部的激進派系，一旦美國撤軍，一旦塔利班回歸，一旦沙赫獲釋，幾乎等於踏上不歸路了。

在敦恩總統任內的高峰會上，敦恩要求釋放沙赫，亞萬總理私下覺得震驚。他試著向敦恩總統說明釋放沙赫可能導致什麼後遺症，但敦恩充耳不聞。

多多諂媚幾句，通常能打動敦恩的心，然而當時儘管亞萬總理對他再怎麼巧言，他依然堅持要求解除沙赫的軟禁。亞萬只敗在這一點。顯然另有他人搶先打進敦恩的心了，比亞萬更懂拍馬屁。亞萬猜得出是誰。

如今，巴胥爾．沙赫重現江湖，亞萬總理發現自己行走在鋼索上，一方面要繼續拉攏美國，另一方面要把國內激進派系拉得更緊，以免跌得粉身碎骨。

至於蓋達組織呢？亞萬只想保持低調。

亞萬總理的政治生涯和個人性命，端賴這份低調的本事。

敦恩敗選，巴基斯坦曾擔心一陣，幸好目前看情況新任國務卿和敦恩一樣無知、一樣傲慢，因此也一樣具有可塑性。

這鮮魚餐的滋味愈嚐愈可口了。

第三十六章

著陸過程非常不順暢。

峽谷內風勢強勁，直升機幾乎難以操控，在兩架契努克直升機的飛官努力穩定下，遊騎兵團小組才跳機登陸閃躲。

正當直升機再升空，想轉彎尋求掩護，這時一陣狂風把帶頭的那一架颳向峭壁。

「可惡，可惡，可惡。」女飛官喃喃咒罵，和副機長盡力控制著。然而，螺旋槳削到岩壁，直升機震動了一下。

操縱桿在女飛官手中顫抖起來。直升機傾斜。

女飛官認清這狀況，看著副手和導航員，兩人也看著她，點點頭。

接著，女飛官讓直升機飛離高原，丟下陸地上的士兵。遠離另一架直升機。

直升機滑落懸崖消失之際，機艙內毫無聲響。

「天啊。」飛官低語著。

隨即是一團火球。

幾秒後，塔利班部隊發射飛彈，後面拖著凝結雲。

「敵軍來襲（incoming）」遊騎兵上尉吶喊。

弦樂四重奏演奏著巴哈的〈雙小提琴協奏曲〉（Concerto for Two Violins），沙拉這時候上桌。

比這首更喜歡的曲子沒幾首，多數早晨，艾倫聽著這首歌緩和心情，以應付嶄新一天的挑戰。她在想，會不會是巧合？但她懷疑不會這麼巧。她也懷疑著，在座人士當中是哪一個人安排這曲子演出。

是總理嗎？他似乎渾然不知這曲子有何奧秘。外交部長嗎？有可能。

軍事秘書拉卡尼將軍呢？由她讀機密簡報得到的印象，她認為拉卡尼最有可能。拉卡尼一腳踏在政府裡，另一腳跨入激進份子陣營。

另外也一定有人向拉卡尼將軍通風報信。艾倫知道是誰。

就是送她那束香豌豆花的同一人。

子女生日寄賀卡的人也是他。毒殺她丈夫的兇手也無疑是同一個。

設局炸死三輛公車男女老少乘客的，也是同一人。

巴胥爾．沙赫端著一盤綠葉沙拉加新鮮香料，奉上亞當斯國務卿面前。

就是這一刻。一許異樣的心情在他心中萌發，他想想後發現，原來是興奮。憤世嫉俗的他好久沒有任何情緒了，更不會興奮到戰慄。

他從未當面見過艾倫．亞當斯，只曾經遠遠端詳過。現在，他彎腰服侍亞當斯，近到能嗅出淡香水的香氣。他知道是倩碧芳香精粹（Clinique Aromatics Elixir），甚至可能是耶誕節他送的同一瓶——不，他懷疑，八成早被她直接摜進垃圾桶了。

他知道，冒這險是荒唐之舉，但人生不是總有風險嗎？後果又能壞到哪裡？如果被識破，他會聲稱自己只是想開個小玩笑而已。以侍應的扮相登場，最壞的下場是他被當成擅闖總理官邸，但不會被起訴，這一點沙赫敢保證。

以沙赫放蕩不羈的一面來說，他倒希望被識破，也但願在亞當斯發現他時，親睹她赫然的表情。她得知他如此接近，自己卻束手無策，一定既驚嚇又懊惱。

多虧了美國政府，他現在是個自由人。他可以當場要她的命。扭斷她頸椎，不然拿餐刀捅死她也行，或者在她的餐飲下毒，或摻入碎玻璃也可以。此刻他擁有定奪她生死的大權。

但他只把一張紙條偷偷放進她的外套口袋。紙條不至於殺死她，但也會嚇掉她半條命。

他想再多玩弄她一陣子。在核彈引爆時看她有何反應。到那地步，她才會醒悟她的失策導致數千人喪生，讓美國天翻地覆。

他聞著淡淡的香水味，心想自己該不會暗戀上她了吧，逆向斯德哥爾摩症候群。看樣子，愛與恨的界線真的很模糊。

但他知道，這份強烈的情愫是假的。這婆娘踐踏了他的人生，現在，他以怨報怨。慢慢來，他會逐步奪走她珍愛的一切。她的兒子是沒被暗殺成功，沒錯，但有朝一日，機會總會再來。

而現在，在晚宴上，他想找個樂子。他甚至准自己開口跟她說話。

「您的沙拉，國務卿女士。」

艾倫轉頭。

ᗐ

「謝謝。」她以烏爾都語說。

「不客氣。」侍應以烏爾都語回應，報以熱情的微笑。

艾倫心想，他深褐色的眼眸，目光溫柔，像她父親的眼睛；微微覺得眼熟的原因必定是這個。他也散發著一份怡人的香味，茉莉花香。

侍應轉向總理。總理也謝謝他，但沒抬頭看。軍事秘書拉卡尼似乎心情很好，近乎愉悅。他對侍應講一句話，侍應禮貌一笑，繼續上菜。

奇怪，拉卡尼將軍有什麼好高興的？艾倫覺得不是好現象，甩不開一股不祥的預感。

巴哈樂章在背景輕輕演奏著，艾倫警覺，這場心機舞會的複雜度遠超出她的預期。

遊騎兵攻到哪裡了？聲東擊西已經展開了吧，攻進廠房了嗎？

「妳提及勸伊朗放棄核武計畫，」亞萬總理說著，把艾倫的心思拉回晚宴上。「國務卿女士，我相信生性狡猾的柯思拉韋不會輕易上當。他不想淪為下一個格達費。」

艾倫差點裝傻回說：誰呀？想想卻覺得太過火了。亞萬總理絕不信她連格達費都不知道。這時他細看她，觀察著，分析著她。從亞萬的凝視中，她感受到熱度。

她決定保持沉默，隨亞萬去猜她有多天真。她也強忍住看錶的誘惑。看時間會被認為無禮到極點，而監看她的人也可能懷疑她正在等大事發生。

她的確是。

她的思緒再一次飄向攻擊部隊，想知道行動是否順利。她也想著，主人以新鮮香料沙拉和巴哈樂章款待她的同時，她竟然耍小動作，被主人發現的話，不知會惹出什麼樣的風波。

「經勸說，格達費上校放棄核子武器，」軍事秘書解釋著，亞萬總理則持續觀察艾倫神色。「結果一轉眼，利比亞被入侵，格達費也被推翻遇害。這一區域的國家全都學到利比亞的教訓。無論國家強弱大小，有核武就能保平安，沒人敢攻擊你。沒有核武能力的國家不堪一擊，放棄核武無異於自殺。」

「恐怖平衡。」艾倫說。

「權力平衡，國務卿女士。」總理和善一笑。

一名助手彎腰，向拉卡尼將軍講悄悄話。將軍轉頭盯著他，然後對他講了幾句話，他匆忙退下。

將軍接著輕聲告訴亞萬總理。

艾倫明瞭，狀況來了。她強迫自己放輕鬆，吸氣、吐氣，吸氣、吐氣。橢圓桌對面的貝琪也注意到剛才的互動。

亞萬總理聽完後轉向艾倫，「我方剛剛接獲情報，得知英軍計畫在今晚出兵，攻擊巴基斯坦境內的蓋達組織陣地。妳知情嗎？」

所幸艾倫是真心訝異，滿臉也顯得錯愕。

「我不知情。」

亞萬以高熱度的目光審視她，然後點點頭，「我看得出妳講的是實話。」

「不過，我猜，這也挺合理的，」艾倫慢吞吞說，「如果英國相信蓋達組織牽涉三大城市爆炸案的話。」

她措辭審慎，講得慢條斯理，靈活的腦筋卻急速運轉著，檢視所有可能性。

總理說的話是真的嗎？畢詮去倫敦參加的那場情報會議，會後該不會建議英國政府反擊恐怖份子吧？巴基斯坦今天的夜空會不會很繁忙？

另一項可能性是，英國不是真的揮軍，而是威廉斯總統放的假風聲。果真如此，威廉斯出的是高招。艾倫盼自己知道揮軍的傳聞是真是假。

「不合理的是，英國為什麼不知會我國？」亞萬發飆，這時全場交談停息，「這是在我國主權範圍內出兵。地點在哪裡，我們知道嗎？」

「我的助手正在查。」拉卡尼將軍說，方才愉悅的神色頓時消散不少。就在這時候，助手回來，彎腰再講悄悄話。

「大聲講出來，」他說。「大家都知道了。英國打算出兵哪裡？」

「已經出兵了，將軍。在巴焦爾特區。」

「英國吃錯藥了嗎？」總理質問。「又想打一場巴焦爾戰役？好像第一場不夠血腥似的。」

亞萬當時在戰場上，身為中階軍官，險些為國捐軀。現在，他在晚宴上聽著音樂、吃著沙拉，巴焦爾又掀起一場戰役。願上帝保佑我，他想著，慶幸自己人在此地而非戰場上。思緒轉向英國突擊隊槓上塔利班和蓋達組織的山寨。

巴焦爾之役，獅心行動。那次的創傷始終無法淡去，亞萬總理痛恨戰爭的原因很多，那場戰役只是其中之一，他渴望巴基斯坦和平安全。

亞萬總理看到軍事秘書顯得如釋重負，覺得不合理。英國暗中在巴基斯坦國土上揮軍，軍事秘書怎麼高興得起來？拉卡尼應該氣炸了才對。

亞萬總理暗忖，拉卡尼在搞什麼鬼？在高空鋼索上搖搖欲墜的亞萬想著，不知道會不會比較好？

亞萬不對拉卡尼抱任何期望，任命他只為討好黨內最激進的派系。指派一個自己無法信任的軍事秘書令他為難。

就在這時候，亞當斯國務卿的護衛隊長對她講悄悄話，交還手機給她。

「抱歉，總理先生，我有緊急訊息。」

「英國發的嗎？」他質問，國家被入侵的羞辱感仍刺痛他的心。

「不是，是我兒子。」

「上校，快到了，」飛官說。「再九十秒。」

上校下命令，攻擊部隊站向機門排隊。

在窗外，我軍噴射機轟炸塔利班陣地，砲聲隆隆，砲火照亮遠方夜空。高原上的遊騎兵正和敵軍作戰中。展開調虎離山之計。

「四十五秒。」

士兵的視線從窗戶轉向即將敞開的機門。他們有自己的任務在身，即將迅雷不及掩耳包圍廠房，防止任何人員逃逸，防止人員摧毀文件。

防止人員引爆核子武器。

「十五秒。」

機門猛然扯開，一大股冷冽的新鮮空氣灌進機艙。

繫身繩鉤扣住頭上方的纜繩後，他們蓄勢待發。

發簡訊給艾倫的人不是吉爾，而是博因頓幕僚長。

艾倫從簡訊得知，告密者法哈德是伊朗情報單位和俄國黑道的雙面諜，已被俄國人解決，死前吐出兩個字。

「白宮。」

⅄

塔利班陣地的火力殘酷無情，超出預期，女上尉認出敵軍用的是俄製軍火，連忙回報總部，並報告我軍目前正堅守位置回擊。

女上尉正想問空中支援的方位，這時聽見上空轟隆隆，隨即是地動天搖的爆炸聲。是美軍戰鬥機對山腰投彈。

讓適逢無情敵火的地面部隊能暫時喘口氣。

接著，敵火再起。

上尉躲進巨岩後面看錶。另一排的士兵已經攻進廠房了吧，她估計。我這一排只要再撐二十分鐘——挺住。挺住就好，再艱難也要挺住。

全排唯獨她知道這次任務的真正目的。如果士兵被活捉，遭酷刑逼供，也不至於透露真相。

但她明瞭，她不會任自己的士兵被活捉。

⅄

大戰情室位於白宮最底層樓。威廉斯總統坐在這裡，周圍是情報顧問和軍事顧問。大家已經在這裡守了一小時。大戰情室沒窗戶，空氣很悶，但沒人注意也沒人在乎。

眾人全然專注在螢幕上，看著聽著即將垂降廠房的遊騎兵。

「倒數十五秒。」飛官說。音質異常清晰。

威廉斯總統縮脖子，握緊旋轉椅的扶手。

聯合特戰司令部（Joint Special Operations Command）指揮官坐在他身旁，參謀長聯席會議副主席則在隔壁監控高原上的士兵。

「總統先生，我們失去一架直升機。」參謀長聯席會議副主席報告。

「遊騎兵嗎？」威廉斯問，儘量排除語氣中的驚恐。

「跳機成功，不過三名特種部隊士兵陣亡。」

威廉斯粗魯點一點頭，「其他人還守得住嗎？」

「是的，總統先生。正在吸收敵火，正在轉移注意力。」

「好。」

⅄

「衝！衝！衝！」指揮官下令。

數千里外的戰情室裡，美國總統湊向螢幕看。

透過遊騎兵鋼盔上的夜視鏡頭，他對現場一覽無遺，簡直像置身其中。

遊騎兵和突襲指揮官從直升機垂降，威廉斯也跟著向前微微移動了身子一下。現場異常寧靜，幾乎一片祥和。總統看著其他人從直升機垂降而下。

軍靴「砰」一聲觸地，士兵悶哼。

全軍不發一語。遊騎兵完全知道該怎麼動作。

人

來到彼特．漢繆頓家，調查員敲敲門，環視這道髒兮兮的走廊。

這棟公寓好臭。調查員看搭檔，見搭檔擺出苦瓜臉。

「漢繆頓？」他高喊著，用拳頭重重敲門。

這兩名調查員剛去私下講酒吧打聽到他，得知他在一個多小時前回家，之後沒有消息。

這位帶頭的調查員是出身白宮特勤的老將。他左看、右看，不對勁，漢繆頓正和白宮合作，就算凌晨三點接到簡訊或電郵，也必定馬上回應才對……話說回來，現在才下午三點多。

調查員的頸背毛髮直豎。

他拿著工具彎腰撬鎖，聽見輕輕咔嚓一聲。他掏出手槍，對搭檔點點頭。

（準備好了？）

（準備好了。）

調查員伸出一腳，把門頂開。

愣住了。

⸙

點心上到艾倫面前，這次換了一名侍應。

再怎麼看，在伊斯蘭馬巴德舉行的這場晚宴也不算賓主盡歡。剛才英國突襲巴焦爾的消息一傳來之後，全場氣氛更是不折不扣的陰鬱。

拉卡尼將軍已暫時離席，亞萬總理留下。也許亞萬想藉這舉動表示他多麼重視美國貴賓，艾倫心想更有可能是，這舉動意味著誰才是老大，誰應該乖乖坐享古拉加姆奶球（gulab jamun）。

亞當斯國務卿想通了，英國空勤團出征的風聲確實是個幌子，降落在巴焦爾、討伐蓋達組織的是美國特戰部隊。再過幾分鐘，巴基斯坦政府即將揭穿幌子，查出這兩場突襲是哪一國在主導。

艾倫攪拌著糖漿中的奶球，精緻骨瓷碗裡的點心飄散出淡淡的玫瑰和小豆蔻香味。

她把博因頓的「白宮」簡訊轉傳給總統之後，一直沒接到總統回應。

說穿了，雙面諜遺言只證實了目前已知的線索。白宮內部有叛徒，是總統的身邊人。

就在這時候，艾倫的手機震動一下，收到一則標示為緊急的簡訊。

被派去查看漢繆頓的兩名調查員已在家中找到他，他已中彈身亡。

調查員打聽到他曾去酒吧，和一名妙齡女子搭訕。他走後不久，女子也離開酒吧。調查員正在查女子的身分。

見她臉色蒼白，亞萬總理問，「妳還好吧？」

「這魚好像跟我的胃腸處不來。不好意思，方便我離席片刻嗎，總理先生？」

「當然可以。」總理在她起身的同時站起來。她對貝琪示意，要貝琪跟她一起走。席間其他人也全起立，目送兩位女人匆匆走開，由一名女助理帶她們去洗手間。

看情況，這場彆扭而漫無止境的晚宴總算接近尾聲。貴賓吃到吐，通常意味著散場時刻來臨。

但他們料錯了。

⅄

遊騎兵一垂降到地面立即狂奔，朝廠房衝刺。

現在，戰情室裡的總統等人觀看著，見他們衝破院子門，魚貫而入。

「無狀況！」

「無狀況！」

「無狀況！」

攻進廠房七秒了。目前為止不見抵抗。未開一槍。

「這正常嗎？」威廉斯問特戰部隊指揮官。

「總統先生，沒有所謂『正常』或『不正常』，不過我們早預期到廠房會設置防禦機制。」

「結果不見防禦，這表示什麼？」

「可能是我軍的突襲真的令他們完全不知所措。」話雖如此，他的表情顯得倉皇失措。

威廉斯總統差點問，另外還有哪些可能性，但決定還是繼續看下去。很快就知道結果。

時間一秒一秒流逝，拖得很長，令人幾乎抓狂。威廉斯從來不知一秒如此有彈性，如此漫長。

沉重的軍靴踏著水泥階梯上去，一次兩階，M16步槍舉至射擊位置，一組人上樓搜，一組人進地下室，另一組衝進偌大的廠房，裡面擺滿工業設備。

二十三秒。

「無狀況！」

「無狀況！」

「無狀況！」

「那是什麼東西？」威廉斯指向螢幕之一。

指揮官命令隊長接近看，一眼就知道是什麼。

「幹！」總統說。

「幹！」聯合特戰指揮官說。

「幹！」地面隊長說。

廠房地上有一行屍首，全穿著實驗室白袍，全是倒地不起的核子專家。背後的牆壁被子彈打成蜂窩，鮮血四濺。

「找他們的證件，」隊長說。「搜身找一找文件。」士兵戴著手套，在屍體上搜索。

「什麼時候發生的？」特戰隊指揮官質問菁英部隊隊長。
「看樣子死了一天，甚至更久。」
沙赫槍斃自己人，王牌核子專家沒有利用價值了。威廉斯知道，沙赫達成了目標，核子彈已組裝完成，賣給蓋達組織，而蓋達組織有塔利班當靠山。
沙赫只剛開始善後。
「翻找文件，」總統下令，「非搜出線索不可。」
「是的，總統先生！」
（上帝啊，求求祢，上帝。）
「樓上也有屍體，」另一人的聲音傳來。「在二樓。」
「地下室也有。天啊，一場大屠殺。」
「當心土製炸彈，」隊長命令。他正和隊員在廠房裡翻箱倒櫃，尋找文件、找電腦、找手機，大小東西都不放過。
威廉斯總統雙手捂臉，看著螢幕，眼睛大睜，呼吸急促。
「核子彈運到哪裡了，我們非查清楚不行，」他重複。
攻進廠房九十秒，仍一無所獲。
兩分鐘又十秒。一無所獲。
「目前為止找不到線索，」隊長報告。「我們會繼續再搜。查無陷阱的跡象。」

特戰指揮官轉向總統，「這就怪了。」

「是好現象吧？」

「我猜是。」但指揮官顯得忐忑不安。

「說吧。」

「我擔心對方想引誘我軍深入廠房，再來個一網打盡。」

「我們有什麼對策？」

「不變應萬變。」

「不應該警告士兵嗎？」威廉斯總統以下巴指向螢幕。

「他們知道。」

戰情室裡人人陰著臉，轉向螢幕，看著遊騎兵深入廠房內部，尋找關鍵線索，內心完全明瞭不久後大概會遇到什麼狀況。

「總統先生。」

威廉斯被嚇一跳，注意力中斷，頭轉向門口，見到參謀長聯席會議副主席站著，手扶著門框，面有病容，身後另有一群一直在監看高原突襲小組的男女部屬。

威廉斯站起來。從門口這群人的臉色，他知道參謀長聯席會議副主席報告的不會是好消息。「什麼事，將軍？」

「他們死了。」

「什麼？」威廉斯說。

「他們全死了。一整個排的士兵。」

全場一片死寂。「所有人？」

「是的，總統先生。他們努力想扣住敵方游擊隊，可惜敵軍太多了。照這情況看，可能有人向他們通風報信。」

威廉斯看著特戰指揮官，見他也一臉愕然。接著，威廉斯把視線轉向門口的參謀長聯席會議副主席。「繼續報告吧，將軍。」總統說著挺胸，做好心理準備。

我猶有甚多……

「在場指揮的上尉發現，帕坦家族和蓋達組織的軍力太大，我軍難以負荷，也找不到退路，於是下令士兵去抓恐怖份子當擋箭牌，奮戰到最後一兵一卒。」

「天啊。」威廉斯閉上眼睛垂頭，試著去想像……

但他無法想像。

隨即，威廉斯挺直腰桿，深吸一口氣，點點頭，「謝謝你，將軍。遺體怎麼辦？」

「我已經派武裝直昇機前去，可是……」將軍滿面病容。

「瞭解。謝謝你。整理他們的名單給我。」

「是的，總統先生。」

稍後有時間再哀悼吧，威廉斯總統把注意力轉向廠房現場，觀看遊騎兵步步深人內部，進入幾乎篤定有陷阱的險局。

線索非搜出來不可。

哪三座美國城市被放置即將引爆的核子彈？

進女廁後，貝琪檢查有無閒人，然後鎖門。

整座洗手間只有她和艾倫，但這也不表示沒有人在竊聽。

「什麼事？」她悄悄說，「怎麼了？」

艾倫坐在絲綢沙發上，凝視著坐在身旁的好友。

「彼特・漢繆頓被槍殺了，」艾倫低聲，「他的筆電和手機、文件都不翼而飛。」

「唉——」貝琪垂頭喪氣。一回想起漢繆頓那張興沖沖的年輕臉蛋，貝琪渾身大小骨頭全融化了。勸漢繆頓投奔現任總統陣營的人是她，假如當初沒有延攬他進來……

「他最後一次發簡訊是幾點？」艾倫問。

貝琪回神，查看手機，回答她。

「之後就沒消沒息嗎？也沒解釋一下？」

貝琪搖搖頭。突然間，ＨＬＩ少了一份神秘，不太像是打錯字，現在愈看愈像擔心自身安危的青年緊急發的最後一則簡訊。

「不只這樣，」艾倫說。她面如死灰，「聲東擊西部隊，那組遊騎兵……」

「怎樣了？」

艾倫深吸一口氣，「他們遇害了。」

貝琪注視著艾倫。她想轉移視線，想閉上眼睛，想縮回內心世界，少少幾秒也好，躲進暗處。但她不能拋下好友不管，時間再寶貴也不行。她伸手握住艾倫的手。

「全部嗎？」

艾倫點頭。「三十個遊騎兵和六個特戰飛行員。陣亡了。」

「天啊，」貝琪感嘆著，隨即問了她最怕的部分，「其他士兵呢？進攻廠房的那些。」

「還沒消息。」

有人敲門，扭轉著握把。

「國務卿女士，」一名女子在門外呼喚。「妳沒事吧？」

「再等一下下，」貝琪回應。「我們馬上就好。」

「妳要不要看醫生？」

「不必！」貝琪發飆說，隨即鎮定下來，「謝謝妳。我們只要再一下下就好。胃腸不舒服。」

假話現在成真了。

四眼盯著艾倫手中的手機，期待又期待白宮再來一則簡訊。

艾倫心想，白宮，博因頓發簡訊報告說，伊朗籍雙面諜臨死吐露這兩字。

「彼特．漢繆頓的簡訊再給我看一看。」

也是臨死發的簡訊，自知自己將亡。不是白宮，但嚴格說來算是。

「ＨＬＩ」

就在這當兒，一則標示為緊急的簡訊進到艾倫的手機裡——來自白宮。

威廉斯總統凝視著螢幕，看著遊騎兵在廠房地毯式搜索第二次。接著，他轉向特戰指揮官。

「下令收兵。」

「是的，總統先生。」

艾倫．亞當斯進廁所隔間，跪向馬桶嘔吐，貝琪則看著總統發來的幾行簡訊。

「廠房無人。核子專家和技術人員全死。找不到文件。沒有電腦。不知核子彈運往哪裡。現場曾有可裂解材料。屬性來源分析中。不知去向。」

一無所獲。

貝琪自知應該去照顧艾倫。幫她打氣。應該拿毛巾沾冷水，幫她擦臉。但她渾身做不出動作，最後只能閉眼睛，以顫抖的雙手摀臉，覺得手心被臉頰沾濕。

彼特・漢繆頓死了，被派去調虎離山的一整排遊騎兵陣亡了。

王牌核子專家死了，廠房一無所獲。

心血全白費了。

核子彈放置在哪裡，線索付之闕如，也查不出引爆時日。只能幾乎斷定在不久的將來。

第三十七章

「國務卿女士？」

這一次，在洗手間門外呼喚的人是外交護衛隊長科沃斯基。

「妳需要幫忙嗎？」

「不要不要，謝謝你。再給我們一分鐘。洗一洗臉就好。」

洗完臉，艾倫讓自來水繼續沖刷，有助於掩飾她即將對貝琪說的話。

「我可能知道漢繆頓指的是什麼了。」她低聲說。

「什麼？」

「ＨＬＩ指的是什麼。」

「所以，他不是慌張之中打錯字？」

「對，我認為不是。幾年前，敦恩剛上台不久，有個記者艾力克斯．黃來找我。」

「妳旗下媒體的白宮特派記者，」貝琪說。

「對。他去一個比較沒名氣的陰謀論網站，聽見有人有意無意提起一個叫做ＨＬＩ的論壇。他進去調查，結果認定ＨＬＩ如果不是用來搞笑，就是一廂情願的想法，由一群極右派極端份子散播的風聲。異想天開的族群。總之ＨＬＩ根本不存在。」

「確定是ＨＬＩ嗎？事情過了那麼多年，妳還記得這麼細？」

「因為HLI是個縮寫。也因為如果真有其事，新聞可以炒得很大。」
「全名是什麼？」
「高階告密者（High-level informant），在白宮裡。」
「是空想出來的吧？虛構出一個高官，說他對極右派輸送情資，是這樣嗎？」貝琪問。「瞎掰『第五十一區』軼事，說外星人混進人類社會，說疫苗裡暗藏追蹤器，說芬蘭根本不存在，是這樣嗎？那群人胡謅出一堆東西，說是HLI放出來的消息？」
「黃記者本來也是這樣想。他覺得事情有點怪，但大概無傷大雅。有一次白宮召開簡報會，黃甚至問漢繆頓，漢繆頓否認知情，黃於是認定又是一個陰謀論無底洞。不過，我當時請他再調查採訪一陣子。」
「為什麼？」
「因為多數無底洞最後通往邊緣世界，這個無底洞卻比邊緣世界更深遠。」
「通向黑暗網路。」
「那我就不知道了。」
「最後，艾力克斯．黃查不下去了？」
採訪白宮新聞的記者通稱為「特派員」，總令艾倫覺得好笑，好像白宮是天涯海角某個外國似的。但現在，艾倫明瞭為什麼白宮記者是「特派員」了。白宮是一個國中之國，有專屬的行為定律，有自己的重心引力和稀薄的大氣層，有著不斷變動的國界和疆土。

而白宮國的鎮國神獸名叫謠言，滿街跑，煩不勝煩。政府隔幾年上上下下，有些白宮大小官之所以能坐穩官位，就因為他們能辨別謠言真偽。也許更重要的是，他們懂得活用哪些假謠言。

艾倫說，「對，黃查到最後不了了之。他認為最玄的一點是，陰謀論者大多想儘量吸引媒體關注，希望把『機密』散佈得越遠越廣越好，不過，清楚HLI的那群人似乎正好相反，拼命想保密。」

「一切靜悄悄。」貝琪說。

艾倫點頭。「他最後沒有調查了，不久後也辭職不幹了。」

「結果他去哪裡？跳槽到另一家報社嗎？」

「沒有，他好像搬去佛蒙州了。也可能跳槽去那裡的報社吧。他想過清淨一點的生活。白宮特派員是個催老的行業。」

「好，我想去找他。」

「為什麼？」

「因為我想追下去。如果HLI真的存在，如果HLI涉案，那我們非揪出他們不可！看在彼特的份上。」

貝琪不是在玩造句遊戲，而是真的想為彼特・漢繆頓討回公道。貝琪覺得虧欠他。

「好吧，不過我不想派妳去，」艾倫說。「我另外找人去找黃。」

「幹嘛不派我？」

「因為漢繆頓問東問西的，害自己丟掉了小命。」

「親愛的艾倫，如果核子彈爆炸了，我們都不會被轟去撞牆嗎？」貝琪說。「我想去追蹤。咦，那個縮寫怎麼拼？我忘了。」

艾倫淺淺一笑。「妳呀，傻妞一個。」她關好水龍頭。「準備好了嗎？」

「再次朝破口挺進，我的摯友。」貝琪說完，照鏡子檢查口紅。

步出洗手間，迎面撞見滿面怒火的巴基斯坦總理亞萬。

阿里．亞萬以稍息姿勢，站在輝煌的走廊上，晚宴的食客全站在他後面，弦樂四重奏也是。

眾人兇巴巴盯著艾倫．亞當斯。

「國務卿女士，妳打算拖到幾時才告訴我？」亞萬總理舉起手機，顯示一則訊息，揭穿今夜特戰隊突襲的本質。

艾倫受夠了。

「總理你呢？打算拖到幾時才告訴我？」若說總理在生氣，艾倫則是氣得光火。「沒錯，特戰部隊今晚在巴焦爾和塔利班、蓋達組織交戰，付出慘重的代價，另外一組士兵進攻一間廢棄水泥工廠。不是英軍，是美軍。沒錯，地點就在巴基斯坦，而你知道為什麼嗎？」

艾倫朝他邁出兩步，只差沒氣得揪住他的刺繡長衫。

「因為恐怖份子盤踞在那一帶。恐怖份子為什麼盤踞在那一帶？就是因為你們包庇他們！你們縱容西方世界的敵人、美國的敵人，讓他們在你們境內運作。美國為何隱瞞今晚的突襲行動？因為我們信不過你們。你們不只縱容蓋達組織在巴基斯坦境內設立據點，還縱容沙赫進駐廢棄廠房自製武器。你！」艾倫再朝他邁出一步，他則往後退，「要──」，再向前一步，「負責。」

她已經湊到他眼前了，抬頭看著他汗出如雨的臉。

「這下子，我們又怎麼信得過妳？」他重振雄風問。「國務卿女士，妳騙人。妳來這裡的用意只在分散注意力。」

「當然是。下回有機會，我也願意再聲東擊西。」

「妳有損我國尊嚴。」

她湊過去，沉聲說，「去你的尊嚴。我特戰部隊今晚犧牲了三十四名壯士，想預防一場你縱容的大災難。」

「我──」亞萬總理佔下風，現實情勢如此，心情亦然。

「你怎樣？你不知情嗎？或者你本來就不想知道？你釋放沙赫，當時以為會有什麼後果？」

「我們沒──」

「沒選擇餘地？開什麼玩笑。泱泱大國巴基斯坦，居然向一個美國狂人投降。」

「他是美國總統。」

「那你怎麼向現任美國總統解釋？」她怒視著亞萬。

亞萬總理像被炸彈震傻了。他從高空鋼索上墜落，一手仍緊抓著鋼索，死命不放手，底下是萬丈深淵。

「跟我來。」艾倫扯著他手臂，簡直是把他推進女廁。貝琪跟著入內鎖門，以防止閒人亂入。

「總理先生，」亞萬的護衛長吶喊著。「退後。」

「沒關係，」亞萬高聲回應。「在外面等。我沒有危險。」他看著艾倫。「有危險嗎？」

「要是我能作主的話——」艾倫才說半句便打住，然後深呼吸一口氣。「聽我說，我要的是情資。沙赫請了幾位核子專家製造炸彈，他用的廠房就在巴焦爾。」

「炸彈？」

艾倫審視著他。亞萬總理不知道，這可能嗎？艾倫心想，從亞萬驚恐的神態判斷，他八成不知情。說不定惡勢力終於摸清了亞萬的道德底線。

「有證據顯示，廠房裡有可裂解材料。」

「核彈原料？」亞萬努力摸清箇中道理，表情從驚恐轉為毛骨悚然。

「對。你怎麼知道？」

「我什麼也不知道。我的天啊。」他岔開視線，開始在豪華寬敞的女廁裡踱步，穿梭在絲面大睡榻之間，單手貼著額頭。

「少來這一套，你一定知道什麼內幕，」艾倫腳步緊湊著他移動。「我們的情報顯示，核子彈不但賣給蓋達組織，而且已經運送到目的地。」

「運去哪裡？」

「難題就在這。」艾倫伸手拉住他，兜他轉半圈面對她。「我們不清楚，只曉得核子彈被運去三座美國城市。我們想查清楚確切地點，什麼時刻引爆。總理先生，你非幫我們忙不可，不然只好求上帝救命……」

亞萬總理的呼吸變得淺急，貝琪擔心他即將暈倒。

顯而易見的是，縱使亞萬可能早有疑心，聽見細節卻也著實驚駭。

他一屁股掉在擱腳凳上。「我警告過他。我試過了，他不聽。」

「警告誰？」艾倫在他旁邊的擱腳凳坐下，上身傾向他。

「敦恩。可是，他的幾位顧問心意很堅決，堅持要我們釋放沙赫。」

「哪幾位顧問？」

「我不清楚，只知道他照他們的意思做，怎麼勸也勸不動。」

「懷海德將軍？」

「參謀長聯席會議主席？不是他。他反對釋放。」

貝琪聽了暗忖，表面上他當然反對。貝琪也想到彼特．漢繆頓，想到他揪出懷海德深埋在私人檔案庫裡的狐狸尾巴，那時漢繆頓的表情既興奮又惶恐。

懷海德將軍就是ＨＬＩ嗎？肯定是他。但也不排除他有同夥，他是五角大廈的高官，合作對象該不會在白宮內部吧？

「沙赫人在哪裡？」艾倫質問亞萬。

「我不知道。」

「誰知道？」

亞萬不語。

「誰知道？」艾倫再質問。「你的軍事秘書嗎？」

亞萬總理的視線下墜至地面。「有可能。」

「召他進來。」

「進來這裡？」他環視著女廁說。

「不然去你辦公室。那裡都行，總之快一點。」

亞萬掏出手機，撥號，對方鈴響。再鈴響。

亞萬總理眉頭緊蹙。他發簡訊，然後再撥另一個號碼。

「快去找拉卡尼將軍。」

在他講電話過程中，艾倫發簡訊給威廉斯總統，建議召回正在倫敦開會的提姆・畢詮。

她瞬間接到回覆。畢詮即刻搭軍機回華府。

總統的簡訊寫著：我也要妳打道回府。

艾倫回覆前停頓一下。「拜託，再給我幾小時。我可能就快取得情報了。」

她按傳送，幾秒後又接到總統回覆。

「限妳一小時，然後妳搭空軍三號回來。」

艾倫正要收手機，接著又考慮一下。她還有一個問題沒問。

「射殺核子專家的是哪一國彈藥？」

「俄國。」

她看著亞萬總理問，「俄國政府在巴基斯坦的介入有多深？」

「一點也沒有。」

她端詳著他。他也端詳著她。和大吼大叫的國務卿相形之下，淡定的國務卿反而更讓人心情七上八下。（可惡的拉卡尼將軍，死到哪裡去了？這婁子是他捅出來的，這場怒火應該由他來面對。）

「我知道，你以為我是個無能的白痴，」她出其不意說，「以為我很容易操控。」

「國務卿女士，妳的確給人那種印象。現在我瞭解了，妳是故意的。」

「我對你有什麼觀感，你知道嗎？」

「妳認為我是個無能的白痴，很容易操控？」

貝琪一聽不禁心想，要討厭這男人也難。但反過來說，聽他這樣講，要信任他也變得更難。

「嗯，可能有一點點吧，」艾倫坦承。「不過我最主要認為，你是個處境艱困的好人。我現在還這麼認為。不過，攤牌的時刻到了。你該抉擇了。現在就要選邊站。選我們？還是聖戰份子？靠向恐怖份子那邊，或靠向友邦這邊？」

「艾倫，如果我選你們，如果我協助你們——」

「你可能成為他們下一個標靶。我知道。」她以夾雜著同情的神態看著阿里・亞萬。「不過，如果你選擇恐怖份子，等你的利用價值見底了，他們還是會宰了你。而我告訴你好了，阿里，你快沒利用價值了。今晚過後，你可能破底了。看樣子，沙赫正在收拾善後，而現在的你成了廢料。你的一線生機是協助我方找到他。」她著他在內心掙扎。「你真的想看巴基斯坦掉進恐怖份子和狂人或俄國人的掌握嗎？」

君王與情急之士，貝琪心想。只不過現在，快狗急跳牆的人是我們自己。

「現在沙赫在哪裡，我不知道，真的不知道，」亞萬說。「拉卡尼將軍有可能向妳透露，不過我猜他八成不肯說。妳剛問到俄國人有沒有介入巴基斯坦。俄國不是我國友邦，不過巴基斯坦內部有部分派系和俄國黑道掛鉤。」

「包括拉卡尼將軍在內？」

總理顯得極不高興，點點頭。「我認為是。」

「他走私俄國黑道的軍火給沙赫？」

點頭。

「包括可裂解材料在內？」

點頭。

「也從沙赫手裡輸送給蓋達組織？」

點頭。

「也袒護恐怖份子？」

點頭。

艾倫差點想質問亞萬是否曾出手制止過，但現在不是時候，如果能挺過這場風波，她一定追究。但她也明白，在美國歷史上，政府也曾多次與惡魔共枕。有時候和敵人打交道是必要之惡，而且罕見公平交易。

在艾倫虎視眈眈下，阿里．亞萬總理在心中抉擇著。他決定不再走高空鋼索，頓時成為自由落體。

「如果沙赫擁有可裂解材料，」他說，「他必定會聯絡俄國黑道層峰。」

「層峰是誰？」

見亞萬猶疑不決，艾倫沉聲說，「你已經踏進這地步了，阿里，再踏一步吧。」

「總統馬克辛．伊凡諾夫（Maxim Ivanov）。從來沒人承認過，不過在俄國，大事總有俄國總統插手管。那種材料，那種武器，非經過總統核可不行。他賺了好幾十億。」

在執掌媒體帝國的時期，艾倫就曾經對伊凡諾夫起疑，甚至指定旗下大報的調查採訪單位去研究伊凡諾夫和俄國黑道的關聯，走訪了一年半卻無功而返。沒人願意接受採訪，而有受訪意願的人最後都下落不明。

俄國總統造就了俄國富豪族群，對富豪輸送財富和權勢，控制他們，而他們控制黑社會。貫穿此事件所有元素的正是俄國黑道、伊朗、沙赫、蓋達組織、巴基斯坦。

手機叮一聲，又有緊急訊息進來了。是威廉斯總統。

經過化驗，廠房裡偵測到的可裂解材料是鈾－二三五，產地位於南烏拉山脈，和兩年前聯合國核武監督委員會報告不翼而飛的是同一批。

艾倫反芻著這份資訊，隨即鼓起勇氣回覆總統。

但她還有最後一個問題想問亞萬總理。

「ＨＬＩ這縮寫，對你有什麼意義嗎？」

「ＨＬＩ？抱歉，不清楚。」

亞當斯國務卿站起來，向他道謝後離開，臨走前要求他守口如瓶。

「妳別擔心了，我會的。」

艾倫相信他這句話。

⅄

在橢圓辦公室裡，威廉斯總統看著手機，喃喃咒罵著，「唉，可惡。」

這一夜本來就夠驚濤駭浪，如今變得淒慘無比。

根據國務卿發的簡訊，俄國黑道極可能涉案，換言之，俄國總統極可能脫不了關係。

威廉斯絕對能篤定自己的位子底下有一顆核彈。他惶恐難安。他和所有人一樣都不想死。

但比求生意志更強的是，他不想失敗。

他下令疏散所有白宮人員，只留下最基本的幕僚。

白宮內外有無鈾－二三五的跡象？專家正在掃瞄中。但威廉斯總統知道，躲避偵測的方式不是沒有，而他也明瞭，白宮可藏炸彈的地方多到數不清。

如果情資指的核彈是污彈，體積可以小到塞得進公事包。而白宮是棟古屋，增建與擴建的空間繁多，塞得進公事包的地方多的是。

威廉斯再看艾倫．亞當斯的簡訊。

她不會回華府。暫時還不會。她會搭空軍三號前往莫斯科。能安排她求見俄羅斯總統嗎？

一時之間，威廉斯總統咀嚼著一項可能性：白宮內奸，該不會是國務卿吧？所以她才躲著核子彈，愈遠愈好？

但威廉斯排除這想法。他明白，恐慌之中最萬萬不能犯的錯就是窩裡反。不能彼此互相猜忌。想成功渡過危機，就需要團結一心。

他位子底下藏著一顆核子彈，國務卿也安全不到哪裡去，她即將去和俄羅斯大熊撕破臉。怎麼死比較好？被瞬間蒸發？或被撕咬成碎屍？

在堅毅桌前的他雙臂叉胸，垂頭閉目，想像自己置身野花遍野的草地上，上有艷陽，下有水亮的潺潺小溪，名叫主教的金毛獵犬追著蝴蝶蹦跳，咬不到還窮追不捨。

主教忽然停止動作，仰望天空。天邊出現一朵蕈狀雲。

威廉斯總統抬頭，雙手抹抹臉皮，一通電話打去莫斯科。

他心想，「天啊，現在可別讓我走錯一步路。」

前去機場的路上，基於本能，艾倫一手插進外套口袋，想掏手機。她忘了手機一用完立刻交給外交護衛長保管了。

咦——

「這是什麼？」

「什麼？」貝琪問。她既累又緊張，腦皮發麻了，再這樣下去，她懷疑她們還能撐多久。

這時候，她想起彼特．漢繆頓，想起突襲高原的遊騎兵。

事情沒結束就繼續撐下去吧，不用懷疑，她心想。

艾倫的手從口袋伸出來，拇指和食指掐著一張紙。「史帝夫？」

駕駛座上的史帝夫．科沃斯基轉頭。「什麼事，國務卿女士？」

「你車上有沒有證物袋？」

科沃斯基聽她語氣有異，再仔細看她，然後看著她手上的紙條。他從座位之間的置物箱取出一個夾鏈袋。

艾倫把紙條放進證物袋之前，先讓貝琪拍一張照片。紙條上的筆跡甚至稱得上娟秀：

三一〇一六〇〇

「什麼意思？」貝琪問。

「不知道。」

「哪來的？」

「放在我口袋裡。」

「對。誰放進去的？」

艾倫回想著晚宴的種種情景。在空軍三號，她穿上這外套才下飛機——感覺像前世發生的事——當時外套口袋裡沒紙條。下飛機後，任何人都有可能偷塞東西給她。晚宴前後，主客多數人都保持距離，以示恭敬。亞萬總理或外交部長在她附近，但也好像沒有近到能做小動作。

拉卡尼將軍也是。

不然還有誰？

一副眼珠子浮現她腦海。那一對深褐色的眼眸。眼珠子的男主人彎腰湊向她，英文帶有柔和的口音，身體近到她嗅得到古龍水的香味。

茉莉花香。

「您的沙拉，國務卿女士。」

之後就消失無蹤。晚宴期間沒有再現身。

但他出場的時間夠長，足以偷塞紙條進她口袋，她敢確定這一點。

而她也確定另外一件事——

「是沙赫。」艾倫的音量小到近乎無聲。

「沙赫？」貝琪的腦筋全然清醒過來了。「他派人塞給妳的嗎？像他送花那次？」

「不是，我指的是沙赫本人。端沙拉給我的那位侍應，他就是沙赫。」

「晚宴他也在場？我的天啊，艾倫。」

「快，史帝夫，手機還給我。」她一接過手機，立刻撥號，「我是亞當斯國務卿。幫我轉接情報處。」

美國駐巴大使館大夜班總機不信她是國務卿，經她再三驗明正身，折騰了一分鐘，她終於掛掉電話，直接打給大使。

「我要巴胥爾．沙赫的地址，」她說。「也派安全人員和情報人員馬上去他家和我會合，全副武裝去。」

「是的，」熟睡中被吵醒的大使惺忪說，「國務卿女士，請等我一下。我幫妳調他的地址。」

地址查到了。幾分鐘後，座車抵達伊斯蘭馬巴德一處綠蔭郊區。在等候大使館人員的時候，貝琪開始追查艾力克斯．黃——曾調查ＨＬＩ的白宮特派員。

艾倫再打一通電話，這次打給亞萬總理。

「沙赫博士出現在晚宴上？」總理大感震驚。「必定是拉卡尼將軍安排的。我看見他和侍應有說有笑，納悶他……」

「我也一樣。查到將軍下落沒？」

「沒有。還在查。他可能和沙赫在一起。」

「你能不能准我進沙赫家？」

「不准妳也想進去，對吧？」亞萬總理說。

「沒錯。不過，我問你是想做球給你，讓你做件好事。」

「好吧。我准妳，不過，我倒不確定我國法院能認同我有權批准妳。」他語氣稍停一下。「不過，還是要感謝妳信任我。」

艾倫本來不完全信任他。一時還不能。但現在，艾倫不顧一切信任他。

「『三一〇 一六〇〇』這組數字，你覺得有什麼意義嗎？」

亞萬覆誦著，停一下，思考著。「一六〇〇不就是白宮的地址嗎？」

艾倫臉色發白。自己怎麼瞎眼沒看見？白宮地址是賓夕法尼亞大道一六〇〇號。「是的。」

「三一〇」又代表什麼呢？是時間嗎？炸彈設定在凌晨三點十分炸毀白宮嗎？

「我該掛了。」

「祝妳好運，國務卿女士。」

「也祝你好運，總理先生。」

通話結束後，她把對話內容轉告給貝琪。

「對，有可能是，」貝琪同意。「其中一顆核子彈被帶進白宮。和我們的預測差不多。不過，如果核子彈有三個，為什麼沙赫只警告妳其中一個？我覺得，數字比這來得單純。我倒認為，這數字和另外那幾個一樣。」

「另外哪幾個？」

「公車號碼。妳的小外交官收到後破解的數字。」

艾倫再細看紙條上的數字。「公車嗎？蓋達組織在美國某地的三一〇公車上放置三顆炸彈，設定在一六〇〇引爆？」

「下午四點鐘。我認為是。前提是，倫敦、巴黎、法蘭克福的炸彈不只是炸死那幾個欺敵用的核子專家，也算是一種預演。」

「可是，我們又怎麼判斷是哪幾個城市？」艾倫說。「而且，下午四點又是指那個時區？」

貝琪盯著紙條看，看出了先前沒看見的細節。「艾倫，他寫的不是三一〇啦。三和一〇之間有個空格。意思是，有三輛十號巴士預定在下午四點引爆，以當地的時間為準。」

「可是，這樣也說不通吧，」駕駛座上的護衛長科沃斯基轉頭說。「對不起，我忍不住旁聽到了。」他的臉色蒼白，顯然也聽得大驚失色。「如果我們得知美國境內有三輛十號公車被放置污彈，那我們只要緊急通報各地交通機關，下令停車檢查就行。知易行難，不過總是辦得到的。何況我們還有時間。」

艾倫歎一口氣。「你說的對。所以不可能是三輛十號公車。」

大家再瞪著數字看。艾倫睡眠不足，兩眼昏花，竟漏看了數字之間的空格。看見空格後，想再看走眼也難。

三 一〇 一六〇〇

空格是被揪出來了，可惜含義依然無解。所以當務之急是揪出沙赫。

來到沙赫家外面，艾倫望向漆黑的房子，一股恐懼感猶如冰水湧上身體，升至口腔，升至鼻腔。

她深恐自己是不自量力。

搞不懂，她搞不懂，搞不懂這組數字代表什麼。

可能是公車，也可能是白宮。

也可能是亂湊的數字。是巴胥爾・沙赫在整她，想消磨她的寶貴時間。

艾倫確實知道一點：就算解得開，現在是累到無法解謎了。剛才漏掉空格，另外還漏掉什麼重點呢？

「把妳剛拍的相片傳給我。」接到貝琪傳的相片，艾倫轉傳出去。

「轉給總統嗎？」貝琪問。

「不是。他不會比我們更能解謎。何況，如果真的有ＨＬＩ這號內奸，傳進白宮被人發現的風險太高了。我把相片轉給最先猜出謎底的那人。」

接著，她發簡訊給威廉斯總統，警告他，如果白宮被放置核子彈，可能會在凌晨三點十分引爆。

⁂

威廉斯看時鐘。

晚上剛過八點。倒數七小時。

第三十八章

吉爾和安娜依妲一同進小鎮，買了瓶裝水和食品，準備帶回去給大家一起吃喝。一路上，以及提著網袋裡香噴噴食物的回程中，他們邊走邊聊。

最初，兩人的話頭是互訴過去二十四小時的經歷。

安娜依妲仔細聆聽吉爾敘述見哈姆札、被阿克巴偷襲的經過。她邊聽邊發問，同情吉爾的遭遇，對他全神貫注。接著，換吉爾問她的遭遇。

安娜依妲對他夠明瞭，知道他只是客套問候一下而已。彼此彼此，僅此而已。安娜依妲小時候，母親常教她，第一個問題，誰都能問，問了第一個問題後接著再問第二個、第三個問題，才表示對方有心。

兩人交往期間，做愛完躺在床上，吉爾常問她今天過得怎樣，卻鮮少緊接著再問第二個問題，問第三個問題是從來也沒有的情形。儘管他對她今天過得怎樣略感興趣，卻幾乎從未關心她。

安娜學乖了，明瞭他對她的興趣僅止於床笫。她也明瞭，不要主動告知個人資訊，對方不在乎，幹嘛告訴他。話雖如此，她忍不住把他放在心上。像奧賽羅，她愛得不夠明智但愛得深。

然而，奧賽羅的愛其實有回報，悲哀的是他不自知。

他們在巴基斯坦小鎮走著，穿越幽暗的巷弄，在食物香辣味籠罩下，她以簡單的回應敷衍吉爾，只報標題，全是她對所有人都說的話，別的沒多談，不足以讓他認識內心世界的想法和感受。

只不過，芳心的大門並未上鎖。她就在門內鵠候著，企盼開門迎接他。要訣在於問第二個問題。第三個問題能保送他跨進門檻，踏進她的心房。

聽她講完，吉爾說，「那一定很可怕吧。」隨即沉默下來。

儘管如此，安娜依姐等著。在巷子裡跨出一步，兩步，三步，默默無語。

吉爾一手伸過來，想牽小手，她意識到了。未能爭取到芳心也不再有權親近她的吉爾想藉此拉攏她。她僵了一下，感覺到溫暖熟悉的觸感，在濕熱的這一夜打從心底領會著。

她抽手而去。

他張嘴想說什麼，手機不巧收到一則訊息。

「我母親發的。巴胥爾．沙赫塞給她一張紙條，上面寫著數字。她要妳看一下，說不定能理解。」

「找我？」

「看樣子是個暗號。妳解開上次的暗號，這次她認為妳也能。」

「給我看看。」

吉爾將手機轉向她，這時他說，「安娜——」

「先讓我看一下，」她以公事公辦的口吻說。不客套。

三一〇一六〇〇

年輕的眼珠子一眼看出數字間的空格。身為外交官的她全然專心辦正事。

這一次，她不願再拖泥帶水。上次，堂妹札荷拉發暗號給她，她花了半天才意會重要性，接著又拖更久才理解其中意義。

當時那麼一延宕，導致一百多人喪生。安娜依妲不願重蹈覆轍。她不肯再分神。回小屋途中，她反覆思考著數字玄機。

三一〇一六〇〇

回到小屋，她把數字抄在幾張紙上，一人一張發給大家。

「巴胥爾．沙赫寫的，」她說。「我們要趕快理解出裡面的意思。」

「指的是污彈嗎？」凱瑟琳問。

「妳的母親認為是。」

在油燈下，大家分食著晚餐，埋首桌上的數字，不時拋出點子、想法。臆測著。

一六〇〇，指的是白宮？

三輛十號公車？

不多久，他們推斷出的可能性和國務卿差不多，也認為數字謎可能是障眼法，是狂人開的玩笑。

然而，目前不得不假設數字背面隱藏著意義。

隔著桌面，吉爾偷瞄安娜一眼。她的臉蛋被柔和的燈火照亮，炯炯目光散發才識，心無旁騖。

剛才在路上，他本想問，問她看著父母被偵訊時多麼焦急。

他也想問她前進德黑蘭的經過、問她被逮捕的經過，關心她的感受。

她簡短幾句描述山洞裡的槍戰，吉爾聽了，想到差點失去她，不禁頭暈目眩。

他本想問她接著發生什麼事，然後發生什麼事，然後又有什麼遭遇。他本想坐在門階上，聽她講個夠，永遠不走；徜徉在她的天地裡，在她的世界中找到自己。

然而，他保持沉默。

從小，父親灌輸他一個觀念：除非採訪新聞，否則過問私事是很失禮的行為。和朋友交談，尤其是女性友人，父親教他應該等對方主動打開話匣子。父親說，東問西問會被對方認為你在侵犯隱私，會被解讀成懷抱猥瑣的好奇心。

然而，反過來看，吉爾母親下堂求去不是沒有理由。基於同樣的因素，吉爾的父親在情場上接連吃敗仗。

吉爾的母親改嫁給昆恩．亞當斯，不是沒有原因的。昆恩常關心她的感受，傾聽她的回應，也會問後續問題，不只是因為他好奇——他大概也很好奇，但也因為他關愛她。

陪安娜走在巷弄中的吉爾不語，想藉他知道的唯一方式傳達關懷，於是伸手想牽她，卻被她抽手而去。陷入沉默。

⅄

兩輛黑色休旅車緊急剎車，停在亞當斯國務卿座車後方，幾名全副武裝的幹員跳下車。

經外交護衛隊檢查證件後，他們手持槍械開門，這時艾倫和貝琪下車。

「你知道屋主是誰嗎？」艾倫問。

「是的，國務卿女士。屋主是巴哥爾．沙赫博士，」資深幹員說。「我們已經派員監看一陣子了，不見他的蹤影。」

「對，我們有理由相信他躲在伊斯蘭馬巴德。我們要儘快找到他，活捉他。」她扣住資深幹員的目光。「活捉。」

「我瞭解。」

「你熟悉這房子的分佈圖嗎？」

「是的。我研究過，因為我們預料遲早要攻進去。」

艾倫會心點點頭。「很好。」她望著黑漆漆的房子。「裡面可能也有重要文件，詳細說明著下一個目標。」

「下一個？」

「他涉及倫敦、巴黎、法蘭克福的公車爆炸案。我們認為他放了更多炸彈，非查出地點不可。」

資深幹員深吸一口氣。原本只是突襲知名核子專家的住處並逮捕他，如今演進到加倍嚴重的大事。

「我們不能自曝身分還要求他開門，」亞當斯國務卿說。「否則，他可能燒掉文件滅跡。我們要出其不意。」

「國務卿女士，這是我們的專長。」他看著長牆。「我估計裡面有防禦措施。」

「我想也是。會構成難題嗎？」

「不會的，國務卿女士。我們每出任務，都預期會碰到麻煩。」

「特大號的麻煩（Trouble with a capital T）。我跟你一起進去，」她說。

「不太好吧，」他說，護衛隊長也同時說，「不行。」

「我不會影響到你們，我只想找文件。」

「恕我無法准許。國務卿女士，這不只關係到妳的人身安全，妳進去只會礙事，會危及整個行動。」

「我又不是提議由我帶頭進攻。」她轉向護衛隊長史帝夫．科沃斯基。「你剛也聽見我們的對話了，史帝夫，你懂事情有多麼重大。為了取得文件，我們喪失了多少條人命，你也明白。」見科沃斯基想再反對，艾倫又說，「你和我一樣清楚，現在已經沒有真正安全的地方了。揪出沙赫和他的機密，才有安全可言。要是他得逞，他會用核子彈一犯再犯，永無止境。所以，我建議我們切割任務。你們負責去搜沙赫，確認裡面有無危機；我負責去搜他的機密文件。」她的視線從護衛長轉向攻堅組長。「我等你准許才進去，可以了吧？」

萬分不情願，他們還是同意了。

艾倫轉向貝琪。「待在這裡。」

「好。」

大家走向高大的院子門，確認周圍有無危險，貝琪也跟著去。

（麻煩，麻煩……）

見護衛長的手勢，貝琪和艾倫衝進院子，穿越天井，一步步接近黑漆漆的房子，艾倫覺得前臂上的細毛直豎。

（特大號的麻煩。）

不見抵抗。沒有衛兵。亞當斯國務卿心頭一沉，看出跡象了。

「等一下，等一下，等一下。」札荷拉．阿瑪迪舉雙手要大家安靜。

針對同一組數字，大家舉出幾套推理，一個比一個更扯，想法走不出死衚衕。

「這個巴胥爾．沙赫，他曾經把核子專家的消息走漏給我們政府，」札荷拉說。「對不對？」

「對，伊朗政府，」博因頓說。

「因為他想要我們殺害專家，嫁禍給我們。」

「對，」凱瑟琳說。「妳想說什麼？」

「誰敢說他不是又想耍同樣的心機？又想耍弄我們？」

「很有可能，」博因頓認同。「不過，這一次我們知道了。」

「差別不只這一點，」札荷拉說。「我認為，我們太專注在沙赫身上了。因為他就想要我們這麼做。想想他把紙條塞給亞當斯國務卿的目的是什麼？」

「因為他是個自大狂，忍不住想玩弄我們？」博因頓說。

「他是這種人，沒錯，」吉爾說。「不過，他也是個生意人。如果這事挫敗，他要向買家負責，而我懷疑他大概不希望失敗。我認為，他只是有點怕這事會失敗。時間很緊急，而我們追得比他預期來得更緊。」

「我有同感，」札荷拉說。「這是他的保命符。這人差不多是跳上跳下的，還對我們揮手，想引我們注意。」

「讓我們疏忽該注意的地方。」凱瑟琳說。

「可是，該注意的地方是什麼？」博因頓問。

「他的客戶，」安娜依妲說。「沙赫是軍火販子，是中間人，負責仲介炸彈製造，使用炸彈的人不是他自己。他不負責挑選目標和時機。」

「沒錯。不過，他八成知道，」札荷拉說。

「對，他八成知道，」安娜依妲說。「他甚至可能負責安排運送炸彈。」

「決定時間和地點的人一定是他的客戶，」凱瑟琳睜大眼睛說，理解著推理的走向。「我們一直從沙赫的觀點看待這組數字，現在應該改變視角——」

「從蓋達組織的視角。」札荷拉說。

安娜依妲轉向堂妹，「我們一直用西方國家的思維猜測。妳建議我們用伊斯蘭的眼光看這組數字嗎？」

「不是伊斯蘭，是聖戰份子，」札荷拉說。「在他們心目中，這些數字代表什麼？有什麼重大意義？蓋達組織之類的恐怖組織非常側重神話故事，不只是宗教神話。他們遇到冤屈，不管是舊恨或新仇，都一而再、再而三強調，讓傷口繼續化膿。這組數字能代表哪一個傷口呢？」

三一〇一六〇〇

⅄

「找到一具屍體。」

在沙赫住處地下室，幹員走向俯臥的男屍，看見屍首壓著若隱若現的線路。

「有詐。」幹員回報，向後退開。

前腳才踏進院子，他們就知道這房子被棄守了，所以不見抵抗。以沙赫這號人物而言，他會以私家重兵護衛住處才對。

這裡面空無一人。沒有一個活人。

艾倫和貝琪進到沙赫位於一樓的書房，翻找機密文件。攻堅部隊已檢查過這一區，查無陷阱機關。

「國務卿女士，妳最好還是出去吧，」護衛隊長科沃斯基說。「他們在地下室找到一具屍體，身上有引爆裝置。」

「是沙赫嗎？」貝琪明知答案卻故問。

科沃斯基帶著她們離開房子。「目前不知道。他們想先拆炸彈，然後翻身看他是誰。」

艾倫差不多能確定男屍的身分。五分鐘後，解答來了。是拉卡尼將軍，巴基斯坦軍事秘書。

這一晚，三頭蛇怪真忙碌。忙著善後，以鮮血和恫嚇為解決之道。

攻堅小組宣佈危機解除後，貝琪再進屋內，想繼續搜文件，但被艾倫攔住。

「裡面沒東西可搜了。全被他帶走了，就算我們找到東西，也全是他特別留下來誤導我們的。我們該走了。」

「去莫斯科嗎？」貝琪問。看她表情，她好像寧願冒著被炸的危險回屋內。

「莫斯科。」

艾倫知道，莫斯科是同一條路上的最後一棟房子。前進莫斯科之後，她們再也無路可走，只能回家等候。

不過，她們仍有另一條大道可走。登上空軍三號後，貝琪繼續尋覓失蹤的黃姓記者——發掘出HLI的那一位。

飛越哈薩克上空之際，她找到黃了。

第三十九章

三月初，上午九點十分，暴風雪襲擊莫斯科，空軍三號降落在謝列梅捷沃（Sheremetyevo）國際機場。

天空像挨了一拳，冬陽被瘀青雲遮蔽，光度最強的時候也顯得羸弱。貝琪記得拳王麥克・泰森說過，「計畫，誰都講得出來，等到嘴巴挨一拳再說吧。」

她有點被揍暈頭的感受。假如她和艾倫真的擬好了大計，她也忘了計畫是什麼。

艾倫和貝琪沒帶大衣，外交護衛隊也是，手套、帽子，要什麼沒什麼。下機之前，空軍三號緊急去電美國大使館，現在有幾輛防彈休旅車停在停機坪上，但在電話上，他們忘了請使館人員帶禦寒的衣物。

艾倫深呼吸，踏出機門，撐著傘護頭，傘一瞬間被颳得開花。這陣寒風起於西伯利亞，一路掃到莫斯科，速度加快，也颳來冰雪，全砸在她身上。她站在登機梯最上方，一時被嚇傻。無法呼吸，無法動彈。風雪橫掃她臉龐，吹進眼眶，她只能用眼皮眨掉雪渣。

傘被颳爛，她把傘交給身後的護衛隊員，伸手握扶桿，以穩住重心。雙手一觸及冰冷的金屬扶桿，她立刻縮手，唯恐仍有溫度的手肉被凍結在扶桿上，到時候恐怕撕裂掌心才救得回整隻手。

「妳還好吧？」護衛隊長科沃斯基說。他對著國務卿耳朵吶喊，才能穿透風雪的狂嘯。

還好？今天的情況還能壞到哪裡？但她隨即憶起突襲遇害的遊騎兵、想起三輛公車上的乘客、想起法蘭克福現場手持親人相片的父母子女、想起彼特・漢繆頓發言人、想起史考特・卡季爾主任。

「還好。」她以吼叫回應，眼角瞄到貝琪點頭贊同。

去年耶誕，貝琪送她一本她最愛的詩人茹絲・札朵（譯註：Ruth Zardo，露意絲・佩妮「葛馬許督察長」系列小說裡的一個角色，個性孤僻。）新作，薄薄一本詩集，書名《我，還——好》（*I'm F.I.N.E.*）。

代表「精神錯亂、自卑、神經質、自我中心」。（Fucked up, Insecure, Neurotic, Egotistical）

亞當斯國務卿咬緊牙關，不想再咯咯打顫，頭轉向接機人群，她逼自己微笑，幻想自己剛降落加勒比海某小島，準備渡假。

她知道，威廉斯總統明言要求此行以保密為重，不許招風、不可大陣仗，也絕對不准吸引媒體，此行只是國務卿和俄國總統私下會面而已。

現在，她站在登機梯最上面，對著一群攝影記者揮手。如果要求伊凡諾夫總統做什麼，他鐵定會朝你最不樂見的結果逆勢回應你。艾倫又冷得哆嗦一陣，心想，也許我該要求他，千萬不要把沙赫的行蹤告訴我。

也不要透露炸彈的放置地點。

她開始下階梯，希望能在被凍死之前走到地面。走完一半，她覺得寸步難行，穿低跟鞋的腳丫和雙腿漸漸凍僵，整張臉都變得麻木無感。

冰雪覆蓋登機梯，她每踩一步都有滑一跤的危險。她暗忖，這會不會正是伊凡諾夫的盤算？派人來除冰不算難事吧，難道伊凡諾夫希望她跌斷頸骨？

她心想，哼，老娘才不會讓你稱心如意。結果，踩滑了一步，幸好有及時站穩。

艾倫看得見使館車輛，但停得有點遠，有強人所難的意思。暖氣。最後剩這幾階，她多想一步跳到地面，奔向車子，盼望在被凍成冰雕前上車。

她強迫自己放慢腳步，在踏向最後一階之前停下，等貝琪跟上。貝琪離她幾階，邊下梯子邊喃喃咒罵著「幹，幹，幹。」

萬一貝琪踩滑了，艾倫想緩和她的跌勢，正如同從小貝琪時時對她扶持。

下這段階梯，猶如從聖母峰下山。終於，她雙腳踏上冰雪覆蓋的停機坪。

面對接機的陣仗，艾倫強迫自己點頭微笑。她希望自己的臉皮真的笑了，也有可能是臉皮被凍裂了吧。

所有人穿著厚重的大雪衣，有皮草帽兜罩頭，是男是女難以辨別，是北極熊或假人也說不定。

她走向使館座車，滑了一下，幸好科沃斯基適時抓住她手臂。一坐進車內，艾倫開始狂抖，難以自扼。她搓揉著手臂，然後伸手向暖氣口驅寒。

「妳還好吧？」她口齒打顫著問貝琪。

貝琪僵著臉，牙齒嘎嘎嘎，只能呻吟幾聲回應，但她照樣能哼出髒話的意境。

唇舌恢復正常後，艾倫問科沃斯基隊長，「這裡幾點了？」

「九點三十五，」科沃斯基說，才半退冰的嘴唇勉強動一動。

「特區幾點？」

他看錶。「兩點三十五——（說著打一陣寒顫）——凌晨。」

「麻煩你把手機給我。」手機到手後，艾倫快打一則簡訊給威廉斯總統，手指抖得太厲害，錯字連改了幾次才打完，而且還要更正被自動校「錯」的部分，例如「炸彈」被改成一個髒字。（發給美國總統的簡訊出現髒字還得了？）

⸸

道格．威廉斯閱讀簡訊。

他坐在橢圓辦公室裡。維安小組已清查過白宮上上下下，偵測不出鈾－二三五的跡象，也查不到輻射物質。但維安人員也向總統報告，查不到未必表示白宮沒有爆裂物，有可能只是還沒偵測到而已。

特勤得知大事即將爆發，先是請求、強求，之後是乞求他離開白宮。特勤和他都明白，如果白宮真有核子爆裂物，炸彈一定被放置在總統身邊不遠處。

但威廉斯總統拒絕離開。

「總統先生，這舉動沒有實質意義。」資深女特勤口氣很衝。她累了，煩了，氣急敗壞。

「是嗎？」威廉斯端詳著她。「妳在歷任總統身邊待夠久了應該知道，總統一言一行或按兵不動，都能造成衝擊。總統的下場哪一個比較糟：是死在這裡，或讓恐怖份子知道總統被逐出家門？」

他對女特勤微笑說。「相信我，我很樂意離開。過去這幾個鐘頭以來，我發現自己不是勇者。不過，我不能走。抱歉。」

「這樣的話，我們也不走。」

「我下令你們撤走。你們被炸死，才缺乏實質意義。聽著，我瞭解，你們的任務是保護我，阻擋攻勢，甚至用肉身為總統擱子彈。可是，你們擱不住炸彈。如果炸彈引爆了，你們保護不了我。我如果死了，等於向全世界宣佈，美國不會被恫嚇。犧牲你們毫無意義。你們非走不可！而我，非留下來不可。」

特勤當然拒絕撤離。但這位資深女特勤向全國總司令退讓一步，下令家中有幼子的特勤人員改守外牆，比較保險。

等到橢圓辦公室只剩威廉斯一人，將軍才從私人廁所裡走出來。

兩個男人站在窗前，凝望南草坪。

「總統先生，告訴你好了，你是條英勇的漢子。」

「謝謝你，將軍。看了內褲再稱讚也不遲。」

「是總統命令我看嗎？」

威廉斯呵呵一笑，看著參謀長聯席會議主席。懷海德將軍得知突襲高原的遊騎兵全排覆沒，知道他自己的特助、他欽點的突襲隊長也喪生，當時他站在門口的那副神情，威廉斯總統有生之年絕不會淡忘。聲東擊西的突襲是將軍出的點子。

事隔數小時，那份驚恐的神態仍殘留將軍臉上，宛如髮網，湊近看才看得見。

威廉斯猜想，只要將軍一息尚存，那份神情會一直殘留在他臉上。

兩點四十五分。

所以還剩下二十五分。

⅄

在狂風暴雪之中，艾倫望車窗外，依稀可見二次大戰後興建的蘇聯樓房，風格冷峻。她也見到上班民眾駝背低頭，踽踽迎戰暴風雪，車隊通過時懶得抬頭看一眼。

亞當斯國務卿雖然對俄國總統無好感，卻非常喜歡俄國人民——至少她喜歡當面認識過的那些。俄國人豈止高韌性，生命力也強，生性活躍，歡笑連連。總是慷慨好客，隨時都想把酒聚餐。艾倫永遠無法否定俄國人民剛毅。然而，她覺得至為可惜的是，俄國人曾力抗納粹和法西斯，把惡勢力阻絕在國門外，如今居然魔由心生，在國境內滋長。

如果此行任務失敗，艾倫深怕美國也將有同樣的遭遇，深怕其實已見開端了。

美國人民擊敗暴君，以公平公正的選舉推翻他。但這場勝仗的美景吹彈即破。儘管如此，她的任務不是向選民勸說，而是確保選民能撐到下一次大選。

她看時間。上午九點五十五分，莫斯科時間。

華盛頓特區兩點五十五分。

在白雪紛飛的街景中，醒目的洋蔥圓頂出現在前方，時隱時現，克里姆林宮快到了。艾倫和貝琪身子暖和了，至少不再發抖，只不過身上的衣服濕氣沉重，溼答答的鞋子下面也沾滿停機坪上的油泥。

要是現在能悠哉的泡個很久、很久的熱水澡那該有多好，艾倫渴望再渴望著。可惜心想事不成。

ʎ

幾經搜尋，貝琪查到曾任白宮特派員的黃記者現居魁北克省，住在名叫「三松」的小村莊，改名換姓了，但人是他沒錯。

她發信給黃，請求他幫個忙。

他在深夜回應了。他解釋他過著新生活，愛上一位書店女老闆，莫爾娜（譯註：Myrna，也是督察長系列角色），目前與她同居，每星期進店幫忙三天，其他日子在村內擔任志工。鏟鏟雪，遞送食品，夏天割割草。

日子過得很愜意。別來煩我。

他沒問幫什麼忙，但從他的回覆來看，貝琪懷疑他已經猜到了。

她覺得最好還是向他確認一下。

她打「ＨＬＩ」，然後發送。

黃至今無回應，但貝琪透過手機，能感受他的恐懼心，彷彿恐懼是個APP，不慎被她激活啟動了。

⁂

「國務卿女士。」

在克里姆林宮門口，伊凡諾夫總統的基層助理開門迎接，微笑帶他們入內。女助理請艾倫的護衛隊繳械。

「對不起，小姐，」科沃斯基隊長說。「我們辦不到。我相信，我們擁有佩戴槍械的外交豁免權。」他出示證件給女助理看。

「Spasibo（俄語，謝謝）。是的，在正常情況下有豁免權，但由於這是臨時敲定的行程，我們來不及跑公文。」

「跑什麼公文？」表面上，科沃斯基隊長老神在在，但艾倫看見他的太陽穴血管噗噗脈動著。

「哎呀，你又不是不曉得，民主制度嘛，」女助理微笑說，「表格填不完。」

「不像以前，老日子多好過啊，」貝琪說，招來女助理的衛生眼。

「沒關係吧。」艾倫柔聲勸科沃斯基。

「這關係可大了，國務卿女士，萬一發生什麼事……」

「你照樣會守在我身邊。何況，什麼事也不會發生。我們直接進去，速戰速決吧。」

十點過兩分。

倒數八分鐘。

在橢圓辦公室，道格．威廉斯坐在沙發，將軍則坐他對面。

他認識將軍多年，也見過將軍的妻小，將軍的兒子曾隨空軍遠赴阿富汗。威廉斯自覺應該請將軍離開白宮，但說實在話，他很慶幸有將軍為伴。

兩人各端一杯蘇格蘭威士忌。剛才飲完第一杯，互祝對方身體安康，現在淺酌著第二杯。

威廉斯下令召回遠在倫敦的情報總監畢詮。這舉動會不會太小心眼？他不清楚。一想到畢詮坐在布朗大飯店（Brown's Hotel），享受全套英式早餐的款待，總統自己屁股下面卻有一顆核子彈，威廉斯愈想愈難受。

再過幾小時，畢詮就會回國。提前緊急召回，帶給威廉斯些許身為總統的權威感。

他和將軍聊著天，不禁想到，話題應該偏向重大史實，或聊聊對政治生涯、私生活等有重大影響的話題，然而兩人卻聊到彼此的愛犬。

將軍的狗是狼犬，名叫小松。

他告訴總統，狗是朋友送的。將軍的好友住在魁北克省的小村子，他是魁北克省警局（Sûreté）的資深警官，有一年夏天將軍去拜訪他，將軍和他坐在村坪的長椅上，有三株大松樹遮陽，聆聽著小鳥唱歌、微風輕拂、兒童嬉戲，感受著數十年未曾有過的寧心。

感動之餘，他以村名為狗取名。

威廉斯提起自己的金毛獵犬，取名主教無關高僧，只是為了紀念自己特別喜歡的母校。大概因為他和亡妻就是在母校認識的。主教通常躲在橢圓辦公室桌子底下，或坐或睡，但今天，威廉斯請白宮僕役長帶主教遠離此地。

也交代他好好照顧主教。萬一的話。

倒數五分鐘。

⁂

「國務卿女士。」

伊凡諾夫總統站在接待廳正中央，不動，迫使艾倫走向他。艾倫順從。伊凡諾夫是在耍心機，意在羞辱她，但對她起不了作用。以前，她或許會被嗆到，但今天不會。

「總統先生。」

雙方握握手，艾倫介紹貝琪，伊凡諾夫介紹資深助理。艾倫不禁留意到，是助理，而非「資政」。沒人敢向伊凡諾夫建言——總之不會有第二次（建言的機會）。

伊凡諾夫比她印象來得矮小，但他的氣勢威武，靠近他的人無不認為他是個爆裂物，印信被橡皮筋束著，而繃得太緊的橡皮筋隨時可能斷裂。

俄羅斯總統幾乎無異於莽漢。這一點，他和艾瑞克．敦恩雷同，兩人另有更多更多相似之處。不同的是，一眼可知伊凡諾夫是個不折不扣的暴君。

不擇手段，自幼練就一身軟性高壓和殘暴統治的本事。

敦恩雖然具有直擊對手弱點的本能，他卻缺乏伊凡諾夫的心機。敦恩懶得工於心計；伊凡諾夫則是步步皆有盤算，冷血的佈局令西伯利亞也喊冷。

然而，伊凡諾夫沒料到艾倫．亞當斯會突然找上門來。美國國務卿竟搭空軍三號直抵莫斯科，走進克里姆林宮，站在接待廳中。

艾倫看得出，他冷硬的凝視掩飾著他罕有的困惑。伴隨困惑的是些許恐懼，伴隨恐懼的是憤怒。

他不喜歡這場面。他不喜歡她——向來都不喜歡，現在更討厭她。

但艾倫也看得出，和她一打照面，伊凡諾夫的自信心就回流了。艾倫知道原因是什麼。

因為她像個瘋婆子。她的頭髮歪斜，一邊是蜂窩頭，另一邊扁塌。下機前，她曾整理過儀容，心血卻被暴風雪颳散了。

艾倫的衣服又髒又濕，走路時鞋子還有水聲吱吱吱。

這不是超級強國派來的高官，而是冒名美國國務卿的一隻落水鼠吧，可悲、軟弱，就像她代表的國家。伊凡諾夫可能這麼認為，而艾倫正希望他這麼認為。

「喝咖啡嗎？」他透過口譯官說。

「麻煩你。」艾倫以俄文說。

在見伊凡諾夫總統前，艾倫大可要求先整理儀容，但她決定作罷。她知道，伊凡諾夫和敦恩這一型的男人總喜歡踐踏女人、低估女人，尤其是披頭散髮的娘們。

她佔了這麼一點小小的優勢。而她明白，最好不要犯同樣的錯誤，不要低估伊凡諾夫。低估他，下場淒慘。

時間緊迫。既然第一印象建立好了，艾倫可以提出要求。

「總統先生，方便我和顧問去洗洗臉嗎？」

「請便。」他向小助理示意，由助理帶她們去洗手間。

這一問很陽春，但該有的設備都有，最重要的是能提供隱私。

一入內，艾倫立刻打電話。

⚓

倒數九十秒。

威廉斯總統的手機響起。他看著手機。艾倫．亞當斯。

「有收穫嗎？」他問，任由內心的希望膨脹。

「對不起，沒有。」

「瞭解。」他說。難掩失望之情，聽天由命的態度也明顯，不會有救兵及時趕到，神不會垂憐。

三一〇一六〇〇

倒數五十秒。

「我們剛來到克里姆林宮，我本來想……」艾倫欲言又止。「我不想留你孤伶伶一個。」

「有人陪我。」他說出誰在辦公室裡。

「幸好，」她說。「呃，『幸好』這詞不太……」

「妳的意思我懂。」

倒數三十秒。貝琪近到聽得見威廉斯，大家的心臟都在砰砰跳。

在橢圓辦公室裡，威廉斯站起來。將軍也是。

倒數二十秒。

貝琪和艾倫四眼相視。

將軍和威廉斯四眼相視。

威廉斯閉上眼睛。將軍也閉眼。

草原上有野花。艷陽普照。

兩秒。

一秒。

無聲無息。無聲無息。萬物全噤聲。

等著。計時器可能誤差幾秒，甚至一分鐘。

威廉斯睜開眼睛，見將軍凝視著他，但兩人依舊無語。不敢出聲。

人

「天啊，」安娜依妲說。「我可能猜出『三二〇一六〇〇』的意思了。」

「什麼意思？」博因頓說著，大家一擁而上。

「妳剛不是建議從聖戰份子的視角去解謎嗎？」她對札荷拉說。「一提到『九一一』，我們都知道是什麼意思。對蓋達組織而言，說不定『三二〇』也有類似的含義。」

「為什麼？」凱瑟琳問。「三二〇能代表什麼？」

「賓拉登的生日是三月十日。三二〇。」安娜依妲把手機轉過來給大家看。她搜尋到賓拉登生平。「看到沒。他的生日就在今天。美國殺害賓拉登，蓋達組織誓言為他報仇，所以把炸彈設定在今天爆炸。他們選這日子，是有象徵意味。」

「復仇。」博因頓說。

凱瑟琳也搜尋到了，點點頭。「沒錯。他在一九五七年三月十日出生。既然這樣，一六〇〇又代表什麼？」

「是他死的時刻。」札荷拉說。

「不對吧，」凱瑟琳說。「根據這網站的資料，他在凌晨一點被擊斃。」

「那是巴基斯坦時間，」吉爾說，「美國東岸是下午四點。」

「我們在巴基斯坦工作過，常回報華府，所以懂得換算時區，」安娜依妲接著說。扣住吉爾的目光，「最好趕快報告妳母親。」

「用這支。」吉爾遞手機給她。「密碼是妳破解的，簡訊給妳發。」

艾倫看簡訊一眼，即刻讀給總統聽。

威廉斯鬆了一口氣。

「看樣子，將軍，我們還有十三個鐘頭。然後再倒數一遍。」

威廉斯說完數字含義後，將軍點點頭。「我們還有時間揪出可惡的炸彈。一定找得到。」他對仍在電話上的艾倫說，「謝謝妳，國務卿女士。保重。」

「你也是。回白宮再聊。這裡的事一辦完，我馬上回國。」

「不急，」威廉斯說。「明天再回來也不遲。」

第四十章

整理儀容之際，貝琪告訴艾倫，黃姓記者找到了。

「他很害怕，」貝琪說，「所以他不只辭掉報社工作，還離開美國，改名換姓。」

「所以說，他可能真的查到什麼？」艾倫問。

「我認為是。」

「我們該找他問問看。」

「要綁架他嗎？」貝琪問。她幾乎顯得津津有味。

「天啊，貝，不要見人就綁架，行嗎？」

「又不是見一個綁一個。」

「這不是重點。我們應該找一個可以去理性訴求他的人。妳能查到他的家屬或好朋友嗎？可以儘快派去找他。」

離開洗手間後，艾倫把手機交給科沃斯基隊長。科沃斯基想從她表情看出端倪，因為他明白華府極可能發生了大事。

「一切都平安。」她說，看見科沃斯基如釋重負。

她們返回接待廳，伊凡諾夫總統迎面道：「我還擔心妳溜走了呢，亞當斯夫人。妳的咖啡快涼了。」

「我相信還很可口。」她啜飲一口，的確美味。香醇濃烈。

「妳找我的目的是什麼，我很好奇。」伊凡諾夫靠向扶手椅背，攤開雙腿。「從德黑蘭直飛巴基斯坦，從巴基斯坦直飛莫斯科。妳還去阿曼拜訪蘇丹，更早也去了法蘭克福，大忙人啊。」

「你把我盯得很緊嘛，」艾倫說。「你這麼關心，我好榮幸。」

「殺殺時間罷了。接著，妳來到這裡。」伊凡諾夫凝視她。「國務卿女士，我想我猜得出妳的來意。」

「猜得到嗎，總統先生？」

「願不願意打賭？賭一百萬盧布。我猜，是為了歐洲發生連續爆炸案的事——妳來求我獻計，只不過我不懂妳憑什麼認為我幫得上忙。」

「唉，你不懂的事情沒幾件吧。你猜對一半。不如賭金也分半吧。」

他收起笑臉，再開口時，語調變無情，咬字明晰。

「不如容我詳述。」

對伊凡諾夫而言，比猜對更重要的唯一一件事是沒料錯。他也絕對不希望被人告知他料錯了，也絕對不希望說他料錯的人是個老氣橫秋、披頭散髮的大媽。在他精通的棋局裡，她不過是菜鳥一個。

對他而言，和任何國家高層會面都是一場戰爭，他只勝不敗，也永遠不會打平手。

「怎樣？」艾倫歪著頭，彷彿聽出興趣了。

「妳發現，死在爆炸案的核子專家是幌子，沙赫另外聘請一批核子專家製造核子彈，好讓他賣給客戶。妳來是希望我能幫妳查出炸彈所在地，以免被引爆。」

「總統先生，你懂得可真不少，但你又只猜對一半。我來是想談炸彈的事，但不是談核子彈。核子彈的事，我們已經掌握到線索了。我來是想跟你打一聲招呼，想協助你拆掉一顆和你息息相關的炸彈。」

他湊向前。「在這裡？在克里姆林宮？」他東張西望。

「是比喻的說法。如你所知，我兒子是路透社記者。他寫好了一篇報導，就快發稿了，他傳給我看。我讀完心想，為了尊重你，應該先給你看才對。當面給。」

「我？為什麼給我看？」

「這嘛……報導和你有關。」

伊凡諾夫靠向椅背，微笑說：「妳該不會還在追同一條新聞吧？又想扯我和俄國黑道的關聯？沒那回事。就算有，我也跟他們一刀兩斷了。任何人如果想挖俄羅斯聯邦（Russian Federation）牆腳，想傷害我的人民，我絕不容忍。」

「滿高尚的嘛，我相信車臣民眾聽了會很高興。不過，你猜錯了。不是黑道。」

貝琪坐著，一動也不動，表情平靜，但其實她沒聽過艾倫提這事。飛來莫斯科途中，艾倫在電腦上忙了一陣，但不是聯絡吉爾。她到底在忙什麼？

和伊凡諾夫一樣，貝琪也好奇艾倫想提什麼事。只不過，從伊凡諾夫的表情，從他緊繃的肢體語言來看，他可能比貝琪更好奇一些。

「不然是……？」伊凡諾夫說。

「是……」艾倫朝科沃斯基點點頭，他帶她的手機過來。她按幾下，滑一滑，把手機轉給伊凡諾夫看。

貝琪看不見螢幕，但她看得見伊凡諾夫的臉。只見他的臉唰紅，隨即紅得發紫。他的灰眼睛瞇成一條線，嘴唇抿緊，臉上散發出一股她從未感受到的怒火，對著她撲過來，簡直像一塊磚頭砸向她自己的臉。貝琪覺得自己突然害怕起來。

她們身處俄羅斯，位於克里姆林宮深處。艾倫的外交護衛隊已經交出槍械，想做掉這群美國人，有什麼困難？放話說他們搭國內班機，結果墜機，不就得了？

她看著艾倫，從艾倫的神情看不出答案。然而，艾倫太陽穴微微脈動著，洩漏她的心聲。美國國務卿也在怕。

只是，她不肯退讓。

「媽的，搞什麼鬼！」伊凡諾夫大吼。

「怎麼？」艾倫說，語調不再是微微哭笑不得，多了一分冰冷、一分斥責，貝琪很少聽她用這種口氣講話。「這種相片，你又不是頭一次看見，對不對？你自己以前也用過。如果往右滑一下，另外還有一支影片。我倒不想看，太慘了。比不上你打赤膊騎馬的那幾張，只不過，吉爾告訴我說，那匹馬也出現在另一支影片裡。」

貝琪的好奇心大動。

伊凡諾夫怒視著艾倫，無法言語。更有可能的是，他想講的話太多了，在喉嚨打結，像原木阻塞住河道。

艾倫正要把手機收回來，卻被馬克辛．伊凡諾夫大手抓住，將手機扔去砸牆。

「好了，馬克辛，沒必要發這麼大的脾氣。再生氣也沒用。」

「妳這個愚蠢賤貨！」

「賤貨，或許；不過，愚蠢倒不至於吧？這招我是向你學來的。你偽造孌童相片，用來勒索過多少人，毀掉多少人？等你心情平穩下來，我們可以像成年人好好商量事情。」

剛才，科沃斯基隊長和另一名隊員靠近過來，隊長也拾回手機，貝琪留意到了，寬心不少。隊長把手機交還給艾倫。她檢查看看。

沒故障。

「你走運了，」艾倫說著，手機放在膝蓋上，彷彿在恫嚇伊凡諾夫。「假如手機被你砸壞了，我不能聯絡兒子，我兒子就會馬上發稿。現在限你五分鐘，拆掉這顆炸彈。」她下巴指向手機。「否則時間一到就發稿。」

「妳做不出那種事。」

「為什麼？」

「妳這麼搞，俄美兩國休想有和平的一天。」

「會嗎？你所謂的和平，用一顆、兩顆、三顆核子彈，才炸得出來嗎？」

他想開口，但被艾倫舉手打斷。

「談夠了。事情緊迫，我和你都不能再浪費時間。」她湊近伊凡諾夫。「你不只指揮俄國黑道，還一手造就黑社會。你是罪惡淵藪之父，黑道對你言聽計從。俄國黑道能取得俄國鈾原料。怎麼取得？透過你。特別是烏拉山脈南段開採的鈾—二三五，可裂解材料。昨晚在巴基斯坦，美軍破獲核子彈工廠，查到原料來源。俄國黑道把鈾賣給沙赫，沙赫聘請核子專家製造污彈，然後賣給蓋達組織，然後蓋達組織在美國三城市放置污彈。這些份子全受你庇護。快說出沙赫在哪裡！快說出放置炸彈的確切位置！」

「癡人說夢。」

艾倫拿起手機，打一則簡訊，然後手指停在傳送鍵上方。她的決心明顯可見，對他的嫌惡感也明顯可見。

「傳啊，」他說。「反正沒人相信。」

「你發假圖陷害對手，大家不也信以為真嗎？你最愛玩這一招，不是嗎？用來暗殺政治人物的一顆中子彈（neutron bomb）。猥褻兒童罪，有圖有證據。你死定了。」

「我的聲望太好了，」馬克辛．伊凡諾夫說著，只不過雙腿早併攏，「沒人會相信，沒人敢信。」

「看吧，嚇到你了。恐懼。你靠恐懼來統治。可惜，恐懼嚇不出忠誠心，只嚇得出一群等著鬥死你的敵人。而這相片——（她舉起手機）是能觸發大革命的導火線。馬克辛，猥褻兒童罪。相信我，這種相片，大家不是說忘就能忘的。不過，你說的大概也對。我們拭目以待算了。」

在伊凡諾夫來得及再開口前，她按下傳送鍵。

「等一下！」他大吼。

「太遲了，發出去了。等吉爾接到我的簡訊，三十秒之內就能發稿。再過一分鐘，總統性侵小孩的消息會被路透社傳遍全世界。再過三分鐘，別的新聞單位也會採用。再過幾秒，社交媒體也開始瘋傳，你不紅也難。再過四分鐘，你的政治生涯完蛋了，好日子也沒了。就算嘴巴說不信的那些人，遠遠見到你走過來，也會趕快把小孩藏緊、把寵物關好。」

他怒視著艾倫，毫不掩飾恨意。「那我就告妳。」

「歡迎。我也可以告你。可惜，到那階段，傷害已經無法挽回了。總統先生，接下來這幾秒，你還有機會。我可以打電話叫吉爾不要發稿。」

「我不知道炸彈被放在哪裡。」

艾倫站起來。貝琪也跟著站，雙手握拳，以免手抖得太厲害。在她們回空軍三號之前，她們的福禍，得看這男人肯不肯大發慈悲。而在伊凡諾夫掌握的俄羅斯，慈悲心是嚴重缺貨。

「我是說真的，」他大吼。「撤掉那條新聞。」

「憑什麼？你什麼也沒回答我。更何況，我真的不喜歡你，很樂意看見你垮台。」她走向門。

「等你回老家鄉間小屋種玫瑰，才有可能看到和平。」

「我知道沙赫躲哪裡。」

艾倫紋風不動。然後轉身：「快告訴我。」

伊凡諾夫遲疑著，久久才說，「伊斯蘭馬巴德。他就在妳身邊。」

「你又錯了。他待過那裡，早就走人了，留下軍事秘書的屍體，做成人肉炸彈。你知情嗎？你一定花了好長的時間，才把拉卡尼將軍栽培得那麼聽話，現在又要重新找一個來栽培。不過，建議你別對亞萬總理動歪腦筋。他不像以前那麼盲從了。這全是沙赫的功勞，他呀，不是一個十分可靠的盟友。」艾倫怒視他。「他到底躲在哪裡？」她拉高音量，「快說！」

「美國。」

「哪裡？」

「佛羅里達。」

「哪裡？」

「棕櫚灘。」

「騙人。我們派人監視他的別墅。沒人去那裡。」

「不是別墅，」伊凡諾夫說。現在換他奸笑了。

「分秒必爭啊，總統先生。棕櫚灘的哪裡？」

只不過問到這裡，艾倫和貝琪都猜到答案了。儘管如此，親耳聽見俄國總統的薄唇吐出地點，她們著實大吃一驚。

第四十一章

「我拒絕相信，」威廉斯總統說。「暴君講的話怎麼能照單全收？艾瑞克．敦恩是個傲慢的傻子，是被極右派利用的白痴，更被伊凡諾夫和沙赫利用，不過，他絕不會故意袒護恐怖份子。伊凡諾夫編謊話耍妳。」

艾倫嘆息，氣急敗壞，看著貝琪。這裡是空軍三號，打道回府中。艾倫按住話筒。

「總統說的對，」貝琪說。「伊凡諾夫剛才的表情，妳又不是沒看見。要是他能活活剝妳的皮，他會真的動手。就算妳拿相片恐嚇他，他講的是不是實話，也沒人敢擔保。尤其是在妳恐嚇他的時候。在這個階段，他會出盡賤招來毀滅妳。」

艾倫仍聽得見總統的聲音在電話裡嘰嘰喳喳，細小如金屬聲，彷彿人被關在機器裡。「恐嚇？什麼相片？」

她鬆開按住話筒的手，向威廉斯解釋。

「媽的。妳真的嗎？哪一個小孩？」

「小男孩是電腦合成的。世界上沒這個人。」艾倫說。

「謝天謝地。不過，妳偽造相片，用來恐嚇國家元首，是真的嗎？」威廉斯質問。

「在犯罪集團幫助之下，三顆核子彈被運來美國，而他是犯罪集團的大頭目。對，我是假造相片恐嚇他，沒錯。逼不得已的情況下，我也願意再來一次。不然我能怎樣？水刑伺候他嗎？對，你講的或許也對，說不定敦恩私藏沙赫是他編的鬼話。只有一個方式能判斷他說的是真是假。」

「妳該不會提議去按敦恩家門鈴吧。」

「錯。我提議派突擊隊攻進前總統家，綁架他的客人。」

「天啊，」威廉斯嘆氣。「聽我說，艾倫，伊凡諾夫的腦筋很刁鑽。如果這是一場政變，我們的反應可能會正中他下懷。就算我們找到沙赫，設法拆掉核子彈，我們也被趕下台，罪名是違法攻擊政敵，是真的祭出武器去攻擊。天啊，要是我核准突擊隊攻進敦恩家，他甚至可能受傷。那又怎麼辦？」雙方沉默片刻，威廉斯總統才問，「妳相不相信敦恩被俄國收買了？」

艾倫深吸一口氣。「也許不是被收買吧，有可能是被收編而不自知。反正這不是重點。到頭來是同一回事。如果敦恩重新入主白宮，他會變成一個傀儡。美國差不多淪為俄羅斯的一個州，全聽伊凡諾夫的指揮。然後，伊凡諾夫會扶植自己人出任巴基斯坦總理，指定俄國的走狗接任精神領袖，伊凡諾夫總愛以超級強權自居，他美夢就快成真了。」

「Shit！」貝琪嘆氣。

「罵得好。」威廉斯說。「我認為，唯一可行之道是問敦恩有沒有藏匿沙赫。如果沙赫真的躲在他家，那就對他曉之以理，請他主動交出沙赫。倘若他交出沙赫那是最好，如果不肯交人，那我們起碼證明我們嘗試過。」

「不好意思，總統先生，你瘋了嗎？你忘了對手是誰嗎？對付隨便哪一任前總統，你那招可能有效，只不過，又不是隨便每一任前總統都會招待沙赫住進家裡。我們不能冒險去跟敦恩講道理，因為敦恩會叫沙赫快溜。閃電突襲才有勝算。」

「昨晚的夜襲行動就沒成功。」

「對。」突襲不成不僅慘烈，也令人特別憂心忡忡。敵方似乎得知遊騎兵即將來襲。雙面諜法哈德死前說「白宮」。前白宮發言人彼特．漢繆頓發簡訊「ＨＬＩ」，幾乎篤定自己即將遇害。

兩人死前都急著傳遞同一回事：賣國賊。

賣國賊曾向沙赫通風報信，也曾通知塔利班，害遊騎兵陣亡。同一個賣國賊也應該知道炸彈被放在哪裡，甚至可能把其中一顆放在白宮裡。非查出這個內鬼不可！為了抓內鬼，艾倫不得不碰碰運氣。

「有件事，我還沒向總統報告。」

「完了，千萬別說伊凡諾夫被妳綁架了。」

「沒有，不過——」

「不過怎樣？」

「在彼特．漢繆頓遇害前，他發簡訊給貝琪，只打三個字母，ＨＬＩ。」

她等著。總統沒有吭聲。

「嗯，好像在哪裡聽過，」威廉斯說。「ＨＬＩ……一時想不起來。代表什麼？」

「高階告密者。」

「啊——」威廉斯笑出來。「那不是幾年前流傳國會的笑話嗎？啊——攏是右翼大陰謀啦（譯註：vast right-wing conspiracy。柯林頓爆發桃色醜聞之初，希拉蕊曾斥之為『右翼大陰謀』）」照威廉斯的語氣判斷，他認為ＨＬＩ是無稽之談。

「對啊，好好笑。」

雙方再度無語。「時空轉到現在，好像不怎麼好笑了。」他承認。

「廢話。漢繆頓挖出黑幕，賠上一條小命，嚥下最後一口氣之前寫下這三個字母。對了，我要鄭重聲明，我不認為這只是個右翼陰謀，我認為其中的玄機很大。」

「這麼說來，妳相信ＨＬＩ的存在？」

「我相信。」

「那妳怎麼不早告訴我？」他質問。

「報告給你，你身邊的人也會知道，所以我不能冒險。」

「妳指的是白宮幕僚長？」

「對。沒有幕僚的層級比芭芭拉．史登浩澤更高。另外，她還有個女助理。經過調查，漢繆頓在酒吧遇到的小姐就是她。現在她下落不明。這事情很怪，你不覺得嗎？」

「我在想，事情能搞這麼大，表示這人夠聰明也夠沉得住氣，一定也會事先找幾個替罪羔羊。妳不認為嗎？」

艾倫沉默著。

「內奸是白宮幕僚長，會不會太明顯了嗎？妳覺得呢？」

「總統說的可能對。想查個清楚，唯一的方法是找到ＨＬＩ的網站，」艾倫說。「釣出內奸的姓名。而這表示非找到艾力克斯．黃不可。」

「誰啊？」

「在白宮記者會問過ＨＬＩ的那個特派員。」

「妳怎麼知道他姓名？」

「因為他是我旗下的記者，追蹤這新聞沒下文，後來辭職不幹了。說ＨＬＩ什麼也不是，大概只是陰謀論者為了掰得天花亂墜，所以編一個神秘組織ＨＬＩ，推說是ＨＬＩ講的。」

「從這角度思考，好像很有道理。」

「一直到漢繆頓臨死發簡訊，我才又想起ＨＬＩ這回事。另外，伊朗雙面諜死前也說『白宮』，我們不能等閒視之。」

「這個姓黃的記者，」威廉斯問，「他在哪裡？」

「貝琪查到他行蹤了。他隱姓埋名，搬去魁北克一個叫『三松』的小村子躲著。可惜，他拒絕回應。我想找一個人去勸他，找一個他信得過的人。能找到他的話，沙赫也不難找到。」

「如果他明知ＨＬＩ，卻不肯透露呢？」威廉斯問。「要不要連他也綁架？乾脆再入侵另一個主權國家，另一個友邦，我相信加拿大不會在意的。」

他愈講愈高興，急忙收斂一下。若想找到炸彈並拆除，若想活過今天，他應該理智一點。

「沙赫嘛，」他說，「他是我們的主要目標，是當務之急。如果逮到他，其他都能迎刃而解。不過，想逮捕他，我要先批准一項秘密行動。光天化日之下，侵犯國民、侵犯前總統，我把話講白給妳聽，這是法律不容許的行為。」

「對是對，不過，法律八成也不容許隨便放置核子彈。」貝琪說。

「道格，你我能活過今天的機率渺茫，政治生涯能延續的機率也是，」艾倫說。「我們現在最不該擔心的是會不會坐牢的問題。如果沙赫知道炸彈藏在哪裡，」她說著看一下時鐘，而空軍三號辦公桌上的時鐘恰巧是原子鐘，「我們還有十小時能解除危機。我支持就算違法，也要先動手再說！」

「我們可能因此被壓垮，艾倫。」他的語調不僅疲憊也困頓，更有聽天由命的無奈。「我這就著手進行。這招最好能奏效，沙赫最好真的躲在那裡。」

⅄

空軍三號接近安德魯斯空軍基地之際，艾瑞克．敦恩準備前往高爾夫開球區，突擊隊正朝向他的別墅接近中。

球場秘書向一臉不爽的敦恩助理解釋電腦突然當機了，只好把敦恩總統的高爾夫時段往前挪。

特戰部隊監看敦恩離開別墅，然後各就各位。

特戰部隊看得見私家保全人員。這些僱員荷著攻擊步槍，腰帶、肩帶掛著滿滿的彈藥，巡邏時不但鏗鏘作響，更妨礙到保全的行動。

相形之下，三角洲部隊的絕活是來去無蹤，神速過人，身上僅僅佩戴刀槍、繩索和膠布。真格的突擊隊員都知道，人比裝備重要。任務能否成功，取決於訓練是否精實、士兵的品格是否正直，武器的重要性在其次。

反觀極右派民兵，他們注重烏茲衝鋒槍，心性穩不穩定不是問題。

在敦恩自備的保全人員領軍之下，平常負責保護卸任總統的特勤被邊緣化。在這天早晨，總部曾悄悄交代敦恩特勤一聲，命令他的特勤比平常更被動一些。

秘密行動小組的組長只觀察保全幾分鐘，就能理解他們的日常運作方式。

他一聲令下，組員翻牆，像貓一樣靜悄悄落地，然後無聲直奔別墅。行動前，組長偵測到屋內哪一區有人，只能憑常理猜測哪一個是沙赫，但無從確認身分。

上級指示不得有傷亡。一抓到人，馬上撤退。

這是近乎不可能的任務。突擊隊出的任務絕非閒差事。

分三組，一組上樓檢查，一組在一樓，另一組進地下室，另外派兩人潛伏進後院，有個男人坐在陽台上。

「不是他。」他報告後撤退，以免被陽台男發現。接著繼續去找第二個目標。

「不是他。」

「不是他。」

「不是他。」

屋中的人逐一被剔除。威廉斯在白宮，艾倫和貝琪在空軍三號，同步收看隨身攝影機轉播現場實況。幾乎不敢呼吸。如果沙赫不在這裡……

「不是他。」最後一名組員報告。

「他不在這裡。」副組長說。

停一拍，組長才說，「廚房裡有幾個人。」

「全是工作人員，」另一人說。「一個廚師，一個洗碗工，一個侍應，確認過。」

「我偵測到四個人。其中一個可能在大冰庫裡面。」金屬冰庫裡的人能躲避偵測，「再檢查一遍。」

從後樓梯，兩名組員悄聲奔向地下室，躲進一個小房間，差點驚動一位端早餐回樓上的助理。

前進廚房途中，他們嗅到芫荽和煎麵包的香味，也聽見有人輕聲講著帶有口音的英語。

「這叫做Paratha帕拉塔（編按：印度餅的一種），」爐前的男子說著，戳一戳鑄鐵平底鍋中的三角形麵包。「快煎好的時候，打個蛋攪拌一下。」

三角洲部隊進廚房，廚師才剛意識到外人入侵，男子才剛轉身看，嘴巴就被膠布封住，接著整個頭也被罩進布袋。

「逮到他了。」

一名組員把他扛上肩膀，然後轉身衝出廚房，全程短短幾秒，廚師和洗碗工根本來不及反應，來人全消失無蹤。

布袋蒙頭的男人兩腳亂踹，身體不停扭動，嗚嗚叫著，被組員扛上樓梯。在監測員的指引下，三角洲部隊躲避屋內人士撤退。

廚房裡的喊叫聲引來工作人員和保全，三角洲部隊躲進房間，等他們衝過去。

短短幾分鐘，三角洲部隊達成任務。

過了十二分鐘，一架民間直升機從私人機場起飛，朝北方行進。

⅄

空軍三號降落了，艾倫和貝琪卻待在機上收看行動過程。

「拜託拜託，親愛的上帝，」艾倫看著直升機升空，「希望是沙赫，而不是倒霉的廚師。」

「摘掉他的頭套。」威廉斯總統命令。三角洲部隊小組長拿走布袋。

和巴基斯坦晚宴侍應是同一人。他凝視著鏡頭。

他是全世界最險惡的軍火販子。

巴胥爾．沙赫博士。

「逮到他了，」艾倫嘆氣說。「我們抓到三頭蛇怪了。」

她聽見電話彼端的威廉斯哈哈笑起來，如釋重負之餘也略顯歇斯底里。笑聲嘎然止息。「『山頭』什麼？不是沙赫嗎？」

「抱歉，是沙赫沒錯。恭喜，總統先生，你成功了。」

「我們成功了。他們成功了。」威廉斯的話透過耳機，傳進三角洲部隊司令官的耳朵。「恭喜。有朝一日，我希望能向你透露這項行動有多重要。」

「不客氣，總統先生。」

沙赫一聽，眼珠快掉出來了。他的嘴巴仍被膠布封住，但眼神能代言。他差不多能篤定會被帶去哪裡。

而在那地方，除了美國總統，另外還有個東西在等他。

⅄

威廉斯總統垂下頭，雙手摸臉，感受到滿面鬍碴。

進專用浴廁洗澡刮鬍子前，他搜尋「山頭蛇怪」，用同音字試了幾次，終於找到。

三頭蛇怪是一種毒龍妖，擅長毀滅和驚嚇，靠著天下的謊言壯大自我，謊言愈多，災情愈慘重。這條巨蟒暴君一現身，亂世必定隨之而來。

沒錯。這些描述完全符合巴胥爾・沙赫。

然而，威廉斯洗著臉，照鏡子，不禁納悶，另外那兩顆頭代表誰？

一個是伊凡諾夫。最後一個呢？ＨＬＩ是什麼人？

他站進淋浴間，熱水嘩嘩從頭髮流瀉而下，從頭臉流到身體，他頓時覺得又回歸人模人樣了，而這時他才想到：艾倫提到她旗下的記者——之前也有很多記者逃去加拿大，以策安全——她提到魁北克的一個小村落，最近另外也有人提過。

擦身體的時候，等著核子彈爆發的往事回流了。

將軍曾提到他的狗，小松。

三棵松樹，三松村。

他急忙離開浴室，毛巾圍在腰間，打電話給參謀長聯席會議主席，聽了一下，然後撥給國務卿。

艾倫正要回自己家梳洗換裝再來白宮。

「妳派人去魁北克找那位記者沒？」威廉斯問。

「還沒有。我們還在研究他信得過誰。」

「不用研究了，我知道該派誰去了。」

這時上午九點。如果沒猜錯，核子彈將在今天下午四點引爆。

倒數七小時，還剩七個鐘頭。

幸好，沙赫落網了。此外，三頭蛇怪的第三個頭是誰也快水落石出了。

⅃

「小松情況怎樣？」

「很好。不過，他的耳朵有點大。」將軍在電話上說。

「真的？」亞曼．葛馬許（Armand Gamache）低頭看他自己的狼犬亨利（Henri）。狗頭靠近地面時，耳朵還會被自己踩到。耳朵大歸大，牠的耳朵豎得高高的，一副時時都在訝異的模樣。「華府來的風聲不斷。你那邊一切都還好吧？」

「不怎麼好，所以我才打電話找你。你認識一個名叫艾力克斯．黃的人嗎？」

「不認識但聽過。以前我常讀他發的白宮新聞。他退休了，不是嗎？」

「辭職了，對。他搬去三松了。」

「不會吧。這裡沒人姓黃。」

「對，不過你們有個村民叫艾爾．陳，美國公民，兩三年前搬過去住。」

「兩年前？……對，」葛馬許的語氣多一分警覺，「你的意思是，他其實是艾力克斯．黃？他為什麼改名字？」

「所以我才打電話找你。我想拜託你一件事。」

⅄

艾倫踏進淋浴間，終於。

她閉上雙眼，任暖水沖刷臉部，任水順著疲憊的肉體傾瀉而下。儘管身上沒受傷，她仍覺得遍體瘀青。總之不是皮肉之傷。但她明白，這幾天承受到的震驚、心痛、恐怖感永難徹底平復。

她受的是心傷，恆久的心傷。

沒空想那麼多了。她還有一段路要跑，最後衝刺階段。

去白宮之前，她和貝琪先回她家洗個戰鬥澡，換上乾淨的衣物，讓她喘口氣。那貝琪呢？

艾倫一踏出淋浴間，就嗅到剛煮好的咖啡和煙燻楓糖培根。

走進明亮快活的廚房，她問：「妳在煮早餐呀？」接著又說：「整個世界都快炸翻了，妳還有心情煎培根？」

「另外還幫妳熱一熱妳愛吃的肉桂捲。」

經她這麼一提，艾倫也聞到肉桂捲的香味了。

「妳是想折磨我嗎？我不能久留。趕著去白宮。」

「我煮好可以帶去。我們可以在車上吃喝。」

「貝琪——」

艾倫的顧問停止動作，一手拿著炒菜鏟，看著她，「不，別跟我說……」

「妳不能跟我一起去。」

「什麼鬼話。我們從幼稚園就是最要好的朋友了。妳不只一次救我命，派崔克死後，妳幫我打氣，還資助我……」她吸一口氣，倒抽一口氣，在無底傷口邊緣搖搖欲墜。「妳是我的知己。休想擺脫我。」

「我要妳留在這裡。為了凱瑟琳，為了吉爾，為了狗狗。」

「妳又沒養狗。」

「對，不過妳以後總會養幾條吧，會不會？萬一我……」

貝琪的眼眶開始刺痛，呼吸變成不規律的抽噎。「妳，不能……留下……我。」

「拜託妳，」艾倫說。她在心裡乞求自己（快講啊，拜託妳陪我，我要妳在我身邊），「待在這裡。向我保證，妳會照我的要求去做。拜託。這輩子就聽這次就好。我會跟妳視訊。如果妳不在這裡，我會掛掉，我是說真的。」

「我會待在這裡的。」

「我會在走廊裡的電話旁邊留號碼。必要時可以打。」

貝琪點點頭。

艾倫拉她過來，緊緊擁抱，「過去式、現在式和未來式走進酒吧……」

貝琪緊摟著摯友，想說話卻嚅不出一個字。艾倫鬆手向後退，在貝琪臉頰上吻一下，轉身離去。

座車正在門外等候。她快步走過去，途中見到子女的相片掛在牆上，生日照，感恩節和耶誕節留影，還有她和昆恩的結婚照。

也有貝琪和她的小孩，也有貝琪和艾倫的合照。貝琪髒兮兮、流鼻涕，艾倫乾淨得無懈可擊；一人一半，湊成光芒萬丈的合體。

艾倫．亞當斯離開家，坐進休旅車，準備前往白宮。總統和核彈等著她。

貝琪目送門前的座車出發，低聲說「式式如意（譯註：歇後語；編按：貝琪習慣以各種文法時態做暗號，故譯者以「式」字）」，然後徐徐坐在地上。艾倫的香水味不散，淡淡清香，在她四周盤桓著，彷彿留著不走，保佑她平安——芳香精粹（Aromatics Elixir，編按：Elixir有長生不老藥之意）。

她身體彎下去，蜷縮成小得不能再小的一團。閉上眼睛，搖晃著。

貝琪．詹姆森不僅僅害怕；她陷入恐懼境界（state of terror）。

亞曼．葛馬許是魁北克省警局兇殺組督察長。他走進書店。

「還沒來，亞曼。」老闆莫爾娜說。

「什麼還沒來？」

「你幫孫女訂購的《夏綠蒂的網》（Charlotte's Web）。你好像有什麼心事。」

「有一點。艾爾在嗎？」

「他去茹絲（Ruth）家鏟雪。」

「是幫她鏟雪，或是鏟雪堵她？」葛馬許問，把莫爾娜逗笑了。

「這一次是把雪鏟走。」（譯註：茹絲脾氣不好，村民有時賭爛，會去她家鏟雪堵住她家門，不讓她出來。）

「那就好。」葛馬許用法語說。他離開書店，步行去茹絲．札朵（Zardo，虛構老詩人）家。晚冬的今天晴空萬里，雪光晶瑩，她的小房子就在村子外圍，葛馬許看見雪被鏟成小山，也見鏟板閃現的金屬光。

「艾爾？」

在低溫中運動，年近五旬的艾爾臉孔因此紅咚咚。他停下鏟雪，身體倚在鏟子上，「亞曼，什麼事？」

「方便跟你講幾句話嗎？」

艾爾凝視著這位鄰居，他從葛馬許的表情猜得出一二。幾小時前，國務院有個自稱貝琪的人聯絡他，他拒絕回應，解釋說他過著新生活，過得很好，日子很安詳。

終於。

但也不見得徹底安詳。有一道陰影，不分日夜，籠罩著他心頭。艾爾．陳早料到這一天會來，陰影終究會散去，怪獸終究會現身。

艾爾長長吐一口氣，白煙川流不息。他把鏟子戳進雪堆說，「好吧，有話就講。」

葛馬許帶他走向餐館，硬實冰雪被踩出噼啪聲，亮晃晃的陽光從厚厚的雪堆反射而來，兩人都瞇起眼睛。

葛馬許看見餐館就在前面，陳則看見安詳的日子走到盡頭。

進入餐館，他們選一張靠近壁爐的桌子，點了咖啡歐蕾。

飲料上桌，葛馬許用法語謝謝服務生。然後，他轉向艾爾，端詳他片刻，開口時壓低嗓音說，「我知道你是誰，知道你為什麼搬來這裡。你是來避難，對不對？」

艾爾不語。因此葛馬許繼續。

「我也知道你為什麼住這裡。」他看著通往書店的那道門。他湊近艾爾，嗓門壓得更低。「如果你被他找到，他會把這裡鬧得天翻地覆。不只對你不利，莫爾娜和別人也會遭殃。」

「亞曼，我不懂你在扯什麼，『他』指的是誰？」

「你一直在躲的那個人。要我說出來嗎？艾爾，如果我們能找到你，他也能。我不曉得我們還有多少時間，不過我懷疑，時間不多了。」

「我回不去了，亞曼。我差點連逃走都來不及。」他的手在抖。葛馬許回想兩年前剛抵達三松的他。

每次一有高分貝聲響，他就發抖。不敢進人擠人的場合。有人朝他方向看，他就發抖，對他講話更令他慌恐。在奧利維耶和蓋布莉（Olivier and Gabri）的民宿，他們費了好大工夫才把他從房間裡哄出來。最後是莫爾娜，多虧她熱情優美的嗓音，也拜她的巧克力蛋糕之賜。

書店老闆莫爾娜猜他是愛書人，夏夜打烊後，邀他進店裡。之後每三天，莫爾娜在打烊後特別為他開門，讓他獨自瀏覽。他買了各式各樣的書，有些是新書，多數是二手貨。

後來，莫爾娜哄他到後院陽台，和他對飲啤酒，看著麗川（riviere Bella Bella）流逝。聊聊天，或不聊。

然後，莫爾娜請他去前院陽台，讓他看看村民生活。村裡的步調舒緩，卻從不是一灘死水。

漸漸地，艾爾．陳從殼子裡鑽出來。

如今，他完全融入村中生活圈。只差沒有徹底誠實面對村民。

「莫爾娜知不知道你的真實身分？」

「不知道。她知道我有一段不願提起的過去，但不清楚我是誰。」

「我不會告訴她的。不過，你非回美國（配合調查）不可，你要說出你對ＨＬＩ網站的認識。」

艾爾搖搖頭。「不要。我不能。」

「艾爾，」葛馬許說。「他們逮到巴胥爾．沙赫了，正要押他去華府。不過他們想查清高階告密者是誰。你懂這一點，對吧？」

「他們抓到沙赫了？真的嗎？你該不會在唬我吧？」

「他落網了。不過，他有多危險，你很清楚，也知道他和他的手下幹得出什麼壞事。威廉斯總統想查清沙赫在白宮的暗樁是誰。」

白宮對葛馬許隱瞞炸彈一事，但其實是過慮了。葛馬許當然知道歐洲發生公車爆炸案。他也聽到其他爆裂物的風聲——比公車炸彈威力更強大。放置在某地。

「如果你不願配合回去美國，那就告訴我。高階告密者是誰？他是誰？」

葛馬許不吼不叫，問得輕聲細語。辦案經驗老到的他深知，被吼的人本能上會提高心防，輕聲問話，反而能讓對方像受傷害怕的動物主動挨過來。

艾爾．陳搖頭，但這次態度不太一樣。葛馬許看得出，他不是拒絕透露。艾爾是在反對他的說法。

「不是『他』。」

「是女的嗎？」

「很多人，指的不只一個人。也有可能是幕後有一個總指揮，我查到的是，ＨＬＩ是一個團體，一個組織。」

「宗旨是什麼？」

「想讓美國回歸他們心目中的理想境界。依我判斷，裡面有不少權勢階級，對現狀感到失望。」

「哪方面的現狀？」

「政府。國家的走向、文化的變革。他們認為，純正的美國價值被侵蝕了、消失了。他們不只是言行端正的保守派，不只懷念過去，想回到從前。他們更是極右派的極端份子、民兵、法西斯。主張白人優越，他們嫌美國不再是美國，所以不覺得自己這樣做算背叛國家，他們自認為是修正大船的航向。」

「想把船搞沉嗎？」

「想大掃除。他們認為，這是他們的愛國使命。」

「是軍方人士嗎？」

艾爾點點頭。「高官，備受尊敬。也有國會議員、參議員。」

「我的天。」葛馬許沉聲說著法文，縮身回來，凝視著壁爐火。

「有誰？非說出姓名不可。」

「但願我知道就好了。我知道的話會告訴你。」

「前總統的支持者嗎？」

「只有表面上支持。這批人痛恨政府，甚至恨他的政府。」

「可是，有些是政府的一份子，本身就是政治人物。」

「如果你想整垮一個大機構，還有比從裡面惡搞更理想的手段嗎？」

葛馬許點頭。「ＨＬＩ是暗網裡的一個網站，對吧？這群人靠ＨＬＩ網站交換資訊。」

「比暗網還暗。」

葛馬許拱起眉毛。「有這回事？我沒聽過。」

「網路就像宇宙一樣，永遠沒有盡頭，奇景千奇百怪，也有各式各樣的黑洞。我就是在黑洞裡發現ＨＬＩ的。」

「給我網址。」

「我沒有。」

「我不相信。」

兩人互看著。從艾爾的眼神，葛馬許看得出恐懼和憤怒；從葛馬許的眼神，艾爾看得出煩躁和不耐煩，但他也看得出另一份神情。

在葛馬許的目光深處，有著一份悲天憫人的意念，也有著諒解。這男人懂得恐懼。

艾爾．陳深吸一口氣，望向書店，見莫爾娜正在整理剛進貨的書籍。艾爾做出一個葛馬許始料未及的舉動。

艾爾解開上衣的鈕扣。

在他心臟部位的上方有一道疤痕。「我告訴莫爾娜，說這是我母親的座右銘的簡寫。」

「莫爾娜相信了？」

「信不信，我不確定。她倒是接受了。」

「疤痕寫的其實是什麼？」

「ＨＬＩ的網址。」

葛馬許歪頭看他的胸疤，然後直視艾爾的眼珠子，「我從沒看過這種網址。」

「那算你運氣好。這網址能帶你去黑洞。不過，你到了也進不去。想進去，要有入門密碼。」

「密碼是什麼？」

艾爾搖搖頭。「我沒查到。我只查到門口，他們就派人追殺我，逼得我逃到這裡。」

他望著蒙霜的格形窗外，眼見三株巨松從村內直指天堂。

「我們非取得密碼不可，」葛馬許說。「誰有密碼，你知道嗎？」

「嗯，顯然ＨＬＩ的成員都有。巴胥爾．沙赫大概知道。」

「不介意吧？」葛馬許舉起手機，見艾爾搖頭表示不介意，對著胸疤上的一小串字母和符碼拍照。

一眼看不出是網址。至少正常的網址不是如此，總之世上不會有這種網址。

「是被誰割的？」

「我自己。有天晚上喝醉酒，嗑昏頭了。」

「為什麼？」

「我想你曉得為什麼，亞曼。」

艾爾釦好上衣，兩人一同離開餐館。雖然裹著厚重的大衣，艾力克斯．黃仍覺得寒意刺骨，再多禦寒裝備也無法暖和他——寒意來自心底。然而，或許，今後他能再感受暖意了，能恢復正常人的生活了。

離開前，葛馬許謝謝他，對他說，「你母親真的有一句座右銘嗎？」

「真的有。『毋恐毋懼（Noli timere）』。」（譯註：愛爾蘭詩人Seamus Heaney遺言，1939-2013）

葛馬許伸出手握了握艾爾，「毋恐毋懼。」

艾力克斯回到房間，翻出愛爾蘭詩人的書。葛馬許回到家，傳相片給好友參謀長聯席會議主席，這張相片訴說的不僅是網址，也透露著一個男人的自怨自恨。一刀刀劃進血肉中，日日自我指責，日日提醒自己畏首畏尾。

葛馬許想著：毋恐毋懼。

或許，艾爾．陳或艾力克斯．黃，日後見這疤痕能有另一番體認。一份感念，一份恩典。他把可怕的符碼字母劃進心口，永遠不會遺失。他衝進這村子，的確是把心遺留在這裡。

葛馬許看著亮麗的窗外，沉吟著，「毋恐毋懼，毋恐毋懼」。

嘴皮這麼動著，內心卻害怕。

第四十二章

決戰時刻到了。

橢圓辦公室裡的人全明瞭。

華府時間下午兩點五十七分。一四五七。再過一個小時零三分就是一六〇〇，也就是炸彈引爆時刻。一路走來，從國務院的安娜依妲・達希爾在辦公桌收到第一則神秘簡訊走到這裡，漫漫長路，感覺像走了幾世紀。

但是，跋涉至今，已經查到終點了嗎？

全美各大城市已派團隊待命中。從一開始，全球所有情報單位馬不停蹄攔截過濾蓋達組織與同路人的通訊，但目前為止一無所獲。

唯一希望寄託在中年巴基斯坦博士身上。他坐在橢圓辦公室硬背椅上，隔著堅毅桌，狠狠瞪著美國總統。

「沙赫博士，炸彈藏在哪裡，快說！」威廉斯說。

「我幹嘛告訴你？」

「這麼說來，你不否認囉？」

沙赫偏著頭，奸笑著。「否認？你們美國害我被軟禁多年，我時時刻刻巴望這場面在美國趕快發生。我看著你們把民主搞得亂糟糟，娛樂性很高，真是世上最精彩的一場真人實境秀啊，只不過，真實不到哪裡去吧？在所謂的民主國家，多數政治都是幻夢一場，都是表演給無知民眾看的好戲。」

「你是說，炸彈不存在嗎？」艾倫說。

「妳錯了。炸彈確實存在。」

「那麼，除非你也想一同被炸死，最好說出炸彈的方位。我們只剩——（她看了一下時鐘）五十九分鐘。」

「這麼說來，我偷塞進妳口袋的暗號被妳破解了？對，五十九分鐘。呃，五十八才對。時間一到，這一切都沒了。假如給美國人民兩個選擇，一個是亂世，另一個是獨裁，他們會選哪個？民眾怕再受攻擊，陷入恐懼境界，無意間必然會幫恐怖份子順水推舟，會自毀國內的民主自由，接受——甚至掌聲鼓勵——限制某些權利。集中營，酷刑，驅逐出境。真正的美國死了，該怪罪誰？民眾一定說是民主派心機、女性平權運動、同婚、移民。在少數愛國份子的大膽推動下，盎格魯撒克遜白種基督徒中興美國了、祖父母那一輩敬畏上帝的美國又站起來了，為達成這使命，少數這群人認為，屠殺幾千人也是逼不得已的行為，何況再怎麼說，這是一場戰爭。美國的民主火炬會熄滅，被自己捻熄。老實說，反正美國早已經病重到咳血了。」

「炸彈在哪裡！」威廉斯總統大喊。

「政變我見多了，這麼近距離見證倒是頭一次。」沙赫傾身向前說。「政變全有一個特徵。你們想知道是什麼嗎？」

威廉斯和艾倫怒視著他。

「告訴你們好了，政變全都——來——得——突——然，至少對被推翻的人而言是。被推翻還好，有些甚至被槍斃或吊死，他們的表情全像你這樣，總統先生，震驚、目瞪口呆、困惑、害怕，『怎麼會發生這種事？』不過，如果你的眼睛睜大一點，會早早看見風水輪流轉。轉變，起義；與其怪罪別人，不如怪你自己眼瞎。」

沙赫靠向椅背，翹二郎腿，撢掉膝蓋上莫須有的毛球。但艾倫留意到，他的手微微在打顫。巴基斯坦晚宴中，他冒充侍應端沙拉給她時，手沒有抖成這樣。

沙赫終究還是怕了。只不過，他怕什麼？怕死嗎？三頭蛇怪怕什麼？怕……前所未有的現象。

更兇狠的怪獸。

從沙赫的抖手可見，大怪獸必定就埋伏在附近。

沙赫繼續說，「你忙著留心外界，望著天邊尋找凶兆，卻沒注意到自家後院的情況，沒看到什麼東西扎在美國境內，在城鎮裡、在商店裡、在心臟地帶、在朋友之間、在家庭裡。明事理的保守份子向右靠攏，右派擠向極右派，極右派變成另類右翼，憤怒又無力，在天馬行空的陰謀論、假『事實』瘋傳之下，在目空一切的政客睜眼說瞎話之下，右翼到極致的人惡化成極端份子。

我遠遠能看清的現象，你們近看反而看不見。高興不起來的心情惡化成震怒。所謂的愛國份子一肚子憤怒，有意圖，也有金援，掌握到了導火線，只缺一項我能提供的東西。」

「炸彈。」威廉斯說。

「核子彈。」艾倫說。

「對。我只等重獲自由。而你們出了一個好利用的白痴總統，出手讓我獲釋。我終於能讓互不相干的兩半湊合在一塊。」他抬起雙手，「一半是國際恐怖份子蓋達組織，另一半是美國境內的愛國份子。」他雙手合十，「合體成功。是的，為了這一刻，我思索多年。光陰和耐性，光陰和耐性。托爾斯泰（Tolstoy）曾說，光陰和耐性才是最強的戰士。他說的沒錯，兩者兼具的人少之又少，這場好戲，我本以為能在伊斯蘭馬巴德家中遠觀，今天居然搶到最前排的好位子。」

「你其實被拱上舞台了。」艾倫說。

沙赫轉向她。「妳也一樣。我走這一行，早就有高獲利也高風險的心理準備，也曾思考過自己會怎麼死。說句老實話，眼前閃現一股強光，瞬間氣絕，極可能是最理想的死路。我準備好了，妳呢？」他轉向總統。「更何況，如果我透露核子彈地點以後，我被客戶活捉，死前絕對見不到那麼強的光，也會拖好一陣子才斷氣。」

「你說的可能對，」威廉斯說。「你被我們逮捕，算你走運，不會被客戶抓走。除非，白宮裡碰巧出了一個ＨＬＩ。」

沙赫聽了心驚一下，被眼尖的艾倫識破他怕的是什麼——大怪獸是高階告密者。

「ＨＬＩ？」沙赫說。「你在扯什麼，我不懂。」

「太可惜了。」威廉斯說。「當然不是可惜你，可能是其他人覺得可惜。」

沙赫的笑臉僵了，「什麼意思？」

剩五十二分鐘。

「哼，」威廉斯說，「你踏著血痕走了這麼遠，殺人滅口滅跡，也靠殺人來以儆效尤。我猜，等到你的友人發現你落在我們手中，他們也會對你下同樣的毒手。蓋達組織和俄國黑道如果怕被人出賣，為了以儆效尤，會找誰開刀？」

艾倫彎腰，對著沙赫博士的耳朵講話。她嗅得到茉莉香和汗臭，「我給你一個提示。我旗下的新聞單位開始報導你的黑市軍火交易時，你找誰開刀？我先生是誰毒死的？誰寄賀卡讓我子女嚇破膽？昨天想殺害我兒子和女兒的是誰？」

「我的家人？你想傷害我的家人？」

艾倫站起來。「你錯了，沙赫博士，我們和你的差別太大了。我們不會對你的親人下手。」

他吐出一口氣。

「無奈的是，美國部署在巴基斯坦和其他國家的情報人員忙著蒐集核彈的情資，友邦也是。儘管我們絕不會動你家人一根汗毛，我們也保護不了他們。你被帶到白宮，蓋達組織會聽到什麼風聲呢？會被傳成什麼內幕？誰曉得伊凡諾夫和俄國黑道會不會想歪？」

「甚至有可能被傳成你正在配合辦案，」威廉斯總統說。「說你被美國吸收了。民主、言論自由，娛樂性很高，不是嗎？」

「他們很清楚，我絕對不會背叛他們。」

「這麼篤定嗎？我去德黑蘭，見到精神領袖，聽他講一個獅子和老鼠的波斯寓言。你聽過這故事嗎？」

沙赫點點頭。

「另外有個故事，你可能也有興趣聽聽看。青蛙和毒蠍。」

「沒興趣。」

「不會游泳的蠍子過不了河，想找人載他，所以他請青蛙揹著他過河，」艾倫說。「青蛙說，『可是，你騎到我背上，我一定會被你螫死。』蠍子斥之為無稽，告訴青蛙：『我保證不螫你。你游不動，我也會被淹死。』於是青蛙應允了，揹蠍子開始渡河。」

沙赫把臉轉向一旁，但他其實聽進去了。

「過河到一半，蠍子螫了青蛙一下，」艾倫說，「青蛙嚥下最後一口氣之前問『為什麼？』」

「蠍子回答『本性使然，我也沒辦法。』」威廉斯總統接著艾倫的話說。他上身靠在桌面上，「我們知道你的背景，知道你的本性，你所謂的盟友也能摸清你。他們知道，你一轉身就可能背叛他們。快說出炸彈藏哪裡，我們可以保護你的親屬。」

就在這當兒，芭芭拉．史登浩澤走進橢圓辦公室，走向威廉斯總統。

「提姆．畢詮回來了，正在接待室等。要不要我帶他進來？」

「麻煩妳，芭芭拉。」

「敦恩總統在電話上，聽起來氣呼呼的。」

威廉斯看時鐘。剩五十分鐘。

「叫他過一個鐘頭再來電。」

凱瑟琳．亞當斯、吉爾．巴赫、安娜依妲．達希爾、查爾斯．博因頓、札荷拉，圍坐一張搖搖晃晃的餐桌，唯一的燈火來自角落，因此臉上多是黑影。

看不見臉也好。大家都能互相感應到逐秒俱增的惶恐，沒必要看表情就明瞭。

博因頓碰一下手機，顯示時間。巴基斯坦時間午夜十二點十分，距離賓拉登遇害時刻還剩五十分鐘。

再過五十分鐘，數以千百計的人命將歸天，包括凱瑟琳和吉爾的母親在內。

而小屋裡的所有人束手無策。

提姆．畢詮走進橢圓辦公室，巴胥爾．沙赫望著他。

國家情報總監畢詮陡然站住，注視著挺胸坐正的沙赫。畢詮一臉病容，被打傷的黑眼圈和鼻樑夾板使得他的臉色更加難看。

「你們逮到他了？」

沒人理會情報總監。眾人眼睛盯著沙赫。

「炸彈藏在哪裡？」總統再問。

「我只能說，炸彈藏在華府、紐約和堪薩斯城。請保護我的家人。」

「詳細方位在哪裡？」威廉斯質問。艾路這時拿起手機撥號。

「我不知道。」

「你當然知道，」畢詮迅速進入狀況說，大步走向另一邊的沙赫。「安排運貨的人一定是你。」

「我只運給每個城市的接應人。」

「接應人的姓名！」

「我不知道。我哪記得住。」

「貨櫃不會註明『核子彈』，」畢詮說。「上面寫什麼？」

「醫療器材，供放射科使用。」

「可惡，」畢詮說，手伸向另一支電話。「在放射科偵測到輻射線很正常。運貨日期呢？」

「幾個禮拜前。」

「確切日期，」畢詮吼叫。「給我日期。」他對著電話說，「我是畢詮。幫我接國土安全部。幫我追查一批國際貨櫃。快！」

「二月四日。海運，從喀拉蚩港。」

畢詮轉達這份資訊。

艾倫不再看手機，這時聆聽著。不太對勁。「他說謊。」

畢詮轉向她。「怎麼說？」

「因為他主動提供訊息。」

「為了救家人——」威廉斯總統說。

艾倫搖搖頭。「不對。想想看，他的家人現在一定很安全。他剛說過，他花了幾年策劃這件事，怎麼會忘了關照自己或家人的安危？蓋達組織和俄國黑道信不過他，他也信不過他們。他想整我們。」

「為什麼？」畢詮質問。

「你認為呢？沙赫做事的動機何在？他會把事情搞到最後關頭，然後提出嚴苛的要求，才交出我們要的情資。不過他交出的情資只限我們屁股下面的那顆炸彈。」艾倫說。她轉向沙赫，「你會讓另外兩顆爆炸。你佈好全局，甚至投靠敦恩家。明事理的人都會躲到阿爾卑斯山的偏遠山莊，等風雨平息——」

「講錯了吧？應該是『風狂雨暴』吧。」沙赫說，不再面露焦慮恐懼。現在他擺擺頭，微笑著。

「你的意思是，他原本就想被抓來這裡？」畢詮說。

「妳是個聰明人，」沙赫對艾倫說，然後看畢詮。「你呢，腦筋不怎麼樣。」沙赫再轉回艾倫。「早知道就毒死妳算了。可惜我對我們純純的這一段情路還有依戀。」

白宮幕僚長芭芭拉．史登浩澤出現在門口。「將軍帶維安人員來了。總統是不是要——」

「叫他進來，」威廉斯總統說。「妳也進來。」

艾倫掏手機，按視訊鍵。

剩三十六分鐘。

關鍵時刻。

手機響第一聲，貝琪立刻接聽。

她聽得見人聲，看得見橢圓辦公室，獨不見艾倫的臉。手機顯然被握在胸前。貝琪正要開腔，想想作罷。

艾倫來電不吭聲自有原因。最好等艾倫開口再出聲回應。

貝琪的下一個動作是按錄影鍵。鏡頭轉向門口，錯愕的貝琪瞪圓了眼睛。

錯愕的提姆．畢詮瞪圓了眼睛。

錯愕的巴胥爾．沙赫瞪圓了眼睛。

懷海德將軍的臉上有瘀青，軍服上殘留他和畢詮纏鬥沾染的血跡，兩名遊騎兵分站他兩旁。

「很高興你能加入我們，將軍，」威廉斯說完轉向大家，「你們都認識參謀長聯席會議主席吧。」

「卸任參謀長聯席會議主席才對。」畢詮說。

「這裡有人快被摘官帽了，」懷海德說。「總之不是我。」

他向遊騎兵點點頭，兩名遊騎兵箭步上前，站向卸任情報總監的兩旁。

第四十三章

「怎麼一回事？」畢詮質問。

「伯特，掌握什麼線索沒有？」威廉斯總統問，不理會畢詮。

「還在等。」

「等什麼？」畢詮的視線在總統和將軍之間流轉。

三十四分鐘。

艾倫走向提姆．畢詮：「快說。」

「說什麼？」

「炸彈藏在什麼地方，提姆？」

「什麼？你以為我知道？」他的神情震驚恐懼。「總統先生，你該不會以為——」

「不是以為，是知道。」威廉斯怒視著畢詮。「高階告密者就是你。叛徒。你不只洩漏情報，還積極通敵，配合恐怖份子，想製造核子彈爆炸事件。你玩完了。我已經寫好一份聲明，設定在今天下午四點零一分傳給國會和媒體，指明你是叛徒，就算你僥倖活下來，你也會被通緝。你戰敗了。快說出炸彈藏哪裡。」

「不對，天啊，不對，不是我。是他。」他指向懷海德將軍。

三十三分鐘。

威廉斯從辦公桌裡走出來，衝著情報總監畢詮過去，一手掐住他咽喉，推他後退，一直退到他撞牆。

沒人出手制止。

「炸彈藏在哪裡？」

「我不知道。」他吃力說著。

「你家人在哪裡？」艾倫質問，邁向牆前，站在總統身旁。

「我的家人？」畢詮沙啞說著。

「他們在哪裡，我告訴你好了。他們去猶他州了。你提前去學校接小孩，把妻小全送走，遠離核子落塵區。懷海德將軍的家人在哪裡，你知道嗎？我知道。我去見過他們。他的妻子、女兒、外孫都在華盛頓特區。一般人遇到危機，第一個反應是什麼？保護家人安全。連沙赫也是，你也是。把家人安頓好了，你自己也開溜。可是，伯特．懷海德留下來了，他的家人也是，因為他們不知道天快塌下來了。我這才漸漸領悟真正的叛徒是誰。」

「快說！」威廉斯質問，還不得不自我控制，以免掐死畢詮。

三十分鐘。

「有了，」懷海德高呼。「我剛收到。我轉傳給你，總統先生。」

威廉斯鬆手，畢詮癱倒在地上，握著喉嚨。

總統奔向辦公桌，略過文字，一見圖就按，然後苦笑說，「這是人皮嗎？這是什麼？」

「根據我友人的情報，這是ＨＬＩ的網址。」

「割進某一個人的皮膚裡嗎？」威廉斯質問。

「不是某人，」艾倫說，「是艾力克斯．黃。」

「黃？」芭芭拉幕僚長說。直到此刻之前，她一直遠遠站在門口。這時她走來，看電腦螢幕。

「白宮特派員嗎？他不是妳報社的記者嗎？幾年前他辭職了。」

「他躲起來了，」艾倫說著怒視沙赫。沙赫旁觀著，把這場面視為一場舞台劇。「他聽到一些耳語，追蹤到一個叫做ＨＬＩ的網站，以為又是什麼極右派的小眾陰謀論網站，沒想到再挖下去就被嚇到了。彼特．漢繆頓也查到ＨＬＩ，可惜彼特來不及脫身。」

「他們查到什麼？」威廉斯總統問。

「我那位友人在——」懷海德及時收口，不願暴露黃的藏身地。

艾倫看著沙赫，見他微微向前傾身。

「黃說，ＨＬＩ不是一個人，」懷海德將軍繼續說。「ＨＬＩ是一個團體，一個組織，成員全是政府各部門高官，包括——願上帝保佑我——包括軍方在內。」他搖搖頭，然後繼續。「有些是民選官員，有些是參議員和眾議員，至少也有一位大法官。」

「我的天啊。」威廉斯低聲說。

「快看他，」沙赫說，「遇到政變的表情。」

「你這個欠幹的王八——」威廉斯說到一半打住。

剩二十八分鐘。

總統視線轉回電腦螢幕上的照片。「這線索怎麼處理？全是沒意義的數字、字母和符號。」

艾倫彎腰湊近看，讓手機鏡頭對準螢幕。總統說的對。艾倫從未看過如此詭異的網址。

「這網址顯然能帶ＨＬＩ成員進入一個比暗網還遠的地方。」懷海德說。

「鬼話，」畢詮沙啞說著，仍癱在地上，握著喉嚨，「哪有這種網站。」

「不試不知道。」威廉斯把網址輸入筆電瀏覽器。

沒反應。

筆電轉呀轉，轉呀轉，運轉著。

二十六分鐘。

艾倫想著「快呀，快一點」，內心祈禱。

貝琪坐在艾倫家的廚房桌前，斜陽從窗外灑在她身上。她看著視訊。

「快呀，快一點」，她祈禱著。

在橢圓辦公室裡，威廉斯總統凝視著筆電螢幕，細細一條的藍線脈動著，往前走一走又退後。脈動著。撤退。

「快啊——」，他祈禱。

「網址沒用，」芭芭拉以恐慌的口吻說。「我們該撤離了。」她再靠近門一步。

「不准妳走，芭芭拉。」總統命令。

「三點三十五分。」

「妳留下。大家都留下。」他說。

懷海德將軍對一名遊騎兵點點頭，遊騎兵走向門，擋在門口。

快呀。快呀。

這時候，電腦不再思考了。螢幕全黑。

沒人敢眨眼。沒人敢呼吸。接著，螢幕上出現一道門。

威廉斯總統深吸一口氣，低聲說：「謝天謝地啊。」

他把游標推向門，準備點擊一下。

「等等，」艾倫說。「何以見得這網址不是陷阱？按一下會不會引爆炸彈，我們怎麼知道？」

總統看時間。「三點三十八分了，艾倫。都到這地步了，有差別嗎？」

她深呼吸，匆匆點一點頭，懷海德將軍也是。

「不要啊……」貝琪低語著，「不要按。」

⅄

威廉斯按下去。

沒反應。

他再點擊一次。沒作用。

「有門把嗎？有門鈴嗎？」艾倫問，問得荒唐但沒人笑得出來。

「沒有，」威廉斯說。他亂轉游標亂按。「可惡，可惡，可惡。」

倒數二十分鐘。

懷海德拿起手機，再看一眼魁北克葛馬許督察長捎來的電郵。

「該死，我沒讀完整封信。太急著看相片了。他說，黃告訴他，要有密碼才進得去。」

「什麼？」威廉斯質問。「黃有沒有給密碼？」

「沒有。黃問不到密碼，後來發現被他們盯上，就不敢再查了。」

十八分鐘。

大家看著畢詮。

「密碼是什麼？快說，」懷海德大步走向他，揪住西裝領子，拉他站起來，推他後退去撞牆，力道猛到林肯玉照歪一邊，「快告訴我們！」

「我不知道。看在上帝份上，我不知道。要問就問他！」畢詮一手揮向冷笑中的沙赫。

「光陰和耐性。我看得好爽，幹嘛告訴你們？」

「你到底知不知道密碼？」艾倫質問。

「也許知道。也許不知道。」

「我們怎麼辦？」威廉斯質問。「密碼怎麼猜？」

艾倫凝視著沙赫，目光直鑽他的心，瞪得他稍微改變坐姿。

「蓋達組織。」她說。

「妳要我試試『蓋達組織』？」威廉斯問，在艾倫回答前就輸入密碼。

沒反應。

「我指的是，」艾倫說，「蓋達組織選擇今天引爆不是沒有原因。想紀念賓拉登的生日和忌日，有象徵意義。我們都曉得，象徵意義的威力多強。三、十、一六〇〇，這些人——（她一手揮向畢詮）——自認是愛國份子。是真正的美國人。他們會選什麼字當密碼？」

「獨立紀念日？」威廉斯提議。「是文字還是日期？」

「兩個都試試看。」艾倫說。

「有可能只限一兩次，」懷海德說。

威廉斯氣急敗壞舉起雙手，然後輸入「獨立紀念日」。

沒作用。

他再改大小寫，換成日期，加空格。

「可惡，可惡，可惡。」

十五分鐘。

「等等，」艾倫說。她轉向沙赫。「我猜錯了。」她凝視沙赫一秒。兩秒。光陰和耐性。三秒。

所有聲響，所有動作全止息，她凝視著三頭蛇怪，他也瞪著她。

「試試看三、十、一六〇〇。」

威廉斯總統鍵入。

沒反應。

艾倫的眉頭緊蹙。密碼會設成什麼？說出這串數字時，她確定看見沙赫眼睛一亮。

「試一試三、空格、十、空格、一六〇〇。」

威廉斯一鍵入，電腦發出聲音，嘎的一聲，門緩緩打開，動作慢之又慢，門內出現三面螢幕，分別顯示一顆炸彈。

「我的天啊——」美國總統說。大家全盯著螢幕看。

「你太傻了。都怪你報給他們。」

眾人視線轉向沙赫，然後轉向講這句話的人。

伯特·懷海德將軍握著手槍，抵住美國元首的頭。

第四十四章

貝琪．詹姆森看不見橢圓辦公室內部情景，但她知道一件壞事剛發生了。

她只看得見總統筆電的螢幕。

艾倫握著手機，穩住身體不動，鏡頭對準網站門內顯示的物體。

⅄

「你這個王八蛋！」威廉斯總統嘶聲罵著，被懷海德往後一拖，離開位子。手槍抵著他的太陽穴。

兩名遊騎兵開始往前走。

「所有人後退。」懷海德下令。

「所以你今天凌晨才願意陪我等死，」威廉斯說。「你明知炸彈不會在三點十分引爆。」

「我當然知道。畢詮，去收他們的槍。」他指的是遊騎兵。兩名遊騎兵的臉色比其他人更震驚。

「芭芭拉，他們兩個帶著拉鍊手銬，妳去把他們的腳銬在辦公桌腳。」

「我？」芭芭拉幕僚長說。

「少來這一套，妳以為我不曉得妳是誰嗎？妳是我吸收來的，接著妳吸收妳助理。對了，助理哪裡去了？我猜漢繆頓的兇手是她。希望妳連她也解決了吧。」

畢詮收走遊騎兵的手槍，一支遞給芭芭拉。她看著手槍，猶豫，顯然知道接下手槍意味著什麼。

「唉，不管了，」她說著握槍，然後慢慢轉身，槍口瞄準懷海德將軍：「你是什麼人？」

將軍哼一聲表示不屑，「妳以為我是什麼人？」

她改看著沙赫：「你知道他是自己人嗎？」

沙赫看著這場面，搖搖頭。「不知道。話說回來，我也不知道妳是自己人。身分維護得滴水不漏。不過，他既然槍口抵住總統太陽穴，心跡已經夠明顯了，不是嗎？」

懷海德微笑。「你想知道我是什麼人嗎？我是真正美國人。愛國份子。我是ＨＬＩ。」

兜了幾個圈，三頭蛇怪的第三顆頭終究是參謀長聯席會議主席。

軍事政變正式揭幕。

⅄

貝琪的眼珠快掉出來了。不敢相信大家講的話，更不敢相信總統筆電螢幕上的景象。

網站門內揭露三枚核子彈的所在地。

螢幕一半是炸彈本身，另一半轉播著所在地的實況。

剩十二分鐘。

她認得出紐約市中央總站寬廣的大廳，下班尖峰通勤族人山人海。核子彈藏在車站的醫務室。

她看得見堪薩斯城的樂高樂園（Legoland），炸彈放在急救室。

但在白宮，炸彈放置地點不明朗，鏡頭靠得太近，無法辨識周遭環境。白宮這麼大，什麼地方都有可能。

但畫面另一半轉播著橢圓辦公室。她看得見懷海德抓總統當人質。一開始就料到是他。

十一分二十五秒。

她想著，總有人該採取行動，一定要通報出去。

總有人該打一通電話。

「媽呀，」她嘆氣。「該行動的是我。艾倫要我動起來。」

可是，該通知誰才好？

貝琪癱瘓了。誰能拆除炸彈？就算她知道，手機正在視訊，非和橢圓辦公室維持連線不可，一定要盯緊總統筆電螢幕和艾倫。她因此無法打電話。

幸好，艾倫家中另有一支電話，是室內電話，在前廳。貝琪直奔而去，找到艾倫事先留在電話旁的號碼，抓起話筒撥號。

「喂，副總統夫人嗎？」

十分四十三秒。

⚓

「你不是ＨＬＩ，」畢詮說。「她才是。」他指向白宮幕僚長芭芭拉。「整件事是她一手主導的。她才是高階告密者。」

「住嘴啦，白痴。」芭芭拉咆哮。

「被他們發現了，」畢詮說。他瞪視著白宮幕僚長。「就是妳。妳想陷害我。妳埋藏我的檔案，佈置成是我一手主導的，過程一有差錯可以全賴到我身上。妳跟懷海德是同夥人。」

「跟他無關，」芭芭拉說。「我根本不知道他是什麼人。」

「那就好，」懷海德說。「這正是我的用意。妳以為我希望大家都知道嗎？芭芭拉，妳回想一下。點子真的是妳出的嗎？或者妳是被誘導進這計畫？最早，我想找一個幌子，找一個可以接觸參眾議員的高官，可以接觸到大法官。妳吸收到幾個了？兩個？三個？」

「三個。」畢詮說。

「閉上狗嘴！」芭芭拉罵。

「我的天啊，」艾倫沉聲說，明瞭到陰謀的範圍有多廣。「為什麼？妳為什麼做這種事？怎麼准許恐怖份子在這裡引爆核子彈？在美國國土上？」

「美國？這才不是美國！」芭芭拉大吼。「華盛頓、傑佛遜、任何一位開國元老，他們在天之靈，能認得出這國家嗎？辛勤工作的美國人，工作被搶走。學校禁止禱告、每天每小時都有人墮胎、同性戀可以結婚、移民和為非作歹的外國人湧進來，我們怎能放縱這些事情發生？不行！現在非喊停不可。」

「妳的行為不是展現愛國心，而是實行境內恐怖主義。」艾倫吶喊。「天啊，在妳協助之下，一整排的遊騎兵被敵軍屠殺一空。」

「烈士。他們為國捐軀。」畢詮說。

「我聽了想吐，」艾倫說。她轉向懷海德將軍。「而你，最早起頭的人是你？」

六分三十二秒。

「我不知道他是幹什麼的，」芭芭拉說。「總之他不是我們的人。槍放下。」

她走向懷海德。就在這當兒，懷海德一個動作轉身，槍口從總統太陽穴轉向芭芭拉。

威廉斯看準時機，手肘往後一摜，撞擊懷海德的胸腹神經叢。懷海德痛得彎下腰。

旋即，威廉斯對著艾倫飛撲，把艾倫撲倒在地上。

槍聲響起時，艾倫抱頭蜷縮成一團。

⅄

貝琪聽得滿心恐懼。

艾倫的手機掉在地板上，鏡頭朝下，她完全看不清楚現場情況，只聽見槍聲和喊叫聲。

然後歸於平靜。

她目瞪口呆，講不出話，暫時停止呼吸。最後總算擠出小小一聲：「艾倫？」然後驚叫「艾倫！」

有人以威武的語氣問，「總統先生，你沒事吧？國務卿女士？」

貝琪猜是特勤人員衝進來維護秩序。

「艾倫！艾倫！」

畫面恢復了，她看見好友的臉。「妳打了電話沒？」艾倫質問。

「電話？」

「打給副總統沒？妳有沒有報告炸彈在哪裡？」

「有。剛才的槍聲——」

「空包彈。」總統以熟悉的嗓音在一旁說著，聲帶緊繃。

五分二十一秒。

「趴到地上，」鏡頭外有個男人喝令。「雙手放在後腦勺。」

艾倫轉身，手機鏡頭對準講話的人，貝琪看見沙赫、畢詮、芭芭拉臉朝下，趴在地上，雙手放在後腰。懷海德一槍在手，跪在兩位遊騎兵旁邊，為他們剪開塑膠手銬。

「炸彈——」威廉斯說。

「貝琪通知副總統了，」艾倫說。「正在處理。」

「可是，白宮的這一顆，」懷海德說。「到底藏在哪裡？」

大家看著螢幕。

四分五十九秒。

「哪裡都有可能，」威廉斯說。他轉向被捕的犯人。「藏在哪裡？快說。不然你們也死定了。」

「太遲了，」芭芭拉說。「你們一定來不及拆彈。」

威廉斯、亞當斯和懷海德彼此乾瞪眼。

「白宮醫務室在哪裡？」艾倫問。

「我哪曉得，」總統說。「我連白宮飯廳都不太找得到。」

但懷海德將軍的眼睛瞪大了，「我知道在哪裡。」他向下看，「就在橢圓辦公室正下方。」

「完了。」總統說。

懷海德將軍已經奪門而出。

四分三十一秒。

⅄

從後樓梯，美國總統和國務卿兩階併一步下樓，緊跟在遊騎兵和參謀長聯席會議主席之後。

「願上帝保佑妳沒料錯。」威廉斯說。

「一定是。另外兩顆藏在醫務室，這一顆應該也一樣。」艾倫口氣如此篤定，內心卻不見得一致。特勤緊跟在他們背後。在地下室，他們發現醫務室的門鎖著。

「我有密碼。」總統按著密碼，手抖得太厲害，不得不再來一次，艾倫差點對著他的頭大叫。

她改看倒數時間。

四分〇三秒。

門開了，燈光自動亮。

「帶工具來了嗎？」懷海德問遊騎兵。

「帶了，將軍。」

大家站在醫務室中間，左看右看。

「藏在哪裡？」威廉斯質問，轉了三百六十度，用犀利的目光掃瞄著。

「磁振掃瞄儀，」艾倫說。「核子彈沒被偵測到，表示偵測員以為輻射線來自磁振掃瞄儀。」

三分四十三秒。

這名遊騎兵是專業拆彈手，他謹慎打開磁振掃瞄儀的面板。

果然。

「將軍，這顆是污彈。」他說。「好大一顆。整個白宮會被炸光，輻射線也會擴散到半個華盛頓。」

他彎腰開始拆解，懷海德則轉向威廉斯和艾倫說，「我該叫你們快逃命，不過……」

三分十三秒。

懷海德走向一旁，打一通電話。艾倫猜他是打給妻子。

⅄

貝琪盯著手機。她看得見艾倫。艾倫看得見她。

貝琪想著，至少不會哀悼好友太久，這也算小小的安慰吧。自己遲早也會因輻射感染而死。

⅄

艾倫想著，至少凱瑟琳和吉爾遠在天邊，她感到無限安慰。

在幾乎無光的巴基斯坦小屋中，凱瑟琳和吉爾，安娜依妲和札荷拉和博因頓簇擁著桌上的手機，收看凱瑟琳集團旗下的電視網轉播實況。

凱瑟琳知道，如果核子彈爆炸，不到幾分鐘一定會有現場直播。

現在，主播訪問到名嘴，研究番茄到底是水果還是蔬菜，探討番茄醬能列入中小學營養午餐分類表的哪一項。

兩分四十五秒。

吉爾覺得一隻熟悉的手伸過來握住他，他抬頭看安娜的另一手握著札荷拉。他也伸另一手去握妹妹凱瑟琳，凱瑟琳則伸手去握博因頓。

大家緊緊圍坐一桌，盯著手機，看著倒數計時。

遊騎兵努力拆卸炸彈之際，懷海德將軍講著手機，艾倫一手伸向身旁的威廉斯，握住他的手，他以微笑表達謝意。

「我看不懂，」遊騎兵說。「我從沒看過這種引爆機制。」

一分三十一秒。

「給你，」懷海德把手機塞給他。「聽著。」

⏂

大家凝視著遊騎兵，見他手忙腳亂。

四十秒。

他抓起另一個工具，工具掉了。懷海德將軍彎腰撿起，遞給眼睛大睜的遊騎兵。

二十一秒。

仍在奮戰。仍在奮戰。

九秒。

貝琪閉雙眼。

八秒。

威廉斯閉雙眼。

七秒。

艾倫閉上雙眼。感受到一股寧靜湧上心頭。

第四十五章

所有電視網都來直播這場記者會。

國務卿辦公室的電視播放著白宮記者會現場。在白宮布雷迪媒體簡報室裡，記者蠢蠢欲動，等候總統上台。

「他沒邀請妳出席嗎？」凱瑟琳問母親。

「妳以為他會嗎？」貝琪問，猛灌一大口夏多內。

「他其實有邀我，被我拒絕了。」艾倫看著家人。「我寧願在家陪你們。」

「喔——」吉爾看著貝琪。「妳拿酒杯喝酒。」

「因為她在。」貝琪指向安娜依妲。

有的坐沙發，有的坐扶手椅，穿著襪子的腳丫搭在咖啡桌上，餐具櫥上有幾瓶葡萄酒和啤酒，以及被吃掉半盤的三明治。吉爾扭開啤酒瓶蓋，把啤酒遞給安娜依妲，再開一瓶給自己喝。

「總統他會怎麼說？」他問母親。

「實話實說。」艾倫擠坐在兒子和女兒之間的沙發上。

這天一大早，他們從巴基斯坦回到華盛頓特區，發現母親沒換睡衣就睡昏了。

艾倫心想，謝天謝地，軍事運輸效率神速。

艾倫醒來後，對他們交代大致，細節以後再慢慢說。要有耐心。

凱瑟琳看著螢幕。她派記者去記者會，但她當然也有內線消息。她寫好一篇報導，敘述歷險的遭遇，已經發給資深編輯，暫時壓著，等總統開完記者會再發表。

目前掌握的訊息固然很多，但想解開種種謎團，想揪出ＨＬＩ所有成員，仍需幾個月，甚至好幾年。

兩名大法官和六名眾議員已經被逮捕，近幾小時和最近幾天也會陸續有人被捕。再過幾星期幾個月也會。

「昨天在橢圓辦公室，」吉爾說，「懷海德將軍挾持總統，妳當時知不知道他在做戲？」

「那時我也懷疑過，」貝琪說。「妳在電話旁邊留下副總統的號碼，還叫我待在家，用意是叫我留在家裡打給副總統。想必妳當時就知道內幕了吧。」

「我當時不清楚，只希望沒猜錯。我那時想說，如果我不能打電話，那妳可以代我打。不過，當時在辦公室裡，懷海德槍口指著威廉斯的腦袋，有一瞬間我認定懷海德真的是內奸。」

剎那間，艾倫回到對峙現場，當時她赫然明瞭這場仗是輸定了。一切無法挽回。今天凌晨，她睡到兩點半，陡然驚醒，直直坐在床上，兩眼圓睜，目不轉睛，嘴巴合不攏。

艾倫懷疑，這份恐懼心大概永難徹底消退吧。即使到現在，她安然坐在沙發上，被子女一左一右包圍著，同一份恐懼仍悠悠騷擾著她，心跳如鼓，覺得暈頭轉向。

在心中，她一次次告訴自己：我安全了，我安全了，大家都平安。

在紛爭頻繁的民主國家裡，能像現在就夠安全了，這是自由的代價。

「總統知不知道懷海德將軍在演戲？」安娜依姮問。

「事後我才知道，他們兩個串通。我當時也納悶，特勤怎麼不馬上衝進來。原來，威廉斯事先命令他們在辦公室外待命。」

艾倫微笑著回想拆炸彈過程。原來，懷海德講手機，不是想和妻子訣別，而是撥給正在紐約拆污彈的防爆小組。

紐約那組人比白宮早幾分鐘找到炸彈，已理解出拆彈原理，所以能儘速教白宮遊騎兵怎麼拆，趕在定時爆炸兩秒前拆解成功。

恢復鎮定後，懷海德將軍揉揉胸腹神經叢，轉向威廉斯總統問，幹嘛下手那麼重。

「抱歉，」威廉斯說。「腎上腺素激增。不過，發現我打得過你，感覺好得意。」

「總統先生，你最好不要跟他試身手。」仍彎腰檢查炸彈的遊騎兵說。

現在，在艾倫家中，她和其他人看電視，見記者開始在布雷迪媒體簡報室就位。

「媽？」凱瑟琳說。

「不好意思。」艾倫把思緒抓回到當下。

「妳怎麼發現將軍不是高階告密者？」凱瑟琳問。

「最早，我以為他是。漢繆頓從敦恩政府隱藏式檔案庫挖出機密，我本來信以為真。不過，有兩個疑點我一直想不透。懷海德被逮捕的時候，他對畢詮動手腳，打得他落花流水。就在懷海德被押走之前，他對我說『我完成我的部分了』。」

「我也記得那句，」貝琪說。「我聽了起雞皮疙瘩。我還以為他是在承認一手策劃釋放沙赫，方便核子彈順利放進美國境內。」

「和妳一樣，我也以為他指的是『我完成了』，」艾倫說。「不過，我越想越覺得不對。他指的可能是完全另一回事。懷海德身經百戰，有率領部下衝鋒陷陣的歷練，要有那樣的統御本事，本身一定要有很強的自制力，忍不住動粗，太不符合他的作風了吧。所以我不禁懷疑，他該不會是真的情緒失控吧。該不會是故意攻擊畢詮吧？」

「他幹嘛『故意』打人？」吉爾問。

「因為他懷疑內奸是畢詮，可惜查不到證據，只好想辦法把畢詮支開，以便好好討論策略。懷海德的詭計成功了，畢詮被打去看醫生，我們可以好好商量大計。」

「所以懷海德才說『我完成我的部分』，」貝琪說。「接下來換我們。」

「另一個疑點是什麼？」凱瑟琳說。

「比這更明顯，更容易用來戳穿謊言。懷海德的家人留在華盛頓特區，畢詮全家都跑了。」艾倫說。

有個問題貝琪一直不敢提，現在終於問了。

「突襲廠房的計畫，是不是懷海德將軍擬的？」

「對。我告訴威廉斯說，我覺得抓錯人了，懷海德被人陷害了。我不得不承認，總統不肯接受

『我完成我的部分』的解釋，不過他一聽懷海德祖孫三代都在家，他就相信了。特戰部隊和將領們研究廠房突襲計畫，百思不出一套可行的進出策略時，威廉斯偷偷去找懷海德將軍。巴焦爾戰役中，懷海德是美國派去的觀察員，很熟悉當地的地形。」

「聲東擊西之計是他擬的？」凱瑟琳說。

「廠房突擊也是。兩項策略相輔相成。他原本提議自己帶兵去，」艾倫說，「威廉斯不准。懷海德被捕還能帶兵出征，豈不穿幫了嗎？我們一定要讓畢詮誤信我們抓對人了。」

「所以，即便在當時，妳就知道內奸是畢詮？」吉爾說。

「我們認為是，可惜沒證據。畢詮要求去倫敦開會，威廉斯批准了。再次為了支開他。」

聊到這裡，貝琪提出一個她遲遲不敢問的問題。

「懷海德不帶兵，那帶兵的人是誰？」

艾倫看著她，輕聲說，「懷海德指定他的特助，一位女上尉。她曾跟隨遊騎兵團駐阿富汗三次，她是懷海德的手下大將。」

「丹尼絲．菲蘭？」

「對。」

貝琪閉上眼睛。她以為自己早已沒氣可嘆，沒想到至少還能再嘆一口，從肺腑深處長嘆出一口哀傷，惋嘆曾在這裡端咖啡杯微笑的那位青年女軍官。

腦海浮現彼特．漢繆頓埋首敲電腦的景象。

挖掘挖掘，再深一點，再深一點，挖到栽贓給懷海德的假證據之後，漢繆頓繼續再挖。

一般的網際網路被他挖遍後，他轉戰暗網，轉戰邊緣世界，挖進浩瀚無垠的虛空，裡面暗到不透一絲光線，終於挖到HLI。

挖得太深，挖成了他自己的墓穴。

如今，漢繆頓和菲蘭都走了。

⅄

在三松村，伯特．懷海德扔出一根棍子，見棍子掉進雪堆被淹沒，母狗小松追過去，一頭鑽進雪中，屁股露在外面，尾巴搖來搖去。

大耳朵貼在無瑕的白雪上，宛如翅膀。

小松旁另有一條狼犬，樂得亂蹦亂跳，衝向她旁邊的雪堆，也一頭戳進去，看不出為什麼做這種傻事。

懷海德身旁的葛馬許說，「不得不承認，亨利腦袋空空。他有著一顆頭，只為了養他那雙大耳朵而已，重要的東西全被他收進心中存放。」

懷海德哈哈笑出一團雲霧，「好聰明的狗。」

兩男望著葛馬許家，兩人的妻子都在他家看電視，等總統出席記者會。

「想不想進去看轉播？」葛馬許問。

「不了。你想看請便。我知道總統想說什麼，不必看。」

他的語氣疲憊，宛如元氣全被擰乾了。危機一解除，懷海德帶妻子和小松直飛蒙特婁，然後開車前來魁北克鄉下這座僻靜的小村莊。

求的正是這片寧靜。

兩人默默踏雪前進村坪，靴子底下的白雪被踩得唉唉叫，兩旁是粗岩屋、磚屋、護牆板屋，老房子夾道，煙囪裊裊升起白煙，格形窗透出暖光。

六點剛過，天色已經全暗。北極星在天空閃耀，固定在同一地方，恆久不變，夜空星辰全繞著它運行。

他倆駐足望天。能有個亙古如一的東西，在瞬息萬變的宇宙裡有個常數，想想也覺得寬慰。

寒氣磨蹭著臉頰，兩人都不急著進屋內。戶外的空氣令人神清氣爽，精神抖擻。

危機結束至今才一天，他們卻覺得恍若隔世，宛如事件發生在天邊。

「丹尼絲．菲蘭和所有士兵的事，我很遺憾。」

「謝謝，亞曼。」懷海德用法文說。將軍知道亞曼．葛馬許督察長能體恤痛失部屬的哀慟，而手下的士兵多數年輕到令人扼腕。

他也把最珍貴的東西保存在心中，讓男女青年士兵安安穩穩常駐，讓他們心臟持續躍動。

「我只盼能把他們一網打盡。」懷海德說。

葛馬許停下腳步，「你懷疑另外還有人？」

「遇到沙赫那種貨色，懷疑是一定要的。」

「對峙的時候，你槍口抵住總統的頭，當時你已經知道炸彈藏在哪裡，因為總統打開ＨＬＩ網站的門，顯示三顆炸彈的詳細位置，白宮那顆也是，你為什麼不派防爆專家下樓去拆彈？為什麼浪費寶貴時間假裝挾持總統？」

「因為我們無法確定白宮炸彈藏在哪裡。畫面顯示橢圓辦公室，另一個鏡頭是炸彈的大特寫，看不出環境。」

「那你是怎麼查出方位的？」

「用猜的。」

葛馬許愕然看著參謀長聯席會議主席，「用猜的？」

「我們知道另外兩顆藏在醫務室，所以猜白宮這一顆也是。只不過當時還來不及推理。那時候，我們急著要畢詮和芭芭拉的口供。查到炸彈還不夠，還要揪出炸彈客，更要證據。」

「亞當斯國務卿用手機直播給顧問看，你當時知道嗎？顧問接著把消息通報出去了。」

「對，我看得出她拿著手機在動作，希望她……」

「好險沒爆炸。」葛馬許說。「他們為什麼做得出這種事？憂國憂民，對未來失望透頂，這種心情我能理解，可是，何必用核子彈？何必炸死那麼多人？」

「打一場戰爭，不也很多人戰死嗎？他們認為，這跟美國獨立戰爭沒兩樣。」

「勾結蓋達組織？勾結俄羅斯黑社會？」葛馬許說。

「身不出已時，我們不也都跟魔鬼談條件嗎？連你也不例外吧，好友。」

葛馬許點點頭。有道理，他的確和魔鬼打過交道。

漫步走過餐館，窗內的奶油黃光灑落雪地上。他們看得見食客坐在壁爐前，喝著酒，聊得眉飛色舞。他們猜得出村民在聊什麼，明白全世界都在談論什麼。

他們在漆黑的書店前歇腳。閣樓透出搖曳的光線，想必是莫爾娜·蘭德斯（Landers）正和艾力克斯·黃收看記者會。

「這裡太安詳了。」懷海德說著轉移視線，瞭望山景和森林，仰望滿天星辰。

「是啊，」葛馬許說，「祥和的日子是有。」他看見懷海德忍不住長嘆一口氣。「你為什麼不退休？為什麼不搬來這裡？你和瑪莎來這裡找房子的時候可以借住我們家。」

懷海德走幾步，沉默不語片刻才回應。「我很想。有多想，說出來你也不信。不過，我是美國人。美國儘管有許多瑕疵，民主儘管疤痕累累，我還是覺得值得為理想奮戰，美國是我的家。亞曼，就和你家在這裡的道理一樣。何況，在揪出所有同路人之前，我要堅守崗位。」

⅄

「各位女士先生，歡迎美國總統。」

道格·威廉斯緩緩步向講台，面色凝重。

「在我照稿宣讀之前，我願在此追思為國捐軀、防範巨災的六名特戰部隊飛行員以及遊騎兵全排士兵，在此為三十六名英勇的士官兵默哀片刻。」

⅄

在國務院辦公室，大家低頭默哀。

在私下講酒吧，大家低頭默哀。

在時代廣場、在棕櫚灘、在堪薩斯城、在歐瑪哈、明尼亞波里、丹佛，大家低頭默哀。在廣大的平原區、在山區、在小鎮村落大城市裡，民眾低頭默哀。

悼念為國犧牲性命的愛國份子。

⅄

默哀完，總統打破沉默說，「本人在此宣讀。」他停頓一秒，似乎考慮著，「然後開放各位發問。」

在場的記者輕聲嘰嘰喳喳起來，感到意外。

⅄

在國務院辦公室裡，大家聆聽總統談話。

這天早上，威廉斯總統曾在橢圓辦公室召見國務卿，商量哪些事實該向國民宣佈，哪些該隱瞞。

他也邀她一同出席記者會，但她婉拒。

「謝謝你，不過我覺得現在陪陪家人最要緊，總統先生。我可以跟大家一起看電視。」

「艾倫，我想聽聽妳的意見。」威廉斯一手揮向壁爐旁的扶手椅。

「你那件襯衫和西裝不搭。」

「不對，我想聽的意見不是衣服。記者會上該不該開放記者發問，我拿不定主意。」

「我認為應該開放。」

「可是妳知道記者一定會問到敏感問題——幾乎無法回答的問題。」

「對。那就對記者實話實說吧，」艾倫說。「真相，我們能應付。能導致傷害的是謊言。」

「如果我實話實說，輿論會怪罪我疏忽，讓狀況惡化到這種地步。」他細看著艾倫。「喔，妳是想害我挨罵吧？」

「算是報一箭之仇。」

「妳指的是南韓之行，」他哭笑不得。「妳想通了？」

「我猜是。你找我擔任國務卿，用意不正是逼我放棄自己的媒體平台嗎？而且能派我出國，省得在國內成天找你麻煩。你設計害我在南韓談判破局，害我成為國際笑柄，日後用這藉口開除我。」

「是妙計吧，不是嗎？」

「而我位子坐得好好的。道格，阿富汗怎麼辦？你知道，美國撤軍後，塔利班、蓋達組織和其他恐怖份子都會趁虛而入。」

「是的。」

「在人權方面盡過的心血可能會全部泡湯。唸過書、受過教育、有工作的所有女孩，所有女人，她們當上老師、醫生、律師、公車司機。如果塔利班為所欲為，她們有什麼下場，你不是不知道。」

「這樣的話，美國大概只好找一個有魄力、備受國際尊重的國務卿，好讓阿富汗政府知道，不重視人權不行。也不能再讓阿富汗淪為恐怖份子庇護所。」威廉斯的視線在她臉上逗留過久，令她不禁臉紅起來。「謝謝妳盡力遏止爆炸事件發生。妳冒盡了一切風險。」

「覺得國家迷失方向的人不只陰謀份子，」她說，「你也知道吧？陰謀份子是最明顯的壞份子，不過認同他們觀點的民眾不下幾千萬，全是堂堂正正的國民。他們的政治觀念就算和我們相左，在我們遇到難題時，他們也不惜傾全力幫助我們。」

威廉斯點點頭。「我知道。我們該採取行動，傾全力幫助他們。」

「創造工作機會給他們，給他們的子女、給他們的城鎮光明的未來，不要再以謊言壯大他們的恐懼心。」

多年來的謊言養肥了美國品種的三頭蛇怪。

「該反省的地方很多，該療癒的地方很多，」他說。「超出我原有的認知。妳寫了很多社論，寫得好。我的確有很多該學習的東西。」

「不對吧，我寫社論好像勸你不要再把鴕鳥頭伸進你屁——」

「對，對，我記起來了。」他笑著說，繼續盯著她看，令她臉頰灼熱。

過了幾小時，夕陽西下後，艾倫坐在辦公室裡，女兒、兒子、貝琪、博因頓、外交官安娜依妲也在。從吉爾的神態，艾倫猜安娜依妲日後可能不僅僅是她公務上的一個小外交官。

他們看著記者會轉播，見威廉斯總統介紹拆卸核子彈成功的防爆專家，然後描述公車爆炸案至今的種種發展。

「他表揚妳耶，媽，」凱瑟琳說。「改了平常的口氣。」

艾倫注意到，西裝也換了。

貝琪靠過去，遞給艾倫一個東西。「國務卿女士，表揚妳為國效勞的一點小心意。」

「私下講」酒吧的杯墊，上面印有艾倫．亞當斯的滑稽頭像。

⅄

記者會結束，吉爾邀安娜依妲共進晚餐。

在餐廳裡，她聆聽吉爾訴說出版社找他寫書。她問他心情怎樣，多久才寫得出一本書。

既然所有事實都由總統披露了，吉爾寫書不必語帶保留，他迫不及待想發表完整的幕後秘辛，獨漏哈姆札的部分不提。獅子哈姆札是帕坦家族恐怖集團的一員，是他的好友。

吉爾問她願不願意一起動筆。

她婉拒了。她還想繼續在國務卿擔任外交官。

「妳父母親現在怎樣？」他問。

「他們回到家了。」

吉爾點點頭。安娜依妲看窗外。看著完好如初的華盛頓特區。

「他們的心情怎樣？」他問。

安娜依妲轉頭回來，看著他，一臉詫異。她回應了。

「那妳呢？心情怎樣？」他問。

⁂

「國務卿女士。」

「什麼事，查爾斯？」

「妳吩咐我去查俄國可裂解材料的下落。」

查爾斯．博因頓離她辦公桌幾步，站著報告。

天黑很久了，貝琪在她自己的辦公室裡寫東西，回答情報局一些問題。情報局想瞭解她怎麼錄到白宮對峙場面。

「結果，你查到什麼？」亞當斯國務卿問。

幕僚長博因頓的神情深深令人不安，她一眼能明瞭，博因頓查到的必定不是一籃小貓咪。

她伸手接下博因頓呈上來的報告，然後指向身旁的椅子。她向來叫博因頓遠遠站在辦公桌旁邊，然而，新局新氣象，她和幕僚長已經重新起步。

她戴上眼鏡，看著報告書，然後看博因頓。

「這是什麼東西？」

「下落不明的可裂解材料不只從俄國流失，也從烏克蘭、澳洲、加拿大流失。美國也有。」

「流向什麼地方了？」才一出口，她就知道自己講了什麼荒唐話。再怎說，原料都不見了。

儘管如此，博因頓邊揉額頭邊回答，「我不知道。不過，失蹤的材料足夠製造幾百顆炸彈。」

「失蹤多久了？」

博因頓再次搖頭。

「從美國境內的倉庫嗎？」

他點點頭。

「還不止可裂解材料。」他指向同一頁下面。

她想著「當祢事已成，事仍未成，因我猶有甚多。」

她的視線往下走，讀著讀著，徐徐倒抽長長一口寒氣。

沙林毒氣。

炭疽菌。

伊波拉病毒。

馬爾堡（Marburg）病毒。

翻頁繼續看，所知的各種恐怖素材都有，人類製造出來的各種恐怖武器都有，沒列出的更多。

失蹤。下落不明。

艾倫看著這份冗長的列表。

她沉聲說，「我們的下一場惡夢就快來了吧。」

「我認為妳說的對，國務卿女士。」

銘謝辭

這次有機會攜手合作，為我倆的友誼平添不少樂趣與驚奇，我們兩人都感恩。我們各自有許多非謝不可的恩人。

露意絲．佩妮：

人生很多事不在意料之中，這本書亦然。

二〇二〇年春天，疫情方酣，我移居蒙特婁以北的湖畔家庭小屋避疫，不料我的文學經紀人發信給我：「我想跟妳談一件事。」

以我的經驗，如此措辭幾乎肯定不是好消息。

當時正值全球疫情大爆發之中（後來才發現，不是「之中」，而是開頭），在已夠孤立的湖畔屋再孤立，接到這訊息，我以為災難即將降臨在我的文學路上。

我找出一包雷根豆軟糖，撥號給經紀。

「妳想不想和希拉蕊．柯林頓合作，寫一部政治驚悚小說？」

「蛤？」

他再說一遍。我的反應相同。

「蛤？」

儘管經紀人的詢問令我十分意外，其實也不見得是晴天霹靂。希拉蕊和我彼此認識，而且往來其實很密切（合作完後也一樣……我想這算奇蹟吧）。

一如人生，我倆友誼的萌發也出乎意料。

友誼的開端在二〇一六年七月，希拉蕊正在競選總統，她的知己貝琪・詹森・艾比凌（Betsy Johnson Ebeling）接受芝加哥記者專訪，談及她和希拉蕊的友情，以及兩人有哪些共通點，其中之一是兩人都愛書，特別嗜讀刑案小說。

接著，記者問到一個能改變我們所有人的問題。

「妳正在讀什麼？」

無巧不成書，貝琪和希拉蕊都在讀我的作品。

她在Minotaur Books的高桿公關Sarah Melnyk讀到這篇專訪，興沖沖和我聯絡。

她問，葛馬許督察長系列新作巡迴書友會即將在芝加哥起步，想不想在會前跟貝琪見面認識一下？

老實說，開辦大活動之前的壓力相當重，會前認識陌生人不太好。但我還是同意了。

大約過了一星期，我在後台聽見聲音，一轉身，瞬間愛上了她。就這麼簡單。

我本以為，希拉蕊的至交一定是個盛氣凌人的權力掮客，結果出現我眼前的卻是個嬌小的婦女，灰白的頭髮剪成鮑勃髮型，笑容至為熱情，眼神親和。我當場把心交給她。

我當時愛貝琪，現在也愛著她。

巡迴結束，我回到家，過了幾星期，我摯愛的丈夫麥可不敵失智症而辭世，人生頓時失衡，藉著拆閱慰問卡排解愁緒。

有一天，我坐在餐桌前，打開其中一封，信裡稱讚麥可對兒童白血病貢獻良多，也提到他擔任蒙特婁兒童醫院血液檢驗科長、擔任國際兒童癌症團體首席研究員期間的作為。

來信者也談到喪親之慟，獻上她誠摯的慰問。

她是希拉蕊．柯林頓。

在爭奪全球最高權勢寶座當中，在浴血選戰的最後階段，柯林頓國務卿抽空寫信慰問我。

寫給素昧平生的我。

追思一位她從未認識過的男人。

我是加拿大公民，根本沒票可投她。來信弔念是私人舉動，無助於選情，純粹向陌生人致上慰問之意。

這份無私之舉令我終生難忘，也啟發我對人間多多奉獻一份善意。

在書友會前認識貝琪後，我們一直保持聯繫。到了十一月大選期間，貝琪邀請我前去紐約市賈維茨會議中心（Javits Center）見證希拉蕊當選。我永遠忘不了遠遠看著嬌小的貝琪站在台上，定睛注視台下，以那雙剛看透世面的目光穿透全場。

二〇一七年二月，希拉蕊邀請貝琪和我去紐約市北郊的恰帕夸鎮（Chappaqua）玩一個週末。這是我和希拉蕊首度見面。

而我再度嘗到戀愛的滋味，只不過，妙不可言的那幾天妙在靜觀這兩位好友的互動。她們從小學六年級就認識，終生往來密切，其中一個當上律師、第一夫人、參議員、國務卿，而且若依據總得票數為準而非選舉人團，她也算是當選美國總統。另一個擔任中學教師，然後成為社群運動家，與好丈夫湯姆撫養三個小孩成人。

一眼可見，貝琪和希拉蕊是靈魂伴侶，而我能目睹這兩位的互動簡直可謂一場性靈洗禮。

同年夏季，貝琪和湯姆以及希拉蕊和比爾來魁北克拜訪我，渡假一星期。

到那階段，奮戰乳癌多年的貝琪狀況明顯走下坡，但她勇於面對現實，她和希拉蕊的一大群親密好友也為她打氣。

二〇一九年七月，貝琪病逝。

如果讀者讀完《恐懼境界》，一定知道這內容歸類為政治驚悚小說，敘事過程檢視著仇恨，但最終也最重要的一點是頌揚愛的真諦。

希拉蕊和我堅信，我們想寫一本能映照我倆都體驗過的女性真摯情義，想刻劃友誼的那份堅不可摧的聯結。

而我們的心願是藉故事放大貝琪。

和貝琪·詹姆森相較之下，真實世界裡的貝琪·艾比凌的個性較溫和，口舌遠不及書中那麼嗆辣，但兩者的交集很多，例如慧眼真知、赤誠不二，和勇往直前的特點。勇往直前，勇往直前，共通的特點也包括愛心無盡。

因此，當我的優秀經紀大衛・格納特（David Gernert）問我願意不願意與好友H共譜政治驚悚小說，我雖然同意，卻也不乏一絲畏怯。

當時，我剛寫完最新一集葛馬許督察長系列小說，所以我覺得反正有空好商量。然而，我只寫過刑案小說，儘管文類和政治驚悚有不少相似之處，格局如此之大的政治小說跳脫我的舒適圈太遠，簡直把我丟到天外行星似的。

話說回來，我豈能因怕失敗而坐失這次合作良機？至少也值得一試。我的工作室裡有一張海報，上面寫著諾貝爾文學獎得主愛爾蘭詩人奚尼（Seamus Heaney）的遺言。

「Noli Timere」，毋恐毋懼。

事實是，我好惶恐，但在人生大道，驅使人前進的不是少一分恐懼，而是多一分勇氣。（but often it's not a case in life of less fear, but of more courage.）

於是，我閉上眼睛，深呼吸，然後答應了。合作吧，只要希拉蕊也樂意。顯而易見，這次合作對她的風險甚至比我高。

本書情節的詳細淵源我不在此贅述，只能說，情節源於我倆在那年春季往來頻繁的電話中。希拉蕊談及國務卿期間令她凌晨三點驚醒的噩夢。她提到三種夢魘情境，我們選擇其中一個。

合作此書的原始點子來自我朋友史帝夫・魯賓（Stephen Rubin）。當代——或史上——比他更棒的發行人沒幾個。謝謝你，史帝夫！

他先去找大衛・格納特商量，然後大衛找上我。感謝大衛牽成，引領本書突破層層迷宮，讓明智、樂天、熱情、守護著我。

我想藉此感激Minotaur Books/St. Martin's Press/Macmillan出版社願意冒著魁北克人所謂的「華麗風險」（le beau risque）。Don Weisberg、John Sargent、Andy Martin、Sally Richardson、Tracey Guest、Sarah Melnyk、Paul Hochman、Kelley Ragland、以及《恐懼境界》一書的主編SMP發行家珍妮佛・恩德琳（Jennifer Enderlin）。

在此獻上萬分謝意給惠賜高見並不吝配合的希拉蕊出版社Simon & Schuster。

感謝鮑伯・巴內特（Bob Barnett）。

感謝我的助理（兼益友）莉絲・德羅斯（Lise Desrosiers）。親愛的莉絲，若無妳的支援，此書絕無見天日的機會。

感謝湯姆・艾比淩准許我們將虛構的貝琪置入故事中。

感謝弟弟道格，他在二〇二〇年的冬天、春天陪我一同避疫，傾聽我道盡苦水和天花亂墜的點子。

感謝鮑伯和奧迪、瑪麗、柯克、沃爾特、洛基和史帝夫。

感謝比爾惠賜高見，為我們加油。（比爾・柯林頓讀初稿時，有感而發說「總統不太可能做……」誰聽了也辯不過他。）

這次合作的事，我們守口如瓶一年多，期間無數友人從旁鼓舞我們卻渾然不知有功。這些人包括希拉蕊和我都認識的朋友，全是透過貝琪介紹的朋友。

哈代和唐，阿利達和茱迪，邦妮和肯，蘇凱、佩蒂、奧斯卡和布倫丹。

此外也要感激希拉蕊。有妳參與，原本可能惡化成夢魘的合作計畫成為樂趣。妳讓本書顯得伶俐過人，讓這次經驗變得輕鬆有趣——苦就苦在我接到五百頁（紙本）的手稿掃瞄版。留白處滿是草寫字。

也感謝我的神奇雷根豆。

合寫這本書期間，我和她藉FaceTime視訊，苦思不出情節走向，久久無語，大眼瞪小眼，相視哇哈哈爆笑。

另外，我當然也要提一下我親愛的先夫麥可。唉，這本書問世，他地下有知，該有多快樂多驕傲。他非常仰慕柯林頓國務卿。倘使他能認識她本人，能直呼她希拉蕊，能看出她有多麼討人喜歡，他一定會樂翻天。

麥可他愛讀驚悚小說。的確，在失智症即將剝奪他的閱讀理解能力之前，他想再讀一本書，我選擇政治驚悚小說。每天我想像他心花怒放捧著《恐懼境界》。

我的所見所聞，我的嗅覺和感觸，無不源於我愛上麥可．懷海德的那一天。

行筆至此，讀者又得知另一個角色的源頭。

《恐懼境界》以恐懼為主軸，但底子卻歌頌著勇氣與愛。

希拉蕊：

大疫情爆發，我和家人在恰帕夸居家防疫，接到律師友人鮑伯・巴內特（Bob Barnett）來電告知，史帝夫・魯賓提議我和露意絲・佩妮合寫一本書。

內心存疑的我聽著鮑伯勸說。之前，他曾湊合兩位旗下作家，合寫出兩本驚悚小說。一位是我丈夫，另一位是詹姆斯・派特森（James Patterson）。

我仰慕作家露意絲・佩妮，當她是知心好友，但合作的前景令我裹足不前。我只發表過非虛構的論述，不過我繼而一想，反正我的種種事跡本來就隨人瞎掰，自己寫寫看也無妨。

露意絲和我開始討論合作計畫，共擬一套冗長而詳盡的大綱，出版社核可後，我們才縱身躍入遠距合作的願景，一同構思角色、琢磨情節、交換草稿，寫得不亦樂乎。我在二〇二〇年提筆時，縈繞我心的是二〇一九年甫辭世的兩名摯友以及我么弟東尼。

貝琪・詹森・艾比淩是我畢生的知己。小學六年級，我就讀伊利諾州帕克里奇市（Park Ridge）的費爾德小學（Field School），在女老師金恩班上認識貝琪，從此攜手共渡人生六十載的起起伏伏，現在我日日懷念她。

艾倫・陶歇爾（Ellen Tauscher）曾任加州眾議員，在二〇〇九至二〇一三年我擔任國務卿任內，她擔任常務次長（Under Secretary），負責武器控制與國際安全事務（Arms Control and International Security），是我二十五年來的摯友。二〇一六年大選後，她常來我家住，陪我一同構思《來龍去脈》（暫譯）（What Happened）。

二〇一九年四月二十九日，艾倫過世了。

接著，我的么弟東尼病重一年後，在六月七日過世。每當我回憶起他那副小男孩的模樣，每當我念頭轉向他留下的三子女，我總心痛難忍。

同年七月二十八日，和乳癌病魔長年困戰的貝琪飲恨離世。

以上的親友如果只走一個就夠痛心了，結果三人一個接一個長眠，對我造成深重的打擊，至今我仍難以完全接受。

我們有意將貝琪和艾倫建構為書中人物，貝琪的丈夫湯姆和艾倫的女兒凱瑟琳都表示支持。虛構角色若與真人有所出入，責任全不在他倆身上。

露意絲和我決定以國務卿為主角建構故事時，我提議以艾倫為範本，同時納入她女兒凱瑟琳，藉本書再成母女檔。

此外，當然貝琪也成了國務卿至交兼顧問的範本。

我想另外再感激露意絲謝過的幾位，附帶說明奧斯卡和布倫丹兩位以無數方式協助過我們，其中一次是近尾聲時電腦當機，他救回我們的稿子。

我也想感激希瑟·薩繆森（Heather Samuelson）和尼克·美林（Nick Merrill）幫忙查證事實。

這是Simon & Schuster出版社為我發表的第八本作品，也是大無畏主編卡洛琳·雷迪（Carolyn Reidy）沒有經手的頭一本書，我懷念她。所幸，她的遺志傳承給喬納森·卡普（Jonathan Karp），由他繼續鼓舞我前進。

我感謝他和整個團隊：Dana Canedy、Stephen Rubin、Marysue Rucci、Julia Prosser、Marie Florio、Stephen Bedford、Elizabeth Breeden、Emily Graft、Irene Kheradi、Janet Cameron、Felice Javit、Carolyn Levin、Jeff Wilson、Jackie Seow、以及Kimberly Goldstein。

我也要感謝愛讀驚悚小說的作家比爾，感激他恆常不變的支持和實用的建議。

最後，本書雖是虛構作品，故事內涵卻直指時事。書中情節會不會一語成讖？這有賴你我一同防範，且讓故事留在虛構的境界。

國家圖書館出版品預行編目(CIP)資料

恐懼境界 / 希拉蕊.柯林頓(Hillary Rodham Clinton), 露意絲.佩妮(Louise Penny)著 ; 宋瑛堂譯. -- 初版. -- 臺北市 : 遠流出版事業股份有限公司, 2023.03
面 ; 公分. -- (文學館)
譯自 : State of terror.

ISBN 978-957-32-9935-6(平裝)

874.57 111021314

文學館E06024

恐懼境界

State of Terror

作　　者——希拉蕊．柯林頓 & 露意絲．佩妮
譯　　者——宋瑛堂

主　　編——許玲瑋
封面設計——謝佳穎
內頁版型——日暖風和
排　　版——立全電腦印前排版有限公司
製　　版——東豪印刷事業有限公司
印　　刷——科樂印刷事業股份有限公司

發 行 人——王榮文
出版發行——遠流出版事業股份有限公司
地　　址——104005 台北市中山北路一段11號13樓
電　　話——（02）2571-0297　　傳　　真——（02）2571-0197
著作權顧問——蕭雄淋律師
遠流博識網 http://www.ylib.com

ISBN 978-957-32-9935-6
2023年3月25日初版一刷 定價680元